DIOSES ELÉCTRICOS

KATEE ROBERT

DIOSES ELÉCTRICOS

Traducción de Pura Lisart e Isabella Monello

mr ediciones martínez roca

Obra editada en colaboración con Editorial Planeta - España

Título original: *Electric Idol*

Composición: Realización Planeta

Bajo el sello editorial MARTÍNEZ ROCA M.R.
Avenida Presidente Masarik núm. 111,
Piso 2, Polanco V Sección, Miguel Hidalgo
C.P. 11560, Ciudad de México
www.planetadelibros.com.mx

Primera edición impresa en España: julio de 2023
ISBN: 978-84-270-5166-9

Primera edición impresa en México: enero de 2025
ISBN: 978-607-39-2384-2

Impreso en los talleres de Litográfica Ingramex, S.A. de C.V.
Centeno núm. 162 -1, colonia Granjas Esmeralda, Ciudad de México
Impreso en México – *Printed in Mexico*

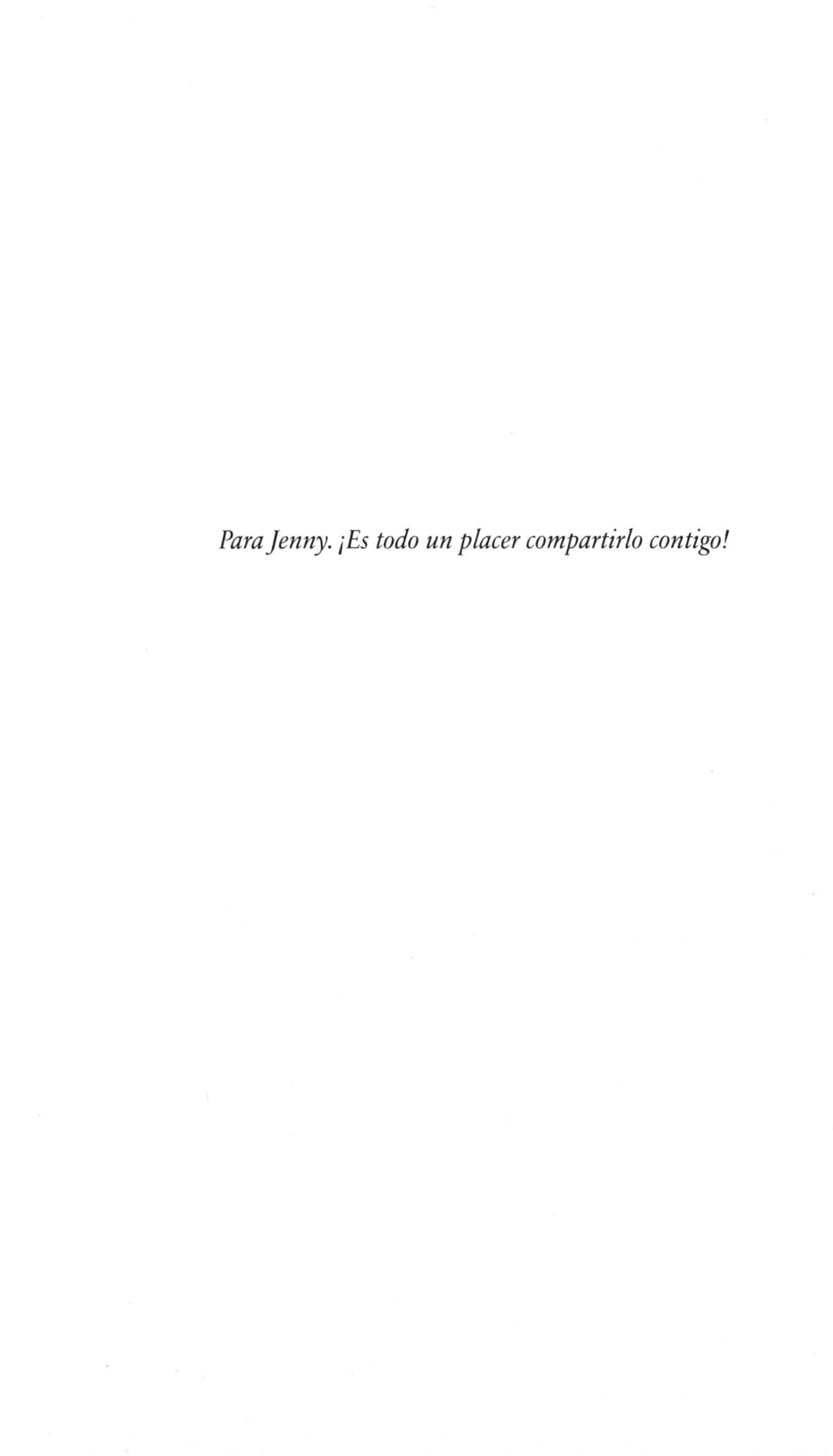

Para Jenny. ¡Es todo un placer compartirlo contigo!

Olimpo
Zona alta
Universidad
HEFESTO
POSEIDÓN
DEMÉTER
Zona agricultura
Astillero
AFRODITA
ATENEA
APOLO
EROS
ARTEMISA
Torre Dodona
ZEUS
ARES
Puente Eléboro
Polígono zona alta
Puente Ciprés
DIONISIO
Mercado de invierno
HERMES
Río Estigia
Mercado de verano
Puente Enebro
HADES
Zona baja
JULIETTE
Polígono zona baja

1
PSIQUE

Otra noche más, y otra fiesta más a la que me muero de ganas de no ir.

Me esfuerzo por no apretar con fuerza excesiva la empalagosa copa que llevo en la mano mientras deambulo por el perímetro de la sala. Mientras no deje de moverme de un lado a otro, mi madre no se fijará en mí. Cualquiera pensaría que, con todo lo que ocurrió hace apenas un par de meses, habría bastado para que mi señora madre dejara a un lado su ambición por un tiempo, pero si algo caracteriza a Deméter es su dinamismo. Ha logrado casar a una de sus hijas (sí, se está atribuyendo el mérito de la boda de Perséfone y Hades) y ahora está centrando todos sus empeños en mí.

Pero yo preferiría arrancarme una pierna que casarme con alguno de los asistentes a esta fiesta. Todos los presentes poseen una relación estrecha con alguno de los miembros de los Trece, los dirigentes de Olimpo: Zeus, Poseidón, Deméter, Atenea, Ares, Hefesto, Dionisio, Hermes, Artemisa, Apolo y Afrodita. Los únicos dos que no han asistido a la velada son Hades y Hera; en el caso de Hades, ni siquiera Zeus puede obligarlo a hacer acto de presencia en estas fiestas, pues proviene de una de las familias originales de la ciudad. En el de Hera, su ausencia se debe a que nuestro actual Zeus sigue soltero y, por lo tanto, el título de Hera está vacante.

Pero no seguirá así durante mucho tiempo.

Para ser una habitación tan grande, la verdad es que resulta demasiado claustrofóbica. Ni siquiera los enormes ventanales que dan a Olimpo consiguen combatir el calor que emana de tantos cuerpos. Siento la tentación de salir un rato, y congelarme lo suficiente para poder respirar un poco de aire fresco, pero si a alguien le diera por salir también y querer conversar conmigo, no tendría escapatoria. Si me quedo aquí, en la fiesta, por lo menos podré seguir deambulando de aquí para allá.

La fiesta de esta noche no se organizó para buscar posibles cónyuges, pero se podría pensar lo contrario por la forma en la que Afrodita presenta a una persona tras otra a nuestro nuevo Zeus, quien descansa apoltronado en el trono que antes era de su padre. Es grande, dorado y llamativo. Puede que encajara con la forma de ser del padre, pero para nada lo hace con el carácter del hijo. No soy quién para hablar, pero al nuevo Zeus le falta el carisma de dirigente que poseía su predecesor. Si no tiene cuidado, las pirañas de Olimpo se lo comerán con papas.

—¡Zeus! —exclama Afrodita trinando. Ha ido y venido por la sala hasta el trono tantas veces que he podido observar bien el vestido rojo intenso que realza su figura y que contrasta con la piel pálida y la melena rubia de la mujer. En esta ocasión, Afrodita lleva a rastras a un joven blanco con el cabello oscuro. No reconozco al muchacho, por lo que debe de tratarse de un amigo o de un primo lejano, o quizá gozar del discutible privilegio de ser uno de los proyectitos de Afrodita. La mujer fija la mirada en Zeus con una enorme sonrisa en el rostro mientras atraviesa la multitud—: ¡Tienes que conocer sin falta a Ganímedes!

—Psique.

Casi pego un brinco al descubrir que tengo a mi madre detrás. Hago acopio de todo mi autocontrol para esbozar una sonrisa indiferente.

—Hola, Madre.

—Me estás evitando, querida.

—Claro que no. —Claro que sí—. Fui por algo de beber. —Y levanto la copa de cristal como prueba.

Mi madre entrecierra los ojos. A diferencia de Afrodita, quien parece empeñada en aferrarse hasta al último atisbo de juventud que pueda, mi madre ha logrado envejecer con dignidad. Tiene el aspecto de una persona de su edad: una mujer blanca que ronda los cincuenta años, con el pelo oscuro y un estilo impecable. Se cubre de poder como otras personas se cubren de joyas. Cuando la gente la mira, sienten una sensación de alivio casi instantánea gracias al aura que deprende, que parece augurar que ella, Deméter, se hará cargo de todo.

Así fue como se ganó el título.

Cuando llegó el momento de elaborar el que sería mi personaje público, me fijé en ella en busca de inspiración, si bien es verdad que le di otro rumbo a mi imagen. La vida pronto me enseñó que es mejor mezclarse con los demás que destacar delante de una multitud y convertirte, así, en un objetivo.

—Psique. —Mi madre me toma del brazo y nos hace girar hacia el trono de Zeus—. Voy a presentarte a Zeus.

—Ya lo conozco, nos hemos visto antes.

Varias veces, de hecho. Nos presentaron hace unos diez años, cuando Madre se ganó el título de Deméter, y desde entonces asistimos a las mismas fiestas. Hasta hace unos meses todavía era Perseo, heredero al título de Zeus. Por lo poco que sé, no parece ser el depredador que era su padre, pero eso no significa que no lo sea. Se ha criado en el nido de víboras que es la zona alta de la ciudad de Olimpo. Nadie sobrevive tanto tiempo si no es un monstruo, por poco que sea.

Mi madre intensifica su agarre en mi brazo y baja la voz:

—Bueno, pues vas a volver a conocerlo. Como se debe. Esta noche.

Presenciamos cómo Zeus se limita a mirar a Ganímedes de soslayo.

—Pues no parece que tenga ganas de conocer a nadie, la verdad.

—Eso es porque todavía no te ha conocido a ti.

Suelto un bufido. No puedo evitarlo. Soy consciente de cuáles son mis puntos fuertes. Soy guapa, pero no tan deslumbrante como mis hermanas, que atraen las miradas a donde quiera que van. Mi auténtico punto fuerte es mi cerebro, y dudo muchísimo que a Zeus le importe esa cualidad.

Por no decir que tengo cero interés en ser Hera.

Pero, bueno, poco importa lo que yo quiera, ¿no? Mi madre tiene un sinfín de planes y, de las hijas solteras que le quedan, soy la mejor candidata para ellos. A pesar de todos mis dramas internos, supongo que hay muchas cosas peores que ser una de los Trece. Con el título de Hera, la única amenaza a la que tendría que enfrentarme sería a Zeus. Y por lo menos a este Zeus no le precede la fama de matar a sus cónyuges.

Consigo esbozar una sonrisa mientras mi madre me guía por la muchedumbre hacia el llamativo trono y el hombre que lo ocupa. Estamos a un par de metros de Afrodita y Ganímedes cuando Zeus posa sus ojos en nosotras. No sonríe, pero veo en sus ojos azules un brillo de interés; tronando los dedos, se dirige a Afrodita y le dice:

—¡Ya está bien!

Error.

Afrodita se voltea hacia nosotras. Desvía su mirada hacia mí y me desdeña al instante antes de dirigirse a mi madre, su rival, un término que resulta demasiado mundano para expresar la cantidad de odio que sienten la una por la otra.

—Deméter, querida, imagino que no estarás pensando en esta hija tuya como una posible postulante para el título de Hera. —Afrodita, con un gesto evidente, me mira de arriba abajo—. No te ofendas, Psique, pero no es que seas el prototipo de persona indicada para ser Hera. Es que... no encajas con el título. Seguro que lo comprendes. —Esboza una sonrisa de lo más empalagosa que no suaviza en absoluto el veneno que destilan sus palabras—. Es más, si quieres, me encantaría enviarte el plan nutricional que les aconsejo a todas las personas casaderas mientras me ocupo de sus futuras bodas.

Dios mío, ni siquiera se ha molestado en hacerlo con sutileza. Qué encanto de mujer.

No tengo oportunidad de contestarle porque mi madre aprieta más mi brazo y le brinda a la mujer una sonrisa radiante.

—Afrodita, querida, yo creo que ya tienes la experiencia suficiente para saber captar las indirectas. Zeus te ha despachado. —Mi madre se inclina hacia delante y baja la voz—. Sé que el rechazo duele, pero es importante saber llevarlo con dignidad. Quizá puedas encargarte del nuevo matrimonio de Ares, por ejemplo. Algo más acorde a ti, ya sabes.

Teniendo en cuenta que Ares ya debe de pasar los ochenta años y que ya tiene un pie en el otro mundo, no me sorprende en absoluto ver cómo a Afrodita casi le salen dardos de los ojos en dirección a mi madre.

—Pues la verdad es que...

—¿De qué estamos hablando?

Quien pregunta es una mujer blanca alta, de cabello moreno, que se interpone entre Afrodita y Deméter con una seguridad en sí misma que solo puede mostrar un miembro de la familia Kasios. Eris Kasios, hija del último Zeus, hermana del actual. Se tambalea un poquito, como si se hubiese pasado con las copas, pero el alcohol no empaña la agudeza mental que se percibe en esos ojos oscuros. Puro teatro, pues.

Tanto Afrodita como mi madre se enderezan, y puedo apreciar el momento exacto en el que ambas deciden que les conviene ser educadas con la recién llegada. Afrodita sonríe y la alaba.

—Eris, esta noche estás espectacular, como siempre.

No es mentira. Eris va de negro, como es habitual en ella: lleva un vestido largo con un pronunciado escote en V que casi le llega al ombligo, y con una abertura en uno de los laterales que le deja a la vista la pierna con cada paso que da. La melena morena le cae por la espalda en ondas que, a simple vista, parecen naturales, lo cual no hace más que señalar cuánto tiempo les dedicó.

Eris le sonríe; dos labios finos de color carmesí que se curvan de una manera que hace que se me ponga la piel de gallina.

—Afrodita, es un placer verte, como siempre. —La mujer se voltea hacia mí inclinando la copa que lleva en la mano, y el líquido verde de su interior, que huele como a regaliz negro, sale despedido y salpica tanto el vestido rojo de Afrodita como el verde de mi madre. Las dos sueltan un gritito y dan un salto hacia atrás—. Ay, vaya. —Eris se lleva la mano al pecho, con un gesto inocente en el rostro—. Por los dioses, lo siento mucho. Creo que he bebido demasiado.

Se tambalea un poquito más, y mi madre se lanza hacia ella para sostenerla del codo, y casi choca con Afrodita, que intentaba hacer lo mismo.

Nadie quiere que la hermana de Zeus pierda el conocimiento en plena fiesta y haga un espectáculo, cosa que podría poner en ridículo al dirigente y acabar con la velada.

Están tan ocupadas asegurándose de que la mujer se mantenga en pie que ninguna de las dos se percata de la mirada que Eris me lanza y de que... me ha guiñado un ojo. Me le quedo mirando, y Eris mueve la barbilla en una orden clara de que huya mientras pueda.

¿De qué se trata todo esto?

Pero no me quedo para preguntarle. No cuando Afrodita ya le está lanzando esos dardos afilados que llama palabras a mi madre, mientras Deméter está a punto de sobrepasar el límite que las separa. Cuando se ponen en este plan, pueden pasarse horas así, atacándose la una a la otra.

Desvío la mirada hacia Zeus, pero el susodicho se ha girado y está hablando con Atenea entre susurros. Ni modo. Aunque mi madre estaba empeñada en presentarme a Zeus como es debido, parece que hoy no será la noche.

O puede que solo esté buscando un buen motivo para escapar.

No me preocupo por mi madre, puede lidiar con Afrodita ella sola. Lleva años haciéndolo.

—Disculpen —murmuro—, tengo que ir al baño.

Nadie me presta atención, cosa que me queda como anillo al dedo, la verdad. Me pongo en marcha, escabulléndome entre la multitud de esmóquines y vestidos suntuosos de todos los colores del arcoíris. Infinidad de diamantes y de joyas de valor incalculable resplandecen bajo las luces que hay por la sala, y juro que siento cómo, mientras camino, me siguen las miradas de los retratos que hay colgados de las paredes. Hasta hace un mes, solo había once (y un marco vacío para la próxima Hera); cada uno de ellos representaba a uno de los Trece. Como si hiciera falta que nos recuerden quién manda en la ciudad.

Pero, esta noche, por fin están todos los trece.

Añadieron el retrato de Hades, una obra oscura que contrasta directamente con los tonos claros de los otros doce retratos. Observa con el ceño fruncido la estancia, tal como el Hades real fulmina con la mirada a todos los presentes cuando decide asistir a las fiestas. Me encantaría que estuviera aquí esta noche, pero solo porque así Perséfone también habría venido. Cuando estaba con ella, estas fiestas eran mucho más fáciles de sobrellevar. Pero, ahora que no está, que se dedica a gobernar la zona baja de la ciudad junto a Hades, pasar el tiempo en la torre Dodona es muy aburrido.

«Peor será si acabo siendo Hera.»

Ignoro ese pensamiento. De nada me sirve preocuparme por ese tema hasta que sepa cuáles son los planes de mi madre y cómo de receptivo se muestra Zeus ante ellos. Veo en una esquina a Hermes, Dionisio y Helena Kasios sentados en una mesa alta. Parece que están jugando a uno de esos juegos de beber. Al menos se la están pasando bien en la fiesta. Aquí no tienen nada que perder, y se mueven por los juegos del poder y las más que veladas amenazas como tiburones en el agua.

Yo puedo fingir, se me da bastante bien, pero jamás será algo instintivo como lo es para esta clase de personas.

Sin disminuir el paso, abro la puerta de un empujón y me lanzo al pasillo, más tranquilo. Ya se acabó la jornada laboral, y estamos en el último piso de la torre, así que está desierto. Bien. Paso muy rápido por delante de las puertas separadas a la misma distancia, con las cortinas que van del techo al suelo enmarcándolas. Me dan miedo, sobre todo de noche. No puedo evitar la sensación de que hay alguien escondido esperando a que pase por delante. Tengo que mantener la mirada fija hacia delante, aunque oiga un crujido a mis espaldas que provoca que mis instintos me insten a echar a correr. Pero no soy tonta;

es el eco de mis propias pisadas, que hace que piense que me están persiguiendo.

No puedo escapar de mí misma.

No puedo escapar de ninguno de los peligros que me acechan en la sala de baile principal.

Me tomo mi tiempo en el baño; apoyo las manos en el lavabo y respiro hondo. Me vendría bien echarme un poco de agua fría en la cara, pero no podría retocarme el maquillaje como corresponde, y regresar allí con un solo pelo fuera de lugar atraería a los depredadores. Si me convierto en Hera, esas voces resonarán con más fuerza, y no podré ignorarlas. No soy suficiente para ellas; o, mejor dicho, soy demasiado. Demasiado callada, demasiado gorda, demasiado insulsa.

—Basta. —Decirlo en voz alta me devuelve a la realidad, un poquito.

Esos insultos no son mis opiniones. Me he esforzado mucho para que no lo sean. Esa voz tóxica de mis años de adolescencia levanta su fea cabeza solo cuando estoy aquí, enfrentándome a lo que Olimpo considera la perfección.

Cinco respiraciones. Inhalo despacio. Exhalo aún más despacio.

Cuando llego a cinco, siento que he recuperado un poco el control sobre mí misma. Levanto la cabeza, pero evito mirar mi reflejo. Aquí los espejos no dicen la verdad, aunque esas mentiras solo estén en mi cabeza. Mejor evitarlos. Respiro una última vez más y me obligo a dejar atrás la relativa seguridad del baño para regresar al pasillo.

Con suerte, mi madre y Afrodita habrán dado por terminada su riña, o bien la habrán trasladado a algún rincón de la sala, así que puedo volver a la fiesta sin correr el riesgo de acabar metida en sus dramas. Esconderme en el pasillo hasta que sea la hora de marcharnos no es una opción. Me niego a darle a

Afrodita cualquier motivo para pensar que sus palabras me han afectado en lo más mínimo.

Tardo dos pasos en darme cuenta de que no estoy sola.

Un hombre se acerca hacia mí por el pasillo, tambaleándose, desde los elevadores. Por un segundo, me planteo la posibilidad de ignorarlo y volver a la fiesta, pero eso no evitará que vaya detrás de mí. Sin olvidar que aquí estamos solo nosotros dos y no tengo forma de fingir que no lo estoy ignorando. Además, no tiene buen aspecto, ni siquiera bajo la tenue luz de la estancia. A lo mejor está borracho, una fiesta previa que se le fue de las manos.

Suspiro para mis adentros, recompongo mi personaje público, le brindo una sonrisita y lo saludo con la mano.

—¿Un contratiempo?

—Algo así.

Mierda. Conozco esa voz. Me esfuerzo sobremanera siempre para evitar a su dueño.

Eros. El hijo de Afrodita. El «mil usos» de Afrodita.

Observo con recelo cómo camina hacia mí y a medida que se acerca va dejando atrás las sombras del pasillo. Es tan guapo como su madre. Alto, rubio, aunque tiene un rizo distintivo que quedaría bonito en cualquier otro rostro. Pero sus rasgos son demasiado masculinos como para ser algo tan inocente como «bonito». Es alto y está fuerte, tanto que ni siquiera el carísimo traje que lleva puede ocultar la anchura de su espalda y los músculos de sus brazos. Es un hombre hecho para la violencia con un rostro que haría llorar a cualquier escultura. Muy apropiado.

Veo que tiene una mancha en la camisa blanca, y entrecierro los ojos.

—¿Eso es sangre?

Eros baja la mirada y se enfada en voz baja.

—Creía que la había dejado impecable.

Es innecesario analizar esa afirmación. Tengo que salir de aquí, y rápido. Aunque...

—Estás cojeando.

Bueno, más bien tambaleándose, pero no porque vaya borracho. Habla con demasiada claridad para ir borracho.

—No —contesta sin dificultad. Miente sin problemas. Es evidente que está cojeando, y estoy segura de que esa mancha es de sangre. Sé lo que implica todo eso: debe de venir directo a la torre tras cometer algún acto de violencia en nombre de Afrodita. Lo que menos me interesa es involucrarme en algo de esos dos.

Aun así, vacilo.

—¿Esa sangre es tuya?

Eros se detiene a mi lado, y en esos ojos azules no veo el menor atisbo de emoción.

—Es de la última chica guapa que me hizo demasiadas preguntas.

PSIQUE

Eros Ambrosia cree que soy guapa.

Borro de inmediato ese pensamiento absurdo y temerario de mi cabeza.

—Voy a fingir que estás bromeando.

Aunque es de sentido común. No hay nada más peligroso en Olimpo que ser una chica guapa que consigue molestar a Afrodita lo suficiente como para que te mande a su hijo.

«Sobre todo una chica guapa que pueda entrometerse en sus planes de elegir quién será la siguiente Hera.»

—En realidad no.

No sé si Eros habla en serio o no, pero más vale ser precavida que lamentarlo después. Está claro que no quiere hablar, y pasar más tiempo del necesario en su presencia sería un error garrafal. Abro la boca para poner cualquier excusa y volver al baño a esconderme hasta que se vaya, pero no es eso lo que sale de mis labios.

—Si entras ahí herido, quizá alguien decida terminar el trabajo. Tu madre y tú tienen más que suficientes enemigos ahí dentro.

Desde luego, no tengo que avisarle de que cualquier debilidad que deje entrever hará que los enemigos se lancen sobre él como lobos ante su presa.

Eros enarca las cejas.

—Y ¿a ti qué te importa?

—No me importa. —De verdad que no. Soy solo una idiota que no sabe cuándo cerrar la boca. Da igual todo lo que digan de Eros; él no escogió ser hijo de uno de los Trece, ni yo tampoco—. Pero no soy de las que te desean ningún mal. Déjame ayudarte.

—No necesito tu ayuda.

Se da la vuelta y vuelve por donde ha venido, en dirección al elevador.

—Aun así yo te la ofrezco.

Mi cuerpo toma la decisión de seguirlo antes de que mi cerebro se dé cuenta, las piernas se me mueven solas y me alejan de la relativa seguridad de la fiesta. Al subirme al elevador me da la sensación de haber ido demasiado lejos, de que ya no hay vuelta atrás. Me gustaría poder decir que estoy exagerando, pero la reputación de Eros le precede y es... muy pero muy violento y muy pero muy peligroso. Junto las manos delante de mí y controlo a la necesidad de hablar sin parar.

Solo bajamos unos pocos pisos, y después me guía por los despachos de cristal y acero inoxidable hasta una puerta que se abre sin oponer resistencia bajo su mano. Hasta que no estamos encerrados juntos no me doy cuenta de que es un baño muy elegante. Como el resto de la torre Dodona, es de estilo minimalista: con suelo de baldosas negras, unos cuantos baños, una regadera con azulejos y tres lavabos de acero inoxidable. Incluso hay un espacio pequeño cerca de la puerta con un par de sillas de aspecto cómodo y una mesita redonda entre ellas.

—Parece que te orientas bastante bien por aquí.

—Mi madre acostumbra a hacer negocios con Zeus.

Trago a duras penas.

—Había baños en el piso de arriba. —Cerca de la relativa seguridad de la fiesta.

—Este tiene botiquín de primeros auxilios.

Empieza a inclinarse para abrir uno de los armarios que hay bajo el lavabo y se estremece.

Esto me da pie a entrar en acción. Por eso estoy aquí: para ayudar, no para verlo sufrir.

—Siéntate antes de que te caigas.

Me sorprende que no discuta, sino que cojea hasta las sillas y se desploma sobre una de ellas. Sería un error darle demasiadas vueltas a la situación, así que me centro en la tarea de averiguar lo grave que es la herida, curarlo y volver al salón de baile antes de que mi madre envíe a un equipo de rescate.

Dado que la última vez que una de sus hijas desapareció en un evento de la torre Dodona acabó cruzando el río Estigia y lanzándose a los brazos de Hades...

Sí, lo mejor será no tardar mucho.

Como me había dicho, hay un botiquín de primeros auxilios en el armarito debajo del lavabo. Lo tomo, me doy la vuelta y me quedo de piedra.

—¿Qué estás haciendo? —La voz me sale carrasposa, pero no puedo evitarlo.

Eros se detiene a medio quitarse la camisa.

—¿Qué pasa?

Pues pasa todo. Me he estado moviendo por los mismos círculos que este hombre durante una década, pero jamás lo he visto de otra forma que no fuera elegante y brillando con luz propia en las fiestas. Su belleza corta la respiración y es casi demasiado perfecto para ser real.

Ahora mismo no es que esté muy perfecto.

No, ahora mismo es demasiado real. Es imposible mantener la barrera mental que he erigido alrededor de Eros por ser «un mujeriego peligroso» cuando se está quitando la camisa para revelar un cuerpo cincelado por los dioses. El cansancio de su rostro solo hace que parezca más atractivo, lo cual encontraré terriblemente injusto después, pero ahora mismo no consigo encontrar oxígeno suficiente en la habitación para respirar.

Pánico. Eso es lo que estoy sintiendo. Pánico puro. No es atracción. No puede serlo. No hacia él.

—Te estás desnudando.

Bajo la tela blanca, veo que alguien (imagino que el mismísimo Eros) ha pegado una serie de vendas a lo ancho de su pecho. Me esboza una sonrisa encantadora que solo luce un poco forzada en las comisuras.

—Tenía la sensación de que me querías sin ropa.

—Ni de broma —escupo, mi personaje público que tanto me ha costado labrar brilla por su ausencia.

—Pues todo el mundo me quiere así.

Aunque parezca raro, su arrogancia me calma. Tomo aire una vez, después otra, y le lanzo la mirada que se merece ese comentario. Ironía. Se me da genial la ironía. Llevo intercambiando insultos ingeniosos con gente como Eros toda mi vida adulta.

—¿Se supone que deberías darme pena? ¿O es que estás presumiendo? Por favor, acláramelo para que pueda ajustar mi respuesta en consecuencia.

Se echa a reír.

—Muy lista.

—Lo intento. —Frunzo el ceño—. Pensé que te habías hecho daño en la pierna.

—Solo es un moretón. —Diría que su encantadora sonrisa se vuelve más encantadora si es que eso es posible—. ¿Acaso también quieres bajarme los pantalones?

Si que esté sin camisa ya me basta para causarme esta reacción tan incómoda, no quiero que pierda más prendas de ropa, desde luego que no. Quizá combustione y, si la vergüenza no me mata al instante, le entregaré un arma a Eros para que la use en mi contra.

—Por supuesto que no.

Acaba de quitarse la camisa a duras penas y suelta aire con dificultad.

—Pues es una pena.

—Podrás vivir con ello. —Coloco el botiquín en la mesa y le echo un vistazo a su pecho. Algunas de las vendas ya se han soltado y hay manchas rojas donde la sangre ha entrado en contacto con la camisa. ¿Qué demonios le ha pasado? ¿Es que se ha peleado con un matorral de rosas?—. Hay que volver a vendarte.

—Adelante. —Se reclina y cierra los ojos.

Estoy a punto de hacer un comentario desdeñoso acerca de cómo me hace lidiar con todo el trabajo, pero las palabras se me atascan en la garganta cuando retiro las vendas para encontrarme...

—Eros, hay mucha sangre.

No sé lo graves que son las heridas debido al desastre que hay entre la sangre y las vendas, pero algunas de ellas todavía están abiertas y sangrando.

—Pues deberías ver al otro tipo —contesta sin abrir los ojos. Lo cual confirma lo que yo ya sospechaba.

«¿Sigue el otro tipo con vida?» No necesito hacer la pregunta. El hecho de que él esté aquí significa que, cualquiera que haya sido su tarea, ha salido victorioso. Termino de retirar las vendas y me siento para examinarle el pecho. Hay por lo menos una docena de cortes.

—Voy a tener que limpiarlo o la venda nueva no se pegará.

Hace un gesto con la mano. Me ha dado permiso.

No me doy la oportunidad de pensar, me levanto y rebusco bajo el lavabo hasta dar con una cesta de toallas limpias. Humedezco dos y utilizo las secas para intentar absorber la mayor parte del desastre. Me lleva varios minutos limpiarlo.

Y es el tiempo que tardo en darme cuenta de que un poco más y le estaría dando a Eros Ambrosia un baño con esponjas.

Me aparto de repente.

—Eros, creo que algunas de estas heridas van a necesitar puntos.

No tienen tan mal aspecto como antes de que las limpiara, pero no soy médica. Sin duda, él tendrá a alguien en plantilla, al igual que todas las casas de los Trece. No entiendo por qué no ha llamado a esa persona en vez de presentarse en esta fiesta horrible.

—No pasa nada. Aguantará hasta el final de la noche.

Lo miro con el ceño fruncido.

—¿Lo dices en serio? ¿Prefieres ir a una fiesta en vez de buscar a un médico y conseguir la atención sanitaria que podrías necesitar?

—Tú más que nadie deberías saber por qué tengo que hacerlo.

Es entonces cuando por fin abre los ojos. Parecen incluso más azules que antes, y adquieren un aspecto extraño. Debe de ser por el dolor, porque es imposible que Eros Ambrosia, hijo de Afrodita, me esté mirando con deseo.

Por mucho que no quiera, dirijo la vista a su boca. Tiene una boca preciosa, con labios curvados y sensuales. Es una pena que sea un asesino peligroso.

Para quitarme de la cabeza estos pensamientos tan imprudentes, me levanto y camino hasta el lavabo. La verdad es que me siento igual que si hubiera salido huyendo, pero solo estoy quitándome la sangre del hombre de las manos. Echo una mirada al espejo y me quedo helada. Me está contemplando con una expresión de lo más extraña en la cara. No es el deseo que me había convencido a mí misma de haber imaginado. No, Eros me está mirando como si nunca antes me hubiera visto, como si quizá hubiera actuado al contrario de lo que esperaba.

Aunque no puede ser cierto. No importa que haya asistido a las mismas fiestas y salones de baile que este hombre durante la última década, no hay ninguna razón en absoluto para que Eros piense en mí. Desde luego, yo no paso mucho tiempo pensando en él. Puede que esté buenísimo, incluso para los estándares de Olimpo, y que sea lo bastante perfecto como para tener su rostro invadiendo todos los anuncios publicitarios si en algún momento quisiera dedicarse a ello, pero Eros es muy peligroso.

Me seco las manos y vuelvo a ocupar el asiento frente a él. No sé cómo, pero, sin toda esa sangre, la escena parece incluso más íntima. Hago a un lado el pensamiento y me ocupo de las vendas. Aunque una parte de mí espera que Eros me aparte y se ponga a vendarse él mismo, se queda totalmente quieto; apenas parece respirar mientras coloco con cuidado venda tras venda. Así, a primera vista, diría que hay por lo menos una docena de cortes y, aunque le he recomendado que debería verlo un médico, la mayoría son bastante pequeños y ya casi han dejado de sangrar.

—Se te da bastante bien esto. —Su voz grave suena cortante. No sé si me está acusando o haciendo un mero comentario.

Decido tomármelo en sentido literal.

—Crecí en una granja.

Más o menos. En teoría era una granja, pero no era lo que la gente se imagina cuando piensa en una granja como tal. No había una casa pintoresca con un granero de color rojo desgastado. Puede que mi madre haya aumentado su fortuna con sus tres matrimonios, pero tampoco es que empezara desde cero.

Poseíamos una granja industrial y, como tal, ese era el aspecto que tenía.

Frunce los labios, algo le brilla en los ojos.

—Y ¿en las granjas hay muchas puñaladas?

—Así que lo admites... que te han apuñalado.

Ahora está sonriendo de verdad, aunque el dolor todavía sigue siendo evidente en su rostro.

—Yo no he admitido nada.

—Pues claro que no. —Me doy cuenta de que estoy demasiado cerca y me separo deprisa, vuelvo a ir a lavarme las manos al lavabo—. Pero como respuesta a tu pregunta, cuando hay una variedad de máquinas grandes y a eso le añades varios animales que rehúyen a los estúpidos de los humanos, hay accidentes.

Sobre todo si una tiene hermanas aventureras, como yo. Aunque eso no se lo voy a contar a Eros. Esta interacción es ya demasiado íntima, demasiado extraña.

—Tengo que volver.

—Psique. —Se espera hasta que me volteo para mirarlo. Durante un momento, solo me recuerda al confiado depredador que tanto me he esforzado por evitar. Eros se toca una de las vendas del pecho—. ¿Por qué has ayudado a la monstruosa mascota de Afrodita?

—A veces, incluso los monstruos necesitan ayuda, Eros. —Debería dejarlo ahí, pero su pregunta me ha parecido tan inesperadamente vulnerable que no puedo evitar el impulso de consolarlo. Aunque sea un poco—. Además, en realidad no eres un monstruo. No veo ni una escama ni un colmillo que lo demuestre.

—Los monstruos existen en todas las formas y tamaños, Psique. A estas alturas ya deberías saberlo, dado que vives en Olimpo. —Empieza a abotonarse la camisa, pero le tiemblan tanto las manos que no puede.

Me muevo antes de tener la oportunidad de recordar por qué es una idea terrible.

—Déjame. —Me inclino hacia delante y le abotono la camisa con cuidado. Rozo su pecho desnudo con los dedos un par de veces, y estoy segura de que me estoy imaginando la forma en la que deja escapar un suspiro como respuesta. Es el dolor. Eso es todo. Sin duda, Eros no está respondiendo a mi tacto. Aguanto la respiración mientras termino con el último botón y me aparto—. Ya está.

Se pone de pie. Lo observo con atención, pero parece tener más equilibrio que antes. Eros se pone la chaqueta y la abotona, con lo que esconde las manchas de sangre más llamativas.

—Gracias.

—No hay nada que agradecer. Cualquiera habría hecho lo mismo.

—No. —Sacude la cabeza con lentitud—. La verdad es que no es el caso. —No me da la oportunidad de contestarle. Se limita a señalar a la puerta—. Vamos. Sube sin mí, tengo que encontrar una camisa de repuesto. —Duda—. No nos haría ningún bien que nos descubrieran volviendo juntos a la fiesta.

Tiene toda la razón. Les daría tema de conversación a los chismosos de Olimpo y, en consecuencia, Afrodita y Deméter tendrían un ataque de pura rabia. Lo que menos quiero es que me relacionen con Eros de alguna manera.

—Es cierto.

Mientras salimos al pasillo, Eros coloca la mano al final de mi espalda. El contacto me atraviesa con la violencia de un rayo encapsulado en una botella. Tropiezo y él actúa rápidamente, me agarra del codo y evita que acabe en el suelo.

—¿Estás bien?

—Sí —consigo pronunciar. No lo miro. No puedo mirarlo. Ya era bastante complicado ignorar esta desafortunada chispa que se ha encendido entre nosotros mientras lo curaba. Ahora que está tan cerca la cosa no pinta bien para mí, y más cuando tiene una mano en la parte inferior de mi espalda y otra sujetándome del codo. Desde luego, no debería...

Levanto la cara y Eros baja la mirada. Dioses, estamos tan cerca... Esto es un error. En cualquier momento me apartaré, pondré una distancia respetable de por medio y parecerá que este pequeño interludio nunca sucedió. En... cualquier... momento...

Un destello me ciega los ojos. Me aparto de Eros y parpadeo rápido. Ay, no. Ay, no, no, no, no. Esto no puede estar pasando.

Solo que sí está pasando. Se me aclara la visión poco a poco y con ello se esfuma cualquier esperanza que tuviera de fingir que ha sido un foco que ha estallado porque sí. Un hombre blanco bajito con cabellos de un intenso pelirrojo y una cámara en las manos está a poca distancia de nosotros. Nos sonríe.

—Sabía que los había visto subir juntos al elevador. Psique, ¿te gustaría contarnos qué estabas haciendo abandonando a escondidas la fiesta de Zeus para pasar tiempo a solas con Eros Ambrosia?

Eros da un paso amenazante en dirección al fotógrafo, pero le agarro del brazo y me esfuerzo por sonreír.

—Solo es una plática entre amigos.

El hombre ni se lo piensa.

—¿Y por eso la camisa de Eros no está bien abotonada? ¿Y por eso parece que están a punto de besarse en esta foto? —Desaparece antes de que pueda ocurrírseme una mentira que pueda tener sentido.

—Estamos fregados —susurro.

Eros es más creativo con las groserías que yo.

—Básicamente.

Ya sé cómo funciona la cosa. Antes de que acabe la noche, la foto de Eros y mía estará inundando todas las páginas de chismes, y la gente empezará a especular acerca de nuestro «romance prohibido». Ya me imagino los titulares.

«¡Los trágicos amantes! ¿Qué opinarán Deméter y Afrodita de la relación secreta de sus hijos?»

Que le dé un ataque de ira será será poco. Mi madre me va a matar.

EROS

Dos semanas después

—¡Quiero que me traigas el corazón de esa muchacha!

—Ya estoy casi recuperado de las heridas del pecho. Gracias por preguntar. —No despego la vista del celular mientras mi madre se pasea de un lado a otro de la habitación, con el bajo de la falda haciendo ruido con cada roce de sus piernas. Conociéndola, habrá elegido su atuendo de hoy para aprovechar al máximo esos dramáticos ruiditos al caminar.

Mi madre es todo un espectáculo andante.

El celular no me distrae todo lo que me gustaría. Durante las dos semanas que han pasado desde aquella fiesta, las especulaciones y las habladurías sobre mi posible relación con Psique Dimitriou no han menguado en absoluto. Por el contrario, nuestra negativa a cualquier declaración al respecto no ha hecho más que avivar las llamas del chisme. A los habitantes de Olimpo no hay nada que les guste más que una historia jugosa, y que los hijos de dos enemigas confirmadas se hayan enredado no es una historia jugosa, es jugosísima. La verdad carece de importancia cuando hay una mentira emocionante que contar.

Sin olvidarnos de que el fotógrafo consiguió una fotografía soberbia.

En la fotografía estamos de pie muy cerca el uno del otro, casi fundidos en un abrazo, y ella me está mirando con la incertidumbre en los ojos. ¿Y yo? Lo que se ve en mis ojos solo puede describirse como «hambre». No habría cometido la estupidez de besar a Psique en ese pasillo, pero nadie me creería al ver esa imagen.

—Deja de jugar con el celular y mírame. —Mi madre se gira sobre los altos tacones de sus zapatos y me fulmina con la mirada. Tiene cincuenta años y, aunque me despellejaría vivo si lo digo, no tiene una sola arruga o cana que la delate. Se gasta una buena fortuna en tener la piel suave y un tono de rubio platino perfecto. Además de pasar incontables horas con su entrenador personal para conseguir lucir un cuerpo por el que cualquier veinteañera mataría. Y todo eso por su título, el título de Afrodita. Cuando eres la casamentera de Olimpo, la portadora del amor, debes estar a la altura de las expectativas—. Eros, deja el dichoso celular de una vez y ponme atención.

—Te estoy poniendo atención. —El tono aburrido de mi voz delata la poca paciencia que me queda, pero ya estoy cansado de esta conversación. Hemos tenido varias versiones de esta discusión una decena de veces en las últimas dos semanas—. Ya te he contado lo que pasó de verdad.

—A nadie le importa lo que pasó de verdad. —Ahora mi madre está a punto de echarse a gritar, y el tono ronco que con tanto esmero se ha creado suena cada vez más agudo y áspero—. Están ensuciando tu nombre cada vez que lo asocian con el de la hija de esa advenediza.

No puntualizo que el título de Afrodita no es hereditario, como tampoco lo es el de Deméter. Los únicos títulos de Olimpo que pasan de padres a hijos son el de Zeus, el de Hades y el de Poseidón. El resto de los Trece lo adquiere en la edad adulta, de formas tanto legítimas como clandestinas. Mi madre no soporta el hecho de que a ella la eligió la última Afrodita como su sucesora, mientras que Deméter obtuvo el título por votación popular.

El pueblo eligió a Deméter, y la mujer jamás ha permitido que mi madre olvide ese detalle.

—Habrá otro escándalo dentro de poco. Solo tienes que tener paciencia.

—Tú no puedes decirme lo que tengo o no tengo que tener, hijo. Aquí la que da las órdenes soy yo, y tú me obedeces. —Se detiene justo delante de mí y me fulmina con la mirada—. Este problema es culpa tuya. Si hubieras cumplido con tu último encargo como se debe, no te habrían fotografiado con esa chica.

—Madre... —No sé por qué discuto con ella. Cuando mi madre se enoja, es imposible frenarla. Ese es uno de los motivos por los que la gente tiene cuidado con ella. Hasta yo tengo que tener cuidado con ella. Puede que, a ojos de la sociedad, tengamos una relación de una madre cariñosa y un hijo leal, pero la realidad es mucho menos bonita. Soy el arma de Afrodita. Ella me dice dónde debo ir, qué venganza debo ejecutar, y yo cumplo sus órdenes como un puto soldado de juguete. Jamás se pide mi opinión y ni de broma se toma en cuenta. Le dije que debíamos esperar para lidiar con Polifonte en vez de precipitarnos la noche de la fiesta, pero mi madre insistió con el tema.

Siempre insiste con el puto tema.

—El corazón de la chica, Eros. No me hagas repetírtelo.

Me trago el enfado, pero con mucho esfuerzo.

—Vas a tener que ser más específica, Madre. ¿Quieres que literalmente te traiga el corazón de Psique? ¿Ya has elegido una cajita de plata donde guardarlo? Podrías ponerla en la repisa de la chimenea, junto a mi foto de la graduación.

Emite un sonido que se parece a un bufido.

—Qué infantil eres. —Esta es la Afrodita que nadie de Olimpo conoce. Solo yo tengo el dudoso privilegio de presenciar el monstruo que es mi madre en realidad.

Pero, bueno, yo no soy quién para hablar, la verdad.

«No veo ni una escama ni un colmillo.»

Casi me estremezco ante el recuerdo de la suave voz de Psique. Sinceramente, pensaba que la chica era más lista; tendría que ser una completa idiota para moverse en los mismos círculos sociales que yo durante diez años y no llamarme monstruo.

Finjo que bloqueo la pantalla del celular y que le presto toda mi atención a mi madre.

—Tú has decidido el rumbo de esta historia, ahora no te quejes.

Cualquier otra persona se hubiera encogido de miedo ante el tono afable que he utilizado, y con la amenaza de violencia que se destila de mis palabras. Pero Afrodita se echa a reír.

—Eros, querido, me superas. Después del numerito ese que montó Deméter el otoño pasado con su otra hija y Hades, piensa que puede pasar por encima de mí como si nada y disponer a Psique, a Psique, como la próxima Hera. Por encima de mi cadáver. Bueno, del suyo mejor.

Siento una especie de opresión en el pecho, pero hago caso omiso de la sensación.

—Si tan molesta estás con Deméter, que sea ella el objetivo, no su hija.

—No seas idiota. —Desecha mi propuesta con un movimiento despectivo de los dedos—. Tenemos que darles una lección tanto a la madre como a la hija. Deméter ha ido por ahí mangoneando a todo el mundo, creyéndose algo más que la granjera con pretensiones que es. Con esto le bajaremos los humos.

Solo mi madre podría concebir la muerte de un hijo como la forma de bajarle los humos a alguien.

Pero, bueno, hará lo que haga falta para conservar su poder. Las responsabilidades de Afrodita en la ciudad son muchas, pero su tarea más popular es la de concertar las bodas de la élite y clases altas de Olimpo. Las de los Trece y sus familias, sí, pero también las de aquellas personas que forman el círculo más amplio de influencia, quienes jamás llegan a recibir una invitación para una de las fiestas de la torre Dodona.

Y como Deméter le está ganando terreno, no me sorprende que a mi madre esté a punto de explotarle la cabeza. Ya concertó los tres matrimonios del último Zeus; ese cabrón no dejaba de matar a sus esposas, cosa que a mi madre no le importaba en absoluto. Le encantan las bodas, pero aborrece todo lo que viene después. Su principal prioridad es conseguirle una nueva Hera al nuevo Zeus, y al parecer Deméter está decidida a colocar a Psique en el puesto de Hera sin consultárselo a Afrodita.

Intento imaginármelo, pero mi mente se rebela solo de pensarlo. Lo único que consigo imaginarme es la arruguita de concentración que vi entre las cejas de Psique mientras me vendaba la herida. Desde luego, una persona tan tonta como para ser amable con el hijo de su enemiga es de esa clase de gente a la que se comerían viva en el puesto de Hera.

Carraspeo un poco y pregunto:

—¿Qué tal le va a Zeus últimamente? ¿No le ha gustado ninguna de tus cotizadas opciones?

Hasta hace unos meses, se llamaba Perseo, pero los nombres es lo primero que se sacrifica ante el altar de los Trece. Nosotros éramos amigos, pero la vida de Olimpo te obliga a apartarte de la gente. Conforme nos íbamos haciendo mayores, Perseo se iba enredando más en su formación para ser el sucesor de Zeus. ¿Y yo? Bueno, mi vida tomó un rumbo igual de oscuro. Supongo que seguimos siendo amigos, pero hay cierta distancia entre nosotros que ninguno puede salvar. Yo ni siquiera sé por dónde empezar a intentarlo.

Alejo ese pensamiento. Durante toda su vida, Perseo ha sido el heredero de Zeus. Era consciente de que obtendría el título tras la muerte de su padre. Si eso ha pasado un poco antes de lo que pensábamos... bueno, Perseo puede encargarse sin problemas de la situación, es muy competente. No es problema mío. No puedo permitir que sea problema mío. A fin de cuentas, no fui yo quien mató a Zeus.

—No me cambies de tema —me espeta mi madre—. Desde que Perséfone huyó y se arrejuntó con Hades, Olimpo ha perdido el equilibrio. ¿Deméter de verdad cree que va a emparejar a otra de sus hijas con otro miembro de las familias originales? Y ¿qué será lo siguiente? ¿Casar a la hija mayor, a la salvaje esa, con Poseidón? —Afrodita resopla—. Claro que no. Alguien tiene que controlar a Deméter y, si nadie más piensa hacerlo, entonces tendremos que encargarnos nosotros.

—Dirás que yo tendré que encargarme. Puede que estés exigiendo un corazón, pero ambos sabemos que seré yo quien haga todo el trabajo.

No me gustaría en absoluto que empezaran a ponerle precio a mi cabeza, así que intento reducir el número de asesinatos al mínimo. Es mucho más fácil encargarse de un contrincante con un rumor bien esparcido, o limitarme a esperar hasta que sus propios actos me den las armas necesarias para su caída. El pecado inunda la ciudad de Olimpo, si es que crees en él, y no hay una sola persona del resplandeciente círculo de los Trece que viva sin una buena cantidad de vicios.

Excepto, al parecer, las hijas de Deméter.

Se han esforzado muchísimo por no ser el blanco de todas las miradas, y llegaron a conseguirlo... al menos hasta que el viejo Zeus decidió que quería disfrutar de Perséfone él solo (cosa que le sirvió de poco), y empezó el fanatismo en Olimpo por las hermanas Dimitriou. Al fin y al cabo, la historia de Perséfone era como una epopeya para la posteridad, de esas estupideces que las páginas de chismes se tragan. Zeus la llevó directo a los brazos de Hades, cosa que, después, hizo que Hades dejara las sombras de la zona baja de la ciudad. Nadie se esperaba semejante desenlace.

A Zeus y al resto de la zona alta de la ciudad les gusta fingir que Olimpo acaba a orillas del río Estigia. La existencia de Hades era un oscuro secretito del que solo los Trece, y algunos pocos elegidos, eran conocedores. Ahora ha salido a la luz su existencia y el equilibrio de poder de Olimpo está en cambio constante. Pasarán meses antes de que las cosas se calmen, puede que incluso más.

La historia de amor de Hades y Perséfone no ha hecho más que incrementar la fascinación de Olimpo por las hermanas Dimitriou. Todas ellas son atractivas, pero ninguna termina de encajar. Perséfone siempre ha tenido la vista fija en el horizonte, y cualquiera que tuviera un poco de perspicacia podría ver lo decidida que estaba a encontrar una forma de escapar de la ciudad. Calisto, la mayor de las hermanas, es tan salvaje como afirma mi madre. Se mete siempre en peleas y no deja de decir cosas que no debería; se niega de forma descarada a participar en los juegos de poder de la ciudad que a la gente le molestan y atraen al mismo tiempo. Eurídice, la más joven, es guapa y dulce, y demasiado ingenua para vivir en esta ciudad.

Y por último está Psique. No solo es que sea totalmente diferente a sus hermanas en lo que a físico respecta; es que es diferente en todos los sentidos. Participa en el juego, y lo hace bien, y encima sin que lo parezca. Se las da de modesta, pero la he observado el tiempo suficiente para darme cuenta de que nunca da un paso en vano. Claro está, no tengo pruebas que lo demuestren, pero creo que es tan inteligente como su madre.

Aunque nada de todo esto explica qué ocurrió en la fiesta de Zeus. Si Psique fuera tan astuta como Deméter, jamás se hubiera dejado atrapar a solas conmigo. No me hubiera curado las heridas. No hubiera hecho nada de todo lo que pasó desde el momento en el que la vi en ese pasillo.

No es que tenga yo mucha moralidad, pero hasta a mí me parece una crueldad agradecerle su amabilidad poniéndole fin a su vida.

—Eros. —Mi madre chasquea los dedos justo delante de mi cara—. Deja de soñar despierto y haz lo que te pido. —Esboza una lenta sonrisa, y sus ojos azules adquieren una tonalidad glacial—. Tráeme el corazón de Psique.

—¿Ya lo pensaste bien? —Enarco las cejas esforzándome por mantener una expresión de indiferencia—. Hay cientos de miles de personas en Olimpo que la adoran..., o eso parece al menos por la cantidad de seguidores que tiene en redes sociales.

Me doy cuenta del error que he cometido en cuanto Afrodita se mofa.

—No es más que una gorda con algo de estilo y sin sustancia. Las páginas como *Las Musas de Hoy* la siguen a todas partes porque es la novedad. No me llega ni a la suela de los zapatos.

No se lo discuto porque no valdría la pena, pero la verdad es que Psique es guapísima y tiene un estilo que marca tendencias de una forma con la que Afrodita no puede más que soñar. Y justo ese es el problema. Mi madre ha decidido matar dos pájaros de un tiro.

—No sabía que la vieras como competencia.

—Porque no es el caso. —Desestima mi comentario con un gesto de la mano como si yo fuera tan tonto para creerme su respuesta—. No estamos hablando de mí. Sino de ti. —Pone los brazos en la cintura, y añade—: Quiero que te encargues de esto, Eros. Debes hacerlo por mí.

Noto una punzada en el pecho, pero la ignoro. Si creyera en las almas, mis actos hace tiempo ya hubieran garantizado el sacrificio de la mía. En esta ciudad, el poder tiene un precio y, siendo mi madre una de los Trece, jamás tuve la oportunidad de ser inocente. Si no estás en lo más alto de la estructura de poder de Olimpo, te aplastará otra persona que te utilizará para su propio beneficio. No tengo alternativa. Nací dentro del juego, y la única opción es ser el mejor, el más temido de todos, por el que cualquiera haría lo que estuviera en su mano por evitar. Así tanto mi madre como yo estamos a salvo. Si eso implica que, a veces, tengo que hacer ciertos trabajitos para ella, bueno, es un precio pequeño que hay que pagar.

—Yo me encargo.

—Lo quiero para antes de finales de semana.

Eso no me deja mucho tiempo de margen. Me deshago del atisbo de resentimiento que estoy sintiendo y asiento.

—Te he dicho que yo me encargo, y así será.

—Bien. —Mi madre voltea con un giro rápido, y otra vez la falda revolotea de forma teatral alrededor de su cuerpo; entonces sale de la habitación con grandes pasos.

Y esa es mi madre, gente. Bien presente para hacer proclamaciones de venganza e insistente en sus exigencias, pero, cuando llega el momento de mancharse las manos, de pronto siempre tiene cosas que hacer.

Pues, bueno, mejor. Se me da bien lo que hago porque sé cuándo debo llamar la atención y cuándo debo pasar desapercibido. Afrodita no sabría ser sutil ni aunque su vida dependiera de ello. Espero unos buenos treinta segundos para levantarme y acercarme a la puerta de mi ático. Si cambia de opinión y vuelve para seguir diciendo tonterías, se enojará al encontrarse el cerrojo echado en mi puerta, pero no me gusta que me interrumpan cuando estoy haciendo mis planes.

Y, siendo sincero, a mi madre le viene bien frustrarse de vez en cuando. Controla tantísimos aspectos de mi vida que es vital tener al menos un lugar libre de la supervisión de Afrodita, aunque solo sea a veces. Por mucho que me fastidie vivir bajo su control, no es que tenga muchas opciones. Mi madre es una de los Trece. Viva donde viva en Olimpo, la realidad es que ella tiene el sartén por el mango (y todo el poder en sus manos), y yo no soy más que un mero instrumento que ella puede usar a su antojo.

No soy ningún santo. Hace tiempo que acepté cómo era mi vida. Pero, carajo, a veces me asfixia, sobre todo cuando Afrodita me hace un encargo que me parece muy cruel. Psique me ayudó, y ahora mi madre me ha ordenado que sea yo quien acabe con su vida, con mis propias manos.

Recorro el ático hasta lo que cualquiera pensaría que es mi habitación del pánico. Es donde guardo las cosas que no quiero que vean invitados metiches (o Hermes). Ha intentado colarse al menos una decena de veces, y hasta ahora mi sistema de seguridad lo ha impedido, pero soy plenamente consciente de que podría superarlo en cualquier momento. Aun así, es la mejor opción que tengo.

Después de cerrar con llave esa puerta, me siento frente a la computadora y repaso mis opciones. Todo sería mucho más fácil si Afrodita se contentara con darle a Psique un castigo ejemplar, no letal. Puede que se esté ganando una reputación como *influencer* con esa discreción tan suya, pero es muy fácil acabar con una reputación. Durante estos años lo he hecho miles de veces, y sé que lo haré otras mil más. Solo se debe tener paciencia y ser capaz de hacer sacrificios en pro de un beneficio posterior.

Pero, no, mi madre quiere el corazón de la chica, literalmente hablando. Muy de Reina Malvada. Sacudo la cabeza y abro los archivos que tengo sobre las hermanas Dimitriou. Tengo carpetas de todos los Trece, de sus parientes más cercanos y de sus amistades íntimas. En Olimpo, la información te hace ganar el noventa por ciento de la batalla, así que me esfuerzo mucho por mantenerme informado de todo. He adquirido cierto interés especial en Psique desde la fiesta de hace dos semanas, y no puedo decir que la culpa sea de mi madre.

Psique no tenía por qué ayudarme.

Habría sido mucho más inteligente de su parte darse la vuelta y fingir que no me había visto. Es lo que cualquiera habría hecho. Hasta aquellos a los que considero mis amigos habrían actuado así. Y no se lo reprocharía. En Olimpo, tienes que velar por tu propia seguridad.

Selecciono los últimos artículos de *Las Musas de Hoy*. El fin de semana pasado Perséfone hizo una breve visita a su familia y su llegada causó cierta conmoción porque se trajo a su flamante marido con ella. Nadie se esperaba la alianza de Hades y Deméter, y eso alimenta las paranoias de mi madre. Tenía bien controlado al último Zeus, pero su hijo todavía no ha mordido el anzuelo que constantemente le pone delante. Y eso le preocupa.

Me paro en una foto de Psique y sus hermanas, de compras. Parece que el amor y el apoyo que se profesan las hermanas Dimitriou es sincero. Puede que estén aventurándose en los juegos de poder de la ciudad, pero por lo general se mantienen apartadas del resto. No tengo claro si lo hacen porque se creen mejores que los demás o porque nosotros somos cerrados por naturaleza y no las recibimos precisamente con los brazos abiertos cuando llegaron. A mi madre le gusta decir que son una familia de arribistas, y varias personas de los círculos internos de los Trece están empezando a imitarla.

Pero, si eso fuera cierto, Perséfone Dimitriou no se hubiera atrevido a cruzar el río Estigia para intentar escapar de un matrimonio con Zeus.

Y Psique no la hubiera ayudado.

Aunque no sé a ciencia cierta qué pasó aquella noche, sé que Psique estuvo involucrada; y no fue para interpretar el papel de la parte racional y convencer a su hermana de que ese matrimonio le sería ventajoso a la familia. En cualquier otra familia, Psique habría aprovechado la marcha de su hermana y se habría presentado ante Zeus como candidata para ser su nueva Hera.

Pero no, ayudó a su hermana. Tal como me ayudó a mí.

Analizo la imagen de Psique. Tiene el pelo largo y oscuro, y unos labios carnosos que parecen estar siempre curvados en una sonrisa hermética. Al mirarla, no puedo recriminarles a las páginas de chismes su obsesión con la chica: parece sentirse a gusto con su cuerpo, y eso es muy sexy.

Es muy fotogénica, pero, aun así, las fotos no le hacen justicia. En persona destila algo que hace que la gente se incorpore y la mire con atención, incluso cuando intenta atenuar su luz todo lo posible, como parece que hace siempre en las fiestas a las que hemos asistido los dos durante estos años.

Pero en el pasillo no lo hizo, como tampoco lo hizo en el baño mientras me vendaba. No creo que fuera algo consciente de su parte, pero vislumbré una mente brillante y curiosa tras esa cara bonita. Puede que Psique finja que su estilo es su única cualidad, pero es lista. Demasiado lista para que la sorprendan a solas conmigo y, aun así, se arriesgó y salió raspada. ¿Por qué? Porque era evidente que yo necesitaba ayuda.

«A veces, incluso los monstruos necesitan ayuda, Eros.»

Toda esta información me hace llegar a una conclusión de lo más inoportuna.

Psique Dimitriou podría ser lo que en Olimpo se considera un unicornio: una buena persona.

Me molesto y cierro la ventana. De nada sirve que esté buena, que respete la forma en la que ha eludido los juegos de poder con tanta maestría desde que su familia prosperó, o que sea una chica guapa. Mi madre tiene un encargo, y sé cuáles son las consecuencias si le fallo.

El exilio.

Que me dejen sin nada. No ser nadie.

A Afrodita le gusta recordarme que solo se me da bien hacerle daño a la gente. Si bien soy consciente de la flagrante manipulación que lleva a cabo mi madre... no le falta razón. No sé dirigir una empresa como Perseo. No sé agradar a la gente y hacerla sentir cómoda, como Helena. Carajo, ni siquiera se me da bien colarme en sitios como hace Hermes.

Sin olvidarme de que algunas víctimas de Afrodita (mías, mejor dicho) están exiliadas. Si acabo compartiendo ese destino, no me gusta nada la probabilidad que hay de que pase un año sin que uno de ellos me encuentre y se vengue de mí.

Es mejor que no piense demasiado en ese tema. Cumpliré con el encargo, después me buscaré a un par de personas y me sumergiré en una semana de sexo, alcohol y cualquier cosa que me deje atontado. Lo de siempre.

Suelto una maldición y tomo el celular.

Al otro lado, una alegre voz femenina me contesta:

—Eros, mi joven dios del sexo favorito. Hoy es mi día de suerte.

Por lo general, me cuesta no sonreír cuando trato con Hermes. Es muy irreverente, y es la única de la de los Trece con la que la paso bien. Aunque hoy no es que tenga muchas ganas de sonreír.

—Hermes.

—Así que me llamas por negocios, ¿no? —responde tras un suspiro.

—Sí, por negocios —confirmo.

Mi relación con Hermes no siempre es de negocios. Durante estos años nos hemos enredado un par de veces, pero últimamente nos hemos acomodado en algo semejante a la amistad. No es que confíe en ella (al fin y al cabo, su título es casi el de jefa de espías), pero me cae bien.

—Mucho trabajar y poco coger a Eros hará enloquecer.

—No podemos pasarnos la vida payaseando en la corte de Hades.

—No te enfades porque Hades te prohibió la entrada a su mazmorra del sexo —contesta Hermes riéndose—. En su lugar tú habrías hecho lo mismo.

Tiene razón, pero no significa que vaya a reconocérselo. Hades solo me dejaba ir y venir de un lado al otro del Estigia sin problemas porque teníamos una especie de relación beneficiosa para ambos. Él controlaba la información que yo le hacía llegar a mi madre. Y yo disfrutaba de su hospitalidad. Pero todo cambió cuando Perséfone entró en escena. Con su llegada, la lealtad de Hades se extendió a su nueva esposa... y a su madre, Deméter.

Dado el odio que sienten Deméter y mi madre la una por la otra, ahora soy persona no grata en la zona baja de la ciudad. Cuando Hades me negó la entrada, también me negó mi válvula de escape principal para liberar el estrés. No es que eso importe ahora, pero Hermes siempre ha sabido detectar los puntos débiles de una persona... y cuando los encuentra de ahí se agarra para molestar.

—Tengo un mensaje que quiero que entregues, pero es delicado.

Una pausa.

—Muy bien, tienes toda mi atención. Deja de jugar con mis sentimientos y cuéntame qué estás tramando.

Me obligo a esbozar una sonrisita mientras le resumo lo que necesito que haga. Dentro de los Trece, Hermes es un poco la mensajera, la espía y delegada del caos para disfrute propio. En realidad, solo le debe lealtad a Dionisio, y ni en ese caso estoy seguro de que esa amistad fuera a aguantar si las cosas se pusieran intensas. Sin embargo, no voy por él, así que no me cabe la menor duda de que Hermes hará lo que le pido.

Cuando acabo, suelta una carcajada.

—Eros, eres muy travieso. Entregaré el mensaje por la mañana.

Me cuelga antes de que pueda responderle.

Me siento suspirando y me froto el pecho. Mi opinión no cuenta, el plan está en marcha. Ya es demasiado tarde para arrepentirme y cambiar el pasado. Ahora solo puedo hacer lo que he hecho siempre: salir triunfante.

Psique Dimitriou estará muerta antes de finales de semana.

4

PSIQUE

—Juro por los dioses que como Madre reciba otra invitación más a una fiesta haré como Zeus y me voy a tirar por la ventana.

Interrumpo mi tarea de revisar los vestidos que hay en el perchero que tengo delante. Ninguno me acaba de convencer. Todos son bonitos, de tonos pastel, pero esta diseñadora tiene la horrible manía de limitarse a añadir centímetros de tela a las tallas grandes en vez de pararse a pensar en lo diferentes que son mis curvas de las de una talla pequeña. Me habían dicho que había mejorado en la colección de primavera, pero está claro que no se han informado bien.

La irritación que esto me causa se vuelve insignificante en comparación con lo que mi hermana está despotricando a mis espaldas, dentro de una tienda donde todo el mundo puede oírla sin problemas. Lo último que necesitamos es otro escándalo, sobre todo ahora mismo. Los rumores sobre Eros y yo han durado más de lo esperado. Ha sido una temporada floja de noticias en Olimpo y la verdad es que era la foto idónea para volver a poner en marcha la rueda de los chismes, pero ya pasará. O pasará siempre y cuando mantengamos un perfil bajo y la boca cerrada. Eros no ha vuelto a aparecer en público, algo muy inteligente de su parte. Yo no tengo esa opción, así que lo único que me queda es seguir con mi vida como si no fuera el sujeto de todas las especulaciones de la ciudad.

Hoy, eso quiere decir ir de compras.

Qué suerte la mía que mi hermana mayor se sienta sobreprotectora y haya decidido acoplarse. Me doy la vuelta y le echo una mirada a Calisto. Como siempre, va vestida con un conjunto en apariencia descuidado que la hace parecer una modelo en su día libre. Compartimos el mismo cabello castaño oscuro y los ojos color avellana, pero la belleza de Calisto es tan afilada que podría cortar, mientras que la mía es de un tipo más suave. Ella nunca ha tenido que lidiar con nuestra madre intentando convencerla amablemente de que pruebe una nueva dieta, pero cualquier resentimiento que sintiera sobre nuestras diferencias ya es historia.

Lo que no es historia es lo imprudente que es, carajo.

Doy grandes pasos hasta donde está desparramada en el sofá de la sala de espera y me inclino sobre ella.

—Baja la voz.

Calisto entrecierra los ojos.

—¿Qué importa que nos escuchen estas ratas? Solo estoy diciendo la verdad.

Han pasado poco más de dos meses desde la muerte «por accidente» de Zeus, y Olimpo sigue tambaleándose. Hacer una broma acerca de ello ya se consideraría de poco gusto dentro de veinte años, pero ahora mismo es la forma perfecta de atraer la clase de titular que no necesitamos en estos momentos.

«¡Las hermanas Dimitriou se burlan de la muerte del difunto Zeus!»

Y justo después de la foto con Eros. Quizá Madre cumpla con una de sus muchas amenazas de tirar a una de sus frustrantes hijas por la ventana. Estoy segura de que a Perseo, es decir, a Zeus, le encantaría. Hemos recibido instrucciones estrictas de no enfadarlo, y Calisto parece haberse tomado como un reto ver lo lejos que puede llevar las cosas. Normalmente, no me molestaría mucho, pero en estos momentos somos el centro de atención. Todavía no puedo creer lo tonta que fui al dejar que me descubrieran a solas con el hijo de Afrodita. Mi madre me ha regañado tres veces por mi irresponsabilidad y por cómo va a afectar todo esto a mis posibilidades con Zeus.

En mi opinión, que tachen mi nombre de la lista de las posibles pretendientes de Zeus no es que se pueda considerar una gran pérdida, pero soy lo suficientemente lista para no decirlo en voz alta.

No como mi hermana.

Me inclino más y bajo la voz.

—Sabes que todo el mundo está atento a nosotras ahora mismo. Deja de echarle leña al fuego.

Calisto levanta las cejas, no se ve arrepentida.

—Si dejaras de tratarme como a un bebé, haría algo para que dejaran de centrarse en ti. Será pan comido y hasta lo disfrutaré.

—Calisto, no. —Su idea de ayudar suele ser completamente lo contrario. Aunque lo sé de sobra, no puedo evitar preguntarle—. Además, ¿qué harías?

—Ah, la verdad es que todavía no lo he pensado bien. Seguramente empujaría a Afrodita a una calle con mucho tráfico. Quizá si tengo suerte el imbécil de su hijo también estaría con ella. Mataría dos pájaros de un tiro.

Por supuesto. No sé ni para qué pregunto.

—Si haces enojar a Zeus y a Madre, voy a ser yo quien tenga que arreglar tus desastres. Por favor, para. Hazlo por mí.

Ella abre la boca como si fuera a gruñir, después duda y al final suelta una maldición.

—Está bien. Me comportaré, pero hablo en serio con lo de no querer ir a la próxima fiesta. Ahora que Perséfone se ha ido y vive en la burbuja de su felicísimo matrimonio, Madre ya no me deja poner excusas.

No señalo que ha habido muchas fiestas desde que Perséfone se mudó a la zona baja de la ciudad; además, Calisto nunca antes ha dejado que Madre la intimide. Lo está haciendo por mí, para que no me enfrente sola a las víboras. En realidad, ella es la única que puede. Después de que Orfeo le rompiera el corazón a Eurídice, ella está demasiado frágil para lidiar con las puñaladas traicioneras de la abrumadora muchedumbre que rodea a los Trece, y tampoco es que antes se le diera muy bien. Lo más seguro es que crea todo lo que le dicen los demás y asuma su inocencia, por mucho que esté rodeada de gente que miente con tanta facilidad como respira.

Calisto no tiene ese problema. Aunque, bueno, es más probable que le clave a alguien un tenedor (o los empuje contra un coche en marcha, parece ser). En realidad, lo primero lo hizo en la penúltima fiesta, razón por la cual Madre ha dado su brazo a torcer y la deja quedarse en casa últimamente. Cosa que me recuerda...

—¿Cómo está Ares? No he visto nada en *Las Musas de Hoy* sobre él.

Ahora que lo pienso, tampoco lo vi en la última fiesta.

—Estoy segura de que está bien. Solo era una herida superficial. —Se quita un pelo del hombro—. Si no hubiera dicho que Perséfone es una caprichosa y una p... —Suelta una maldición—. Me niego a repetirlo. Si no hubiera dicho esas cosas sobre nuestra hermana, no habríamos tenido ningún problema.

—No son más que palabras y a Perséfone le tiene sin cuidado lo que piensen de ella en esta orilla del río... sin contar con la familia, claro.

—A ella le dará igual, pero a mí no. —Calisto se examina las uñas—. Puede que ellos usen las palabras como armas, pero con el tiempo se darán cuenta de que yo no me voy a limitar solo a los insultos.

—*Insultar* y *atacar* son dos cosas muy distintas.

Aunque, la verdad, no creo que Madre se haya encargado de solucionar esto tal como lo ha hecho con otros... errores... de Calisto en el pasado. Si lo hubiera hecho, me habría enterado, pero después de la bronca inicial no volvió a mencionarse el tema.

—¿Ah, sí? —Se encoge de hombros—. Las habré confundido.

No hay forma de hacerle entrar en razón. Puede que acepte asistir a las interminables fiestas a las que Madre nos arrastra, pero jamás participará en el juego. Todavía no he conseguido averiguar cómo lo logra, pero es algo que yo no soy capaz de replicar.

—Si voy a probarme unos cuantos vestidos, ¿te comportarás?

Se encoge solo de un hombro.

—Aquí dentro no hay nadie que me toque los ovarios, así que es posible.

Vamos, que solo será posible mientras eso siga siendo cierto. Me pongo seria.

—Existe una cosita llamada autocontrol. Deberías probarlo de vez en cuando. Igual hasta te gustan los resultados.

Mi hermana se ríe. Puede que a cualquiera que no pertenezca a nuestra pequeña familia le parezca despiadada, pero se ríe como un ángel... o más bien una sirena. Descubro a la dependienta mirando con interés en nuestra dirección y apenas me resisto a poner los ojos en blanco.

—Me daré prisa.

—Buena idea.

Elijo las opciones más prometedoras de la percha y me dirijo a los probadores. Son lo bastante grandes como para que quepan varias personas dentro, lo cual tiene sentido porque muchas personas de la alta sociedad de Olimpo parecen vestirse en manada. Quizá yo también lo haría si alguna de mis hermanas mostrara interés en la moda. Calisto la ignora y Eurídice se viste con lo primero que agarra. Perséfone es la única a la que le gustaba, aunque fuera un poquito, pero esas salidas para ir de compras ya son cosa del pasado. Ahora está demasiado ocupada liderando la mitad de la ciudad con su marido.

No le guardo rencor a Perséfone por su felicidad. De verdad que no. Pero la echo de menos. Sus visitas poco frecuentes a este lado del río nunca son suficientes, y a Madre ya no le hace ninguna gracia que Eurídice visite la zona baja de la ciudad con tanta frecuencia. Si yo también empezara a hacerlo, igual le explotaría la cabeza. Sobre todo ahora.

No, para bien o para mal, mis opciones son limitadas.

Me quito el vestido y me pruebo el primero de los que he elegido. Tal como sospechaba, me queda horrible. Se me pega en zonas en las que no debería pegarse y me queda holgado en zonas en las que no debería quedar holgado. Suspiro y me quito la decepcionante prenda.

—Es espantoso. Me esperaba algo mejor de Thalia.

Me quedo paralizada a mitad de colgar el vestido. Conozco esa voz, pero, aunque me digo que no es posible, miro en el espejo para encontrarme con la mirada de Hermes. Es una mujer negra de constitución pequeña, con una melena al natural con la que le quedan genial sus lentes de montura ancha y que tiene un don para el mimetismo. Hoy sus lentes son de color rojo intenso y lleva pantalones morados con brillos, una sudadera naranja con el dibujo de un gato de ojos saltones en la parte delantera y Converse de color rojo. Supongo que cuando eres una de los Trece puedes hacer lo que te dé la gana y la gente lo acepta sin más. El beneficio del poder. A Hermes en particular no parece importarle lo que piensen de ella. Parece disfrutar de sorprender a la gente y desafiar sus expectativas, lo cual debería bastar para que me resultara interesante, pero es una de los Trece, así que intento mantenerme al margen.

Ahora no hay modo de evitarla.

No intento taparme, no me sonrojo ni reacciono de ninguna forma que pueda revelarle que este giro de los acontecimientos me ha dejado perpleja.

—Hola, Hermes.

—Hola, Psique. —Se inclina hacia delante y me mira fijamente los pechos—. ¿Ese brasiere es de la tienda de Juliette? Es exquisito. Y no lo digo solo porque tus pechos sean bonitos.

Intento tener paciencia. No he pasado mucho tiempo interactuando con Hermes, pero en las pocas conversaciones que he tenido con ella me he sentido como si caminara con los ojos vendados por un campo de minas. A Perséfone le cae bien, pero ahora ella tiene la autoridad suficiente para tratar con miembros de los Trece sin tener que preocuparse por que la aplasten. Yo no tengo esa suerte. Hermes no tiene motivos para estar aquí, pero espero con todas mis fuerzas que sea solo su curiosidad la que la ha atraído en vez de sus deberes oficiales.

—¿Te puedo ayudar con algo?

—Quizá solo he venido para platicar.

No dejo escapar un suspiro de alivio. No cuando atisbo esa mirada traviesa en sus ojos oscuros.

—Y ¿lo has hecho?

—*Nop*. —Sonríe al ver mi cara—. Está bien, me atrapaste. Es por rollos oficiales. Tengo un mensaje para ti.

Diablos, eso es lo que me da miedo.

—Un mensaje que no puede esperar hasta que esté vestida.

Se encoge de hombros.

—Lo siento, guapa. Es urgente. Ya sabes cómo son estas cosas.

Lo sé, pero en su mayor parte solo en teoría. He evitado con todo mi ser las trampas que tiene que ofrecer la flor y nata de Olimpo. En teoría, poseo un poco de poder, ya que mi madre es Deméter, pero la realidad es bastante más complicada. Incluso entre los Trece hay jerarquías. Los títulos hereditarios (Zeus, Hades y Poseidón) juegan en otra liga. La posición social de los demás fluctúa dependiendo del año, la temporada y, a veces, incluso de la semana. La antigüedad se toma en cuenta, también las responsabilidades de ciertos títulos: por ejemplo, Ares comanda el ejército personal de Olimpo. Si a eso le añades las alianzas, las enemistades y los agravios triviales... Un movimiento en falso y la mitad de Olimpo se volverá en tu contra.

Todos hemos sido testigos de ello con Hércules. Como miembro de la familia de Zeus, debería haber sido casi intocable, pero fue demasiado lejos y reveló la parte más indefensa y turbia de la política de la inmaculada zona alta de la ciudad. Como resultado, todos y cada uno de ellos se volvieron en su contra. La historia oficial es que dejó Olimpo *motu proprio*, pero desde entonces todo el mundo tiene miedo hasta de mencionar su nombre. El mensaje no puede ser más claro.

Enfurece a los Trece y se encargarán de que dejes de existir.

Me trago un suspiro.

—Está bien, oigamos ese mensaje.

Hermes se pone derecha y se aclara la garganta. Cuando habla, es la voz de un hombre la que emerge de sus labios.

—Todo este desastre no va a calmarse en ningún futuro cercano. Solo hay una forma de evitar que nuestras madres se peleen. Encuéntrate conmigo esta noche en Érebo. Ven sola.

Conozco esa voz.

—Eros.

¿En qué está pensando? Lo que menos debemos hacer es arriesgarnos a que nos vean solos. Los periodistas que alimentan a la página de *Las Musas de Hoy* son demasiado listos para perderse una oportunidad como esta, da igual que nos veamos en un sitio que no solemos frecuentar ninguno de los dos. Una cosa es que nos cazaran en un encuentro fortuito, pero ¿en dos? Los chismorreos van a ser infernales.

—¿Por qué no me ha llamado si tanto quería hablar conmigo?

Hermes enarca las cejas.

—¿Y arriesgarse a que decidieras grabar la conversación y usarla en su contra?

Tiene razón, pero, aun así...

—Si nos ponemos de acuerdo, nada me lo impide.

—Quizá te inspeccione... de una forma supersexy. —Hermes da brinquitos—. Tengo que preguntártelo. ¿Estaban cogiendo en el baño durante la fiesta de hace dos semanas?

—No.

Mi mente me ofrece la imagen de Eros con la camisa manchada de sangre y con la voz grave diciendo: «Es la sangre de la última chica guapa que me hizo demasiadas preguntas». Él es el «mil usos» de Afrodita. ¿Acaso ha decidido Afrodita que soy un estorbo que debe quitarse de en medio?

No, eso no tiene sentido. Hay cientos de maneras de enterrar a alguien en Olimpo sin tener que hacerle daño físicamente o ponerse en contacto directo con esa persona. Si bien no soy más que la hija de Deméter, soy casi intocable; aun así, si Eros quisiera «encargarse de mí», podría hacerlo. Es más, podría hacerlo sin tener que vernos en persona.

Me pruebo el siguiente vestido por inercia. Es igual de horrible que el primero. Dioses, odio cuando los diseñadores son flojos. Centrarme en ese pequeño fastidio me aclara la mente, lo justo para volverme hacia Hermes sin estar en peligro de perder el control.

—Supongo que no necesita respuesta.

—*Nop*. Tu respuesta será presentarte esta noche... O no, como quieras.

Tengo que ir. No tengo otra opción. Es cierto que hay que hablar de la foto y elaborar un plan para salir adelante. Si Afrodita está tan furiosa como mi madre, tiene lógica que nos aseguremos de que las páginas de chismes tengan otra cosa en la que enfocarse para que puedan olvidarse de una vez por todas de nuestro supuesto romance prohibido.

Aun así... No podemos darnos el lujo de que se filtre una segunda foto de nosotros. La ubicación que me dio Eros se encuentra en el polígono de la zona alta, un barrio que evitan la mayoría de los Trece, lo cual quiere decir que la mayoría de los periodistas también. No deberíamos tener ningún problema, pero eso no significa que vaya a bajar la guardia.

Pienso en Hermes. Usar sus servicios es un riesgo. No es leal a nadie más que a sí misma (y puede que a Dionisio), lo cual significa que no podemos dar por hecho que guarde el mensaje en secreto. Nada puede evitar que se plante en algún escenario de un karaoke y se dedique a airear con una canción los trapos sucios de todos los que allí se encuentren, cosa que me han contado que es algo que hizo el primer año después de aceptar el título de Hermes. Nadie la tomó en serio hasta aquel momento, pero eso consiguió que todos la vieran como la amenaza que es.

En realidad, eso me da una idea...

—Hermes, ¿estarías dispuesta a involucrarte en una pequeña mentira? En calidad profesional, claro está.

Su sonrisa es astuta.

—Vaya, las mujeres Dimitriou nunca dejan de sorprenderme. Estoy dispuesta a llevar a cabo esta «pequeña mentira» porque me diviertes.

No sé si eso es bueno o malo, pero a caballo regalado no le mires el diente.

—Sal de fiesta esta noche.

—Ya tenía pensado hacerlo. Dionisio consiguió unos nuevos productos excelentes que me muero por probar.

Ignoro la interrupción.

—Sal de fiesta esta noche y publica algo en tus redes acerca de tu salida. Pon tu ubicación. Haz que la gente crea que estoy contigo y después... que empiece la persecución.

No hay mejor coartada que una de los Trece. ¿Quién va a decir que Hermes es una mentirosa? Nadie. Al menos no a la cara. Si los periodistas están ocupados persiguiendo a Hermes y piensan que estoy con ella, no husmearán por el distrito de los polígonos. Eros y yo podremos hablar en paz.

—Dalo por hecho. —Sacude la cabeza—. Una nunca se aburre en Olimpo si están tú y tus hermanas.

—Pues a mí me quedaría muy bien un poco menos de emoción. —No era mi intención decirlo, pero en cuanto pronuncio las palabras ya no hay forma de echarme atrás.

Hermes se dirige a la puerta del probador.

—Anímate, Psique. Eres una chica lista. Seguro que sales ganando. —Abre la puerta y se da la vuelta para mirarme—. Y si alcanzas la victoria, quizá incluso acabes alcanzando la victoria del orgasmo montando a Eros.

Se esfuma antes de que pueda incluso pensar en contestar, sus carcajadas siguiéndole la estela.

Menos mal. ¿Qué se supone que debo contestar a eso? Eros puede ser tan hermoso como un dios, pero ese hombre es un monstruo hasta la médula. Es mi enemigo.

Se me ocurre llamar a Perséfone y pedirle su opinión acerca de toda la situación, pero, si la involucro, echará abajo mi puerta y amenazará a Eros antes de que cuelgue el teléfono. Mejor la llamo por la mañana y le platico todo en cuanto oiga lo que él tiene que contarme. Quizá incluso se nos ocurra una solución que satisfaga a todos los involucrados.

La sensación que tengo de mariposas en el estómago es por los nervios, claro.

No es porque tenga ganas de volver a ver a Eros.

EROS

Llego una hora antes al punto de encuentro para inspeccionar la zona. El Érebo es un pequeño tugurio a las afueras del polígono de la zona alta de la ciudad. Estaremos al norte del río Estigia, pero esta zona difiere muchísimo del centro de la ciudad tan bien cuidado donde reside la mayoría de los Trece. Las cercanías a las oficinas de Zeus, la torre Dodona, se consideran un lugar de estatus, y las calles de las manzanas colindantes son una fría y limpia combinación de concreto, acero y cristal. Uniforme y agradable, si es que te gusta ese estilo.

La gente acude a los alrededores del polígono de la zona alta de la ciudad en busca de un poco de diversión ilícita cuando no tienen la fuerza, o el valor, de cruzar el río a la zona baja de Olimpo. Este es el territorio de Dionisio, y hay vicios por doquier. Además, cuando la gente se pasea por aquí tiende a hacerse de la vista gorda y a no meterse donde no la llaman, lo cual me queda de maravilla.

Tengo que ser cuidadoso. El bar es pequeño, pero lo construyeron entre dos edificios, así que está lleno de recovecos, con mesas sombrías por todas partes. Me he sentado en una mesa cerca de la parte de atrás, y le he dado una buena propina al camarero para que sea discreto mientras pasa lo que tenga que pasar.

Quiera lo que quiera mi madre, y sea lo que sea que implique este encargo, no tengo el menor deseo de hacer sufrir a Psique. Estoy convencido de que Afrodita querría que la arrastrara hasta un callejón y usara un cuchillo romo, pero lo único que Psique sentirá será cierto letargo y, después, nada.

Es lo mínimo que se merece.

Me siento y me froto el pecho con la mano. Ahora no es el momento para tener dudas, sentir culpa o cualquier mierda de esas. Les he hecho cosas peores a personas más agradables, solo porque se interpusieron en el camino de mi madre o porque las consideraba una amenaza para su posición. Puede que la gente crea que no hay peor pecado que el de asesinar a alguien, pero no han presenciado cómo le arrebatan todo a un joven con un futuro prometedor. Su belleza, su estatus, el respeto de sus coetáneos. Es muy fácil arruinarle la vida a una persona si se tiene la información adecuada, y los recursos adecuados.

Dicho esto, ni yo puedo autoconvencerme de que matar a Psique es un acto de misericordia.

Antes las cosas no eran así. Solo perseguía a aquellos que se lo merecían, a gente que suponía una verdadera amenaza para mi madre. Era el cazador de monstruos, de personas que intentaban hacerle daño a la única familia que tengo en el mundo. Hasta que, un día, levanté la mirada y me di cuenta de que yo era el peor monstruo de todos. Había sacrificado demasiado, había acabado con demasiadas vidas como para que la moralidad fuera algo más que una teoría en mi vida.

No había vuelta atrás.

No hay vuelta atrás.

Noto el momento exacto en el que Psique entra por la puerta del bar. Los pocos clientes cesan sus conversaciones y la miran pasar. Por muy informal que vaya vestida, con unos pantalones de mezclilla y una chamarra negra que le llega a las rodillas, es tan guapa que pararía el tráfico. Avanza por el bar a paso lento, mirando todas las mesas con detenimiento hasta que posa esos ojos color de avellana en mí.

Menos mal que todavía está lejos, porque me veo obligado a tomar aliento al tener toda la atención de esa mujer en mí. La noche de la fiesta estaba demasiado consternado para apreciar como es debido la pureza de su presencia. Incluso muerto de dolor, y enfurecido, pude disfrutar de la forma en la que ese vestido gris que llevaba se ceñía a su generosa figura y me permitía vislumbrar un atisbo seductor de sus grandes pechos y de su trasero. Sobre todo cuando se inclinó hacia mí para cambiarme las vendas.

«Céntrate.»

Psique se acerca a mi mesa y se desliza en el asiento frente al mío sin vacilar. Muy a mi pesar, me gusta que no se muestre asustada o temerosa. Ha entrado con seguridad en sí misma, y tengo la sensación de que siempre aborda toda situación con esa actitud. Es una puta pena que no se vaya a librar esta noche.

—Psique.

—Eros.

Se toma un buen momento para contemplarme. ¿Estará comparando mi aspecto actual con el que lucía la última vez que hablamos? Bueno, la última y única vez, la verdad, sin contar el montón de veces que nos saludamos estos años en varias fiestas. A pesar de ser ambos hijos de dos miembros de los Trece, no nos movemos en los mismos círculos. Las Dimitriou se mantienen alejadas de los demás. Otra cosa que saca a Afrodita de sus casillas.

Con un movimiento lento, Psique se inclina hacia atrás.

—Casi todo el mundo me envía un correo electrónico cuando quiere reunirse conmigo. Y bien podrías haber conseguido mi número de celular, capacidad no te falta. ¿Para qué molestar a Hermes?

Porque un correo se puede interceptar y un celular se puede rastrear. Piense lo que piense la gente de Hermes, se toma muy en serio su título y sus funciones. Si el mensaje debe ser secreto, lo será. Ni siquiera uno de los miembros de las familias originales puede obligarla a revelarle dicho mensaje.

Si Psique muere, no quiero pistas que puedan guiarlos hasta mí.

¿Si? ¿Qué diablos «si»? Su destino quedó sellado en el momento en el que mi madre me exigió su corazón. No, antes incluso, cuando fue amable conmigo a pesar de que cualquier otro de los asistentes a la fiesta se habría dado media vuelta. Hasta mis amigos habrían fingido no ver la sangre ni mi cojera. Todos nos movemos bajo la mentira bien sustentada de que no soy más que el mujeriego hijo de Afrodita. Que igual me paso un poco con mis encantos, y que soy demasiado frío para comprometerme en cualquier aspecto.

No se comenta el resto de las cosas que hago por mi familia.

O quién paga las consecuencias.

No hay lugar a dudas de cuáles van a ser las consecuencias de esta noche. La única salida es seguir adelante con el plan. Como si no hubiera hecho ya cosas peores. Tengo las manos cubiertas de la sangre de los enemigos de mi madre, tanto reales como imaginarios. Hace mucho tiempo que asumí que eso no podía cambiar. Ya no estoy dispuesto a luchar esa dura batalla por la santidad. Mi destino es el Tártaro.

Me inclino hacia delante y apoyo los codos en la mesa.

—Estoy seguro de que Hermes ya te habrá puesto al corriente, pero prefería hablar del tema en persona.

—Algo me ha dicho. —Psique se encoge de hombros para quitarse la chamarra, y deja a la vista un suéter fino de color negro que se ciñe a su pecho como una segunda piel—. ¿Cómo tienes el pecho?

—¿Qué? —pregunto sorprendido.

—El pecho. Ese que tenías lleno de cortes hace dos semanas. —Me hace un gesto con la cabeza—. ¿Fuiste a que te viera un médico?

Antes de que pueda contener el impulso, me llevo la mano al pecho.

—Sí, no era tan grave como parecía.

—Qué afortunado.

—Sí, mucho. —Fue todo un descuido de mi parte. Si no me hubiese dado prisa para llegar a tiempo a la fiesta, jamás habría bajado la guardia el tiempo suficiente para que el padre de Polifonte me atacara tantas veces—. Aunque, bueno, sobreviví a la pelea. No todos los involucrados pueden decir lo mismo.

Psique respira hondo.

—¿Como una chica guapa que hizo demasiadas preguntas?

Cierto. Esa frase se la dije yo aquella noche, ¿no? No me molesto en sonreír.

—Mi madre se lleva mal con muchas chicas guapas de Olimpo. —Con personas guapas, mejor dicho. La belleza y la atención son más importantes que el género, y Afrodita quiere llevarse la mayor parte de ambas cosas.

—¿Quién era?

—Saberlo no cambiará nada.

Psique me mira con una sonrisita triste en el rostro.

—Anda, dímelo.

Lo de que saberlo no cambiaría nada iba en serio. No le salvará la vida. No cambiará nada de lo que pase aquí esta noche.

—Polifonte.

—No me suena —contesta con el ceño fruncido.

—No tiene por qué sonarte.

Polifonte no había subido en la escala social tanto como para asistir a las fiestas de la torre Dodona. Carajo, si es que lo único que había conseguido había sido poner en riesgo su vida. Esa tonta pensó que podía enfrentarse a Afrodita y que no iba a haber consecuencias. Aunque no hubiese hecho enfadar a mi madre, la chica habría tardado un mes en despertar la ira asesina de cualquier otra persona importante. Soltaba mucho la lengua, y no era precisamente muy prudente.

—Eros... —Psique sacude la cabeza, y una expresión reflexiva se refleja en su rostro—. Olvídalo, supongo que da igual.

De pronto me muero de ganas por saber qué ha estado a punto de decir. ¿Iba a hacer algún comentario de cómo me atrapó con la mirada clavada en su boca? Ella me correspondió mordiéndose el labio. Pero no creo que lo hiciera de forma consciente. Así como tampoco creo que se percatara de que me miró la boca unos segundos eternos antes de romper el momento. Si hubiésemos sido otras personas, en cualquier otra situación, quizá la habría besado en aquel mismo instante.

Quizá habría tirado de ella hasta colocarla sobre mi regazo y la habría engatusado hasta despojarla de cualquier recelo hacia mí. Primero con un beso, y después con un juego de seducción paulatino que ambos habríamos disfrutado muchísimo.

Niego con la cabeza. ¿En qué carajos estoy pensando? De haber llegado a traspasar ese límite, no habría hecho más que empeorar la situación en la que nos encontramos los dos.

—Tienes razón, la verdad es que da igual.

—Eso he dicho. —Carraspea y se endereza en el asiento—. Bien, vayamos al grano. Querías que nos viéramos para hablar de cómo vamos a desviar la atención de los medios de nosotros. Bueno, desviarla de ti, sobre todo. Estoy convencida de que a Afrodita no le gusta para nada toda esta situación, y tú no es que tengas tanta práctica lidiando con estas cosas como yo. Te he traído un par de ideas.

—¿Cómo dices? —pregunto parpadeando sorprendido.

—Por eso nos hemos reunido aquí, ¿no?

Carajo, igual mato a Hermes por haberle hecho creer eso. Le dije a esa mujer que consiguiera que Psique viniera hasta aquí, que le dijera lo que hiciera falta, pero no me esperaba que usara la bondad innata de la chica en su contra. Se me cae el alma a los pies.

—Has venido aquí porque crees que necesito tu ayuda para manipular a los medios y que se centren en perseguir a otra persona. —Como si no hubiera hecho eso ya antes yo solito. La tontita ha venido corriendo hasta aquí, ha caído justo en mi trampa sin pensárselo dos veces, y todo porque creía que necesitaba su ayuda.

Creo que voy a vomitar.

Psique se pone rígida.

—¿No nos hemos reunido por eso?

—No —contesto casi con dulzura. Dioses, cómo me odio ahora mismo—. No nos hemos reunido por eso.

—Entonces estás aquí de servicio oficial, imagino —dice después de aclararse la garganta.

—Sí. —La palabra emerge de mi interior como si fuera una disculpa.

Un momento de silencio. Otro. Psique se yergue.

—Ni de broma puede estar tan enojada por una sola fotografía...

—Pues la verdad...

Psique sigue hablando como si nada.

—Aunque, en fin, supongo que las cosas no son tan sencillas. Mi madre y ella llevan diez años peleándose, y no le gustará que Deméter se meta con ella. Los motivos carecen de importancia. La cuestión es que no tiene nada con lo que destruirme. No tengo ningún muerto en el armario. Lo que significa que inventará algo. —Apoya los brazos cruzados en la mesa, justo debajo de los pechos—. ¿Qué tienes pensado hacer? ¿Vas a inventar un escándalo sexual cutre? Puede que hasta intenten exiliarme, aunque les deseo suerte si ese es el caso. Mi madre no lo permitirá.

Es evidente que no se lo está tomando en serio, y de pronto siento la necesidad imperiosa de que lo haga. No sé por qué. Para mí sería muchísimo más fácil si ella pensara que todo esto no es literalmente un asunto de vida o muerte. Y, aun así, me encuentro revelándole la verdad.

—Afrodita no quiere arruinarte la vida. Quiere verte muerta.

Psique se queda pálida.

Me espero lágrimas. Súplicas. Hasta que intente huir. Pero no se inclina por ninguna de esas opciones. Tras tomarse un momento para recomponerse, se limita a ponerse derecha y a sostenerme la mirada.

—Eros, me pareces un hombre no poco inteligente.

—Gracias —respondo con indiferencia. Dada mi experiencia, me había creado una idea de cómo se daría la conversación, y Psique no ha cumplido con mis expectativas ni de lejos. A mi pesar, una pizca de curiosidad se abre paso a través de mi determinación por ver cómo se desarrollan las cosas. Sabía que Psique no se parecía a ninguna de las personas con las que había tratado en mi vida. Sospechaba que era una chica formidable, pero lo es mucho más de lo que podría haber llegado a imaginar.

—Seguro que sabes a quién tengo de mi lado. Si me haces algo, Perséfone te hará pedazos, y Hades estará con ella para asegurarse de que nadie la detenga. —Psique se inclina hacia delante y no puedo evitar desviar la mirada hacia el lugar exacto en el que acaba el impresionante escote en pico de su suéter—. Y eso no es nada comparado con lo que hará mi madre. A diferencia de Afrodita, Deméter no tiene ningún problema con mancharse las manos cuando la situación lo merece.

—¿Me estás diciendo que tu madre asesinó al último Zeus?

—Por supuesto que no —contesta resoplando—. Es un rumor sin confirmar y tú lo sabes. No hagamos ahora como que tu madre no se hubiera aprovechado ese cuento y lo hubiera esparcido si tuviera la más mínima prueba.

Tiene razón. Aun así, me resulta interesante que no haya reafirmado abiertamente la inocencia de Deméter. Puede que la versión oficial sea que Zeus rompió «por accidente», vaya uno a saber cómo, la ventana de su despacho y que «por accidente» se cayó y murió, pero todo el mundo sabe que esa no es la verdad.

Pero nada de eso importa.

La situación se está saliendo de control muy rápido.

—Psique...

—No he acabado todavía. —Observa detenidamente la copa que he pedido para ella, la que lleva el sedante que la dejará sin sentido y que seguro le evitará cualquier sufrimiento—. Además, hay un factor que deberías tener en cuenta antes de seguir adelante con tu plan. Mi madre está negociando mi boda con Zeus. No lo veo dándote las gracias por haber matado a su futura Hera.

Comprendo lo que me acaba de decir y, con ello, llega una frustración tan abrasadora que podría convertirme en cenizas.

—Si estuviese sobre la mesa, esto ya se habría cancelado.

Ni siquiera Afrodita se arriesgaría a ir en contra de la futura Hera.

—Puede ser, pero, aun así, sigue siendo un riesgo enorme. Como ya te he dicho antes, me pareces un tipo listo, así que seguro que ya lo has considerado.

Ese es un cumplido de lo más ambiguo. Muy a mi pesar, la admiración me embarga. Ha llegado aquí con una idea en mente, pero se ha adaptado sin apenas un atisbo de duda y ya va encaminada a ganarme la partida.

—De no haberlo hecho, no sería tan listo, ¿no?

—Exacto. —Psique inclina la cabeza hacia un lado, y añade—: Y ahora, tras dejarlo todo claro, tengo una pregunta que quiero hacerte.

Me echo hacia atrás maldiciendo y le hago un gesto con la mano.

—Por supuesto, no seré yo quien interrumpa tu brillante monólogo.

—Gracias. —Me brinda una sonrisita que casi vence al miedo que asoma en esos ojos de color avellana. Cuando su familia entró en escena hace unos diez años hice muchas conjeturas sobre esta mujer; y esas conjeturas parecieron confirmarse con el transcurso de los años. Pero teniendo en cuenta la ayuda que me brindó durante la fiesta y esta conversación, me veo obligado a admitir que quizá me haya equivocado de cabo a rabo con ella.

No es una *influencer* insulsa que tiene como pasatiempo gastarse el dinero de su madre y hacerse fotos bonitas para sus seguidores. Bajo esa cabeza tan bonita se esconde una mente astuta, y está haciendo uso de toda su inteligencia para intentar salir de esta situación con vida.

Psique se coloca un mechón de pelo detrás de la oreja.

—Si tan importante es la estabilidad que Deméter, Hades y hasta Zeus están poniendo de su parte para alcanzarla, ¿de verdad crees que se mantendrán al margen y que no investigarán la disputa cruel de tu madre? Quizá estén dispuestos a hacerse de la vista gorda cuando los objetivos de Afrodita no pertenezcan a sus círculos más íntimos, pero no soy una arribista de cuarta a la que nadie conoce. Soy la hija de Deméter. Si me haces daño, intervendrán. Acabarán con ella, y contigo.

No se equivoca en absoluto. Cuando la mayoría de los Trece están de acuerdo y coinciden entre ellos, son una fuerza casi imparable. Es una lástima que eso no le vaya a servir de nada a la chica que tengo enfrente.

—Muy lindo todo. Aunque fuera verdad, de nada importaría.

Y, con mis palabras, desaparece su sonrisa.

—Pero ¿qué estás diciendo? Te acabo de enumerar a varios de los peces gordos de la ciudad, y me imagino que Poseidón también les brindará su apoyo dado que parece que detesta cualquier artimaña que se lleve a cabo para conseguir una posición social. Estamos hablando de las tres familias originales. Estoy segura de que tu madre es lo bastante lista para saber cuándo ha perdido. Tú segurísimo que sí. Nadie que utilice la lógica seguiría adelante con ese pronóstico tan malo.

Reprimo un suspiro. Ese es el quid de la cuestión, ¿no?

—Muy osado por tu parte asumir que mi madre utiliza la lógica en algún momento de su vida. ¿Acaso no la conoces?

Psique abre la boca, parece reconsiderar lo que fuera que iba a decir, y al final frunce un poco más el ceño.

—Creía que todo el tema ese de la venganza cruel era puro teatro.

Si así fuera, mi vida sería mucho más fácil; sin mi madre viviendo para ver la caída de cualquier persona que la enfurezca, aunque sea un poco solo.

—Es más que capaz de lidiar con las repercusiones de sus actos.

De una forma u otra. No sé cómo lo hará, pero ya sé lo que me diría si sacara el tema a colación delante de ella.

«Tu trabajo no es pensar, hijo mío; es castigar a quien yo te diga que debes castigar.»

«Mata a la chica y, de paso, hazte con el corazón de Deméter.»

Psique está cada vez más pálida.

—No puedes hablar en serio.

—Claro que sí.

—Acabo de llegar y te he dicho que puedo poner a gran parte de los Trece en su contra, y da igual lo que haga porque a la persona que te da órdenes le importa más cumplir con su venganza personal que la vida de su hijo. —Me mira fijamente escudriñándome el rostro en busca de algo que jamás encontrará—. Tenías prisa por llegar a la fiesta por ella, ¿no? ¿Por eso no fuiste antes al hospital? Me imagino que estaría enfurecida porque llegabas tarde.

Psique está a punto de dar en el clavo.

—Eso no importa.

—Claro que importa. Estabas herido, Eros. Hasta mi madre, con todas sus maquinaciones y esa crueldad tan suya, se preocuparía si alguna de nosotras estuviera herida.

Le lanzo la mirada que esa afirmación se merece.

—Yo diría que eso apoya mi argumento, no el tuyo. Pero eso da igual, porque nadie me culpará de esto. Tú misma te has encargado de eso. —Saco el celular, busco la aplicación que necesito, y la abro. Después, apoyo el celular en la mesa, entre los dos. Psique se inclina hacia delante y pasa un par de publicaciones, la piel cada vez más pálida. Yo ya sé lo que está viendo. A Hermes, Dionisio y a una morena con curvas que, al parecer, se lo están pasando de lujo en la ciudad. La cara de la chica morena no se ve en ninguna de las fotos, pero su complexión y el corte de pelo es tan parecido al de Psique que todo el mundo creerá que es ella—. Todas las fotos están etiquetadas y tienen la marca de tiempo. Nadie sabe que estás aquí.

—Hermes sí.

—Hermes juega con sus propias normas. No te es leal. Solo es leal a sí misma. —Tomo mi celular—. Y no saldrá a contar la verdad por las mismas razones que tú acabas de enumerar. Le interesa tanto la estabilidad como a Zeus y los demás. No revelará ningún dato que pueda dar pie a una guerra. —Hermes es tan caótica que, por lo general, jamás fingiría saber por dónde va a salir, pero sé que esto es así.

En el fondo, se debe a la ciudad de Olimpo, como el resto de los Trece.

A Psique le tiembla un poco el labio inferior, pero no disimula el intento por controlar el temblor.

—Te mereces algo mejor que no ser más que un sicario de tu madre, Eros.

—No intentes recurrir a mi humanidad. No la tengo.

La chica se inclina hacia delante y baja el tono de voz, mientras me suplica con esa mirada color avellana.

—Te ayudé hace dos semanas. No tenía por qué hacerlo, y los dos lo sabemos. Puede que carezcas de humanidad, pero seguro que crees en que se debe equilibrar la balanza. ¿De verdad vas a recompensarme mi ayuda con violencia solo porque tu madre se ha enojado?

—Psique. —Maldición, no tendría que haber pronunciado su nombre. Me sienta bien decirlo, y hace que quiera cosas que no son para mí—. Déjalo. Nada de lo que digas cambiará lo que va a pasar.

Por primera vez desde que se ha sentado frente a mí, veo reflejado en sus ojos el auténtico temor. Vino aquí preparada para ayudar al hijo de la enemiga de su madre, y se adaptó para dar un argumento verdaderamente espectacular que habría funcionado con cualquier otra persona, de no haber sido ella misma el medio para justificar su caída por haber confiado en mí lo suficiente para inventarse una coartada para su ubicación. Ha pasado muchísimo tiempo desde la última vez que alguien me desafió, que alguien intentó contraatacar, superarme.

Muchísimo tiempo desde la última vez que alguien fue un poco amable conmigo.

Me descubro estirando el brazo y colocando una de mis manos sobre la suya. Me sorprende lo cálida que tiene la piel.

—Por si te consuela, ha sido un buen intento. Has hecho todo lo que has podido.

—Qué curioso que eso no me consuele para nada. —Baja la mirada, donde nuestras manos se unen—. Y, ahora, voy a necesitar que me quites la mano de encima. No es que me guste recibir consuelo de mi asesino.

Noto un pinchazo, aparto la mano de la suya y me froto el pecho; la sensación que tuve cuando me curó las heridas es cada vez más intensa. ¿Qué diablos es esto? Ni de broma voy a tener justo ahora un ataque de remordimientos. No puedo salvar a esta mujer. Puede que sea el sicario preferido de mi madre, pero no soy el único, ni de chiste. Si me niego a hacer esto, enviará a otra persona, y a esa persona le dará igual si Psique está aterrada y agonizando en su lecho de muerte. Se limitará a acabar con ella, y ya.

—¿Fue esto lo que hiciste con Polifonte? ¿La citaste para tomar algo, después la llevaste a la parte de atrás y la mataste? Imagino que tendría que felicitarla por resistirse, pero es evidente que no le fue bien. ¿Cuántas veces has hecho esto, Eros? ¿Es esta la vida que quieres, en serio?

—Calla. —Sueno más duro de lo que quería, pero sé lo que está intentando hacer, y no funcionará. No he sido yo quien ha decidido convertirse en el monstruo favorito de mi madre, pero ahora ya está hecho y no hay vuelta atrás—. Lo que te he dicho antes iba en serio. Hablando no vas a conseguir librarte de esta.

Se pasa los dedos por las puntas del pelo, y se retuerce los mechones de forma tal que parece hasta dolorosa, pero en su rostro veo una expresión de serenidad que resulta inquietante.

—Quería tener hijos. Y ahora me parece una soberana tontería. ¿Por qué querría traer niños a este mundo? Pero los quería. Pensaba que tendría más tiempo. Solo tengo veintitrés años.

«Mierda.»

—Calla —repito.

—¿Por qué? —La brusquedad y el enfado rompen la serenidad—. ¿Hace que me veas más como a un ser humano? ¿Que te cueste más apretar el gatillo?

Sí. Y antes de todo esto ya iba a ser un esfuerzo titánico.

—Da igual lo que yo quiera. —No era mi intención decir eso, pero hablando de esta chica no tenía pensado decir muchas cosas. Es muy valiente, y me mata que me hayan ordenado que apague esta luz. Pero no tengo elección.

A no ser que haya una forma de recompensar su amabilidad de la otra noche...

No. Es una idea de mierda, y nada infalible. Con las venganzas mi madre es como un perro con un hueso. No dejará que nada se interponga en su decisión de castigar a Psique y a Deméter con la muerte de la primera. Si intento impedírselo, pasará por encima de mí y de todas formas matará a la chica.

—Prométeme que no les harás daño a mis hermanas.

Hago a un lado esos pensamientos traicioneros y la miro.

—Sabes que no puedo prometerte eso. —Al ver cómo entrecierra los ojos, me ablando—. A ver, Perséfone no puede estar más a salvo estando casada con Hades, y nadie quiere que el monstruo de Olimpo llame a su puerta. Seguramente Calisto esté a salvo más o menos por la misma razón; nadie querrá enfrentarse a la brutalidad de tu hermana. No sigue las normas, y eso basta para que gran parte de sus enemigos lo piensen dos veces antes de ir contra ella. Y Eurídice... —Me encojo de hombros—. Solo tiene que quedarse una buena temporada en la zona baja de la ciudad, y son pocas las personas que podrían llegar hasta ella. No creo que Hades o Perséfone vayan a invitar a los esbirros de mi madre a que crucen el río para hacerle daño.

—¿Se supone que eso debería dejarme más tranquila? Podrías prometerme que no vas a hacerles daño.

Le lanzo la mirada que esa afirmación se merece.

—No me creerías.

—Podrías darme tu palabra.

Sé que está intentando parecer más humana ante mis ojos, remorder mi inexistente conciencia, pero ¿cuándo fue la última vez que a alguien le importó mi puta palabra? Los encargos de mi madre me han labrado muy mala fama, aunque puede que merecida. Nadie confía en mí, porque basta con hacer enojar a Afrodita y su voluntad invalida la mía. Ella apunta, yo disparo. Mi palabra no sirve de nada.

Puede que sea justo por eso por lo que me veo preguntándole a esta chica:

—Si te diera mi palabra, ¿me creerías?

—Sí.

Esa palabra hace que me sienta como si se hubiera abalanzado contra mí y me hubiera dado un puñetazo en el pecho. No hay atisbo de duda en esas dos letras. Si le doy mi palabra, me creerá; es así de simple. Observo a esta chica que desafía mis expectativas. Me había medio convencido de que aquella noche Psique cuidó de mí por pura casualidad; o, al menos, que fue un acto que podía ignorar. Pero no fue casualidad. Y la prueba de ello es que ha venido esta noche a este bar.

Psique es una buena persona de verdad que, no sé cómo, ha conseguido sobrevivir a los problemas de Olimpo.

Y mi madre quiere que apague su llama. Trago saliva, y pregunto:

—¿De verdad?

—Sí —repite Psique. Deja de retorcerse los mechones de pelo y centra toda su atención en mí—. ¿Vas a darme tu palabra?

—No puedo prometerte nada —contesto negando con la cabeza con un lento movimiento.

—Ah. —La decepción que veo en ese rostro tan hermoso me atraviesa como un puñal. No soy buena persona. Nunca se me ha dado la oportunidad de serlo, y tampoco es que yo me haya resistido con todas mis fuerzas cuando se abrió mi camino bajo los pies. Pero... ¿matar a Psique? Antes me resultaba incómodo pensarlo, pero después de esta conversación, me pone enfermo.

No... no puedo hacerlo.

Quizá sí tengo alma, aunque esté sin usar y cubierta de polvo; porque me repugna tanto la simple idea de arrebatarle la vida a Psique que estoy a punto de hacer algo injustificable. Le doy un sorbo a mi vodka tonic, y el ardor del alcohol no me ayuda a disipar la repentina resolución que se está apoderando de mí.

En mi mente se desarrolla un plan disparatado, muy descabellado. Desafiar a mi madre es peligroso, pero es un riesgo que estoy dispuesto a correr. Psique ya ha arriesgado su vida por mí dos veces. Puedo corresponderle, desde luego. Pero no soy buena persona, como ella. No estoy actuando por amabilidad. Sino por pura necesidad egoísta.

—Puede que haya otra opción.

PSIQUE

Me parece un giro muy cruel del destino que le concediera a Eros Ambrosia el rostro de un dios dorado y no se le ocurriera darle un corazón. Está ahí sentado y, no sé cómo, pero de alguna forma ha encontrado el único rayo de luz en este agujero oscuro, y me mira con ojos impasibles de un color azul pálido. Sin culpa. Sin empatía. Ni siquiera con la anticipación de lo que está por venir. Tampoco hay sed de sangre en ellos, solo una especie de hartazgo, como si estuviera cansado de esta canción y este baile, y únicamente quisiera acabar con todo para volver a casa y meterse en la cama.

Luce casi la misma expresión que cuando me agradeció que lo hubiera ayudado.

Me niego a albergar esperanzas de que me esté ofreciendo una salida de verdad, pero la desesperación en la que estoy a punto de sumirme me vuelve imprudente. Me creí muy lista al crear esa farsa con Hermes para que Eros y yo pudiéramos urdir un plan juntos. ¿En qué estaba pensando? Lo primero que debí haber hecho fue acudir a Perséfone. Solo porque Eros no se comportara como un monstruo redomado conmigo hace dos semanas no quiere decir que sea de fiar.

Si hubiera sabido que estaba en peligro, me hubiera largado

a la zona baja de la ciudad y hubiera aceptado la protección de Hades y Perséfone. Solo sería una solución temporal, pero al menos mi vida duraría mucho más que esta noche. Ese tiempo de más me habría dado la oportunidad de pensar cómo salir de este desastre, sin tener que involucrar a mi madre.

Si se entera de que Afrodita ha ordenado que me maten, irá por la mujer sacando todo su arsenal. Y mi madre tiene un arsenal muy completo. Puede que no matara al anterior Zeus ella misma, pero sin duda puso en marcha los eventos que desencadenaron su muerte. También es la única razón por la que su fallecimiento se declaró como accidente en vez de asesinato. Ayudó a allanar el camino para que el mismísimo Hades volviera a entrar en sociedad. Sabe de algún trapo sucio de Poseidón que le asegura que la apoyará al menos la mitad de las veces. Pero, incluso con todo ese poder a su disposición, abandonaría toda prudencia y cometería alguna insensatez, como por ejemplo intentar atropellar a Afrodita con su coche. Algo que no me sorprendería para nada.

Si lo hubiera sabido...

Pero tampoco es que importe. Centrarme en los «hubiera?» es abocarse al desastre. He cometido un error. Solo porque no supiera el costo no quiere decir que esté exenta de pagarlo.

Eros me observa con tanta atención que casi me olvido de todo y le doy un sorbo a la copa que me estaba esperando cuando he llegado a la mesa. Ahora que sé lo que sé, no me cabe duda de que está envenenada, aunque no tengo muy claro si será una dosis letal o una mínima con el fin de incapacitarme.

—Puede que haya otra opción —repite, como si nos estuviera calmando a ambos.

Después de todo lo que ha dicho, de repente va y me ofrece una alternativa. ¿Por qué? ¿Es otra forma de atormentarme? Quiero gritarle a la cara, lanzarle la bebida envenenada y ver cómo escurre por sus facciones perfectas. Quizá tenga suerte, le queme la piel y lo distraiga el tiempo suficiente para salir corriendo.

Observo el bar. Está más oscuro aún que cuando he llegado y la gente ha empezado a entrar poco a poco. A pesar de seguir formando parte de la zona alta, este lugar está lo más lejos posible de las brillantes calles que rodean la torre Dodona. Además, se encuentra en un distrito con el que no estoy muy familiarizada. Es bastante probable que Eros (o, más bien, Afrodita) haya contratado a esta gente y que, en cuanto intente huir, me atrapen y me lleven a rastras hasta él.

No, me he quedado sin opciones y ambos lo sabemos. Intento tragarme el pánico porque me impide pensar.

—¿Qué otra opción?

—No te va a gustar.

Lo dice con tanta monotonía que se me escapa una risa.

—Claro. Porque la idea de que me asesinen me gusta mucho más.

Por fin parece encontrar las fuerzas necesarias y anuncia:

—Cásate conmigo.

Parpadeo. Esas dos palabras llenas de ternura no conforman una frase con sentido. De hecho, cuanto más tiempo penden entre nosotros, menos sentido tienen.

—Perdona, pero creo que he oído mal. Juraría que me has pedido que me case contigo.

—Porque lo he hecho.

Sigue sin atisbarse emoción alguna en sus ojos, ninguna reacción que me indique lo que está pensando. Estoy acostumbrada a ser capaz de percibir algo, por poco que sea, de la gente que me rodea. Incluso los mentirosos más expertos se delatan, y a lo largo de los años he pasado el tiempo suficiente vagando por las fiestas de Olimpo como para descubrir los puntos débiles de los jugadores principales. Es cuestión de supervivencia y a mí eso se me da muy bien. Sé que Ares se rasca la barba cuando quiere estrangular a alguien. Sé que Perseo (ahora Zeus) se pone serio cuando está ganando tiempo para contestar. Incluso el último Zeus, sin ser transparente, subía la voz y adoptaba una actitud alegre y escandalosa cuando estaba furioso.

Con Eros no noto nada.

Me descubro a mí misma alcanzando la bebida por instinto y empujo la copa a la parte más lejana de la mesa.

—No tiene gracia.

—¿Ves que me estoy riendo? —Suspira como si ya estuviera cansado de nuestra conversación—. Fallarle a mi madre tiene consecuencias y no estoy dispuesto a pagarlas. No puedo irme de aquí sin matarte o casarme contigo.

Se me escapa una carcajada histérica, agarro su bebida y me la tomo de un trago. Vodka tonic. No podía ser otra cosa. Me estremezco.

—Eso es absurdo. ¿Por qué solo tenemos esas dos opciones? Si no quieres matarme, sin duda habrá algo más que puedas hacer.

—No lo hay. —Cuando me limito a observarlo, se encoge un poco de hombros—. Mira, si me caso contigo, eso me unirá a Deméter tanto como a ti te unirá a Afrodita. No podrá exiliarme sin causar un alboroto y, si de repente apareces muerta, no habrá duda de lo que pasó. Si lo hacemos creíble, todos supondrán que se trata de un romance entre los hijos de dos rivales. Como ya nos han demostrado las dos últimas semanas, a los medios les encantan esas tonterías estilo Romeo y Julieta.

—La verdad es que no me estás convenciendo con esa comparación. Romeo y Julieta acabaron muertos.

—Cosas de semántica. Ya sabes que tengo razón.

Me froto la garganta, donde todavía siento el ardor del alcohol, mientras intento buscarle la lógica a esto. Los matrimonios por conveniencia no son nada inusual en Olimpo, sobre todo entre las familias pertenecientes a los Trece. Todos andan en busca de poder constante. Lo más normal es que creen alianzas, y utilizar el matrimonio para sellar una alianza es una práctica antigua. Es solo que... A pesar de las obvias maquinaciones de mi madre, me creía totalmente capaz de evitar que me casaran con alguien que intente hacerme daño. Era lo mínimo que podía pedir, pero aquí estamos.

—¿Lo dices en serio? —pregunto por fin.

—Sí.

No hay razón para que esto sea una trampa bien elaborada. Ya me ha traído al polígono de la zona alta y, por la pinta que tienen las calles que lo rodean, hay callejones de sobra en los que puede abandonar mi cadáver sin que nadie se entere. Yo misma le he facilitado el que pueda asesinarme sin consecuencias; no puedo echarle la culpa a nadie de mi insensatez, ha sido mi culpa.

No, lo único que tiene sentido es que Eros me esté ofreciendo casarse conmigo de verdad. En cierto modo tiene razón; si jugáramos bien nuestras cartas, seríamos invencibles. No hay algo que le guste tanto a Olimpo como los chismes. Un matrimonio secreto entre Eros y yo los sumiría en un frenesí, prácticamente se pisotearían los unos a los otros para asegurarse de que son los primeros en conseguir una foto exclusiva. El alboroto que ha creado nuestra foto y que el tema aún siga candente son pruebas más que suficientes. Partiendo de esa base, será pan comido conseguir que la gente se ponga de nuestro lado, que nos apoye para llegar hasta el final. Si alguien nos hiriera a alguno de los dos llegados a ese punto, Olimpo se toparía con una sublevación que ni siquiera los Trece podrían amainar. Se verían obligados a contestar unas cuantas preguntas incómodas acerca de lo que pasa a espaldas del público, y nadie quiere eso.

Ni siquiera Afrodita.

Así que sí, puede que el plan funcione. Solo hay un asunto pendiente. Aprieto los labios y pienso en Eros. Es atractivo, sí, pero emite un aura de peligro que ni su aspecto impecable puede ocultar.

—Nadie creería que has perdido la cabeza por alguien y te has casado por un romance desenfrenado. Eres demasiado frío. No participas en el juego de los medios y están resentidos por ello.

—No juego su juego porque me aburre, no porque no sea capaz.

Es tan convincente que casi lo creo; aun así, podría salirnos el tiro por la culata de mil formas distintas, y eso solo que se me ocurran ahora mismo. Sé que yo puedo fingir; es lo que llevo haciendo desde que mi madre se convirtió en Deméter y sacó a rastras a nuestra familia de la idílica vida de campo para meternos en el nido de víboras que es Olimpo.

—Demuéstralo.

El cambio es casi instantáneo. Eros me sonríe y es como si el sol saliera de detrás de una nube. Sus ojos se llenan de ternura y se le ilumina la cara. Se inclina sobre la mesa y me da las manos.

—Te quiero, Psique. Casémonos.

Se me pone la piel de gallina y se me acelera tanto el pulso que me palpitan hasta los oídos. Aunque sé que todo es falso, no puedo evitar reaccionar.

—Supongo que con eso servirá —contesto en voz baja.

Y así, sin más, aprieta un botón y la frialdad vuelve a asomarse a su rostro y ojos.

—Como te he dicho, puedo fingirlo.

No quiero hacerlo, pero las opciones que tengo son malas

o malísimas. Lo cual significa que en realidad no tengo opción. No obstante, no puedo evitar seguir presionándolo.

—¿Por qué haces esto? ¿Por qué no haces lo que tu madre quiere y ya?

—Al contrario que mi madre, soy capaz de hacer a un lado mis sentimientos y pensar con racionalidad. —Casi se me escapa un resoplido al oír eso; para empezar, no me puedo imaginar a Eros sintiendo algo. Continúa sin dejar de mirarme—. Tu madre moverá cielo y tierra si te pasa algo, y pondrá la ciudad patas arriba hasta que encuentre al culpable. Existe una remota posibilidad de que descubra que todas las pistas apuntan a mí. Y no me parece que yo vaya a disfrutarlo.

Cuando lo explica así, tiene sentido. Puede que no sea capaz de detener a su madre, pero es consciente de que será él quien pagará las consecuencias si hace lo que le pide.

—¿Esa es la única razón?

Aparta la mirada, primera señal de que igual no tiene todo tan controlado como deja entrever.

—No tengo conciencia, así que no te hagas ideas raras.

—Pues claro que no —murmuro.

—Me siento como una mierda por hacerte esto después de que me ayudaste.

Habla en voz tan baja que las palabras casi se pierden en el murmullo general del bar que nos rodea.

No sé si el hecho de que se haya dado cuenta hace que esta situación mejore o empeore. Está claro que no es algo que pueda intentar usar para chantajearlo, no cuando ha dejado muy claras sus intenciones. No importa que se sienta como una mierda, aun así lo hará. Suspiro.

—Aceptaré con una condición.

—No sé qué te hace pensar que estás en posición de negociar.

El miedo intenta cerrarme la garganta, pero hago acopio de mis fuerzas y consigo vencer a mi instinto, que trata de sofocar mis palabras. No puedo darme el lujo de dejar que el miedo me controle en este momento. Solo tengo una oportunidad para salir victoriosa, así que tengo que sacarle tantas promesas como me sea posible.

—Ambos sabemos que sí lo estoy.

Después de un largo rato, me mira e inclina la cabeza.

—¿Qué condición pones?

—No le harás daño a mi familia. Ni a mis hermanas. Ni a mi madre. No voy a esquivar esta bala para que le disparen a otra.

Él duda, pero al final vuelve a asentir.

—Tienes mi palabra.

No sé si eso será suficiente, pero tampoco es que pueda sacar un contrato y... Hablando de contratos. Mierda.

—También necesitaré que firmemos un acuerdo prematrimonial.

—No.

Me quedan dos años para cumplir veinticinco y poder acceder al fideicomiso que me dejó mi abuela. La cantidad no es cualquier cosa, se ha matado a gente por mucho menos. Aunque, bueno, supongo que Eros dispondrá de una cantidad similar a su nombre. Si hay algo que se sepa de buena fuente acerca de Afrodita es que su fortuna le hace sombra hasta a la de Poseidón. Una de las ventajas de ese título en particular es que el dinero va unido a Afrodita, no a la persona que ostenta el título. Pero las tres últimas Afroditas se han asegurado de que sus hijos no tengan que preocuparse por nada, así que no hay razón para creer que esta haya hecho algo diferente.

—¿Por qué no?

—Porque estamos sumidos en un romance apasionado. La gente que está muy enamorada y quiere correr hacia el altar no es lo bastante racional como para ponerse a redactar acuerdos prematrimoniales antes.

«Mierda. Tiene razón.»

—Está bien.

—Pues, si ya está arreglado, vámonos. —Eros se levanta de la mesa y alarga la mano—. Mi coche está en la parte de atrás.

Deslizo la mano por la suya con cautela y le permito que tire de mí para levantarme del asiento y ponerme de pie. Casi espero que me suelte, pero se limita a entrelazar sus dedos con los míos y se dirige hacia el rectángulo de penumbra que hay en la parte trasera de la estancia. A medida que nos acercamos, me doy cuenta de que se trata de una salida. Mientras estamos caminando por el pasillo estrecho y atravesamos la sucia puerta trasera, se me ocurre que esto podría tratarse de una trampa.

Hundo los talones en el suelo, pero Eros tira de mí sin problemas, sin trastabillar siquiera. Es más fuerte de lo que parece. El pánico deja ver sus horribles garras e intento regular mi respiración.

—Eros...

—Te he dado mi palabra, Psique. —Me arrastra hacia el aire helado de la noche. Las botas se me resbalan en el suelo, pero no parece importarle—. Sé que para mucha gente eso no significa una mierda, pero para mí sí.

Sin duda no he aprendido la lección, porque lo creo de verdad. A pesar de saber que es un mentiroso excelente, esa extraña expresión de su cara cuando le he dicho que creía en su palabra basta para convencerme de que no está mintiendo.

He tomado mi decisión. Tampoco había mucho que decidir, pero no lo voy a dudar. Hasta que me senté en el asiento del copiloto de su elegante coche deportivo, fui consciente de las implicaciones de lo que había aceptado.

Eros arranca el coche y lo miro.

—No podemos decirle a nadie la verdad.

—¿A quién se lo voy a contar? —Lo dice de forma casual, como si fuera evidente que no tiene a nadie lo bastante cercano como para confiarle lo que está ocurriendo de verdad. Sé que no tiene hermanos, pero sin duda tendrá amigos, ¿no? Lo he visto con los hermanos Kasios muy a menudo, aunque las amistades de la alta sociedad en Olimpo normalmente son más alianzas políticas que otra cosa. Eros sale de la parte trasera del bar y saca el coche a la calle—. Eso quiere decir que no puedes contárselo a tus hermanas.

—Eso es un poco más complicado. Mis hermanas no van a creer que me haya enamorado apasionadamente en secreto. Nos lo contamos todo.

—¿Todo?

Frena en una intersección y me mira. El rojo del semáforo le baña las mejillas y la mandíbula, lo cual enfatiza sus labios sensuales y curvados.

Dioses, este hombre está guapísimo. No dejo de pensar que me acostumbraré, pero cada vez que lo miro me desajusta los sistemas. Ya pasará. Tiene que pasarse. No puedo imaginarme estando en contacto íntimo con él durante un periodo de tiempo prolongado y que me siga afectando a tal magnitud. Hay mucha gente hermosa en esta ciudad por la que no pierdo la cabeza. Él formará parte de ese grupo dentro de una semana. Espero.

¿Ha dicho algo?

Sacudo la cabeza.

—Sí, todo. No van a creer que tengo una relación en secreto.

—Pues haz que lo crean, Psique. Si se corre el rumor de que esto no es genuino, ambos pagaremos el precio.

Me cae encima el peso de lo que estamos haciendo y me recuesto sobre el asiento incómodo. Me muevo, pero la cosa no mejora.

—¿Cuánto?

—Cuánto ¿qué?

—Cuánto tiempo vamos a hacerlo.

—Tanto como haga falta.

Lo miro fijamente.

—Me gustaría que fueras más específico.

—Está bien. —Se encoge de hombros—. Hasta que mi madre deje de ser Afrodita.

Eso parece más razonable, pero, aun así, puede ser mucho tiempo. Solo hay tres formas de que uno de los Trece deje de ostentar su título: muerte, exilio o jubilación. Puedo contar con los dedos de una mano cuántos han escogido la última opción en toda la historia de Olimpo. Unos cuantos más se han visto forzados a ello porque la salud o el deterioro mental ha hecho imposible que sigan con sus deberes. Aun así, las cartas no están echadas a nuestro favor. Afrodita no va a renunciar voluntariamente y aún está en la cincuentena. Si no pasa nada, puede vivir unas cuantas décadas más.

No puedo vivir en un matrimonio falso durante décadas. No puedo. Pocas veces me he permitido soñar con el amor, una familia y todo lo que eso conlleva. Si me paso veinte años casada con Eros, eso destruirá todos mis sueños. Al comprenderlo se me forma un peso en el pecho que no me deja hablar.

—No matarás a Afrodita.

—Es un monstruo, pero es mi madre. —Vuelve a dar la vuelta y dirige el coche hacia el norte—. Tampoco permitiré que hagas algo que la ponga en peligro.

Eso limita nuestras opciones considerablemente. Me doy la vuelta para mirar por la ventanilla. Cuanto más nos alejamos del polígono, más cambian los edificios a ambos costados de la calle. Las ventanas dejan de tener barrotes. Las calles se vuelven prístinas y parecen menos sucias. En cuanto entramos a las manzanas que rodean la torre Dodona (la sede del poder de Zeus), los escaparates adquieren un aspecto uniforme que es tan insípido como perfecto.

Varias manzanas al noroeste de la torre, Eros se mete en un estacionamiento subterráneo. Consigo guardar silencio hasta que se estaciona y apaga el motor del coche. Nos sentamos ahí durante un rato, el aire parece empezar a pesar entre nosotros. No puedo mirarlo. Es demasiado peligroso, demasiado volátil. Las palabras manan de mí, se escapan antes de que pueda pensarlas mejor.

—¿Sabes? Me sorprende que ya haya roto mi regla de no irme a otro sitio con alguien que quiere hacerme daño.

Me mira raro.

—¿Siempre haces chistes malos cuando estás nerviosa?

—No. Nunca. Pero, bueno, tampoco es que me hubieran amenazado de muerte antes, así que siempre hay una primera vez para todo.

—Hablaremos dentro.

Lo sigo fuera del coche y contemplo mis alrededores. El edificio de mi madre está un poco más lejos del centro de la ciudad y, aunque es agradable, está muy claro que nuestro barrio no está tan interesado en adoptar la idea que tienen los Trece de lo que la belleza significa. A Madre le gusta estar cerca del distrito agricultor para, cuando ocurran problemas inevitables, poder llegar rápido en coche. Nuestro barrio y nuestra casa son caros pero sencillos.

Este lugar no tiene nada de sencillo. Incluso el estacionamiento apesta a riqueza, desde la fila de coches extremadamente caros hasta las luces brillantes que revelan un descanso para el elevador de cristal. Incluso hay un guardia de seguridad en una cabina hecha de cristal, un hombre blanco con un uniforme insípido. Le echo un vistazo a Eros.

—¿En serio hace falta seguridad?

—Depende de a quién le preguntes.

Eros abre la puerta de cristal que comunica con el descanso en el que se aloja el elevador y da un paso atrás, permitiéndome que le preceda. Me pasa un brazo por la cintura y casi se me sale el corazón por la boca. Tengo que hacer uso de todas mis fuerzas para no apartarlo de un empujón, para relajarme contra él como si tocarlo fuera algo que hago a todas horas.

Entramos en el elevador y apenas espero a que las puertas se cierren antes de intentar separarme. Eros se limita a agarrarme con más fuerza.

—Hay cámaras.

Cierto. Debería haberlo pensado. Pues claro que hay cámaras cubriendo cada centímetro del espacio compartido del edificio. Hablo entre dientes en lo que espero que se parezca a una sonrisa.

—Aún no hemos empezado.

—Empezamos en el momento en el que has dicho que sí. Relájate y deja de rechinar los dientes. —Baja la mirada para sonreírme; su sonrisa falsa con ojos cálidos y labios dulces y curvados—. Al fin y al cabo, estamos enamorados.

EROS

Tocar a Psique ha sido un error. Carajo, es que tiene la piel tan suave que tengo el impulso casi irrefrenable de pasar las manos por todo su cuerpo y... Mierda, tengo que controlarme. Sentirme atraído por ella nos conviene para la mentira que estamos a punto de contar, pero no puedo volver a perder el control de esta forma, es inaceptable.

Mi madre se va a poner furiosa.

No debería hacerme gracia. Es ella quien tiene el sartén por el mango, y tan insignificante resulto yo que hay altas probabilidades de que mande todo al cuerno y me exilie por esto. Por muy insensata que sea mi madre, sabrá que este matrimonio no es más que una farsa. Aunque le daría igual si no lo fuera. A Afrodita poco le importa si estoy perdidamente enamorado de la hija de Deméter o si es un jueguito de manipulación a lo bestia. Solo le preocupa la perpetración de su venganza.

No, a la que tenemos que convencer es a Deméter. Necesito su apoyo, y lo necesito pero ya. Si está de mi lado, de nuestro lado, podrá intervenir y protegernos mucho más de lo que yo puedo hacerlo. Solo soy el hijo de Afrodita. Deméter es una de los Trece, y es la persona con más poder y aliados de la ciudad.

No por nada mi madre la odia tantísimo.

Mi madre me colgaría si pensara que hacerlo le sería provechoso a largo plazo. Deméter amenazó con dejar morir de hambre a la mitad de la ciudad para conseguir que Perséfone volviera a la zona alta y abandonara a Hades; y cumplió con la amenaza. De no haber sido por las precauciones que había tomado Hades, su gente habría muerto. Así que, sí, claro, tenemos que convencer a Deméter de que estamos súper enamorados el uno del otro para hacer salir su legendario instinto materno de sobreprotección. Casi un imposible, pero, si alguien puede conseguirlo, esos somos Psique y yo.

El elevador se detiene y las puertas se abren sin emitir ningún sonido. Mi ático ocupa toda la planta, así que delante tenemos una única sala con una puerta. Suelto a Psique y abro la puerta de mi hogar.

—Bienvenida a casa.

Me imagino que seguirá enseñándome las garras y manifestando sus nervios al mismo tiempo, pero voltea hacia mí con una sonrisa de alegría en el rostro.

—Gracias, amor, qué contenta estoy.

Es mentira. Sé que está mintiendo. Pero saberlo no desmerece ni un ápice la fuerza de mi respuesta. Me inclino hacia atrás y aprieto los puños para evitar tocarla. Me odia, y yo no sé qué siento por ella, pero la química que hay entre nosotros basta para complicarnos las cosas. No me ha pasado inadvertida la forma en la que no deja de desviar la mirada hacia mi boca, como si no pudiese evitar mirarme los labios.

La atracción que sentí por su parte la noche de la fiesta no fue imaginación mía.

No es que me sorprenda; tengo espejos en casa, claro. Mi apariencia es una más de las armas que conforman mi arsenal. Cuando la gente ve una cara bonita, está programada para esperar ciertas cosas de ella, y eso implica que no suelen buscar el peligro que acecha bajo la superficie. Si Psique se suma a aquellos que me encuentran atractivo, mucho mejor. Vamos a pasarnos una buena temporada muy cerca el uno del otro.

A lo mejor no debería estar ilusionado al respecto. Ni de puta broma debería estar pensando en cuánto tiempo pasará hasta que pueda volver a tocarla con las manos. Tengo que mejorar. Si queremos que nuestro plan funcione, ninguno de los dos puede permitirse distracciones.

Psique entra en mi casa y suelta un silbido.

—Te luciste con la temática de mujeriego millonario con la decoración de tu casa, ¿no? Qué vulgar.

Su comentario disipa un poco la lujuria que me nubla la mente. Intento juzgar mi ático desde su perspectiva. De acuerdo, sí, está lleno de objetos caros, pero apuesto lo que quieras a que la casa de su madre también.

—¿Qué tiene de malo?

Psique tuerce la boca y con un movimiento de la mano abarca toda la habitación.

—Tienes que ser muy narcisista para tener un recibidor con seis paredes y que haya espejos en cada una de ellas.

—No hay espejos en todas. Solo en cuatro. —En las otras dos están la puerta que da al elevador y la puerta que nos lleva al resto del ático. Noto que me hierve la piel, pero esta vez no es por culpa del deseo—. A mi madre le parece de suma importancia dar una buena primera impresión.

—Di mejor que a tu madre le encanta ser el centro de atención, aunque sea la única persona en la habitación. —Lo dice con el rostro impávido. Antes de que se me ocurra qué contestarle, Psique se acerca al espejo que tiene más cerca. Son espejos enormes que van del techo al suelo, que abarcan casi toda la pared, y con marcos de estilo metálico—. Eros, esto es absurdo.

—Pasa los dedos por el marco, que tiene un diseño que semeja un montón de plumas agrupadas—. Un trabajo magnífico, pero de lo más absurdo.

—Estás siendo muy criticona. —Parece que estoy a la defensiva, pero no puedo evitarlo. Como tampoco puedo evitar observar a Psique y a todos sus reflejos mientras se mueve por la habitación, deteniéndose ante cada uno de los espejos para poder apreciar los diferentes marcos. Plumas, puñales, corazones rotos y un montón de flechas.

Psique toca la punta de la flecha.

—Qué afilado.

—Ya te lo he dicho, a mi madre le gusta dejar huella.

—Anda, enséñame la casa. Tengo que saber qué otras monstruosidades alberga este lugar antes de seguir adelante con el plan —contesta ella sacudiendo la cabeza.

Sé que está usando el humor para lidiar con el giro de los acontecimientos que ha vivido esta noche, pero, aun así, me molesta.

—No tengo por qué casarme contigo, ¿sabes?

—Pues yo creo que sí. No me pareces esa clase de tipos que hace cosas sin un buen motivo; y no te vas a casar conmigo porque fui buena contigo quince minutos una vez en una fiesta. No tienes por qué confesármelo, pero vamos a dejar de fingir que todo esto solo favorece a una de las partes, ¿sí?

Pero es que ese es el problema; no estoy seguro de tener una verdadera razón para lanzarme a esta aventura con ella. Quizá no comprenda lo importante que fue ese momento porque está acostumbrada a ir por la vida repartiendo pequeños gestos de amabilidad casi a diario. Pero ese no es mi mundo. Si se lo digo, se reirá en mi cara, y con razón. ¿Qué clase de monstruo soy si vacilo a la hora de aplastar una sola rosa? No me gusta la idea de un mundo sin su radiante presencia en él. Si quiero que Psique siga viva, si quiero que nada la aplaste, esta es la única opción que tenemos.

Si fuera una buena persona, la ayudaría a buscar una forma para que pudiera escapar de Olimpo. El exilio es duro, pero es una chica lista que dentro de poco tiempo tendrá acceso a un fideicomiso abundante. Aunque echaría de menos a su familia, saldría adelante. A mi madre le importa poco lo que pase fuera de los límites de la ciudad (y mucho menos con lo complicado que es entrar y salir de Olimpo), así que sería un plan muy efectivo.

Salvo por el hecho de que Psique estaría lejos de mí también.

La deseo. La deseo con una intensidad ilógica, pero que no puedo negar. Va a ser mía.

Me paseo detrás de ella mientras curiosea por la casa, mientras hace ingeniosos comentarios algo despectivos de los llamativos azulejos negros que forman el suelo de todo el ático y de las gruesas cortinas de color rojo oscuro que enmarcan los grandes ventanales y los espejos que pueblan cada habitación. Incluso husmea en el refrigerador antes de mirarme largo y tendido.

—Tienes cocinero. Interesante. Te creía demasiado paranoico como para dejar que entrara gente a esta casa.

Apoyo la cadera en la barra de la cocina y me cruzo de brazos.

—¿Qué te hace pensar eso?

—Tienes el refrigerador lleno. Si fueras de los que compra la comida hecha, estaría lleno de envases de comida para llevar, o vacío. Pero la verdura es fresca, y eso indica que alguien viene a cocinarla.

Grandes deducciones, desde luego, pero eso no explica cómo ha llegado a la conclusión del cocinero.

—¿Y?

No sé cómo, Psique consigue mirarme por encima del hombro a pesar de medir unos quince centímetros menos que yo.

—Ya acéptalo, Eros. Alguien que se cuida tanto como tú no se hace la comida.

—Creo que alguien está otra vez dando por hecho las cosas.

Me mira con el ceño fruncido, y está bonita hasta cuando me mira mal.

—Ahora me dirás que sabes cocinar.

—Pues sí, cocino, y se me da bien también. —Cuando veo que no relaja el ceño, acabo dándole más detalles de mi vida—. Tenías razón con lo de que no me gusta que venga gente a mi casa, y cocinar es una de las actividades con las que me relajo.

El ceño fruncido desaparece, y en su lugar distingo una mirada llena de curiosidad.

—¿Qué otras actividades haces?

—Entrenar. —Centro mi atención en su rostro—. Coger.

Psique se pone roja como un tomate, lo cual me resulta de lo más fascinante. Solo se alteró así cuando hablamos de su muerte. Que haya reaccionado de esta manera no hace más que aumentar mis crecientes sospechas de que se siente tan atraída por mí como yo por ella.

—Eso no funcionará.

—Pues hasta ahora me ha funcionado de maravilla —contesto sorprendido.

—Me imagino que sí. —Se sobrepone enseguida y le resta importancia—. El sexo es una forma estupenda de aliviar el estrés.

Me alejo de la barra de la cocina y me acerco a ella con sigilo. Despacio. Dándole todo el tiempo del mundo para verme ir hasta ella y decidir cuál va a ser su próximo movimiento.

—¿Tú coges, Psique?

—Eso no es de tu incumbencia. —Su voz baja hasta convertirse en un susurro cuando me detengo ante ella y me inclino hacia delante, y apoyo las manos en la barra, a ambos lados de sus generosas caderas—. ¿Qué haces?

—Practicar. —Soy un puto mentiroso, pero es tan buena razón como cualquier otra—. No puedes sobresaltarte cada vez que me acerco a ti. Si lo haces, nadie se va a creer que nos pasamos el día cogiendo como conejos. —Cada vez que utilizo el verbo *coger*, se estremece un poco. No es para nada indiferente.

Estira los brazos con cautela, casi como si esperara que la mordiera, y con cuidado apoya las manos en mi pecho.

—¿Así? ¿Ya podemos seguir con nuestra plática?

¿Qué plática? No consigo hilar dos pensamientos seguidos con sus manos sobre mi cuerpo, y lo único que está haciendo es apoyarlas sobre mis pectorales como si estuviese lista para apartarme de un empujón. Libro una valiente batalla contra mi cuerpo para no reaccionar como un adolescente al que tocan por primera vez. Nunca he hecho tonterías así, ni cuando tenía dieciséis años. Que Psique me afecte hasta tal punto no deja mi cordura en muy buen lugar. Vaya situación.

«Bésala.»

«Sedúcela.»

«Así te la sacarás de la cabeza.»

Hago caso omiso de la tentación que me habla en susurros e intento concentrarme.

—¿Qué plática?

—No puedes acostarte con otras personas. —Mueve los dedos por mi camisa—. No me va el poliamor, y toda mi familia lo sabe. Además, también saben que, si mi pareja me pone los cuernos, antes lo mato que perdonarlo. Mientras estemos casados, no puedes acostarte con nadie.

Sinceramente, esto no entraba en mis planes. Para mí el sexo es justo lo que he descrito antes: una herramienta que me ayuda a desahogarme y relajarme. Me la paso bien. Mis parejas sexuales se la pasan bien. Todo el mundo sabe lo que hay. Quizá suene como un adicto, pero la verdad es que no soy ningún trofeo, y toda persona que vive en Olimpo lo sabe. Si intento salir con alguien, esa persona tendrá que lidiar con la suegra del Tártaro, por no hablar de mi fama como su sicario. Soy el tipo al que se cogen, el que les da un paseo por el lado salvaje de la vida antes de pasar a otras opciones más fiables con las que sentar cabeza. Así es mi vida, y estoy a gusto con ello.

Pero eso no implica que vaya a contarle la verdad a Psique por iniciativa propia. No cuando estamos en mitad de otra negociación.

—Psique... —Me gusta cómo sabe su nombre entre mis labios. Y sospecho que me gustará incluso más cómo sabe toda ella—. Tengo necesidades.

—Pues te sugiero que te vayas acostumbrando a tu mano. —Tiene las cejas colocadas en una expresión de terquedad que me fascina mucho—. O, si quieres tirar la casa por la ventana, no me costaría nada comprarte uno de esos juguetitos que imitan cualquier agujero de tu elección.

Su respuesta hace que se me escape una carcajada de la sorpresa.

—¿Tú te sentirías satisfecha con tu mano o con un juguetito de esos que vibran?

—Ya he tenido temporadas de sequía. Estos últimos meses más aún, pues la sequía ha sido más la regla que la excepción.

Psique se encoge de hombros como si fuera una realidad sin más, y no una puta tragedia.

Deslizo las manos y las acerco más a ella, y le rozo las caderas con los antebrazos. Psique se sobresalta un poco, y yo enarco las cejas.

—La forma más efectiva de que te hagas a la idea de que te toque es con terapia de exposición. El sexo acelerará el proceso.

Psique me observa abriendo y cerrando esos enormes ojos suyos de color avellana, atónita.

—Perdona, creo que no te he entendido. Me pareció oír que me estabas proponiendo que me acueste contigo como terapia de exposición.

—Y has oído bien.

—Tienes un ego enorme, ¿no?

No me queda claro si está siendo sarcástica o no, así que hago caso omiso de su pregunta.

—Tú me atraes. Y yo no te repugno mucho que digamos.

—Diablos, sí tienes un ego muy inflado.

—Solo estoy exponiendo los hechos. El sexo es la forma más fácil, y la vía rápida, de alcanzar los resultados que queremos. —La forma más fácil de conseguir justo lo que yo quiero.

Quizá no sea más que otro encuentro sexual. Deseo, sexo, y te despiertas al día siguiente con esa necesidad satisfecha. No tendremos que repetirlo jamás; somos más que capaces de compartir el mismo espacio físico sin que las cosas se pongan raras. Ella se sabe estupendamente las reglas del juego como para no, y yo nunca he tenido problemas para controlarme.

Hasta ahora.

—No. Rotundamente no. No sé qué es lo que te hace creer que me voy a acostar tranquilamente con el hombre que iba a matarme hace una hora, pero tengo dignidad. —Ejerce una mínima presión en mi pecho—. Apártate, Eros. Ya.

Hago lo que me pide, y dejo que me empuje un par de pasos para atrás. La quiero en mi cama, pero por voluntad propia.

—No podemos salir del departamento hasta que logremos que no te sobresaltes cuando te toco.

—Se me pasará por la mañana. —Finge mirar a su alrededor y pregunta—: A ver, ¿tienes un cuarto libre?

—Psique. —Me espero hasta que me mira. Tengo un cuarto libre, y cubrirá de sobra sus necesidades. Pero quiero a Psique en mi cama, y jugaré sucio para llevarla hasta allí, aunque sea solo para dormir—. Iba en serio con lo de la terapia de exposición. Si no es con sexo, entonces no nos quedará más remedio que dormir juntos.

—No.

—No es negociable.

—Hay miles de parejas que no comparten habitación. Mi madre y su segundo marido jamás compartieron la cama.

—Tu existencia y la de Perséfone parece indicar lo contrario.

Carajo, se ve hermosa cuando se sonroja.

—Voy a fingir que no has dicho lo que acabas de decir. Deja de intentar distraerme.

—Es un matrimonio por amor. —Hablo despacio—. Si nos hemos vuelto tan locos como para casarnos con prisas, sería extraño que te sobresaltes cada vez que me acerco lo suficiente para tocarte.

—Ya veré cómo me las arreglo. No tenemos que dormir en la misma cama para conseguir nuestros objetivos.

Ya me estoy cansando de la discusión.

—¿No quieres jugar? —Señalo a mis espaldas, y le digo—: Ahí tienes la puerta. Yo no te haré daño, pero mi madre seguro enviará a otro de sus sicarios. Si quieres arriesgarte ya veremos si sobrevives esta semana, por mí genial. —Estoy fingiendo. No puedo dejar que se vaya. No cuando las consecuencias son tan graves para los dos, maldición.

Por su mirada pensaría que me odia, pero aprenderé a vivir con ello, porque se voltea hacia el pasillo que lleva al resto de la casa.

—Termina de enseñarme el resto de este monstruoso ático.

PSIQUE

Después de ver el resto del ático de Eros, donde cada habitación es más cara y más elegante que la anterior, por fin consigo quitármelo de encima y me meto en el baño principal. Es tan absurdo como el resto de la casa: el área de la regadera es lo suficientemente grande como para que quepan seis personas y una decena de llaves en varias posiciones estratégicas. Los azulejos son muy bonitos, aunque no lo admitiré en voz alta. Casi parecen de cuarzo rosa y el brillo queda precioso contra los azulejos gris pizarra del suelo. Hay dos lavabos, ambos de un intenso color negro brillante, con grifos que se activan con el movimiento. Cómo no.

Y los espejos...

Dioses, cuántos espejos hay en esta casa.

Puede que yo tenga muchos más espejos de los que necesito en casa de mi madre, pero esto es pasarse de la raya. Todos son enormes y tienen marcos ornamentados. Quizá no resultaría tan agobiante si al menos hubiera otra decoración en la casa. Pero no. Solo espejos y muebles minimalistas que hacen que me sienta como si me hubiera colado en una galería de arte extraña. Es atractivo y caro, pero en realidad carece de alma.

Estoy segura de que eso revela algo sobre Eros, pero estoy demasiado cansada para atar cabos en este momento.

Me lavo los dientes con el cepillo de sobra que ha encontrado Eros mientras contemplo mi reflejo en el espejo principal de esta estancia, más que nada para mantenerme ocupada con algo. Es enorme, colocado en horizontal y se extiende a lo largo del interminable lavabo; el marco es de un simple metal negro que brilla contra los azulejos. Suspiro. Lo que sucedió esta noche ha puesto mis planes de cabeza, pero no hay nada que pueda hacer. Sé cuándo hay que aguantar los golpes, incluso aunque este me haya dejado inconsciente. Con el tiempo encontraré la forma de salir de esto, pero por el momento no me queda otra que casarme con Eros.

Casarme con Eros.

Me reiría si me quedara aliento. Sabía que era atractivo. Tengo ojos en la cara. Pues claro que sabía que era atractivo. Aun así, saberlo no me preparó para lo arrolladora que resulta su personalidad cuando pone toda su atención en mí. No es tierno, no creo que sea capaz de expresar ternura de verdad, pero la sexualidad salvaje que emana basta para derretirme la lógica hasta convertirla en el más primitivo de los anhelos.

La razón por la que me sobresalto siempre que me toca no es porque encuentre su contacto repulsivo. Es justo lo contrario. Cada vez que me roza con los dedos o que me envuelve con el brazo me siento como si me hubiera atravesado un rayo.

Quiere tener sexo conmigo.

Quiere que durmamos juntos.

Soy autoconsciente, lo cual significa que conozco a fondo mis debilidades, al igual que mis puntos fuertes. Soy lista e inteligente, se me da muy bien crear una imagen pública. Pero también me siento sola, estoy exhausta y no se me da muy bien separar el sexo de los sentimientos. Lo aprendí con mi primer novio y me tomé muy en serio la lección. Tener amigos con derechos les quedará bien a otras personas, pero para mí nunca será posible. Me comprometo demasiado. Como resultado, tengo que investigar a conciencia a cualquiera que me interese, razón por la cual mi vida romántica ha sido relativamente pobre durante el último año más o menos. Si no puedo confiar en que a una persona le guste yo de verdad y que no esté buscando ganarse el favor de mi madre o intentando utilizarme de algún otro modo, entonces no puedo acostarme con ella y hacer caso omiso a la parte lógica de mi cerebro.

Voy a necesitar hasta la última pizca de lógica, previsión y astucia que tenga para sobrevivir a este matrimonio con Eros. No puedo permitirme echarlo a perder y bajar de alguna forma mis barreras.

Sin importar lo mucho que me atraiga.

Cierro los ojos y me pongo derecha. Muy bien, ya he tomado la decisión. Ahora solo tengo que cumplir con ello. Puedo hacerlo. Llevo lidiando con personalidades arrolladoras desde que nací, esa etiqueta describe a toda mi familia y a todas aquellas personas que he conocido durante mi estancia en Olimpo. Lidiaré con Eros de la misma forma con la que he lidiado con el resto del mundo. Lo único que necesito es encontrar algo que pueda aprovechar para conseguir que Eros haga lo que yo quiera.

Cambiar la balanza de poder en esta relación para que juegue a mi favor, al menos un poco.

Con eso en mente, me dirijo a la puerta y la abro... solo para encontrarme con Eros tirado en la cama, sin nada más encima que un pantalón de pijama de tela fina. Me detengo de golpe. Ya era guapo con saco y la perfección hecha hombre con su traje caro de color gris. No debería ser capaz de superar la perfección. No tiene ningún sentido, y no sé cómo, pero Eros con pantalones pijama es todavía peor. Además, está descalzo.

Contemplo sus pies. Creo que son bonitos. La verdad es que no soy el tipo de persona que tenga opiniones muy definidas acerca de los pies, pero esta vulnerabilidad tan casual simboliza una clase de intimidad que hace que salten todas las alarmas de mi cabeza.

—¿Qué estás haciendo?

—Es tarde. Estoy cansado. —Da palmaditas en el otro lado de la cama y los músculos de su brazo se flexionan, lo cual hace que centre mi atención en la maravilla de pectorales que tiene y hace que baje la mirada a...

Aparto los ojos de sus caderas.

—Todavía tenemos que hablar.

—Hablaremos por la mañana. Esta noche ya no nos queda nada que decir. —Apenas puedo ver sus ojos azules desde aquí, pero esboza un gesto con la boca que me dice que esta no es una batalla que vaya a ganar. Eros vuelve a dar palmaditas en la cama, esta vez me lo está ordenando directamente—. Ven aquí, Psique.

Voy a pasarme mucho tiempo durmiendo a su lado. Supongo que lo lógico es empezar esta noche.

—Normalmente duermo desnuda.

Dioses, ¿por qué he dicho eso en voz alta?

—Sí, yo también. Pero resulta que de momento has descartado el sexo, por lo que creo que es prudente dormir llevando algo de ropa.

«Prudente.» Me trago una risa que casi es histórica y me dirijo a mi lado de la cama. Sé que todo es cosa mía, pero cuanto más me acerco a él, más parece espesarse el aire. Que esté tirando de mí o alejándome ya es otra historia. Me desabrocho el pantalón de mala gana. Creo que estoy demasiado cansada como para discutir por la forma de dormir, pero hay algo que no puedo dejar pasar.

—Una corrección: he descartado el sexo para siempre.

—Es es discutible.

—No, no lo es.

No puede serlo. Me quito el pantalón y soy plenamente consciente de la manera tan intensa en la que me mira. Desnudarme, por poco que sea, con alguien nuevo es incómodo y me hace sentir vulnerable de un modo que odio, carajo. Y con eso me refiero a alguien con quien tenga la confianza suficiente como para pasar a algo físico. Me mentalizo mientras lo miro a la cara, no estoy segura de qué esperar. He visto a la clase de gente de la que se rodea Eros. Todos son un ejemplo claro de lo que Olimpo considera la perfección física. Cuerpos esbeltos. Piel perfecta. Un tipo de belleza muy específico.

Yo no soy así para nada. Es algo que me han recordado constantemente, sobre todo con la vida pública que he decidido llevar. No hay forma de escapar de la manera en la que las expectativas de la sociedad chocan con mi realidad.

Amo mi cuerpo. He luchado con todas mis fuerzas para amarlo, incluso aunque algunos días eso me parezca más una ambición que una realidad. Aun así, sigo siendo plenamente consciente de que no todo el mundo piensa lo mismo.

Después de un pequeño debate conmigo misma, me quito el suéter, por lo que me quedo en camiseta de tirantes y calzones. Como me niego a dormir con el brasiere puesto, me peleo con la prenda para sacármela sin tener que quitarme la camiseta.

Ya no me queda nada con lo que entretenerme, así que por fin miro a Eros.

Me está examinando como si quisiera comerme a mordidas, saboreando cada bocado. Cada músculo de su cuerpo está en tensión y no puede malinterpretarse la dura longitud que hace presión contra la parte frontal de sus pantalones. Deseo. Es puro deseo y es tan intenso que parece que llena la habitación en la que nos encontramos.

No puedo dejar que me vuelva a tocar, bajo ninguna circunstancia.

Me aclaro la garganta.

—Hazme un espacio.

—El colchón es de tamaño extragrande. Hay sitio de sobra. —Vuelve a hablar con ese tono monótono y la única muestra verbal de que le he afectado es que su voz suena un poco más grave—. Deja de discutir y métete en mi cama, Psique.

Lo único peor que deslizarme entre las sábanas es quedarme aquí de pie y dejar que me devore con la mirada, por lo que obedezco. Por un instante, soy lo bastante tonta como para creer que Eros dormirá encima de las sábanas para crear la ilusión de que existe una separación. Sin embargo, se pone en pie el rato suficiente para abrir las sábanas y la colcha, y meterse en la cama a mi lado.

Esto es una mala idea. Corrección: es una idea tan terrible que *mala* se queda corta para describirla.

Mañana...

Me incorporo de golpe.

—Tengo que hacer unas llamadas.

Lo que sea para atrasar el momento de apagar las luces.

Se mueve más rápido de lo que anticipo, me rodea con un brazo la cintura y tira de mí hacia su pecho.

—Detente.

Me quedo de piedra. Maldición, puedo sentir su pene contra mis nalgas, y ya no hablemos del contacto entre nuestras pieles desnudas. Mierda, hace tanto tiempo desde la última vez que toqué a alguien de esta forma... Seguro que es por eso por lo que mi cuerpo vibra de la emoción ante esta nueva posición por mucho que mi mente grite: «Peligro, peligro».

—¿Qué estás haciendo, Eros?

Su aliento me roza esa zona sensible detrás de la oreja.

—En vez de hacer esas llamadas, hagamos pública nuestra relación.

—No tenemos una relación. —No sé por qué estoy discutiendo. Al fin y al cabo, ese era el plan.

—Ahora sí.

Cierro los ojos, pero eso solo consigue que lo sienta todavía más cerca. Aún me rodea con su brazo, lo cual significa que su antebrazo está presionado contra mis pechos y, por todos los dioses, mis pezones se han puesto duros por debajo de la camiseta.

—Ya lo hemos hablado. Es imposible que mis hermanas crean lo de nuestra relación, sobre todo si la hacemos pública antes de que les cuente que, eh, estoy enamorada de ti.

—Lo que ellas crean importa menos que la percepción que demos a los demás.

¿Me acaba de rozar la piel con los labios?

No estoy segura. Solo sé que estoy luchando por contener los escalofríos.

—Nunca funcionará. Apenas si se puede considerar un plan.

—Estás discutiendo por discutir y lo sabes. Eres más que capaz de lidiar con Perséfone y el resto de tus hermanas como se te pegue la gana. —Se mueve, su brazo me roza los pechos ligeramente—. Además, tus hermanas no harán nada que te pueda poner en peligro, te seguirán el juego hasta que tengan la oportunidad de hablar contigo cara a cara.

La verdad es que no se equivoca. Odio que no se equivoque. Le doy vueltas al asunto durante un buen rato e imagino todos los posibles desenlaces.

—Me estás proponiendo que lo haga público en mis redes sociales.

Tiene sentido. Con una sola foto podemos anunciar nuestra relación y adelantarnos a cualquier repercusión por parte de Afrodita. Solo funcionará si todo Olimpo conoce nuestra historia de amor y, para que eso ocurra, todo Olimpo debe saber lo que está pasando.

—Sí. Las mías dan pena, las tengo abandonadas.

Puede que estén abandonadas, pero tiene una cantidad de seguidores casi tan grande como la mía. Qué suerte ser el hijo de Afrodita y tener la cara de un dios y una personalidad misteriosa como colofón. Pero tiene razón. Si uno de nosotros tiene que anunciar nuestra relación al mundo esa debo ser yo.

Abro los ojos. Voy a hacerlo. Ya me he comprometido. Ahora solo es cuestión de hacerlo bien.

—Está bien, dame un minuto.

Eros me observa con algo parecido a la diversión mientras salgo de la cama y recorro su habitación a la par que enciendo algunas luces y apago otras. Uso el celular para hacerle a él algunas fotos de prueba y después lo maldigo para mis adentros por ser tan fotogénico que todas parecen sacadas de una revista sobre mujeriegos millonarios en su tiempo libre.

Hasta que muevo la lámpara de la mesita de noche a la cama consigo la luz que estoy buscando. No es perfecto, pero se acerca mucho a ello. Y, en realidad, nadie espera la perfección en esta foto que estamos creando.

Reúno un poco de valor que me queda y me vuelvo a meter en la cama con Eros. Él me coloca el pelo todo a un lado y me baja uno de los tirantes de la camiseta un poco hasta dejarme el hombro al descubierto. Por poco lo vuelvo a subir de un tirón, pero el rollo que estamos buscando es íntimo y un poco sexy, así que funciona.

Inclino mi celular y tomo unas cuantas fotos, intento no sobresaltarme cuando me da un beso en la zona en la que se encuentran el hombro y el cuello.

—Estate quieto.

—Tengo que darle a la cámara lo que quiere.

Paso las fotos.

—Te estás aprovechando y lo sabes. Este ángulo es horrible, no se te ve la cara.

Eros me acerca más a él y entonces me acuna la mandíbula con la mano para hacer que lo mire.

—Prepara la cámara —murmura con la mirada puesta en mis labios.

No debería. Es una idea horrible. La peor de todas. Pero compruebo el ángulo de mi celular y vuelvo a mirarlo. Mi idea es darnos un beso rápido y hago algunas fotos en cuanto sus labios tocan los míos.

Eros no está satisfecho con eso. Me da una mordidita en el labio inferior, lo bastante fuerte como para que se me escape una protesta y se aprovecha de esa apertura para meterme la lengua en la boca. Sabe a la pasta de dientes de clorofila que he usado en el baño y me besa como si solo fuera la primera batalla de lo que espera que sea una larga guerra.

Me derrito. No hay otra palabra para describirlo. Dejo caer el celular y entierro las manos en su pelo rizado, le permito que profundice el beso aunque la vocecita de mi mente me llame idiota de siete formas diferentes.

Si hubiera ido demasiado lejos o demasiado rápido, igual la lógica habría hecho acto de presencia y habría parado esta insensatez, pero Eros parece satisfecho con solo besarme hasta que a ambos nos cueste respirar y yo esté temblando. Noto su erección contra mi cadera, tan dura que tengo que luchar conmigo misma para evitar llevar la mano hasta ahí.

Cuando por fin levanta la cabeza y me contempla con ojos oscurecidos por el deseo, parece casi tan sorprendido como yo misma. Su expresión cambia casi al instante, reemplazada por una fiera determinación. Se vuelve a acostar poco a poco y tengo que morderme el labio inferior para recordarme que esto es falso y que, desde luego, no puedo tirar de él para que se ponga encima de mí y acabe con lo que ese beso ha empezado. Hasta que no está a escasos quince centímetros de distancia no habla:

—Tus palabras dicen una cosa, pero ese beso me ha dicho algo completamente distinto, Psique. El sexo sigue abierto a debate y lo sabes.

EROS

Tras pasar la noche sin dormir acostado junto a Psique, me molesto conmigo mismo por no haber dejado que las cosas se desarrollarán como ambos queríamos. La tenía ahí, justo a mi lado, arqueándose para presionar la mayor cantidad de ese cuerpo exuberante que tiene contra el mío. Nos habríamos sumido en la locura con el más ligero movimiento.

No sé por qué me contuve. Me niego a reflexionar sobre el asunto.

Me meto en su perfil, más que nada para distraerme y no pensar en las ganas que tengo de tirar de la sábana que le cubre el pecho y observarla. Es que es un bombón. Estar tan cerca de ella y no poder tocarla hace que me hierva la sangre, y no parece que vaya a tranquilizarme. Contenerme como lo hice anoche fue más difícil de lo que estoy dispuesto a reconocer, sobre todo cuando le empezaron a temblar las manos al agarrarme del pelo y cuando movía las caderas con esos pequeños movimientos incitantes.

Será mejor que no piense en eso ahora mismo. Tal como está la situación, seguro que me paso el día con dolor de huevos; no empeoremos las cosas.

Aunque ya era tarde cuando subimos la foto, ya tiene miles

de comentarios, e incluso más «me gusta». Pero los comentarios me llaman la atención. Frunzo el ceño, vuelvo al principio y voy pasando uno por uno despacio, leyéndolos todos.

¿Qué carajos es esto?

Psique se remueve a mi lado. Noto que se pone tensa, pero se relaja bastante rápido en cuanto ve que he respetado la distancia de seguridad que hay entre nosotros. Suelta un bostezo y se cubre la boca con la mano.

—¿Por qué pones esa cara?

Estoy agarrando con fuerza el celular, la suficiente como para que sea probable que acabe rompiendo el dichoso aparato.

—¿Qué diablos le pasa a la gente en la cabeza?

—Vas a tener que ser más específico.

Casi volteo el celular para que pueda ver la pantalla, pero en el último momento cambio de opinión. Me da igual si es más que capaz de ver estas idioteces por su cuenta; no seré yo quien se las muestre.

—La gente está diciendo verdaderas tonterías sobre la foto.

—Ah. —Se queda un poco abatida, pero se encoge de hombros quitándole importancia al asunto—. La primera regla de internet, y la más importante, es que nunca jamás debes leer los comentarios. La importancia de esta regla aumenta de manera exponencial para aquellas personas que no encajan en los estándares de belleza tradicionales, o a quienes la sociedad discrimina por cualquier otro motivo, pero la realidad es que hasta las modelos más delgadas y hermosas del mundo tienen comentarios horribles de la gente. Los troles son así.

¿Cómo dice algo así tan tranquilamente? Es más, ¿cuánto tiempo habrá tardado en levantar esa impresionante barrera entre los idiotas de los comentarios y ella? Fulmino mi celular con la mirada.

—Esto no está bien.

—Pues no, es verdad. Pero no puedes hacer nada, y alterarme por la opinión de un desconocido que no me interesa es contraproducente.

La mirada de odio que le lanzo al celular se intensifica.

—Quizá tú no puedas hacer nada, pero...

Me cubre la boca con la mano, y ese ligero roce despierta mis violentas fantasías. Psique me mira con recelo.

—Espero que no estuvieras a punto de decirme que puedes localizar a estas personas y amenazarlos de alguna forma. —Como es justo lo que estaba a punto de decirle, no digo ni pío. Psique no me aparta la mano de la boca—. Tenemos batallas más importantes que librar ahora mismo. —Agarra su celular con la mano que le queda libre y me enseña la pantalla. Tiene tantísimos mensajes y llamadas que las notificaciones desaparecen de la pantalla—. Vamos, tenemos que hablar... y no de unos desconocidos de internet.

Todavía no tengo noticias de mi madre única y exclusivamente porque ayer por la tarde se fue al balneario y pasará allí todo el fin de semana. Es algo que hace una vez al mes, y se da la extraña coincidencia de que, por lo general, esas escapadas suelen coincidir con algún encargo especialmente desagradable que me haya hecho. A Afrodita jamás la atraparán sin coartada, y esta vez nos conviene a nosotros. Si bien su ayudante publica un par de fotos de estos días en el balneario, mi madre se encarga de que sea casi imposible dar con ella.

Suspiro contra la palma de la mano de Psique, le rodeo la muñeca con los dedos y aparto su mano de mi boca.

—Tenemos que casarnos cuanto antes. —Antes de que mi madre se vaya del balneario y descubra lo que hemos hecho—. Uno se puede deshacer de una novia. De una esposa no.

Psique pone mala cara.

—Sí, te entiendo. Pienso lo mismo. —La chica le echa un ojo a su celular—. Ya haremos las payasadas típicas de los novios después de la ceremonia para terminar de convencerlos de nuestro romance.

No le pido que me aclare a qué se refiere con «las payasadas típicas de los novios». No es mi fuerte, y lo admito sin problemas. En este preciso momento, la prioridad es la boda. Cuanto menos tiempo tenga mi madre para reaccionar, mejor. Aun así...

—Lo de anoche iba en serio. No saldremos del ático hasta que no pueda tocarte sin que te sobresaltes.

—Ahora mismo me estás tocando.

—Ya sabes a qué me refiero —contesto mirándola.

—De acuerdo —me dice con un suspiro—. Pero tengo que llamarlas, o mi madre y mis hermanas te harán una visita. —Psique desvía la mirada hacia la puerta de mi habitación—. La verdad es que me sorprende un poco que Calisto no esté aquí ya. Ha aprendido a controlarse ahora que está a punto de cumplir los treinta.

Di mejor que tengo la mejor seguridad que se puede comprar, y si bien Calisto Dimitriou es extraordinaria, no es Hermes. Aunque espero encontrármela de un momento a otro.

—Querrán pedirnos entrevistas.

—Ya me han pedido seis. —Se incorpora sin dejar de revisar el celular. La camiseta de tirantes se le ha bajado a niveles peligrosos, y sus grandes pechos tiran tanto de la tela que sería preferible quitársela directamente. Psique suspira sin mirarme—. Deja de mirarme los pechos. Me distraes.

No puedo quedarme en la cama con ella. Si lo hago, voy a engatusarla y no saldremos de la habitación en días. Estoy empezando a aceptar el hecho de que no me bastará una sola noche con ella. Podría haberme pasado la noche entera besándola. Pero eso no me tranquiliza.

—Voy a bañarme.

Quizá me relaje con una masturbada. Nadie puede esperar que piense con claridad cuando llevo unas seis horas excitado.

Pero, cuando me meto bajo el agua y me toco el pene, solo puedo pensar en Psique. En el dulce sabor de su cuerpo. En sus grandes pechos y en ese trasero. En lo bien que quedaría su boca rodeándome el pene. Me vengo con una grosería.

«Carajo.»

Por lo general, no soy tan impulsivo como para cambiar un plan en el último segundo, pero no puedo negar lo bien que me siento cuando salgo del baño ya vestido y me encuentro con Psique en mi cama, escribiendo algo en el celular. Está algo despeinada, y se ha puesto el pantalón, pero parece sentirse a gusto aquí, como en casa. Pensamientos peligrosos. Cabronamente peligrosos.

—Vamos a desayunar —le propongo mientras termino de abotonarme la camisa.

—No tengo hambre —contesta sin mirarme—. Tengo que ocuparme de un par de cosas antes de la videollamada con mis hermanas, que será dentro de media hora, y también tengo que pensar en cómo recoger mis cosas de casa de mi madre sin que nos crucemos, porque no estoy preparada todavía para tener una conversación con ella. O sin cruzarme con la suya. Aunque he de decir que nunca he compartido espacio sin querer con Afrodita, sin contar las fiestas de Zeus. —Cuando abro la boca para contestar, levanta una mano—. Sé que tenemos que solucionar todo el tema del contacto físico, pero es que no tengo nada que ponerme.

—Yo te compro algo —digo encogiéndome de hombros.

Mi respuesta llama su atención. Levanta la cabeza del celular y me mira con el ceño fruncido.

—Qué buen chiste.

—Has dicho que no quieres ir a casa y lidiar con tu madre, y dudo que, cuando lo hagas, quieras llevar lo mismo que anoche. Sin olvidarnos de que no es que sea muy seguro pasearte por Olimpo antes de casarnos. La solución fácil: ropa nueva.

—Eros... —Me habla despacio, como si estuviera hablando con un niño—. Seguro tú puedes entrar en cualquier tienda de ropa para hombres y encontrar cosas de tu talla, pero yo no disfruto de ese lujo. Las tiendas han mejorado bastante estos últimos años porque conseguí un montón de buena publicidad para los diseñadores que tenían ropa decente de talla grande, pero solo hay una o dos tiendas en las que confío que tengan disponible lo que necesito y, aun allí, no podré conseguir más que unas cuantas cosas. Es imposible comprarme todo un armario con tan poco tiempo, no sin costarnos el doble de trabajo que recoger la ropa que ya tengo.

Entiendo lo que dice, pero no me gusta.

—Qué estupidez. ¿Por qué no tienen una amplia gama de tallas para que sea accesible para todos los clientes? No eres la única mujer que... —La señalo con un gesto de la mano.

—Está gorda.

—No he dicho eso —contesto enfadado.

—No es un insulto, solo es una palabra. —Se encoge de hombros otra vez—. Y, además, es verdad. Y aunque valore tu entusiasta defensa por la presencia de tallas grandes en todas las tiendas, en este momento no puedes hacer gran cosa al respecto. Necesito mi ropa.

Quiero seguir discutiendo porque me saca de quicio que Psique no tenga todo aquello que necesite al alcance de las manos. Pero tiene razón. No tenemos tiempo para lidiar con esta estupidez.

—Habla con tus hermanas. Gánatelas y convéncelas para que distraigan a tu madre y podamos ir a su casa cuando no esté.

—¿Podamos?

—Sí, podamos. No pienso quitarte la vista de encima.

Psique baja el celular con una preocupación desmedida.

—No tienes que estar pegado a mí como mi sombra todo el día. No tengo adónde huir y ya te he dado mi palabra de que cumpliría con mi parte.

Me rindo ante la fuerza de la gravedad de su presencia y cruzo la habitación para colocarme delante de ella. Me gusta la arruguita que brota entre sus cejas cuando me mira con el ceño fruncido. Hasta me gusta cómo el cerebro le trabaja a todo vapor más allá de esta conversación pensando en qué es lo siguiente que debe conseguir. Pero eso no va a impedir que la devuelva a la realidad de la situación.

—No puedo protegerte si no estoy contigo, Psique.

—¿De verdad crees que tu madre puede reorganizarse tan rápido?

Sé a ciencia cierta que es capaz, mejor dicho. Incluso sin mi ayuda, no por nada Afrodita lleva tantísimo tiempo con el poder en sus manos. Es una enemiga magnífica.

—Creo que sería una gran pérdida de tiempo, y de fuerzas, pasar por todas estas negociaciones para que después mi madre le ordene a alguien que coloque un artefacto explosivo en el coche mientras estás haciendo las compras.

—Creo que exageras —me contesta frunciendo el ceño.

—Ya lo hemos hablado. Por algo la única opción que tenemos es una relación muy pública y el matrimonio. —Me inclino hacia abajo, y apoyo las manos sobre sus caderas. Psique consigue reprimir el susto que se convierte en el más leve de los estremecimientos, pero su reacción sería más que evidente para cualquiera que nos observara con atención. Bajo la vista hasta su boca, y ella se humedece los labios. Ese gesto no basta para considerarlo una invitación a que la bese otra vez, pero mejor.

Tiene razón. Tenemos que concentrarnos, sobre todo durante los primeros días. Las próximas cuarenta y ocho horas determinarán si los habitantes de Olimpo creen, o no, este apasionado romance—. Celebraremos la boda esta noche.

Psique me mira asombrada con esos orbes de color avellana.

—¿Esta noche?

—Entre más pronto, mejor. Si convences a tu familia, serán más que bienvenidas a la boda. Yo me encargo de buscar dos testigos por si acaso.

—¿Quiénes van a ser esos testigos?

En vez de contestar, le doy un beso en esa arruga que se le forma entre las cejas y me levanto.

—El desayuno estará dentro de unos veinte minutos.

—Te he dicho que no tengo hambre.

—Psique, tenemos un largo día por delante, y necesitas energías para mantener las fuerzas. —Me detengo en el umbral de la puerta—. Sería una pena que te desmayaras justo cuando te pongo el anillo en el dedo y tuviera que cargarte hasta nuestro lecho conyugal.

—No tiene gracia —me contesta poniéndome mala cara.

—No, nada de gracia. Veinte minutos. —Cierro la puerta de la habitación al salir y recorro el largo pasillo hasta la cocina. No me sorprende lo más mínimo encontrarme a Hermes de pie junto a los fuegos, el pelo oscuro recogido en dos moños altos. Lleva un overol corto ceñidísimo y un top corto con una imagen de... ¿Krampus? Termina el atuendo con unos calcetines altos con dibujos de arbolitos. Me cruzo de brazos y me apoyo en la barra.

—El allanamiento de morada es un delito.

—Para casi todo el mundo. Para mí, es casi mi forma de expresar mi amor. —Ha tomado el sartén pequeño y le da la vuelta al omelet que se ve aceptable—. Hablando de formas de expresar el amor, imagínate la sorpresa que me he llevado al ver esa foto tuya y de Psique en su perfil, tan extremadamente romántica. —Me dedica una sonrisa radiante—. Enhorabuena a la feliz pareja. Cómo no, yo oficiaré la boda.

Con esto tacho una de mis tareas de la lista, pero conozco demasiado bien a Hermes para aceptar este obsequio sin buscar el anzuelo que trae con él.

—¿Por qué?

—Las Dimitriou son muy interesantes, ¿no te parece? Cuando entraron en escena, pensé que no eran más que otras trepadoras aburridas más, pero he cambiado de opinión. Creo que van a cambiar completamente el panorama de Olimpo.

No sé si ese pensamiento me resulta aterrador o agradable. Echo una rápida mirada al pasillo, pero la puerta de mi cuarto sigue cerrada.

—He cambiado de idea con lo de matarla y eso. Esta es la única opción.

—Ve con cuidado, querido, o puede que desarrolles una enfermedad asquerosa llamada conciencia.

Saca un plato de mi alacena y lo usa para el omelet.

—Ni se me ocurriría.

Esto no tiene nada que ver con la conciencia, sino con conseguir lo que quiero. Quiero a Psique, la he querido desde que me cuidó en ese baño de la torre Dodona. Y no la tendré si muere. Punto.

Hermes se sienta en la barra y empieza a comerse el omelet.

—Necesitarás dos testigos. Sus hermanas no lo harán.

—Pareces muy segura. —Yo también estoy seguro, pero me pica la curiosidad y la hago hablar.

Come un trozo de omelet, y pone mala cara.

—Uf, demasiado jamón. —Mastica tan despacio que pone a prueba mi paciencia—. Estarán demasiado ocupadas buscando una oportunidad de apartarla de ti. Tendrás que buscarte tú los testigos. Imagino que tu madre no se sentirá espléndida, ¿verdad?

Le lanzo la mirada que esa pregunta se merece.

—Voy a pedírselo a Helena y a Eris.

Hermes se queda de piedra y, después, se echa a reír.

—Qué huevos tienes, Eros. Por los dioses, qué pena que seas mejor amigo que pareja romántica; y no es mucho decir, porque eres un amigo de mierda. Pero no me aburriría nunca contigo.

No me molesto en discutirle lo de que soy un amigo de mierda. Lo soy, y los dos lo sabemos.

—Es una buena jugada.

—Sí, desde luego. Ni siquiera Zeus podrá negarse al matrimonio si sus hermanas son las testigos. —Hermes sonríe—. Te apuesto lo que quieras a que te dicen que no.

—Acepto. —Señalo la puerta—. Ahora, fuera. Tengo que hacer unas llamadas, y tú tendrás que buscarte un traje o algo que ponerte para esta noche, porque ese conjunto que llevas no es adecuado para la ocasión. Estás loco, Hermes, la Navidad fue hace dos meses.

—La Navidad es un estado de ánimo. —Pero se baja de un salto de la barra y me pone su plato entre las manos—. Lo entiendo. Ropa elegante. Invitaré a Dionisio.

Esta mujer no puede evitar molestar siempre que puede.

—No hagas el ridículo, Hermes —contesto poniendo los ojos en blanco.

Hermes no se detiene, y me habla de espaldas.

—Lo más seguro es que no venga, teniendo en cuenta que te odia. Pero lo voy a invitar porque yo sí soy buena amiga, y le molestará si no lo hago.

—Dionisio no es amigo mío porque es amigo tuyo.

—No te escucho. ¡Adiós!

Se despide meneando los dedos y desaparece. Unos segundos después, oigo que se cierra la puerta de entrada. Me acerco a la puerta con paso airado y echo el cerrojo. He aceptado que Hermes se presente aquí cuando le plazca. Esa mujer es un felino en un noventa por ciento; entra y sale cuando le apetece, se come mi comida y se bebe mi alcohol a placer, esté yo o no en casa. Es irritante, pero entrañable en cierta forma que solo Hermes puede ser.

Ha aceptado oficiar la boda, así que tengo una llamada menos que hacer. Vuelvo a la cocina, friego el plato de Hermes y me pongo a preparar el desayuno para Psique y para mí. Va a ser un día espantosamente largo.

PSIQUE

—¿Que qué?

Me trago un suspiro y me centro en el teléfono. Está dividido en tres cuadrados y cada uno muestra a una de mis hermanas, todas con expresiones que varían entre furia e incredulidad en el rostro. Maldito Eros, tenía razón. No va a ser nada fácil convencerlas.

—Eros y yo nos vamos a casar. Esta noche.

La cámara de Calisto se mueve mientras va de un lado a otro de su habitación.

—Voy a matarlo.

—No puedes amenazar de muerte a todo aquel que te toque la moral —la regaña Perséfone—. Pero, en este caso, me siento tentada a estar de acuerdo. O romperle las piernas, meterlo en una caja y enviarlo en el siguiente barco que salga de Olimpo. Seguro que Poseidón no se da ni cuenta.

—Por favor, dejen de amenazarme con atacar a mi prometido —ruego sin mucho entusiasmo.

Eurídice me contempla con los ojos inundados de pesar.

—No va a funcionar, Psique. Afrodita nos odia por culpa de Madre y Eros es el arma que usa para castigar a todos aquellos a los que detesta.

Eso ya lo sé, mejor que ellas tres. Me esfuerzo por evitar un escalofrío.

—Me he decidido. Por favor, apóyenme. —Empiezo a decir que se trata de amor verdadero, pero la mentira se me atasca en la garganta—. Las opiniones de Afrodita y de Madre acerca del matrimonio me tienen sin cuidado.

—Pues eso no es tener un futuro ambicioso.

Le lanzo una mirada asesina a Perséfone.

—Dice la mujer que huyó de Zeus y se cogió al monstruo de Olimpo. Ninguna puede tirar la primera piedra.

Mi hermana parece no estar nada convencida.

—Hades no se ganó su reputación. Eros sí.

No puedo discutírselo, así que opto por lo único que me queda por hacer: rogarles con sinceridad.

—Les pido que me apoyen en esto. He elegido casarme con Eros y no pienso cambiar de opinión.

Parece que Eurídice se va a poner a llorar. Calisto todo lo contrario: tiene la misma expresión peligrosa en su rostro que cuando apuñaló a Ares en la mano por pervertido o cuando empezó aquella pelea en un bar no hace mucho. ¿Y Perséfone? Me mira como si nunca antes me hubiera visto. Al fin habla:

—Si estuvieras metida en algún problema, nos lo dirías, ¿verdad?

Ni en un millón de años. No cuando estoy con el agua hasta el cuello y me estoy hundiendo a toda velocidad. No hay nada que puedan hacer para ayudarme y, si lo intentan, solo le concederán a Afrodita más oportunidades para acabar conmigo para siempre. O peor, puede que eso haga que su sed de venganza se centre también en mis hermanas. Arrastrarlas conmigo sería muy egoísta y me niego a hacerlo. Por eso, le sostengo la mirada a mi hermana y miento:

—Por supuesto.

Suspira.

—A Madre le va a dar un infarto cuando se entere.

—No, no es verdad y lo sabes. Lleva años buscando un modo de darle a Afrodita donde más le duele; en cuanto se calme se dará cuenta de que este matrimonio es la mejor forma de hacerlo.

Aunque eso implique que no me casaré con Zeus tal como era evidente que quería. No puedo darme el lujo de pensar mucho en eso ahora.

—Que tenga que calmarse deberías tomarlo como una advertencia. —Un cachorrito aparece en la pantalla de Perséfone, un adorable perro mestizo de color negro que le lame la barbilla y ladra con voz aguda. Ella le acaricia la cabeza distraída—. Ahora no, Cerbero. Estoy hablando.

Calisto dice una maldición.

—Tienes que estar bromeando. No pienso apoyarte en esto.

Cuelga antes de que yo pueda decir pío.

Eurídice sacude la cabeza.

—Lo siento, Psique. Pero vas a arrepentirte. Yo tampoco puedo apoyarte.

También cuelga.

Me esfuerzo por no soltar un suspiro. Era lo que me temía, pero la esperanza es lo último que se pierde. Perséfone sigue acariciando a Cerbero sumida en sus pensamientos. Al final, habla:

—Confío en tu juicio. No creo que este sea el camino correcto, pero sospecho que no me lo estás contando todo. Anoche te etiquetaron en un montón de publicaciones saliendo de juerga con Hermes por la ciudad y hoy por la mañana, sorpresa, te vas a casar con el hijo de la enemiga de nuestra madre.

Me cuesta mucho no mostrar culpa en la cara.

—A decir verdad, la mitad de los Trece son enemigos de Madre.

No sonríe.

—Tú me hiciste caso cuando te pedí que me apoyaras mientras me quedaba con Hades después de huir de Zeus. Me concediste el tiempo y la confianza que necesitaba para resolver las cosas. Sería muy hipócrita de mi parte que no te apoyara ahora.

Resoplo.

—Menos mal que has llegado a esa conclusión.

—Oye, te quiero y estoy preocupada por ti. De verdad que me dan ganas de ir para allá ahí y hacer lo que Calisto, tirar la puerta de su casa y arrastrarte a la otra orilla del río, a la zona baja.

Si creyera que eso funcionaría... pero no lo hará. Perséfone ya me contó que ha visto a Eros en la zona baja de la ciudad e, incluso aunque le revocaran la invitación, no sería suficiente para evitar que entrara. Es difícil cruzar el río Estigia sin invitación, pero no es imposible. La barrera que hay es una versión un poco menos poderosa de la que rodea toda la ciudad de Olimpo. Al igual que Poseidón con la barrera externa, Hades tiene algo de control sobre quién entra y sale de la zona alta y la zona baja. Aunque no es un sistema infalible.

Y eso sin mencionar el hecho de que Eurídice y Calisto están aquí y ambas son los objetivos de repuesto ideales para la ira de Afrodita. La próxima vez que ordene que se acabe con una de las hijas de Deméter, puede que Eros no se tome las molestias de entablar una conversación. Atacará y ya.

No puedo permitirlo.

—Quiero casarme —repito por milésima vez.

—Si cambias de opinión, te sacaremos de allí. —No sé si está hablando de ella y su marido o de ella y mis hermanas, pero ninguna de las opciones es buena idea—. Eso sí, asistiremos a tu boda. Hades y yo. —Perséfone duda—. ¿Quieres que intente convencer a Calisto y Eurídice para que vengan también?

—No, tranquila. —No puedo culparlas por no querer asistir a la farsa que va a ser nuestra ceremonia de bodas, por mucho que me duela—. Pero si pudieras invitar a Madre al *brunch* te lo agradecería. Tengo que ir por mis cosas al ático y no puedo hacerlo si corro el riesgo de encontrármela allí.

Puede que el tiempo haya mejorado el control que mi madre tiene sobre sus impulsos, pero Calisto ha heredado su furia de ella. No me extrañaría que ambas me encerraran en mi habitación hasta que entrara en razón, cosa que complicaría todavía más la situación.

—Dalo por hecho. Te mando un mensaje cuando lo confirme.

—Gracias.

Me dirige una sonrisita.

—Ten cuidado, Psique. Eros es extremadamente peligroso.

Lo comprendo mucho mejor de lo que ella lo entenderá jamás. Intento devolverle la sonrisa.

—Lo sé. Es un monstruo. Pero después de esta noche, es mi monstruo.

Colgamos sin rodeos después de eso y me tomo unos minutos para tratar de verme un poco decente. Por suerte, Eros tiene un armario lleno de productos capilares y para la piel, pero la mayoría no me suenan. Me cepillo el pelo y lo recojo en una corona despeinada muy *chic* alrededor de mi cabeza. Llevo una pequeña selección de maquillaje en el bolso para retocarme, lo cual en estos momentos me salva la vida. Para cuando salgo de la habitación, parezco una mujer que se ha quedado a dormir en casa de su pareja sin haberlo planeado, pero, aun así, va decente. Con eso me basta.

Un olor divino me conduce hasta la cocina y me encuentro con Eros terminando un guisado de papas, pimientos y huevos fritos. Es más pesado de lo que suelo desayunar, pero acepto el plato que me tiende y tomo asiento en una de las elegantes sillas de hierro que flanquean la barra de la cocina. No es que sean muy cómodas, pero son bonitas. Doy unos cuantos bocados, lo suficiente para que Eros deje de mirarme y se ponga a comer también.

Comemos en un silencio extrañamente cómodo, interrumpido por nuestros respectivos celulares, que echan humo por las notificaciones cada pocos segundos. Eros mira al suyo con desdén.

—¿Cómo aguantas esta mierda?

—Es necesario. —Aprendí pronto que lo único que respeta la alta sociedad de Olimpo es el poder y que yo nunca lo obtendría intentando imitarlos. Tenía que buscar mi propio camino mientras todavía participaba en su juego. Un equilibrio estudiado que me agota con mucha frecuencia. Pero estaba funcionando, al menos hasta que Afrodita posó su mirada vengativa sobre mí. Paso el dedo por la pantalla para ver las notificaciones. Varias son de mi madre, cada vez más irascibles. Otras tantas son peticiones de entrevistas—. ¿Cuánto quieres que los hagamos esperar para las entrevistas?

Duda y, al final, dice refunfuñando:

—Confío en tu criterio de experta.

Me sorprende que esté dispuesto a renunciar al control. Ignoro la extraña llamarada que me calienta el pecho ante la confianza que ha puesto en mí.

—Yo diría que esperemos una semana. Unas pocas fotos de la boda, unas cuantas salidas para que nos vean siendo una pareja acaramelada en público y estarán hambrientos por conseguir una exclusiva, así que no nos harán preguntas difíciles.

Además, tengo a la entrevistadora en mente para ello, pero aún no me ha contactado.

—De acuerdo. —Se estira y después apoya una de las manos con delicadeza entre mis omóplatos. Esta vez no me sobresalto, estoy demasiado ocupada intentando no derretirme mientras me acaricia la nuca con los dedos.

—Me gusta cómo te queda el pelo recogido.

—Te aseguro que tus preferencias no tendrán nada que ver con la forma en la que me vista o actúe en el futuro.

Eros suelta una risita, un sonido grave y extrañamente feliz.

—No dejas de sorprenderme, Psique. Eso también me gusta.

No me muevo para apartar su mano. Aunque me diga a mí misma que es para practicar para cuando estemos en público, sé que soy una mentirosa. Me gusta el peso de su palma contra la piel. Me gusta la ternura con la que me desliza los dedos por la columna. Creer que sí le afecto de verdad y no solo se acopla a mí de la misma forma que yo me acoplo a él...

Pero no. No soy psicóloga, aunque, si Eros fuera un sociópata, no me pillaría por sorpresa. No parece tener los mismos valores morales que la mayoría de la gente. O quizá eso solo sea un efecto secundario de que lo haya criado Afrodita. Ya sea innato o cosa de su crianza, lo que importa es que, si tiene sentimientos más allá de la diversión y la irritación, los esconde muy en el fondo de su ser. Y deseo. No podemos olvidarnos del deseo. De eso le sobra.

Aun así, todo esto es una farsa o incluso diría que un juego.

No levanto la vista del celular.

—¿Por qué haces esto?

—No te quiero muerta —contesta con tanta sencillez que me estremezco.

—Y ¿qué tengo de especial para que me perdones la vida? —En el pasado ha matado. Eso lo ha llegado a admitir—. ¿Es porque soy la hija de Deméter?

Se ríe con un resoplido.

—No, eso casi no está a tu favor.

—Entonces ¿por qué?

Eros contempla fijamente su plato.

—He hecho muchas cosas de las que no me enorgullezco, he herido a gente que pensaba que eran enemigos en su momento para después descubrir que el único pecado que habían cometido era enfurecer a mi madre. —Se encoge de hombros—. Después de un tiempo, ya no me importaba lo que hubieran hecho, solo que ella me había ordenado que los castigara.

Sigo sin entenderlo.

—Pero te ordenó que me castigaras.

—Sí, lo ha hecho. —Eros le entierra un tenedor a una papa—. Pero, como ya te dije, no te quiero muerta. Esta es la única salida.

No tengo razón para confiar en él. Ninguna. Sí, me ha dado su palabra, pero Olimpo está lleno de embusteros. Incluso se sabe que mi madre ha cerrado tratos turbios cuando la situación así lo ha requerido. Todos los habitantes de la ciudad creen que ella y Hades tienen una alianza, pero no. En vez de eso, hizo un trueque: su ayuda a cambio de que Hades acudiera a seis eventos al año. Él hace acto de presencia junto a ella, y la gente asume las cosas que mi madre quiere que asuman. Pero no es la realidad. Puede que la zona alta haya olvidado lo lejos que estaba dispuesta a llegar para que Perséfone volviera a su compromiso con el antiguo Zeus, pero Hades no lo ha hecho.

Aun así, no cabe duda de que mi madre es una de las más afables a la hora de participar en los juegos de poder de Olimpo. Afrodita no tiene un toque gentil, ni tampoco tiene un pelo de sutil. Eros no habría sobrevivido tanto tiempo en esta ciudad sin ser un poco embustero y tramposo. Desde luego, ese es mi caso. Me está ocultando muchas cosas acerca de sus motivaciones. Por eso mismo, confío en que está tan comprometido con este matrimonio como yo tengo que estarlo. El resto de los detalles ya se irán descubriendo en su momento.

Es nuestro trabajo asegurarnos de que no se descubran hasta que nosotros queramos.

Mi teléfono vibra cuando me llega un mensaje. Una distracción de lo mucho que me gusta que Eros me toque que agradezco de buena gana.

Perséfone: Hemos quedado en Poppy's dentro de una hora. Está furiosa por lo de la foto. Entre lo de anoche y la otra fiesta, cree que han estado saliendo en secreto a sus espaldas. Buena suerte.

Nuestro plan está funcionando. Esto es lo que quería. Entonces ¿por qué me siento tan mal haciéndolo?

Escribo un agradecimiento rápido y empujo la silla hacia atrás.

—Mi madre va a salir del ático dentro de unos treinta minutos.

Querrá llegar pronto a Poppy's para asegurarse de que consigue su mesa favorita. Puede que, en lo que respecta a muchos de sus movimientos, mi madre no sea predecible, pero hay algunas cosas que sé con certeza que va a hacer. Una de ellas es maniobrar para conseguir la mejor mesa de cualquier restaurante, la que le permita ver y que la vean.

Eros recoge nuestros platos y se dirige al fregadero.

—Vamos.

—En realidad, no tenemos...

Me callo al ver la expresión que pone. Está claro que no tiene pensado perderme de vista, y la verdad es que no sé qué haría si consiguiera distanciarme un poco de él. Sí, me he comprometido con esto, pero también sé que si hubiera una oportunidad de encontrar otra forma... Soy quien soy, y eso quiere decir que soy hija de mi madre. Siempre estaré buscando el camino que más me convenga, aunque eso signifique que tenga que cambiar mis planes radicalmente.

Además, cabe mencionar que, si va en serio acerca de la amenaza de su madre, lo que más necesito ahora mismo es que me proteja. No he sobrevivido las últimas veinticuatro horas para perecer ahora que la supervivencia se asoma en el horizonte.

—Está bien, vámonos.

Tardamos cinco minutos en ponernos los zapatos y salir al elevador. Hay otra encargada de seguridad esperándonos en el estacionamiento en el que está el coche de Eros; una mujer blanca con pelo de un fuerte color rojo y un labial incluso más intenso. Le sonríe y su expresión pierde un poco de alegría cuando me ve.

—Buenos días, Eros.

—Buenos días.

Apenas la mira mientras me sostiene la puerta para que pase y nos dirige a ambos al pasillo en el que estacionó anoche. Solo que, en vez de meternos en el diminuto coche deportivo, pasa de largo hasta llegar a un sedán. Sigue siendo muy lujoso, pero es sorprendentemente discreto. Cuando enarco las cejas, Eros aparta la mirada.

—El Porsche no es práctico si lo que queremos es no llamar la atención. —Hunde los hombros un poquito—. Y no ibas cómoda en él.

No puedo echarle la culpa a esa pequeña consideración del calor que recorrió mi cuerpo. De verdad que no. No estoy tan falta de atención como para perder la cabeza por semejante tontería. Pero, a pesar de ello...

—Gracias —contesto en voz baja.

Si no fuera lo suficientemente lista, pensaría que se está sonrojando cuando abre las puertas y nos subimos al coche. No hablamos mientras salimos del estacionamiento y agradezco el silencio porque me concede tiempo para aclararme las ideas. No tengo que perder la cabeza analizando todos los motivos que ha tenido Eros para cambiar de coche. Tengo que pensar y organizar lo que voy a meter en la maleta y las cosas sin las que me sería imposible vivir. Hacerlo en un solo viaje va a ser todo un reto, pero me las arreglaré.

No cuestiono el hecho de que Eros sepa dónde vivo. Yo puedo ubicar los edificios de todos los Trece y la mayoría de sus círculos cercanos y familias. Es conveniente enterarse de estas cosas, así que todo el mundo las sabe.

—¿Dónde me estaciono?

—En la calle.

Esboza una mueca.

—Estaremos más a la vista de lo que me gustaría.

—Lo sé, pero es un riesgo que hay que tomar.

Los empleados de seguridad que trabajan en el edificio monitorizan nuestras entradas y salidas, y se las comunican a mi madre, lo que menos necesito es que se le ocurra pedir que me detengan para que podamos sentarnos a tener una plática. Sé que no podré evitarla indefinidamente, pero quiero que Eros y yo hayamos pasado un punto del que ya no haya retorno antes de involucrar a Madre. Como Afrodita, incluso ella tendrá que reajustar sus planes en cuanto él me ponga el anillo en el dedo.

Y ya que hablamos de eso...

—Necesitamos anillos.

Eros se estaciona perfectamente en un sitio tan pequeño que yo habría jurado que no cabíamos. Apaga el motor.

—El joyero vendrá a mi casa a las dos de la tarde con una selección. Solo necesito tu talla.

Cómo no, ya lo había pensado. Le digo mi talla de anillo y envía un mensaje. Mi teléfono sigue inundado de notificaciones, pero las he silenciado para poder echarles un ojo cuando tenga tiempo.

—No sé si Calisto estará en casa, pero no quiero peleas.

—No tienes que preocuparte.

Le lanzo la mirada que ese comentario se merece.

—Creía que ya habíamos dejado claro que la violencia es algo de lo que eres completamente capaz.

Se transforma ante mis ojos. La frialdad se esfuma de su rostro y me dirige una sonrisa encantadora.

—Jamás le haría daño a alguien al que el amor de mi vida le tenga cariño.

Me clavo las uñas en la palma de la mano, uso el dolor para recordarme que es falso. Sin importar la intensidad con la que me palpite el corazón cuando me mira así, todo es una mentira. Puede que necesite ir al médico a que me revisen el corazón pronto, eso sí. Sin duda, que me den estos sobresaltos tan a menudo no debe de ser sano.

—Acabemos con esto.

—Después de ti, cariño.

11
EROS

He visto la fachada del edificio de Deméter unas mil veces, y tengo los planos del ático donde vive con sus hijas; como también tengo los planos de todos los edificios de la gente que, con el tiempo, podría acabar siendo blanco de mi madre. Aun así, la experiencia de entrar en el vestíbulo es totalmente diferente. Puedo contar media docena de guardias de seguridad encubiertos, por lo que lo más probable es que haya otros tantos en la propiedad, cuando menos. Deméter no se arriesga en lo más mínimo, aunque no es de esa clase de persona a la que le gusta restregarles por la cara a sus invitados que tiene seguridad en casa.

O puede que se preocupe por el bienestar de sus hijas.

En cualquier otro momento, estos vigilantes de seguridad serían una molestia, pero ahora nos son de gran utilidad. Mi madre no la atacaría aquí, ni tampoco enviaría a sus sicarios. Sería demasiado arriesgado por una recompensa tan pequeña. Mientras estemos en este edificio, Psique estará a salvo, y me puedo relajar un poco.

Pasa por delante de los elevadores principales y avanza por un pasillito hasta otro. Apoya la palma de la mano en un sensor de huellas que hay justo al lado y, al segundo, este se ilumina de color verde. Interesante. Las puertas se abren y Psique entra al elevador.

—Voy a preparar una maleta, pero necesito que te encargues de un par de cosas más.

Me entra la curiosidad. Todo lo que publica en su perfil parece muy espontáneo. En general, todo eso me importa una mierda, pero, hasta yo sé que, cuanto más natural parece algo, más esfuerzos requiere. Y estoy a punto de descubrir lo que ocurre tras bambalinas.

No debería importar. Su destreza a la hora de presentarle al mundo una historia convincente es una ventaja que pienso aprovechar. Ya está. Fue toda una revelación ver cómo preparaba esa «espontánea» foto nuestra en la cama. Lo hizo con una concentración y una determinación que me resultaron supersexis, y solo necesitó un par de lámparas y su celular. Quiero ver de qué es capaz con todos sus instrumentos a la mano.

Pondría la mano en el fuego por que la noche en la que nos tomaron la foto, Psique estaba siendo ella misma, natural, pero ese natural cambia drásticamente cuando está creando una historia convincente para que el resto de Olimpo se la trague. Y se la tragan. Reviso mi celular. A estas alturas, nuestra foto ya supera con creces el millón de «me gusta», y ni siquiera son las doce del mediodía. En serio, es magnífica en su trabajo.

Las puertas del elevador se abren ante un recibidor acogedor que me deja sorprendido. Las paredes son de un tono verde intenso que debería abrumarme, pero al estar combinadas con los azulejos grises claros del suelo, crean un equilibrio atrayente. Hay un par de muebles en la habitación (dos butacas de respaldo alto con un sencillo estampado de flores y una larga mesa de madera oscura con varios cajones) que parecen ser una invitación para que los invitados se sienten y platiquen un rato. En el puto recibidor.

La siguiente habitación es el salón. Más de lo mismo. Paredes llamativas, un suelo claro, y varios muebles que parecen supercómodos. Hay varios libros desparramados por la mesa de centro ubicada entre un sofá largo y otro par de butacas: libros de literatura de género con los lomos agrietados por la lectura. Puedo imaginarme de sobra a Psique acomodada en el sofá, con un libro entre las manos y relajándose con su familia.

Este ático parece un hogar.

Toda una novedad.

Mi madre utiliza el salón para recibir a los invitados, por lo cual de pequeño siempre me disuadía firmemente de que pasara el rato allí. Para eso están los dormitorios: un espacio personal que se puede esconder tras una puerta cerrada. Mi madre siempre lleva una máscara, incluso en la relativa privacidad que le otorgan los espacios comunes de la casa en la que me crie. Y de mí se esperaba el mismo comportamiento.

Quiero encontrar una excusa para curiosear, pero Psique me guía a la planta superior por las escaleras flotantes, y la idea de poder ver a la chica en su propia habitación se antepone al resto. Si las hijas de Deméter se comportan por todo el ático como si fuera su espacio personal, ¿qué revelará el verdadero espacio personal de Psique?

Pero, a mitad de las escaleras, me detengo en seco. Psique tarda un par de pasos en darse cuenta de que no la sigo, y se detiene también. Se voltea suspirando, impaciente.

—Sé que la tentación de fisgonear por la casa es casi irresistible, pero muévete, vamos. No tenemos mucho tiempo.

Tiene razón, pero es como si el cerebro no me funcionara. Me quedo mirando las fotos que llenan las paredes. Están colocadas con mucho cuidado, desde luego, pero son personales. Fotos planeadas en marcos enormes con Psique junto a sus tres hermanas llevando el mismo conjunto, desde una edad temprana hasta lo que parece ser la más reciente de todas. Son interesantes, pero las fotos que de verdad me llaman la atención son las que no están planeadas que hay por todas partes en marcos más pequeños.

Psique y Perséfone, abrazadas por los hombros, con el pelo recogido en una coleta, y a Psique le faltan dos dientes.

Una Calisto preadolescente sosteniendo un pez casi tan grande como ella, y con una sonrisa de felicidad en la cara totalmente genuina.

Las cuatro chicas disfrazadas. Eurídice, de ninfa. Calisto, de caballero. Perséfone, de ángel. Psique, de princesa.

Siento una punzada en el pecho. ¿Por qué diablos siento una punzada en el pecho? No son más que fotos. Es evidente que a Psique siempre se le han dado bien las fotografías; es el miembro más fotogénico de una familia de fotogénicas. No hay motivo alguno para que una hiriente emoción indefinida me embargue al ver las pruebas fotográficas de lo feliz que fue su infancia. Y ni de broma debería empeorar por el hecho de que Deméter haya expuesto bien a la vista dichas fotos, aunque sea en una parte del ático donde solo pasaría tiempo la familia.

—¿Eros?

Por fin reacciono.

—Estoy bien.

—¿Seguro? —Psique frunce el ceño, y veo la preocupación reflejada en esos ojos avellana—. ¿Qué te pasa?

—No me pasa nada. —Esa debería ser la verdad. Saco a relucir mi sonrisa encantadora, pero Psique frunce aún más el ceño como respuesta. Bueno. Sabe que estoy mintiendo, y una sonrisa falsa no la engañará. Maldita sea—. No debería pasar nada. No es importante.

—¿De verdad?

—Sí.

Se queda un rato mirándome, pero al final asiente.

—Está bien, hay que apurarnos.

Se voltea para avanzar por el pasillo, para que la siga.

Les echo una última mirada a las fotos y, después, las dejo atrás. Quizá no debería sorprenderme tanto que Psique y sus hermanas hayan tenido una infancia bonita, pero esto es Olimpo. Yo me crié entre juegos de poder, y aprendí a mentir al mismo tiempo que a caminar. Y lo mismo han vivido Helena, Perseo y sus hermanos. Aquellos que tuvimos la suerte y la desgracia de nacer en las intrigas políticas de Olimpo ya de pequeños vivíamos entre la espada y la pared.

Mi madre en particular no toleraba ningún error.

Con razón a Psique le resulta tan natural ser amable; ha convivido con la amabilidad desde siempre.

La chica se detiene ante la tercera puerta y me despierta de mi ensimismamiento. La ilusión se apodera de mí. Ya he descubierto información preciada de esta mujer con esta corta visita. Su cuarto será la revelación final. Psique abre la puerta y se adentra en la habitación, conmigo detrás.

Es... el caos.

Me quedo en el umbral de la puerta y observo las pilas de ropa que cubren cada superficie de la habitación. Tiene un tocador antiguo lleno de infinidad de tarros y tubos de maquillaje, productos para la piel y para el pelo.

—Duermes en un armario.

—Es mi cuarto.

—¿En serio? Porque no veo la cama. Lo único que veo es ropa por doquier.

—¡Cállate! —Sigue un caminito despejado de ropa que se ha formado en el suelo—. Tengo mi método.

—Pues te aconsejo que te busques uno nuevo, porque yo no puedo vivir en estas condiciones. —Solo de pensar en todo este desorden, con su método o no, casi me da urticaria. Esperaba que la habitación tuviese más de esa vibra atrayente y acogedora del resto del ático. Es el caos más absoluto. Poco a poco me abro paso por ella y le doy un golpecito al montón de ropa que se levanta en precario equilibrio en lo que supongo que es una silla—. Me voy a casar con el monstruo del caos.

—Pues ya somos monstruos los dos.

—Qué simpática. —Reprimo el impulso de seguir toqueteando el montón de ropa y centro mi atención en ella—. Pero los dos sabemos que eso no es verdad.

—Sí, sí, tú eres el monstruo más grande y malo de este cuarto. No te desconcentres. —Desaparece al otro lado de otra puerta y regresa con una maleta gigante. De nuevo otro viajecito por la puerta y esta vez regresa con un montón de bolsas que parecen guardar su equipo de iluminación. Me las avienta a las manos, y me dice—: Sostén esto, por favor.

—He visto fotos de tu cuarto. Y no se parece en nada a esto.

A pesar de mis burlas, la cama está despejada... pero no es la que he visto en las fotos.

—Ah, ya. —Deja la maleta encima de la cama y se pone a hurgar en los montones de ropa y a meter cosas dentro de la maleta—. Uso el cuarto de Perséfone. Es una adicta a la limpieza, y la estética del cuarto es bastante buena. Además, jamás subió fotos del interior de nuestra casa, ni antes de mudarse a la zona baja de la ciudad.

Antes de estallar, veo cómo otros tres vestidos más aterrizan encima de la maleta; las telas multicolores se esparcen por el espacio.

—Me lleva la fregada. —No soy un adicto a la limpieza, como ha dicho ella. Me gusta que mis cosas estén ordenadas porque me hace la vida más sencilla, pero para nada voy por ahí con una etiquetadora ni me da un ataque cuando alguien cambia algo de lugar. Dicho lo cual, la desconsideración total que parece tener por el más mínimo orden hace que me tiemble el ojo derecho. Dejo los aparatos de iluminación junto a la puerta, me acerco con cuidado a la cama y empiezo a doblar la ropa.

—¿Qué haces?

—Ignórame y sigue haciendo la maleta.

Es un poco raro doblar ropa de mujer. La experiencia sensorial es superdiferente a la que tengo con mis cosas, y la gran mayoría de las prendas se resisten a acabar dobladas, así que recurro a enrollarlas de forma estratégica para colocarlas con cierto orden. Me esfuerzo muchísimo por no imaginarme a Psique luciendo cualquiera de ellas, en especial el vestido de seda que se desliza por la palma de mi mano mientras lucho contra con él para someterlo. Quedaría muy bien en el suelo de mi habitación después de haberle bajado los tirantes por los hombros y...

«Concéntrate.»

Ya hemos llenado la mitad de la maleta cuando Psique se me queda mirando.

—Solo quedan un par de cosas. Agarra el equipo y nos vemos abajo.

—Buen intento. No.

—Eros, voy a empezar a rebuscar en los cajones donde guardo la ropa interior. Dame algo de espacio.

Voy a discutírselo cuando, de pronto, se me viene una cosa a la mente.

—Un vestido de novia.

—¿Qué?

—Necesitas un vestido de novia.

Psique frunce el ceño, y maldice.

—Necesito un vestido de novia. Carajo. Esto no va a salir bien. No tenemos tiempo. —No se calla, y se le traba la lengua mientras se pone a dar vueltas por la habitación—. Diablos, nadie va a creer que nos vamos a casar de verdad si falta una pieza tan importante.

—Psique, mírame —le pido cogiéndola por los hombros.

—Supongo que tendría que ponerme a elegir la lápida para mi tumba porque...

No pienso en las consecuencias de mis actos. La beso y ya. Se pone tensa, pero antes de que pueda apartarme de ella, se deja caer sobre mí y, en un segundo, lleva las manos a mi pelo y pega su cuerpo al mío. Es el momento de parar, de reconducir la conversación para encontrar una solución. He interrumpido el ataque de pánico que estaba teniendo, así que he logrado mi cometido. Solo tenemos que despegar los labios...

Todavía no estoy preparado para renunciar a su sabor. Es deliciosamente dulce. Otra advertencia de que no se parece a nadie que yo haya conocido. Es astuta, y extremadamente cuidadosa con su imagen pública, pero, debajo de todo eso, es dulce, y divertida, y un puto encanto.

Una buena persona haría lo que fuera por proteger el alma dulce de esta chica. Lucharía tanto con sus enemigos como con sus demonios para crear un mundo en el que ella pudiera derribar sus muros y tener una vida feliz sin su coraza. Esa persona la sacaría de Olimpo y le aseguraría su protección sin ningún beneficio egoísta, la subiría a un pedestal y la adoraría en su altar cada día.

Pero yo no soy buena persona.

Soy un puto monstruo.

Y quiero a Psique para mi disfrute. Un anhelo que surgió aquella primera noche, pero que durante las últimas veinticuatro horas se me ha ido de las manos. Me da igual si Psique se merece a una persona tan dulce como ella. La quiero ligada a mí, y le arrancaré la cabeza a quien crea que puede quitármela.

Le rodeo el rostro con las manos y le inclino la cabeza un poco hacia atrás, para profundizar el beso. Es una forma minúscula de reclamarla como mía. De marcarla como mía, aunque seamos las dos únicas personas en saberlo. De su boca emerge un gemido que me provoca una erección. No me costaría nada empujarla sobre la cama y seguir besándola hasta que se nos olviden todos los motivos por los que esto es una idea terrible.

Pero no estamos en mi ático, con una puerta cerrada con llave que nos separa del resto del mundo. No puedo convencer a Psique para que me deje hacerle lo que me dé la gana solo porque es cuestión de tiempo que alguien nos interrumpa, y entonces tengo por seguro que no podré volver a tocarla, jamás.

Inaceptable. Nada me apartará de esta mujer... ni siquiera mis propios impulsos egoístas.

Levanto la cabeza de mala gana. Psique me observa abriendo y cerrando esos enormes ojos del color de las avellanas, con los labios aún más hinchados por el beso. Al verla casi me lanzo a probar de nuevo su sabor, pero mi razón elige ese instante para tomar el control de la situación. Con la respiración agitada, le digo arrastrando las palabras:

—Dame tus medidas.

—¿Cómo? —me pregunta pestañeando una vez más.

Es inquietante la satisfacción que me recorre el cuerpo al ver que tengo en ella el mismo efecto que ella tiene en mí. No es más que otra prueba que demuestra lo descontrolado que estoy. Hago a un lado esa sensación e intento concentrarme en el aquí y el ahora.

—Tus medidas, las necesito.

Psique se humedece los labios, con la mirada todavía distraída.

—Eh, ya lo hemos hablado. No es...

—Psique, que me des tus medidas. —Bajo las manos por sus costados para tomarla de las caderas—. A no ser que quieras que las tome yo mismo. Aunque, claro, para eso tendrás que desnudarte.

La chica da un gran paso hacia atrás y rompe el contacto físico.

—No será necesario. —Me recita del tirón una serie de números que memorizo al instante. Psique se ha sonrojado, y no me mira a los ojos—. ¿Con eso es suficiente?

—Sí. —Tomo el equipo de iluminación—. Te espero en el coche.

—Gracias.

Tengo que esforzarme más de lo que habría imaginado para dar media vuelta y alejarme de ella. Desando mis pasos hasta el salón y tomo el elevador. Aunque una parte de mí espera encontrarse con Calisto, no me cruzo con nadie en mi camino al coche ni mientras meto el equipo en la cajuela. Queda espacio para su maleta y un poco más, pero ya nos las arreglaremos. Tras un breve debate interno, decido que llamar desde el coche es mejor que hacerlo en la calle mientras espero a Psique. No es que haya tanta gente por la calle como en mi zona, pero, aun así, atraigo las miradas. Solo es cuestión de tiempo que alguien tome una foto, la suba a las redes, y aparezcan los reporteros. Lo que menos necesito es que alguien escuche la conversación que voy a tener.

Sin olvidarnos de que los cristales polarizados me ocultan de cualquiera que pase por delante del coche y tengo una buena vista de la entrada al edificio de Deméter.

Voy pasando por mis contactos hasta que llego a Helena Kasios: la hija del difunto Zeus, hermana del actual. Tenía que llamarla de todas formas, así que mataremos dos pájaros de un tiro. No me hace esperar mucho.

—¿Desde cuándo vas tan en serio con alguien como para hacerlo oficial en las redes?

Ha visto la foto, cómo no. A estas alturas, casi todo Olimpo la habrá visto; para eso la subimos. Respiro en silencio y me preparo para la que será la primera de mis muchas actuaciones.

—Psique es especial.

—Sí, claro. No te lo tomes a mal: todas las Dimitriou son mujeres con carácter y, si alguien pudiera llamar tu atención, sería una persona con una fuerte personalidad, pero eso no cambia el hecho de que, si fuésemos amigos, entonces me habrías contado que estabas saliendo con alguien.

No se equivoca del todo. Sé que mi madre esperaba que acabara casándome con Helena o con su hermana, pero nunca hemos sido nada más que amigos. Y somos amigos, o al menos todo lo cercanos que personas como nosotros pueden llegar a ser.

—Pensé que no me darías tu aprobación.

—Mentiroso. —No parece enfadada, solo entretenida—. Apesta a uno de tus planes. Pero da igual. No tienes que darme todos los detalles. Supongo que me has llamado porque necesitas algo.

—Eso me duele en el corazón, Helena.

—Para que te doliera primero tendrías que tener corazón —contesta riéndose.

Ahí me ha atrapado. Echo una mirada a la puerta de entrada de la casa de Psique. Yo no tengo corazón, pero mi futura esposa sí. Y es mi deber asegurarme de que permanezca en su pecho, sano y salvo. Helena me echará una mano, aunque no sepa toda la historia. Me deshago del personaje encantador, agradecido en cierta forma de quitarme esa mierda de encima. Sé que puedo seguir fingiendo indefinidamente, pero siento cierto alivio al poder mostrar mi propia personalidad. Dicha libertad se me permite con muy pocas personas.

—Necesito que me hagas dos favores.

—Hecho, pero me debes uno a cambio.

—Todavía no te he dicho lo que necesito —replico resoplando.

—No hace falta. Después de que Eris decidiera hacer una escena manchándoles los vestidos a Deméter y a Afrodita con absenta, Perseo nos ha confinado para que no deshonremos más el apellido; como si eso fuera posible después del desastre de padre que teníamos. —Suelta un sonido burlón—. Necesito una distracción, así que, sea lo que sea lo que me ofrezcas, me queda de maravilla.

—¿Y tu favor?

—Ya se me ocurrirá algo. Ahora dime qué necesitas.

No se me da mucho lo de hacer favores indefinidos, pero dudo mucho que Helena lo use en mi contra. Además, si estuviese metida en líos, los dos sabemos que la ayudaría, aunque me guste fastidiarla un poco.

—Necesito los datos de esa diseñadora de moda de la zona baja de la ciudad que tanto te gusta llevar. Esa que le cae mal a mi madre.

—Juliette. Claro, ahora te paso el número. —Un segundo después me suena el celular con dicho mensaje—. Qué aburrido. ¿Y lo otro?

Será mejor que no me ande por las ramas.

—Necesito que Eris y tú sean las testigos de mi boda. Esta noche.

Helena se queda tanto tiempo callada que tengo que reprimir el impulso de comprobar si se ha cortado la llamada. Pero no. Helena necesita tiempo para procesar la información. Cuando por fin respira hondo, me preparo. No me decepciona.

—Eros, te lo digo con todo el amor que mi maltrecho corazón puede albergar, pero ¿es que te has vuelto loco o qué?

Salir con ella es una cosa. Pero ¿casarte? A tu madre le va a dar una embolia. Por los dioses, a mi hermano también le va a dar una. Y seguramente a Deméter. Vas a matar a tres de los Trece de un jalón. Es implacable y brillante, pero te pasas de cruel, y tú no eres cruel.

De normal no, pero esta situación no es para nada normal.

—¿Me ayudarás o no?

—Yo sí. —No vacila ni un instante—. No sé qué tienes planeado, pero te ayudaré. Y Eris también.

No me molesto en pedirle que lo confirme. Si de algo estoy seguro es de que Eris se presentará allí donde reine el caos. Y mi boda con Psique es la definición exacta de sembrar el caos.

—La boda será hoy en mi casa, a las siete.

—Allí estaremos.

—Helena... Gracias. Por ayudarme. Por no hacer demasiadas preguntas incómodas. Por todo.

—Es muy triste que sea algo que te sorprenda en lo más mínimo, pero te entiendo —me contesta con un resoplido—. Al fin y al cabo, esto es Olimpo.

—Sí.

Aquí las reglas son diferentes, o al menos en los círculos en los que me muevo. Tener a una persona en la que confíes tanto como para pedirle un favor es lo más valioso del mundo... y es tan raro como el legendario vellocino de oro.

Colgamos poco después, y miro el reloj y después a la puerta principal del edificio. Psique se está tomando su tiempo, pero tengo que hacer otra llamada antes de ir por ella. Esta es aún más corta. Al parecer, Helena le ha enviado un mensaje a Juliette justo después de haberme enviado a mí el mío, así que la diseñadora ya esperaba mi llamada.

Le explico lo que necesito y le doy las medidas de Psique.

Murmura algo entre dientes un momento, y puedo oír el ruido de las perchas pasar al otro lado de la línea.

—Tengo varias prendas que podrían encajar. Pero tienen que venir aquí. Me importa una mierda quién sea tu madre y, si te soy totalmente sincera, es algo que juega en tu contra, o si la novia es una clienta esporádica. Yo no voy a cruzar a la zona alta de la ciudad.

Maldigo mentalmente, pero debí habérmelo imaginado. Mi madre colaboró en la expulsión de Juliette de la zona alta. No recuerdo por qué fue, solo que fue una de esas raras ocasiones en las que se encarga ella misma del asunto y no me envía a mí en su lugar. Aunque no importa. Las disputas de Afrodita pueden ser tan ruines como duraderas. En el mejor de los casos, la diseñadora se negó a hacerle un vestido o igual vistió mejor a alguna de las enemigas de mi madre para un evento.

Aunque, bueno, no hay mal que por bien no venga. En estos momentos, Psique está muchísimo más a salvo en la zona baja de la ciudad que en la alta. Del local de Juliette iremos directo a mi casa, nos casaremos, y le quitaremos la amenaza que lleva en la espalda de una vez por todas.

Hago todo lo que puedo para sonar muy encantador.

—¿Cuándo podemos ir?

—Dame una hora para hacer un par de cambios y, después, necesitaré otra hora para confirmar que la prenda que elija esté bien entallada. —Me da la dirección de su tienda—. Prepárate para pagar por echarme a perder los planes que tenía para hoy.

—Claro, sin problema.

Me cuelga justo cuando veo salir a Psique por la puerta cargada con dos maletas. Me bajo del coche y corro a su lado.

—Viajas ligera de equipaje por lo que veo.

—Eres tú el que insiste en que me mude contigo. Esto no es ni la mitad de lo que necesito para sobrevivir. —Me sigue hasta el coche y me observa mientras meto una de las maletas en la cajuela y la otra en el asiento de atrás—. Tenemos que irnos. Perséfone me ha enviado un mensaje para avisarme que ya ha acabado de tomar el *brunch* con mi madre.

Le abro la puerta e ignoro la mirada de extrañeza con la que me observa. Después, doy la vuelta hasta la puerta del conductor.

—Llámala.

—¿A Perséfone? ¿Y eso?

—Necesitamos una invitación para ir a la zona baja de la ciudad, y la necesitamos ya.

PSIQUE

No sé cómo ha conseguido Eros contactar a Juliette, pero una hora más tarde estamos pasando por uno de los tres puentes de Olimpo con el coche para ir a verla. Cada puente tiene un ambiente distinto, y el puente Ciprés se remonta a nuestras raíces griegas. Lo flanquean columnas enormes y, bajo la luz de estas horas de la mañana, da la impresión de estar cruzando a otro mundo.

Se me tapan los oídos mientras cruzamos el río Estigia, pero es la única incomodidad que siento gracias a la invitación de Perséfone. Sin ella, pasar de la zona alta a la baja no es que sea imposible, pero sí bastante más molesto. O eso es lo que dice todo el mundo. La verdad es que yo no lo he intentado nunca. Las pocas veces que he visitado a mi hermana en su nueva casa ha sido porque me han invitado.

Hoy no nos dirigimos a esa casa. Eros nos guía hacia el sur, siguiendo el río por la zona baja hasta llegar al polígono. Parece casi idéntico al de la zona alta, cada manzana está plagada de almacenes inmensos y las calles tienen muy pocos peatones. Me resulta raro lo decidida que está la zona alta en fingir que la zona baja es inferior cuando tampoco es que sea muy diferente a donde vivimos. Al menos en apariencia.

En realidad, las diferencias están profundamente arraigadas.

Sé que a mi hermana le encanta estar aquí, pero yo no entiendo esta orilla del río. No creo eso de que la gente sea tan transparente como nos hace creer Perséfone. ¿Cómo consiguen vivir sin tener una imagen pública siempre preparada? Me asombra. Aunque, bueno, supongo que todo se debe a Hades. Es un líder completamente distinto de lo que jamás ha sido Zeus.

Eros rodea la enorme manzana y se estaciona enfrente de un almacén que no se diferencia en nada de los demás de la zona. Aun así, reconozco el sutil letrero que hay encima de la puerta. Juliette.

Se voltea para mirarme.

—Cómprate lo que necesites. No repares en gastos.

—Eros...

Quizá no sabe lo caras que salen las prendas personalizadas de Juliette, pero no soy tan cazafortunas como para aceptar su oferta.

—Lo digo en serio. —Apaga el motor—. La imagen es importante, ¿recuerdas?

Cierto. Nuestra imagen. Mi imagen. Eso es lo que le preocupa. Él no es un hombre enamorado con una tarjeta de crédito sin límite de fondos que quiere mimar a su pareja. Todo esto tiene que ver con el plan.

—Pues claro que es importante.

Salgo del coche antes de que podamos seguir con la conversación. Tiene razón, no tengo que perder de vista la recompensa.

Y la recompensa es mi vida.

Puede que el almacén de Juliette se parezca a otros por fuera, pero por dentro es un mundo completamente distinto. Al entrar veo una salita de espera muy elegante con una variedad de sillas y material de lectura. El resto del espacio está dividido en dos. La primera mitad tiene perchas y perchas de ropa, organizadas por estilo, talla y color. La parte de atrás es su espacio de trabajo, y solo un tonto intentaría husmear sin que lo invitaran.

Debe de haber estado esperándonos, porque aparece de inmediato, caminando con gran soltura entre dos filas de perchas como si estuviera desfilando sobre una pasarela de modas. Si fuera otra persona, pensaría que está actuando, pero estamos hablando de Juliette. Empezó su carrera como modelo y, aunque se haya cambiado al bando del diseño, sigue siendo consciente de sus alrededores por naturaleza y siempre hace gala de sus mejores ángulos.

Y no es que la mujer tenga un mal ángulo. Es una mujer negra alta, con pómulos tan marcados que podrían cortar, y exuda una actitud diligente que explica cómo ha conseguido llegar a la cima de su profesión. Me sostiene la mirada y sonríe.

—Enhorabuena por el compromiso.

Consigo devolverle la sonrisa, casi parece genuina en mi rostro.

—Gracias. Y gracias también por ayudarnos con tan poca antelación.

—No es nada. —Juliette hace un gesto hacia los probadores que se encuentran pegados a la pared más lejana—. Te he escogido unas cuantas opciones que creo que te quedarán bien.

Si ella dice que me quedarán bien, le creo. La mujer es experta en tallas, telas y estilos. Aunque hay una razón por la que tengo tan pocas piezas suyas en mi maleta, y es porque todo es tan caro que tengo que racionar mis compras para ocasiones especiales. Y supongo que una boda sí se trata de un momento especial.

—Gracias —repito.

—Tú. —Posa sus ojos oscuros sobre Eros—. Siéntate o espera fuera. No quiero que te pasees por mi local y me distraigas. —No hay compasión en la voz de Juliette. Ni en su rostro, donde apenas disimula lo poco que le agrada Eros. Cuando él se marcha obediente y sus pasos retumban por el enorme almacén, ella se voltea para mirarme—. No es mi trabajo hacer preguntas, pero espero que sepas lo que estás haciendo.

Yo también espero saber lo que estoy haciendo. Aun así, contarle mis penas a alguien, sobre todo si es casi una desconocida, queda completamente descartado. En vez de eso, le concedo una sonrisa cegadora.

—Lo sé.

Juliette me analiza un rato y por fin asiente.

—Pues manos a la obra.

Me manda a la zona de probadores con seis vestidos. Tardo diez minutos en descartar cuatro de ellos. Todos me quedan como un guante, pero es que no cuadran con la imagen que quiero proyectar. Mucha gente se pasa años soñando con su vestido de novia y, cuando era pequeña, también soñaba con esto.

En cuanto me mudé a la ciudad, dejé de lado esas fantasías. Ah, siempre soñé que acabaría casándome algún día; pero cada año que pasaba comprendía mejor la realidad de nuestra situación. Las únicas personas de las que me puedo fiar en Olimpo son mis hermanas. Hasta mi madre tiene sus planes ocultos y, más a menudo de lo que me gustaría, pide perdón en vez de permiso cuando nos arrastra con ella a sus planes.

Una parte de mí siempre ha fantaseado con caminar hacia el altar y con mi pareja, con planear una boda íntima pero elegante junto a nuestros amigos más cercanos y nuestras familias; una que no tuviera nada que ver con la prensa, las redes sociales o las opiniones de los demás. Un matrimonio que yo hubiera elegido en vez de uno concertado para beneficio político como quiere mi madre.

Ahora ese sueño se ha hecho pedazos.

Analizo los dos vestidos que quedan. Uno es lo que habría elegido para la boda de mis sueños. Es un vestido blanco ajustado estilo sirena con un encaje exquisito y lentejuelas en el corpiño, las caderas y los muslos antes de abrirse en capas de tul que crean una cola corta.

El otro es de un color merlot oscuro: es impresionante y deja sin respiración. Tiene un corpiño en forma de corazón que resalta mis pechos. La tela se junta en la parte derecha de la cadera para formar un ramo de rosas plateadas. Las flores parecen estar movidas por el viento y los pétalos plateados caen por toda la falda. Unas manguitas diminutas dejan los hombros al descubierto y parecen más bien diseñadas para mostrar los hombros y pechos que para cubrir algo. Además, un bordado plateado decora el escote en pico del vestido, la cereza del pastel.

Es atrevido y poco tradicional, y, aunque no sea el tono de rojo indicado, me hace sentir como si lo hubieran bañado en sangre.

En resumen, es perfecto.

—Juliette.

Entra en el probador y enarca las cejas.

—No era mi primera opción cuando elegí todos los vestidos, pero este quita la respiración.

Contemplo mi reflejo en el espejo. El color de mi piel y pelo me permite lucir una gran cantidad de tonalidades, pero normalmente me inclino por lo neutral y sutil, con algún toque de color que destaque. Un conjunto que no esté pidiendo que me presten atención, pero tampoco me haga pasar desapercibida. Nadie puede mirarme con este vestido y ver algo que no sea una declaración de intenciones.

«Trágate esa, Afrodita.»

—Me lo llevo.

Juliette asiente.

—Dame unos segundos. —Me rodea, tira del vestido en algunas partes y me sube el dobladillo un poco—. Puedo tenerlo listo dentro de una hora más o menos. ¿Quieres esperar?

No es buena idea pasar demasiado tiempo en la zona baja de la ciudad. Puede que Perséfone esté dispuesta a dejarnos entrar, pero a Hades no le cae bien Eros y siempre existe el riesgo de que le lleve la contraria a mi hermana y nos retire la invitación.

—Le pediré a mi hermana que me lo traiga cuando venga esta noche.

—Por mí bien. —Juliette sujeta con alfileres un último pedazo de tela y asiente—. Ya está. No te necesito más.

Sonrío.

—Gracias por aceptar el pedido urgente.

—No me des las gracias. Como ya le he dicho a Eros, pienso cobrarle por haberme echado a perder los planes. El triple de mi tarifa sería lo justo.

La cantidad es más que enorme. No puedo creer que Eros haya aceptado a pagarla. Ni siquiera necesito un vestido de novia para la boda, solo lo compro porque tenemos que hacer que parezca real. Pero no tenía que contratar a una de las mejores diseñadoras de Olimpo para conseguirlo.

—Por supuesto.

—Ah, y antes de que se me olvide. —Se saca algo del bolsillo. Es un pedazo de tela del mismo color que el vestido—. Por si lo necesitas para encontrar tonos a juego.

—Gracias. —Es un detalle muy pequeño, pero uno en el que yo no había pensado en medio de este torbellino—. Te lo agradezco mucho.

Me visto a toda prisa y atravieso el pasillo de ropa hasta la sala de espera situada junto a la entrada. Eros está descansando en una de las sillas, mirando el celular con cara de pocos amigos. Levanta la vista cuando me acerco, sus ojos azules severos.

—De verdad, tendrías que restringir los comentarios en tus redes. Esta gente es demasiado tóxica y tienen demasiado tiempo libre.

Casi me tropiezo. No soy tan tonta como para creer que está expresando verdadera preocupación. Más bien, según los comentarios que suelen dejarme en mis publicaciones, está enojado porque le afectan de paso. Somos un equipo, por lo menos por ahora, así que si me insultan a mí, lo insultan a él. Me esfuerzo por sonreír.

—Te dije que no leyeras los comentarios.

Se levanta y comienza a caminar a mi lado y se adelanta para abrirme la puerta. Le mando un mensaje rápido a Perséfone para confirmar que sí puede recogerme el vestido, cosa que le parece bien. Una vez hecho eso, volvemos a cruzar el río. No era mi intención soltar un suspiro de alivio cuando dejamos atrás el Estigia, pero Eros me mira extrañado cuando lo hago.

Me invade la vergüenza.

—Sé que es parte de vivir en Olimpo, pero el río Estigia siempre me ha dado mala vibra.

—No eres la única. Es una especie de barrera, un recordatorio de lo aislados que estamos del resto del mundo. Si lo piensas es bastante inquietante.

Alarga el brazo por encima de la palanca de velocidades y me pone la mano en el muslo. Yo la miro, espero algún tipo de explicación, pero Eros sigue conduciendo con la mirada fija en la carretera.

Ah. Es verdad. Es por el rollo este de sentirnos cómodos el uno con el otro. No puedo negar que estoy fracasando con creces en la tarea. Ni siquiera es que me dé miedo que vaya a hacerme daño. Sí, está bien, soy consciente de que puede hacerlo, pero ese no es el problema.

El verdadero problema es que, cada vez que me toca, parece que me conecto a un cable de alta tensión. Puedo ser una actriz estupenda cuando la situación lo requiere, pero no he conseguido actuar de forma natural ni una sola vez de las que nos hemos tocado. Algo sobre lo que las páginas de chismes se lanzarán sin dudarlo; algunas por maldad, otras por curiosidad. Ninguna de las dos opciones es buena para nosotros.

O quizá estoy buscando una excusa para aceptar algo que sin duda no debería querer.

Poco a poco, con cautela, coloco mi mano sobre la de Eros. Siento cómo la palma de su mano me quema a través de los pantalones, como si sus dedos me dejaran una marca en la piel, aunque ni siquiera me está agarrando con fuerza. Soy plenamente consciente de que solo se encuentra a unos pocos centímetros de la cúspide entre mis muslos, y me tengo que esforzar mucho para no apretar las piernas. Nadie me había afectado así antes. No sé si es el peligro lo que está avivando mi deseo o el simple hecho de que no debería querer a este hombre, esté a punto de convertirse en mi marido o no.

—Estás muy tensa; si sigues temblando así, te vas a caer del asiento.

El comentario me afecta.

—Estoy haciendo lo que puedo.

Su tono es afable. Sus palabras no.

—Lo que puedas no es suficiente. Solo disponemos de unas horas para hacer que esto funcione. Por mucho que disfrute besarte cada vez que tienes tus enredos mentales, tienes que ser capaz de soportar que te toque.

Una sensación de calor me enciende la cara, pero no sé si se trata de vergüenza o de deseo.

—Ya lo sé.

Eros toma la curva hacia su edificio y volvemos a entrar en el estacionamiento.

—La oferta sigue en pie.

No tengo que pedirle más explicaciones. Solo hay una oferta sobre la mesa, y es una que por supuesto no debería aceptar. Bajo la mirada para contemplar el aspecto que tiene la mano de Eros sobre mi muslo. Una mano ancha, con dedos fuertes y uñas perfectamente arregladas. Es tan hermosa como todo él, pero tiene callos en la palma. Un pequeño signo que revela que no es todo lo que parece.

El calor que inunda mi rostro se vuelve más ardiente y va bajando. Parece que Eros se ha llevado todo el aire del coche y ni siquiera ha hecho nada. La única vez en mi vida en la que me he sentido tan perturbada fue cuando le di la mano a Jenny Lee en séptimo. Caliente y sudorosa, buscando desesperadamente no hacer nada que pusiera fin a ese contacto. No terminó bien para mí; hice acopio de toda mi valentía y me incliné para besarla, solo para descubrir que me daba la mano como amiga.

Eros no quiere ser mi amigo, pero la sensación de estar caminando por una cuerda floja sobre un estanque de cocodrilos es la misma. Un movimiento en falso, y la humillación será el menor de mis problemas.

Se estaciona y salimos del coche. Eros me permite agarrar una maleta, pero él lleva la otra y el equipo de iluminación. Tiene una expresión rara en el rostro, pero no lo conozco bastante como para saber si se trata solo de su expresión típica o es que algo le molesta de verdad. Cierra con llave la puerta del ático después de que entramos y me lleva por el pasillo a una de las puertas por las que pasamos anoche.

La abre para mostrar una habitación libre muy agradable decorada en tonos grises fríos. Una cama de tamaño extragrande ocupa una pared y hay dos puertas en el lado contrario de la habitación que llevan a un vestidor de buen tamaño y a un baño que es solo un poco más pequeño que el principal. Y, cómo no, hay un espejo gigante entre ambas puertas que nos muestra nuestro reflejo.

Eros deja mis cosas en la cama y yo hago lo mismo. Se voltea hacia mí.

—Puedes quedarte con la habitación de invitados.

El alivio hace que mueva los pies por la emoción. Dormir a su lado anoche fue una cosa, pero apenas puedo imaginarme haciéndolo todas las noches.

—Gracias a los dioses.

Eros curva los labios, pero no es una sonrisa agradable.

—No te equivoques. Puedes poner tus cosas en la habitación de invitados. Puedes dejarla hecha un caos, como quieras, pero que se quede confinado aquí dentro. Eso es lo único que se va a quedar en la habitación de invitados.

Mi alivio se esfuma como si fuera un globo desinflándose. Quiero gritarle, pero está claro que no puedo. Solo le demostraría que no estoy preparada para llevar esto hasta el final. Carajo. Sí o sí tengo que hacerlo. Creí que podría hacer alguna trampa, pero ahora veo que es imposible. Solo hay una solución.

Miro mi celular. Es casi la una.

—¿A qué hora va a llegar el joyero?

—A las dos.

—Entonces tenemos tiempo de sobra. —Salgo de la habitación de invitados y recorro el pasillo hasta la principal. Soy plenamente consciente de que Eros sigue mis pasos como una sombra y, cuando miro por encima del hombro, me encuentro con que me está mirando el trasero. Por extraño que parezca, eso me da la confianza que necesito para quitarme la camiseta—. Vamos a hacerlo.

Se detiene de golpe.

—Vas a tener que ser más específica.

Empiezo a desabotonarme los pantalones. Sería mucho menos incómodo si él también se estuviera desnudando en vez de mirarme fijamente como si me hubiera salido una segunda cabeza.

—Tenías razón. Tenemos que quitarnos la tentación de una vez por todas. Así que intercambiemos orgasmos y acabemos con esto para poder convencer a la gente de que somos una pareja de verdad.

EROS

No sé qué ha cambiado en el viaje de vuelta a mi casa, pero ahora entiendo qué estaba pensando Psique en silencio. Se quita los pantalones, y se queda desnuda salvo por unos calzones de encaje y un brasier de color carne. Al verla me quedo sin aliento. No posee ese aspecto de Photoshop que ansían tantas personas en Olimpo; tiene curvas, y unas cuantas estrías, y un trasero al que le daría una buena mordida. Carajo, va a pasar de verdad.

Pero...

Carraspeo un poco y me concentro en mantener la compostura y no abalanzarme sobre ella como un maldito animal.

—Esta misma mañana me has dicho que no era necesario.

—Ya lo sé. —Se encoge de hombros y, con el dedo, se retuerce un mechón de esa melena oscura—. Escucha, lo que pasa es que no sé separar muy bien el sexo de los sentimientos. Lo último que quiero es implicarme emocionalmente contigo. No haría más que empeorar una situación ya de por sí difícil, y ninguno de los dos lo necesitamos.

Eso no tiene por qué dolerme. En absoluto. Esto no es más que un trato comercial, uno en el que no se ha involucrado voluntariamente. Es más que lógico que no quiera implicarse emocionalmente conmigo.

«Eso, y que soy un puto monstruo.»

Con un paso entro en el cuarto y, con cuidado, cierro la puerta a mis espaldas.

—¿Cuál es tu propuesta?

—Acostarnos una vez, y ya. —Se lleva los brazos a la espalda para desabrocharse el brasiere, y vacila—. La prueba de fuego y todo eso.

—Te puedo asegurar que será mucho mejor que una prueba de fuego. —Me acerco a ella despacio. Yo ya tengo claro que a mí no me bastará con una sola vez, ni de broma. Pero si lo digo no me lo agradecerá. Psique también nota la química entre nosotros. Si no, no se derretiría ante mí cada vez que la beso. Hablando del tema...—: Todavía tenemos que dejar claro lo de los besos.

Psique abre la boca como si quisiera discutirlo, pero al final acaba por encogerse de hombros.

—Tienes razón. Te han hecho miles de fotos con la lengua en la garganta de alguien, así que esperarán que hagas lo mismo conmigo.

Eso me frena un poco.

—¿Cuánto caso le has estado poniendo a los chismes sobre mí antes que nada?

—La misma atención que presto a los chismes de cualquier habitante de Olimpo que algún día pudiera llegar a ser una amenaza.

No termina de ser una respuesta, pero más tarde tendré todo el tiempo del mundo para investigar al respecto. No me ha dado motivos para pensar que se ha pasado las últimas dos semanas investigando a fondo mi historia y registrando todas las páginas de chismes como yo he hecho con ella. En este preciso momento, tengo a Psique semidesnuda frente a mi cama. Solo un imbécil dejaría pasar esta oportunidad. Acorto la distancia que nos separa con dos grandes pasos, y me detengo a unos pocos centímetros de tocarla. Esta vez, no se estremece. Se limita a desabrocharse el brasiere y lo deja caer hasta el suelo.

Me permito ser el primero en mirar. Psique es como el buen vino y, como cualquier buen vino, pienso degustarla por fases. Carajo, es guapísima; tan guapa como para despertar los celos de Afrodita, cosa que no pasa todos los días. Aparto ese pensamiento antes de que me ponga de mal humor. En cambio, me concentro en la mujer que tengo delante. Está totalmente quieta, dejándome observarla hasta que me sienta satisfecho, como si pudiese pasar eso en la hora que tenemos libre.

«En otra ocasión», me prometo en mi mente. En otra ocasión, cuando tengamos más horas a nuestra disposición, la convenceré para que se coloque ante mí así y me deje observarla todo el tiempo que quiera.

Paso los dedos por la melena oscura; se la echo hacia atrás y hacia un costado. Se le corta la respiración cuando le recorro la elevación del hombro con el pulgar y tiembla un poco.

—No tenemos mucho tiempo.

—Tenemos todo el tiempo que necesitemos —susurro mientras sigo mi trayectoria bajando el dedo por su brazo hasta la muñeca. Dios mío, tiene la piel tan suave que deseo recorrerla con la boca. Por el contrario, le levanto la mano y la coloco en mi hombro. Después, repito cada movimiento con el otro brazo.

—Eros... —Se le corta la voz—. Deja de provocarme y tócame de una vez.

Otro día...

Pero este no es otro día. Es posible que tenga infinitas formas con las que me gustaría seducir a Psique Dimitriou, pero la realidad es que tenemos el tiempo justo y tengo que actuar acorde a la circunstancia.

Le rodeo los grandes pechos con las manos, y casi se me escapa un gruñido al ver cómo se desbordan de mis manos. El tono de sus pezones es un bonito rosa oscuro y no puedo seguir privándome más. Me agacho y apreso uno de esos pezones con la boca.

Psique gime y, después, tengo sus manos en el pelo. Dudo que la chica vaya a admitirlo en algún momento de su vida, pero creo que le gustan mis rizos. Carajo, claro que le gusta agarrarse de ellos en cuanto se le presenta la ocasión.

Cambio de pezón y jugueteo con ella hasta que la tengo temblando entre mis brazos y arqueándose en busca de mi boca. Psique sabe de maravilla, carajo. Y además huele a galletas, carajo. Presiono la nariz contra su piel y respiro hondo.

—Hueles muy bien, te comería entera.

—Ese es un comentario propio de un caníbal. —Está tan agitada que no consigue hacer ese comentario con toda la mordacidad que le gustaría—. Es por la crema que llevo. Es...

—Psique —la interrumpo levantando la cabeza para mirarla.

—Dime —contesta mordisqueándose el labio inferior.

—Me importa un carajo qué crema uses. —La apuro para que dé el último paso hasta la cama, y hago que apoye la espalda en el colchón. Despacio. Tengo que hacer movimientos lentos porque, como deje de reprimirme, voy a estar dentro de ella en dos segundos y no es lo que quiero. Nunca he tenido problemas de autocontrol. Jamás. Cada juego de seducción en el que he participado era un baile coreografiado al detalle entre mi pareja, o parejas, y yo. Nunca me lancé sobre ellas como un animal dispuesto a comérmelas.

Un animal que siento cómo gruñe en mi interior.

En este preciso momento, corro el peligro de titubear, en el momento más importante.

Por eso mejor me pongo de rodillas junto a la cama en vez de tumbarme con ella. Es mejor opción. Menos riesgos. A pesar de todo lo que dijo ella antes, no es mi intención que nos acostemos una sola vez y ya. Psique suelta un gemido de sorpresa, pero no le presto atención, sino que me concentro en bajarle los calzones por las piernas. Le tiemblan los muslos, como si no tuviese claro si quiere cerrarlos o abrirlos para mí. Poco importa. Así como estoy puedo observarla completamente: parece lanzarme una invitación que no pienso rechazar.

—Te voy a dar un beso.

—Preferiría que pasáramos al punto directamente.

Casi me echo a reír con su comentario. Me echaría a reír si no me estuviese muriendo por probarla.

—He cambiado de opinión.

—Ven aquí conmigo —me contesta jalándome del pelo.

—No vamos a acostarnos todavía. —No me atrevo a subirme a la cama con ella, así no, ahora no. No con este temblor en las manos, y es lo único que puedo hacer para contenerme. Psique se merece flores, romanticismo y un sinfín de orgasmos. No merece que un puto animal la empuje sobre el colchón y la haga suya.

No sé si podré darle lo que se merece.

No, eso es mentira. Bien sé que, si mi intención es darle lo que se merece, estoy destinado al fracaso. Todo indica que Psique y yo vivimos en mundos totalmente diferentes. Incluso en este ámbito. Sobre todo en este ámbito. Me ha dicho que le cuesta separar el sexo de los sentimientos. No recuerdo ni una sola vez en la que el sexo me haya hecho sentir algo que no fuera placer físico.

Voy a echarlo a perder por completo.

—Eros, por favor.

—Psique. —Apoyo la frente en la suavidad de su estómago y suelto una exhalación temblorosa—. Déjame que te haga feliz un ratito. Por favor.

—Si es lo que quieres, supongo que... —Sus palabras se transforman en un gemido ronco justo cuando me inclino hacia abajo y le paso toda la superficie de mi lengua por la vagina.

«Carajo.» Esta parte de su cuerpo sabe mejor incluso que el resto. Deslizo las manos por las piernas de la chica, la agarro de los muslos y se los separo. Más. Necesito mucho más...

Me alejo del abismo en el último momento para tomar el celular. Psique se endereza apoyándose sobre los codos y me observa desde arriba. ¿Le gustarán las vistas desde ahí arriba tanto como me gustan a mí desde aquí abajo? Difícil saberlo. Está con el ceño fruncido.

—¿Qué haces?

—Poner una alarma.

—¿Por qué? —me pregunta sorprendida.

—Porque estoy a punto de distraerme comiéndote entera y no quiero hacer esperar al de la joyería.

Sorprendida otra vez, me mira abriendo y cerrando los ojos despacio.

—Eros, el joyero llegará aquí hasta dentro de cuarenta minutos.

—Ya lo sé. —Maldigo mentalmente—. Ni de chiste me basta.

Y, entonces, me quedo sin tiempo para seguir con la plática. Quiero sentir cómo se viene en mi cara, y lo quiero ya. Psique es tan necia, que quiero hacerlo tan bien que se olvide de por qué ha intentado ponernos límites. O ese es mi plan.

Aunque al probarla por segunda vez, mi plan se va al carajo. Psique se pone tensa, pero un segundo después parece ceder ante la sensación. Entre respiraciones, abre las piernas por completo y vuelve a hundir las manos en mi pelo. Se rinde ante mí. Confía en que vaya a hacerla sentir bien. Es vertiginoso tener a Psique a mi entera disposición.

La observo con atención mientras la recorro con la lengua, mientras la exploro despacio, descubriendo qué le gusta. No reacciona de forma silenciosa ante lo que le gusta, lo cual es un descubrimiento encantador. No le preocupa jalarme el pelo para guiarme hacia su clítoris, ni gemir al sentir cómo, despacio, la acaricio con toda la lengua en un movimiento vertical. Insisto, la preparo para un orgasmo que la pone a temblar y que hace que casi me arranque el pelo. Yo saboreo el ardor, la clara pérdida de control.

Clavo la mirada en el cuerpo ruborizado de Psique mientras bajo un poco más para depositar besos y mordidas cariñosas por el interior de sus muslos. En este momento está completamente relajada, pero todavía me queda algo de tiempo y no pienso parar hasta que suene la alarma. Subo de nuevo hasta sus muslos, intensifico mis caricias, y después levanto la cabeza para poder separarle los labios con los dedos.

Está tan empapada que debo mantener mi autocontrol. Quiero metérsela, tanto lo ansío que estoy temblando más incluso que ella cuando se ha venido en mi cara. Tengo el pene tan duro que hasta duele, y no me avergüenzo en absoluto por tener una manchita húmeda de líquido preseminal en la parte delantera de los pantalones. No me sorprende. Esta mujer me pone a prueba en todos los sentidos. Sería muy fácil bajar la mano, quitarme los pantalones y masturbarme.

Una pena que no me atreva a hacerlo, por mucho que pudiera aliviarme. No puedo quitarme los pantalones. Sin excepciones.

Me relamo, degustando su sabor, y le meto dos dedos. Psique jadea y se arquea hacia atrás, y casi me vengo en el acto al sentir que me rodea los dedos con sus labios. Pero, entonces, deja de importar, porque se viene otra vez y me moja los dedos; lo que daría porque me mojara el pene.

«Pronto.»

La alarma suena mucho antes de que esté listo para parar, pero consigo levantar la cabeza. Me levanto, arrastrándome por su cuerpo, y la beso. Se aferra a mí y, por un segundo, me planteo de verdad ignorar la alarma y seguir con esto.

«No. No, carajo.» Tenemos un plan; tenemos que ceñirnos a él. Nos estamos arriesgando demasiado con esto para dejar que nos gane el deseo antes de poder decir nuestros votos. Rompo el contacto de mala gana.

Psique suelta un gemido de protesta e intenta jalarme para retomar el beso.

—Más.

—El joyero.

Se queda quita. Es impresionante ver cómo se recompone, cómo desecha el deseo y se concentra en el objetivo final. Se le tensa el cuerpo, y después se relaja. Afloja la mano que agarra mi pelo. No puede borrar del todo de sus ojos esa mirada somnolienta, pero al final consigue disipar un poco la expresión de su rostro. Despacio, muy poco a poco, aparta los dedos de mi pelo.

—Cierto, el joyero. Necesitamos las alianzas para la boda. —Ahora ya solo tiene la voz un poco cortada. Se ha repuesto muy rápido, mucho más rápido que yo.

—Sí.

—Pues deberías quitarte de encima —me contesta mientras se humedece los labios.

Hasta ese momento no me he dado cuenta de que todavía la tengo aprisionada contra el colchón. Me ha rodeado las caderas con los muslos, y tiene los tobillos cruzados a la altura de la lumbar.

—Si quieres que me quite de encima, tendrás que soltarme.

Me gusta cómo se sonroja. Me gusta muchísimo.

Todavía me cuesta muchísimo contenerme y alejarme de ella, y al hacerlo las cosas empeoran porque puedo verla otra vez. Si una Psique normal es una tentación a la que jamás podré resistirme, una Psique satisfecha sexualmente es como meterme la droga más adictiva del mundo. Deseo tenerla así otra vez, cuanto antes, tantas veces como podamos antes de que se nos agoten las fuerzas.

Doy un paso hacia atrás, y luego otro.

—Voy a cambiarme.

—Gran idea —me dice débilmente, con la mirada clavada en la parte delantera de mis pantalones—. Debería ir a vestirme.

—Sí.

Nos quedamos un rato mirándonos, y la tensión se recrudece tanto que casi se puede palpar. Es como si me hubiese enganchado un imán al estómago o, mejor dicho, al pene, y me atrajera hacia ella. Desviamos la mirada al mismo tiempo: yo me acerco al armario y Psique se precipita hacia la puerta y se marcha a la habitación que tengo libre.

Solo puedo reconocer la verdad después de haberme cambiado de ropa y de haberme aclarado las putas ideas. Puede que ella no quiera implicarse, pero, carajo, está clarísimo que yo ya me he implicado. Nunca había estado tan cerca de perder el control, con ninguna de mis parejas sexuales. Pero, durante el corto periodo que Psique Dimitriou y yo hemos estado juntos, ha demostrado una y mil veces que no hay nadie como ella en todo Olimpo. No me extraña que mi madre quisiera apagar su brillante luz. Es lista, inteligente y demasiado buena para un hombre como yo.

Pero eso me importa un carajo.

Después de lo de esta noche, será mía de verdad.

PSIQUE

Después de dos orgasmos demoledores, uno detrás de otro, el resto del día pasa demasiado rápido; las horas corren mientras Eros y yo organizamos todo hasta que llega el momento de prepararse para la ceremonia.

Para la ceremonia de mi boda.

Perséfone llega con mi vestido y su impresionante marido. Hades es bastante atractivo, es un hombre blanco, alto, con pelo y ojos oscuros y una barba preciosa, pero la única persona a la que parece sonreírle es a mi hermana, y su actitud de «no te atrevas a molestarme» basta para mantener a todo el mundo a raya. Quiere a Perséfone con locura y para mí eso es suficiente. No tiene por qué ser un osito de peluche tierno siempre y cuando haga feliz a mi hermana. Y está feliz, vaya que lo está.

Es una pena que no me aguarde el mismo destino con mi marido, el monstruo.

Eros ha desaparecido con la excusa de tener que arreglar unos detalles de última hora. Me ha prometido que Afrodita sigue aislada en su fin de semana de spa, incluso ha llamado a su ayudante para comprobarlo, pero no puedo evitar preocuparme por si aparece justo a tiempo para detener todo este espectáculo. Aun así, confío en Eros. Por lo menos en esto sí.

Cuando Afrodita entre a sus redes sociales después del fin de semana fuera, habrá consecuencias, y recaerán sobre los hombros de Eros. No puedo evitar... sentirme mal por él.

Tampoco es que mi madre vaya a alegrarse cuando se entere del matrimonio precipitado. Puede que yo desconozca los detalles de los planes que guarda para mí, pero no incluyen que me case con Eros. Eso me queda muy claro. Aun así, no podrá oponerse en cuanto estemos legalmente unidos el uno al otro. Pero tan pronto como se le pase el enfado se pondrá a examinar las diferentes perspectivas para ver cómo puede darle la vuelta a la situación y que así le beneficie a ella.

A primera vista, nuestras madres no son tan diferentes. Ambas son poderosas, ambiciosas e implacables como ellas solas.

¿La diferencia?

Que tal vez mi madre intente moverme como si fuera un peón en el tablero de ajedrez que es Olimpo, pero en realidad me quiere. No dejará que el amor se interponga en el camino del poder, pero tampoco esperaría que me presentara en una fiesta después de que me hubieran apuñalado para luego ponerse furiosa porque he llegado tarde.

Y a esto cabe añadir la expresión perpleja que lucía Eros en el rostro mientras estudiaba las fotos de mis hermanas y yo cuando estábamos en el ático. Es posible que no esté en lo correcto y solo me base en lo que quiero pensar, pero casi parecía desconcertado ante lo felices que nos veíamos en esas fotos. Mi niñez no fue idílica, tener a Deméter como madre es complicado incluso en las más ideales circunstancias, pero tenía a mis hermanas y éramos felices la mayor parte del tiempo. Esas fotos no eran fingidas.

¿Cómo habrá sido crecer con una madre que solo lo veía como una herramienta que explotar para su beneficio y nada más?

Me sacudo. Estoy imponiendo mis ideas. Tiene que ser eso. Sin importar lo mucho que odie a Afrodita, sin duda no conozco toda la historia. Seguro que quiere a su hijo, a pesar de exigirle que haga cosas tan horrorosas.

¿Verdad?

—¿Psique? No nos queda mucho tiempo.

Aparto a un lado mis preocupaciones incontrolables y me centro en mi hermana.

—Tienes razón. Pongámonos manos a la obra.

Dejamos a Hades en el comedor analizando el lugar como si fuera un general estudiando el campo de batalla, y nos metemos en la habitación de invitados para prepararme. Perséfone charla sobre cosas banales mientras me recoge el pelo con destreza y yo me maquillo, pero cuando es hora de ponerme el vestido, duda.

—Sé que ya te lo he preguntado, pero ¿estás segura?

No. Ni un poco. Antes de esta tarde ya no estaba segura, pero ahora que he sentido la boca de Eros por todo mi cuerpo siento que me tiemblan hasta los huesos.

—Sí.

Mi hermana resopla.

—Quién me manda preguntar...

—Oye, no eres quién para hablar. Solo hace dos meses que te cogiste a un tipo que todo el mundo pensaba que era una leyenda y te negaste a dejar que te ayudara.

Alza la barbilla.

—Eso fue diferente.

—Puede, pero confié en ti y en que supieras lo que estabas haciendo. Me prometiste concederme el mismo beneficio de la duda.

Durante un momento creo que va a seguir discutiendo, pero al final suspira.

—De verdad que odio ser el sartén y que tú seas el cazo en esta historia.

—Cuesta quedarse de brazos cruzados y dejar que la gente que te importe se arriesgue.

Me regala una sonrisa agridulce.

—¿Desde cuándo eres tan lista?

—Tengo dos hermanas mayores geniales que son mi modelo a seguir.

Se me encoge la garganta y tengo que voltearme, si no, me pondré a llorar y echaré a perder el maquillaje. Puede que esta no sea la boda de mis sueños, pero me voy a asegurar de que sea creíble. Me despojo de la bata y me meto en el vestido, después me quito para que mi hermana pueda anudarme la espalda.

—Es precioso. No es lo que esperaba que eligieras, pero es perfecto. —Hace un nudo rápidamente y su voz suena cargada de emoción—. Pareces una diosa.

—Quizá una ninfa.

Se ríe.

—Siempre haces lo mismo. Si hoy es tu boda, entonces más te vale creerte que eres una puta diosa.

No va a servir de nada discutírselo. La verdad es que sí estoy estupenda y he elegido este vestido con la idea de lanzar un mensaje. Es demasiado tarde para cambiar de opinión, al igual que es demasiado tarde para cambiar de opinión acerca de la mismísima boda.

—Tienes razón. Parezco una diosa.

—Así me gusta. —Aparta la mirada—. Una cosa más.

Me saltan las alarmas en la cabeza. Puede que Perséfone no sea tan agresiva como Calisto, pero es muy capaz de opacarla. Y en este momento parece que la consume la culpa... Esto no luce muy bien.

—¿Qué has hecho?

—No te enojes.

—Perséfone —digo lentamente aferrándome a mi paciencia con ambas manos—, no puedo prometerte que no me voy a enojar hasta que me digas lo que has hecho.

—Puede que, eh, haya mencionado la ceremonia durante el *brunch*.

Durante el *brunch*.

Con nuestra madre.

—Dime que no.

Vuelve a mostrar esa expresión terca que me dice que jamás ganaré esta discusión.

—Si alguien puede entender las maniobras políticas, esa es nuestra madre. Concédele el beneficio de la duda.

La miro fijamente. La miro durante tanto tiempo que Perséfone tiene la decencia de sonrojarse y parecer culpable.

—¿Que le conceda el beneficio de la duda? —repito—. Toda una petición viniendo de ti. Sabes lo que hizo intentando de alejarte de los brazos de Hades. ¿Crees que será menos despiadada si se trata de mí?

—Esa situación era diferente.

—No dejas de repetir lo mismo. Y yo sigo sin creerte. —Levanto las manos para seguir recogiéndome el pelo, pero me detengo antes de hacer contacto visual—. Estaba intentando presentarme a Zeus.

—¿Cómo dices?

—Aunque Madre aprecie las maniobras políticas, ya tenía planes para mí. —Planes a los que no me oponía del todo, aunque no me hicieran gran ilusión—. Desde su punto de vista, Eros va a ser bajar de categoría.

Noto las palabras como una traición, pero eso no tiene sentido. Si no me hubiera visto forzada a escoger entre la muerte o casarme con él, jamás habría aceptado llevar este anillo en el dedo.

¿Verdad?

—Psique, yo...

Alguien toca a la puerta y nos interrumpe dando por terminada nuestra conversación. Le lanzo una última mirada asesina antes de dirigirme hacia allí.

—¿Sí?

—Tenemos que hablar.

Eros.

Dioses, odio la forma en la que se me acelera el corazón solo con oír su voz. Camino hacia la puerta pese a que por dentro me diga que no debería moverme.

—Da mala suerte ver a la novia antes de la boda.

—Ninguno de los dos somos supersticiosos. —Baja la voz—. Abre la puerta, Psique.

Ignoro el resoplido de desagrado de mi hermana y hago justo lo que me pide. Durante un momento, lo único que hago es quedarme ahí parada y observarlo como una idiota. Lleva un traje que enfatiza su piel dorada y pelo rubio.

Quiero arrancárselo con los dientes.

Carajo, ¿de dónde ha salido ese pensamiento?

Estoy tan sorprendida conmigo misma que no me tenso cuando se mete en la habitación y me pasa los brazos por la cintura.

—Estás divina.

—Tú también. —Sueno distante y rara, pero estoy luchando con todas mis fuerzas para ser prudente al agarrarlo y no arrugarle la tela de la camisa—. ¿Qué ocurre?

Le sonríe a Perséfone. Aunque sé que es pura actuación, no puedo evitar sentirme atraída por su mirada cohibida.

—¿Te importa dejarme un momento a solas con mi esposa?

—Todavía no es tu esposa.

Eros la contempla durante un rato.

—Quieres protegerla. Lo entiendo, pero...

—¿Lo entiendes? —Perséfone se endereza. Jamás se había parecido más a una reina que en estos instantes. Se parece a nuestra madre—. No tienes hermanos, Eros. Ni siquiera estoy segura de que tengas amigos. ¿De verdad entiendes lo que es que alguien te importe tanto que convertirás la ciudad en cenizas si le hicieran daño?

—Ya basta. —Ambos me miran y me tengo que esforzar para que no se me quiebre la voz. Mi hermana no se ha equivocado al querer protegerme, pero, si esto fuera una relación real, jamás le dejaría que le hablara así a mi pareja—. Ya basta —repito.

—Solo quiero que seas feliz.

—Pues entonces apóyame.

Duda durante tanto tiempo que creo que va a continuar discutiendo, pero al final Perséfone me da un apretón en el hombro y nos pasa de largo para salir de la habitación.

Eros me suelta en cuanto la puerta se cierra, e incluso entonces parece no querer soltarme. Por lo menos deja de actuar como el novio eufórico.

—A tu hermana le caigo mal.

—¿Tanto te sorprende?

—No. —Se sacude un poco y vuelve a concentrarse—. He reservado una sala en el piso de abajo. Normalmente se usa para... Bueno, la verdad es que no sé para qué, pero podemos usarla para la ceremonia.

—Perfecto. —No tenía que correr a mi hermana para contarme esto—. ¿Qué más?

—Me ha llamado mi madre —anuncia con total neutralidad, tanta que creo que he escuchado mal.

Doy un paso atrás.

—¿Qué? ¿No habías dicho que seguía en el spa?

—Parece ser que una persona muy acomedida ha conseguido ponerse en contacto con ella. Está demasiado lejos para detenernos, pero ya lo sabe. —Tuerce los labios—. Me ha dejado un mensaje de voz muy subido de tono.

—Déjame oírlo.

Sacude la cabeza.

—No es necesario.

—Me da igual si es necesario o no, Eros. O actuamos totalmente como compañeros en esta farsa o no, y entonces no tiene sentido que nos casemos. —Me obligo a sostenerle la mirada—. Déjame oír el mensaje.

Durante un buen rato pienso que va a seguir con su terquedad, pero al final suspira y saca el celular.

—No es agradable.

Agarro su teléfono y pongo el mensaje de voz. Me tiemblan las manos cuando aprieto el botón para reproducirlo. De inmediato, la voz de Afrodita inunda la habitación. Por una vez, no parece dulce y venenosa. Está demasiado furiosa.

—«¿Qué parte de "tráeme su corazón" no has entendido, Eros? ¿Por qué me entero ahora de que te vas a casar con esa?» —Toma aire con pesadez—. «Creía que podías seguir órdenes sencillas, pero parece ser que hasta eso es mucho para ti. Debe de ser eso, porque sé que no estarías feliz interpretando el papel de caballero de la brillante armadura con su damisela en peligro. No eres capaz.»

Miro a Eros, pero su rostro muestra una máscara inquebrantable.

En el teléfono, la voz de Afrodita sigue retumbando con ira.

—«Estaba dispuesta a hacerlo por las buenas por respeto a ti, ya que está claro que tienes debilidad por la chica, pero me has escupido en la cara. Ella va a pagar el precio. Tu truco de casarte con ella no me hace ninguna gracia, y ahora ella va a sufrir por ello. Cuando le llegue el final estará asustada, sola y sufrirá, y será todo culpa tuya.»

Siento una presión en el pecho. No hay suficiente aire en la habitación. Doy grandes pasos hasta la ventana con la intención de abrirla de golpe, pero me topo con que no se abre.

—¿Qué carajos?

—Psique. —Eros me quita el celular y me da las manos y se las lleva al pecho—. No dejaré que mi madre te haga daño.

Suelto una risa seca. Me duele la garganta, o quizá solo sea porque esa sensación de ahogarme no desaparece.

—Creo que ya sabemos perectamente que no puedes controlar a tu madre.

—No te va a hacer daño —repite—. Lo prometo. Después de esta noche, ya no habrá marcha atrás. No podrá llegar hasta ti.

No debería creerlo. Llevo muchos años sobreviviendo en esta ciudad despiadada y jamás he tenido ningún problema en controlar mis sentimientos. La única vez que dejo caer mis barreras es cuando estoy con mis hermanas, e incluso entonces no lo hago del todo. Al fin y al cabo, ellas también lidian con lo suyo. Hacemos turnos para animarnos las unas a las otras cuando la situación se pone fea.

Confiar en alguien más allá de mi pequeño círculo es impensable.

Eros no me está prometiendo evitar que su madre me mate por la bondad de su corazón. Lo está haciendo porque no podríamos cumplir nuestros objetivos mutuos si su madre consiguiera poner fin a la boda. Está decidido a casarse conmigo y no entiendo sus razones del todo, pero al menos puedo confiar en que es lo que quiere. Solo con saber eso debería sentirme aliviada, pero me deja una sensación de vacío.

—Te creo. —Me aclaro la garganta—. Supongo que ahora es un buen momento para avisarte que Perséfone le ha contado a mi madre lo de la boda y va a venir.

Eros me mira durante un buen rato, después echa la cabeza hacia atrás y suelta una carcajada que retumba. El sonido me sorprende tanto que me sobresalto, pero está demasiado ocupado muriéndose de risa como para preocuparse. En serio, hasta tiene que pasarse un brazo por la cintura para poder mantenerse derecho.

Me cruzo de brazos y espero.

—Ándale, sigue así bien a gusto.

En su defensa, no me hace esperar mucho. Se pone derecho y sacude la cabeza.

—Vamos a tener que mejorar nuestras tácticas si queremos llevarles la delantera a nuestras madres. Va a ser interesante.

—Interesante. Qué bonita forma de describirlo.

Eros camina hacia la puerta, pero se detiene antes de abrirla.

—Confía en mí.

—En esto lo hago.

Es casi la verdad. No puedo darme el lujo de apoyarme en Eros, ni de asumir que el final de nuestra partida será el mismo. Pero puedo confiar en que está tan decidido a lograr que este matrimonio se lleve a cabo como yo, sea una relación falsa o no.

Me concede una sonrisa lenta, el calor se asoma a sus ojos.

—¿Y Psique? Cuando he dicho que estabas divina lo decía en serio. Quiero comerte de un solo bocado. Otra vez.

Sale por la puerta antes de que tenga tiempo de responderle.

¿Qué voy a decir?

Ya me di cuenta de que Eros es un mentiroso consumado y que su alma es más fría que un témpano. No importa la calidez que adquieran sus ojos cuando me mira ni lo embriagadora que sea su sonrisa, no puedo confiar en nada.

Aunque no parecía que estuviera actuando cuando tenía su boca en mi cuerpo antes. Cuando le temblaban las manos mientras me agarraba los muslos y su voz se puso grave y cortante. En ese momento, parecía que me deseaba tanto como yo lo deseo a él. Más incluso, porque no estaba intentando ocultar su reacción.

Mentira. Tiene que ser una mentira. Teníamos que quitarnos la tentación y eso es lo que hemos hecho. Hay una conclusión lógica para explicar que todavía lo desee. Tal vez la adrenalina y las feromonas. Tener una respuesta física es normal bajo estas condiciones poco usuales. Eso es todo.

Casi he conseguido convencerme a mí misma de que esa es la verdad cuando me meto al elevador para ir al salón que Eros ha reservado para el evento. Perséfone está conmigo, y ya está interpretando el papel de chica alegre y vivaz que adopta siempre que tiene que lidiar con los Trece. Intento imitarla, intento empujar todo lo que me importa a lo más profundo de mi ser y cerrarlo con candado para que nada de lo que pase esta noche me afecta.

Lo intento... y fracaso.

¿Cómo puedo evitar que me afecta cuando ahora mismo soy un manojo de nervios? Sé que tengo que hacerlo, pero las expectativas de la boda que siempre había querido están chocando con la realidad de este momento, y me duele mucho más de lo que esperaba. Un dolor que se parece mucho a la pérdida.

Las puertas del elevador se abren sin hacer ruido y muestran un pasillo largo que apesta a dinero, pues está decorado de la misma forma minimalista que el ático de Eros. Suelos de hormigón que brillan bajo la luz intensa y paredes pintadas de gris plomo. Parecería que estoy caminando por una prisión cara si no fuera por los espejos.

Flanquean ambas partes y ocupan casi desde el suelo hasta el techo, una distancia de tres metros. Los marcos están hechos de hierro forjado y plata brillante, y se me ocurre la loca idea de que, si apoyara la mano sobre uno, me dejaría pasar y acabaría en otro mundo totalmente distinto.

¿Qué le pasa a este edificio con los espejos?

A mitad del pasillo, las puertas se abren y sale mi madre. Luce un elegante vestido que cubre su esbelto cuerpo del cuello a las muñecas y los tobillos; el color plateado y la estructura del corpiño hacen pensar en una armadura. Se ha recogido el pelo oscuro, tan parecido al mío, para apartárselo de la cara y va maquillada a la perfección, como siempre.

Necesito todo el valor que tengo para seguir caminando junto a mi hermana hasta que llegamos al lado de Deméter. Me analiza de la cabeza a los pies y vuelve a subir la mirada.

—Si querías dar un mensaje, lo has logrado con el vestido.

Perséfone me da un apretón en la mano.

—Nos vemos dentro.

Entra por la puerta y me deja cara a cara con Deméter a solas. «Cobarde...» Pero, bueno, tenía que enfrentarme a mi madre a solas. Yo elegí este camino, bueno, me he visto obligada a elegirlo porque no he sabido cómo vencer el ingenio de Afrodita.

Esta vez.

—Madre...

Levanta una mano y sacude la cabeza.

—Tenemos pendiente una plática, pero aquí no. ¿Estás decidida a casarte con Eros?

Algo parecido al alivio me invade. Da igual lo que digan de Deméter, no es de las que desaprovecharían una ventaja valiosa. Que yo me case con Eros le concede una línea directa con Afrodita o, más bien, una forma directa de irritar y socavar a la otra mujer. Puede que haya aprendido la lección en lo referente a vender a sus hijas en matrimonio sin que ellas lo sepan, aunque tampoco estoy muy segura de eso. Pero lo que sí es cierto es que, si una de nosotras es tan tonta como para acabar casándose con una persona poderosa, no va a ser ella quien nos detenga.

—Sí, estoy decidida.

—Pues vamos. —Se voltea para mirar la puerta y me ofrece su codo—. Antes muerta que dejar que una de mis hijas camine sola hasta el altar.

La verdad es que no solemos hablar de mi padre, bueno, de ninguno de nuestros padres. Ha tenido tres matrimonios que han resultado en cuatro hijas, y cada uno de nuestros padres desapareció de la faz de la Tierra semanas después del divorcio. O más bien, desaparecieron de Olimpo. Si no fuera porque las cuentas en las redes sociales de sus exmaridos tienen bastante actividad, mi madre tendría la reputación de ser la viuda negra. En realidad, mis hermanas y yo estamos casi seguras de que les pagó a nuestros padres y se aseguró de que desaparecieran de Olimpo.

Supongo que no puedo echarle la culpa por no tener un referente paterno, pero mi madre sabe que se trapan más moscas con miel que con vinagre. Mi padre decidió tomar el dinero, aceptar el boleto para salir de Olimpo y nunca más volvió a mirar atrás. ¿Por qué voy a llorar la pérdida de un hombre tan egoísta?

Así que, sí, lo más apropiado es que mi madre sea la que me acompañe al altar y me entregue a mi nuevo marido.

Deslizo la mano en el hueco de su codo.

—Gracias, Madre.

—Eres mi hija, Psique. Y al contrario que tus hermanas, contigo sí puedo decir que de tal palo, tal astilla. Confío en que tengas una razón para hacer esto. —Me lanza una mirada severa—. Debiste decírmelo. Hubiera negociado unos términos más favorables.

A pesar de todo, disimulo una risita.

—Quizá en mi próximo matrimonio.

—Esa es mi niña.

EROS

Nunca pensé que llegaría a casarme. No es que tenga algo en contra de la monogamia, pero en el pasado lo único he hecho ha sido coquetear con ella. Algo tan relativamente eterno como el matrimonio es más que una simple relación. Es más que el sexo, más que invitar a alguien a que se mude a tu casa y tener que resolver cómo vas a compartir el que era tu espacio personal. Es una asociación. Una alianza.

Pero de pie ante el altar, con Hermes dando brinquitos apoyando el peso en la punta de los pies y con un traje de tres piezas de color plata, me siento superbien.

Me niego a pensar demasiado en esta sensación.

En cambio, me concentro en la puerta, que se abre y por la que pasa Psique. Me fijo en el gesto que pone mientras asimila todo lo que he preparado en las últimas horas.

La habitación no es grande, cosa que nos queda bien para esta celebración. A cada lado del pasillo hasta el altar hay dos bancos, coronados con un ramo de rosas carmesíes atados con un lazo plateado que resplandece. Las flores combinan a la perfección con su vestido gracias a la muestra que le dio Juliette. La alfombra del pasillo que nos lleva hasta el altar es de un rojo intenso del mismo tono. Mientras la observo, Helena se acerca a Psique y le tiende otro ramo más grande con las mismas flores y el mismo lazo.

El asombro que refleja el rostro de Psique se intensifica al echar una mirada por toda la habitación. La observo mientras se da cuenta de que todos los presentes llevan una variante de rojo, negro o plata. Hasta Hades, aunque al parecer lo único que tiene en el armario son trajes negros. Un fotógrafo que he contratado se pasea por la habitación, y durante un largo minuto el único sonido que se oye es el flash de su cámara.

Entonces suena la música, una variación de la marcha nupcial que casi suena más como una música fúnebre. Por la sonrisita que veo en su cara, le resulta tan apropiada como a mí. Como si fuera una broma privada que solo nosotros entendemos.

Psique da el primer paso hacia el altar, hacia mí, y nuestras miradas se encuentran. Se le agranda la sonrisa y, si bien he de recordarme que todo esto es puro teatro, no puedo evitar sentir el calor que me brota del pecho. Sé que esto no es lo que ella quiere. Si es como Helena o Eris, de pequeña habrá planeado toda su boda, y no creo que esos planes incluyeran casarse con el hijo de la enemiga de su madre delante de cinco invitados.

Es algo que no puedo cambiar, pero al menos puedo ofrecerle este regalo. Algo que valga la pena inmortalizar con fotografías. Puede que esta boda no sea un buen recuerdo, pero por lo menos no se avergonzará después de hacerla pública.

Deméter y ella siguen su camino hacia el altar y se detienen a un par de pasos de mí. Hermes carraspea, y parece encantada con toda esta experiencia que está viviendo.

—¿Quién entrega a esta mujer en matrimonio?

—Yo. —Deméter da un paso hacia delante y coloca la mano de su hija sobre la mía. Luce una sonrisa dulce, como si estuviera feliz por estar aquí, pero las palabras que me susurra destilan puro veneno—: Si haces algo que le haga daño a mi hija, te destriparé y serás comida para mis cerdos.

He oído rumores de los cerdos de Deméter, pero jamás he podido confirmarlos.

—Lo tomaré en cuenta.

—Más te vale.

Le da un beso a Psique en la mejilla y se sienta en primera fila junto a Perséfone.

Estamos los dos frente al altar, y lo único que puedo hacer es mirar a Psique. Esta mujer, esta inteligente y feroz criatura, será mía de verdad en cuanto le ponga el anillo en el dedo, en cuanto los dos digamos: «Sí, quiero». Se suponía que esto no era más que una forma de mantener con vida a Psique, pero, en algún momento durante las últimas doce horas, se ha convertido en algo totalmente diferente. Mantendré a esta mujer a salvo.

Carajo, la mantendré a mi lado.

Apenas pongo atención a las palabras de Hermes, y casi no puedo repetir las palabras correctas para acabar con todo esto. Me tiemblan las manos de verdad cuando le pongo el gigantesco diamante a Psique en el dedo anular. Estoy perdido.

Por su parte, mi nueva esposa no parece tener el mismo problema. Repite los mismos votos a la perfección sin alterar la voz. Noto sus dedos fríos contra mi piel mientras le coloco el anillo. Me muestra una sonrisa dulce, y me sorprenden las ganas que tengo de que sea una sonrisa auténtica.

—Puedes besar a la novia.

No vacilo. Doy un paso hacia delante, reduzco la distancia que nos separa, y le rodeo la cara con las manos. Si fuera un mejor hombre, jamás tocaría a esta mujer con estas manos que tanta violencia han causado, pero ahora mismo soy egoísta hasta la médula. La beso, inundando ese instante con tantas promesas que Psique se deshace contra mí.

Alguien, creo que es Eris, se aclara la garganta, y yo me las arreglo para levantar la cabeza, aunque no le suelto la cara. Miro a Psique sonriendo.

—Hola.

—Hola —susurra.

—Lo hemos logrado.

Me rodea las muñecas con las manos y me da un ligero apretón.

—Todavía no hemos acabado.

Con eso en mente, entrelazo los dedos con los suyos y nos volteamos para enfrentar la habitación. Helena y Eris lucen una expresión de cautela en el rostro, como si todavía no creyeran que esto ha pasado. Supongo que las dos hablarán conmigo cuando tengan más tiempo. Deméter nos observa con una cara de póquer excelente, pero ya la he visto lucir esa sonrisa de serenidad antes de doblegar a sus rivales de forma sistemática. Hades nos observa con el ceño fruncido, aunque esa es su expresión habitual. Perséfone nos sonríe satisfecha, pero no ignoro la violencia que prometen esos ojos de color avellana.

Esta boda va provocar mucho caos.

Pero, aunque parezca extraño, lo estoy ansiando.

Hermes hace un ruido de felicidad.

—Les presento al señor Eros Ambrosia y a la señora Psique Dimitriou.

Deméter se levanta del banco y se acerca a nosotros.

—Felicidades. —Me toma de las manos y me clava las uñas en la piel mientras mantiene una expresión de felicidad en el rostro—. Bienvenido a la familia.

Este era el plan, pero no puedo evitar sentir cierta inquietud. Ya no hay marcha atrás. Tendremos que aceptar las consecuencias.

—Gracias.

—Los domingos tenemos la cena familiar. Sin excepciones. Nos vemos la semana que viene. —Le da a Psique un beso fugaz en la mejilla—. Luego hablamos.

—Claro. —Mi mujer no parece para nada afectada.

«Mi mujer.»

«Mía.»

Envuelvo esa posesividad que me embarga con cadenas de plata y la hundo en las profundidades de mi ser. No es el momento ni el lugar para este sentimiento. Justo detrás de nosotros, Hermes suelta una risita que hace que se me ponga la piel de gallina.

—Lo han hecho de verdad. Afrodita se va a encabronar. —Me da un codazo en la espalda mientras me rodea y le regala una sonrisa a Psique—. Que tengan mucha suerte con eso. Espero que sobrevivan hasta su primer aniversario. Les dejé un regalito en la cocina. ¡Disfruten!

Se aleja por el pasillo dando saltos, moviéndose con la alegría enérgica de un niño a pesar de que al menos tiene la misma edad que yo, o incluso más.

Perséfone y Hades son los siguientes, aunque él se mantiene a un par de pasos de distancia y me fulmina con la mirada ella le da un abrazo a su hermana.

—Llámame si necesitas cualquier cosa. —Luego, desvía su mirada hacia mí—. Si tratas mal a mi hermana, los cerdos de mi madre serán lo que menos te van a preocupar.

Los vemos irse y me río entre dientes.

—Qué familia tan bonita tienes.

—Pues has tenido suerte de que Calisto no haya venido. Probablemente te hubiera dado un buen trancazo con cualquier objeto afilado que hubiera tenido cerca.

—En Olimpo todo el mundo las considera unas chicas buenas —contesto mirándola.

—En Olimpo la gente ve lo que quiere ver. —Entrecierra los ojos al darse cuenta de que Helena y Eris se acercan a nosotros—. Aquí tenemos un buen ejemplo de ello.

Las dos mujeres tienen rasgos propios de la familia Kasios. Unos pómulos altos, nariz aguileña, labios carnosos. Helena es un poco más pequeña que Eris, y tiene el pelo de un marrón más claro con tonos rojizos, pero cualquiera que las viera diría que son parientes. Eris es preciosa, pero Helena es... No hay palabras para describir a Helena. Posee esa clase de belleza que somete ciudades enteras y provoca guerras. No la exalta (si acaso, intenta minimizarla), pero, aun así, al entrar en cualquier estancia, llama la atención de todos los presentes.

—Felicidades, supongo —nos dice Eris con una ceja enarcada—. Aunque, considerando que Afrodita ha brillado por su ausencia, no parece ser que tengan muchas probabilidades de tener una luna de miel maravillosa. Les va a crear problemas en cuanto tenga la oportunidad y jugará sucio. —Nos sonríe con astucia—. ¿Cuánto tiempo les das, Helena?

Helena le da un golpe a su hermana en la espalda, con una sonrisa forzada en el rostro.

—¿Podrías dejar tus malos presagios para el día de después de la boda?

—Y ¿qué chiste tendría eso? Las cosas por fin se están poniendo interesantes.

Abro la boca, pero Psique se me adelanta. Se apoya sobre mí y mira a las dos hermanas Kasios con una sonrisa.

—Están subestimando a Eros al pensar que Afrodita puede con él.

Eris abre la boca, pero Helena le da un codazo y la fulmina con la mirada.

—Ya está bien. —Entonces le brinda una sonrisa más radiante a Psique—. No hemos tenido la oportunidad de conocernos, pero me encantaría. Voy a hacer una fiesta el viernes que viene. Tienen que venir los dos.

—Una fiesta. —Noto cómo Psique se pone tensa, pero no lo demuestra. Aun así, no puedo evitar apretarle un poco la mano mientras contesto—: Pensé que estaban bajo arresto domiciliario.

—Y, aun así, aquí me tienes, y no es precisamente mi casa. —La sonrisa de Helena adquiere cierto aspecto malvado, y se le iluminan los ojos ambarinos—. A mi hermano se le está subiendo demasiado a la cabeza lo de ser el nuevo Zeus. Seremos hermanos, pero no es mi dueño. Si se me antoja invitar a casa a un grupo razonable de amigos para una fiesta, lo haré.

Eris se ríe, y esa risa esconde toda clase de problemas.

—Si se encabrona, pues mucho mejor.

—¡No hagas como si tú no estuvieras haciendo lo mismo! —Helena le da un codazo a su hermana—. También te dijo a ti que te comportaras, y ayer te pasaste todo el día bebiendo con Dionisio.

—Me cae bien Dionisio —responde Eris, y se encoge de hombros—. Sabe pasársela bien, no anda manoseándote y sus amigos están bien buenos. Todo ventajas.

Por mucho que me suelan gustar sus peleas de hermanas, ya tengo ganas de que se acabe esta parte de la noche.

—Nos vemos el viernes que viene.

—Bien. —Helena se engancha del brazo de Eris y jala a su hermana por el pasillo hasta la puerta.

Ahora solo falta que se vaya el fotógrafo.

Psique le sonríe, y noto que su cuerpo se relaja un poco. Ahora está en su ambiente.

—Gracias por venir. Me gustaría un par de fotos más de las que ya has tomado.

—Claro —contesta él sonriendo.

Mientras ellos comentan las opciones, yo me desconecto. Les lleva unos diez minutos decidirse por cuatro fotos, y después tardan otros treinta en conseguir unas fotos que satisfagan tanto a Psique como al fotógrafo. El hombre levanta la vista de la cámara, y dice:

—Estas son perfectas. Puedo retocarlas y enviárselas mañana.

—Gracias. —Ya tengo la mirada clavada en la puerta. ¿Cuánto tardaría en sacar a mi deslumbrante esposa de aquí?

Psique apoya una mano en el brazo del fotógrafo.

—No me molestaría si aprovecharas este acontecimiento, Claude. —Se inclina hacia delante y dibuja una dulce sonrisa—. Si vas a vender alguna de las fotos, que sea la del altar, por favor.

El hombre se pone un poco nervioso.

—Yo no... no había...

—Sabemos cómo funcionan las cosas en Olimpo. —Le da una palmadita en la espalda. No es más que un roce, pero el hombre se tambalea como si le hubiese dado un golpe—. Solo asegúrate de que sea esa la foto, o me enfadaré mucho contigo.

—Sí, señora —susurra él.

—Ya puedes irte.

Lo observamos mientras Claude sale casi corriendo de la habitación. Con trabajitos espero a que se cierre la puerta para echarme a reír.

—Eres aterradora.

—Calla, vamos.

—En serio. Encajas a la perfección con la despiadada de tu madre y las violentas de tus hermanas.

—No soy aterradora —replica ella dándome un golpe en el hombro—. Mira quién lo dice, el que su madre envió a un sicario a matarme.

Le paso un brazo por los hombros. No porque haya alguien observándonos, sino porque me antoja hacerlo, y ya. Quiero hacerlo. Es genial tener esta plática tan amena después de la presión de tener que prepararlo todo para la boda.

—¿Me vas a decir con sinceridad que tu madre jamás ha mandado matar a nadie?

—Pues...

—Con sinceridad, Psique.

—Sin confirmar —contesta ella fulminándome con la mirada.

—Exacto. Para sobrevivir y prosperar en Olimpo hay que tener algo de monstruo. Y ese algo se triplica en el caso de los miembros de los Trece.

—Tienes razón, pero, de todas formas, es chocante. —Se queda mirando a la puerta—. Al élite de la ciudad le gusta fingir que somos las personas más cultas y refinadas del mundo, pero la realidad es todo lo contrario. Es que, a ver, míranos. Nos acabamos de casar para que tu madre deje de intentar matarme.

No puedo agregar nada al respecto. Tiene razón.

—Ya lo sé.

—Así que, sí, puede que todos debamos tener algo de monstruo en nuestro interior para sobrevivir en esta ciudad. —Se le empañan los ojos, y hace una mueca—. Y si te soy totalmente sincera, un poco más que un algo de monstruo.

—No hay nada de qué avergonzarse. —Le acaricio el hombro desnudo con el pulgar. Carajo, ¿por qué es tan dulce? Diez años en Olimpo, y todavía conserva casi todo el corazón intacto. Es capaz de lamentarse por las pequeñas partes de sí misma que ha tenido que sacrificar para prosperar, pero la ciudad no ha ido acabando con ella hasta el punto de que apenas pueda reconocerse. La envidio por eso. Quizá a mí todavía me quede algo de alma, porque no puedo evitar las ganas de intentar disipar el pesar que veo en su rostro—. Tú no lo eres, y lo sabes.

—¿No soy qué?

—Un monstruo. —Le sonrío un poco—. Y sé de lo que hablo, yo sí soy un monstruo. Puede que te muevas entre nosotros, pero no te pareces en nada a nosotros.

—No sé muy bien si eso es un cumplido o un insulto —contesta entrecerrando los ojos.

—Es un cumplido. Hay que ser una persona especial para vivir entre monstruos y no convertirse en uno. —Esta conversación se está yendo por ciertos caminos por los que no sé avanzar. Debemos volver a un tema más seguro—. ¿Tienes hambre?

La veo vacilar, pero al final me contesta:

—Sí. Antes estaba demasiado nerviosa para comer.

Sinceramente, me ha pasado lo mismo. Parece una tontería ponerse nervioso antes de una boda de verdad entre una pareja de mentira, pero en esta situación nada es como me imaginaba que sería. No se suponía que fuera a desear tanto a mi nueva esposa que casi estoy temblando por el control que debo mantener para no volver a besarla.

O, en todo caso, cuando piense en ella lo que tendría que sentir sería pura lujuria. Ni de broma debería querer interponerme entre ella y todo aquello que provoque esa triste mirada en sus preciosos ojos color de avellana.

—Volvamos al ático —digo tras aclararme la garganta—. Estoy muy seguro de que nadie nos molestará esta noche, así que tenemos que divertirnos.

Psique me deja llevarla hasta la puerta y acompañarla por el pasillo hasta el elevador.

—Se supone que no tienen que molestarnos nunca, ahora que estamos casados.

No quería hablar del tema todavía, mucho menos justo después de acabar de intentar tranquilizarla, pero Psique es demasiado lista como para no notar un incómodo cambio de tema. Ya conozco lo suficiente a esta mujer para saber que no me dejará distraerla. Prefiere sacar a relucir toda la verdad para poder actuar en consecuencia.

Aun así, me cuesta mucho trabajo contestarle con sinceridad.

—Con esta boda hemos conseguido que mi madre no pueda llevar a cabo sus amenazas contra tu vida. Pero no evitará que intente cometer un asesinato social.

Psique esboza una lenta sonrisa.

—Dejemos que haga todas las maldades que quiera. Puedo lidiar con ella en ese aspecto.

Espero que tenga razón.

PSIQUE

El día ha estado lleno de emociones. Me siento como si hubiera explotado en un millón de pedazos, y no precisamente en el buen sentido. He pasado de esos cuarenta minutos en la cama de Eros a entrar en la estancia que él ha decorado con cuidado para que pareciera una boda de verdad. Incluso combinó los colores con los de mi vestido, carajo. Quizá esa clase de atención al detalle tenga como única finalidad venderles nuestro romance a todos los habitantes de la ciudad, pero no puedo evitar pensar que en parte lo ha hecho por mí.

Soy tonta.

Y que pasemos de eso a que me mencione como si nada que lo más seguro es que su madre continúe con su venganza, al menos en lo que a mi reputación se refiere...

Decir que duele es poco.

Por supuesto que lo esperaba. Ya lo habíamos hablado, al menos habíamos tocado el tema. Pero una pequeña parte de mí mantenía la esperanza de que Afrodita se diera por vencida en cuanto nos casáramos. Soy demasiado lista para creer en esa fantasía, pero la esperanza muere al último. Es muy inocente de mi parte pensar que, una vez humillada, Afrodita seguirá con su vida y buscará otra posible víctima.

Inocente y egoísta.

Por lo menos, si ella se enfoca en mí, Eros no tendrá que herir a nadie más. Ahora que ha pasado la peor de las amenazas, puedo encargarme de Afrodita. O eso espero. En la contienda por la opinión pública soy casi tan capaz como ella. No me queda otra que creerlo. Es que estoy harta de esto.

No logro decir alguna palabra hasta que volvemos a estar en la seguridad del ático de Eros.

—Supongo que he sido muy inocente al pensar que esto sería suficiente para disuadirla.

Sigue envolviéndome con el brazo mientras entramos en la cocina. Hay una botella esperándonos en la barra y la agarro, sobre todo para mantener las manos ocupadas con algo. le pusieron un bonito lazo plateado en el cuello con una tarjeta que dice: «De Hermes».

Examino la tarjeta.

—Es de gustos caros.

Eros extiende el brazo a mi lado y gira la etiqueta. La parte de atrás dice: «Sí, la he robado de la bodega de Hades. Así que en realidad es de mi parte, de la de Hades y la de Perséfone».

Eso me provoca una sonrisa cansada.

—Anda desatada...

—Es el arquetipo de una caótica neutral. Aunque es muy buena. —Eros me quita la botella de las manos y la deja de nuevo sobre la barra—. No dejaré que nadie te haga daño, Psique.

—Qué chistoso que lo digas tú, el que estaba intentando hacerme daño hace solo veinticuatro horas. —Quizá sea justo, quizá no, pero la verdad es que me da igual. De repente, estoy empezando a asimilar todo lo acontecido estos dos últimos días. Han pasado demasiadas cosas en muy poco tiempo—. Si este era el plan desde el principio, lo planeaste muy bien.

El primer golpe es casarse con la hija de Deméter. El remate es asesinarla.

—Detente. —Me agarra las manos; no aprieta, pero no puedo soltarme—. Mírame. —No quiero. Sé lo bien que se le da mentir cuando tiene razones para hacerlo. No puedo confiar en ninguna de sus palabras, de sus miradas o gestos. Pero, cuando levanto la vista hacia él, está tan serio que da miedo—. Psique, tal vez mi madre siga furiosa, pero nuestras razones para casarnos no han cambiado. Puede echar veneno por la boca e intentar manipularnos, pero no puede hacerte daño. No dejaré que nada ni nadie te haga daño. Ahora eres mía, y yo protejo lo que me pertenece.

—Qué machista es ese comentario...

No tengo razones para creerle. De verdad que no. El que nos hayamos casado no significa que haya dejado de ser mi enemigo. Iba a matarme. Intento aferrarme a esa verdad, pero sigue chocando con otras verdades.

Lo enfadado que estaba por los comentarios negativos de mis redes sociales.

Lo mucho que ha insistido en que tenga un vestido de novia del que pueda estar orgullosa.

El hecho de que usara el pedazo de tela y organizara toda la boda, incluidos los invitados, en torno a la paleta de colores que yo había elegido.

Tantas cosas pequeñas pero llenas de consideración... Cosas que un enemigo nunca haría, ni siquiera aunque estuviera intentando ganarse a su víctima. Ahora me dice que se interpondrá entre cualquier cosa que amenace mi seguridad y yo... le creo.

Sacude la cabeza.

—Me importa un carajo si es machista o no. Es la verdad. Estás a salvo conmigo. Lo prometo.

No es mi intención tocarlo. Tocar a Eros es la definición exacta de una mala decisión, pero, a pesar de eso, coloco las manos por inercia dentro del saco de su traje. La tela de su camisa gris oscuro es más suave de lo que esperaba, pero no es lo que hace que ya me tiemblen las piernas. Son las curvas y los surcos de los músculos que hay debajo. Anoche, cuando estaba en la cama conmigo, no llevaba camiseta, pero las circunstancias me impidieron disfrutar de las vistas sin restricciones.

Ahora sí puedo. Al fin y al cabo, es nuestra noche de bodas.

—Eros.

Se queda totalmente quieto y me mira con atención.

—¿Sí?

—He dicho que solo una vez. —Encuentro los botones en el centro de su pecho—. Y ¿si esa vez no acaba hasta que amanezca?

Su mirada se enciende, pero no me busca de la forma que de repente deseo.

—No quiero que haya malentendidos entre nosotros, Psique. ¿Quieres algo? Usa las palabras y sé precisa.

Debí adivinar que no me iba a facilitar las cosas. Si hasta ahora nada ha sido fácil, ¿por qué iba a serlo esto? Me humedezco los labios e intento mantener un tono calmado.

—Me encantaría tener sexo contigo esta noche.

Su lenta sonrisa hace que algo más violento que las mariposas se aloje en mi estómago.

—Con una condición.

—No estoy interesada en regatear.

—Y, aun así, aquí estamos... regateando. —Su sonrisa se agranda y me sorprende darme cuenta de que la tiene un poco torcida. Una mínima imperfección que de alguna forma lo hace más atractivo, algo que pensé que era imposible. Se apoya en mis manos sin poner todo su peso—. Esta noche tendremos sexo y, a cambio, mientras estemos casados, me darás la oportunidad de seducirte como los dioses mandan.

—No. —La palabra sale disparada de mis labios antes de que pueda evitarlo—. Ya te he dicho que es imposible.

—Psique. —Prácticamente ronronea mi nombre y tengo que esforzarme por no estremecerme. ¿Cómo puede afectarme tanto con solo una palabra?—. Nunca te voy a presionar para hacer algo que no quieras.

«Peligro. Más allá hay dragones.»

La idea de que Eros me seduzca me parece casi lo bastante atractiva como para mandar al diablo todas mis dudas.

—Sería tonta si aceptara tu propuesta, y tú eres ridículo por exigirlo. Todo el mundo sabe que solo le eres fiel a una sola pareja hasta que satisfaces tu curiosidad. La única razón por la que me deseas tanto es porque te he dicho que no.

Si seguimos por este camino, al final se aburrirá de mí. Y me conozco bastante bien, sé lo mucho que me va a doler cuando por fin decida que ya está satisfecho con lo que hemos cogido y decida que no está interesado en seguir seduciéndome.

—¿Eso crees? —Se acerca un paso más y no hago nada para detenerlo. Eros me pasa las yemas de los dedos por las manos—. Todo el mundo parece saber mucho de nosotros, pero es todo teatro y mentiras diseñadas con cuidado. Todo el mundo sabe que soy alérgico a la monogamia. Al igual que todo el mundo sabe que eres una *influencer* muy dulce que nunca causa problemas... y que no tiene ni un pelo de maldad en la cabeza.

Sus palabras me dan justo donde él pretende. Puede que los chismes de Olimpo sean cosa de la élite, pero la mayor parte de la gente involucrada participa en el juego y maquilla su imagen cuando se debe. Yo también. Y, por supuesto, Eros hace lo mismo, lo ha admitido. Entonces ¿por qué me sorprende tanto que su fama no sea verdad?

—Nunca te he visto con la misma pareja en dos eventos.

—Tengo mis razones, y mis parejas anteriores no tienen nada que ver con nosotros. Lo sabes, pero estás siendo testaruda.

Analizo su rostro, empiezo a comprender.

—Afrodita es una criatura celosa. No le gustaría tener que compartir tu lealtad con nadie, sobre todo si se trata de una pareja romántica.

—Chica lista. —Curva los labios en una sonrisa amarga—. No tengo que preocuparme de eso contigo, porque mi madre ya te odia y tú eres capaz de soportar sus ataques.

Lo dice con mucha confianza, como si fuera verdad y no un deseo que me gustaría pedirle a mi hada madrina. Soy buena en lo que hago. Lo sé. He pasado diez años practicando y ya me sale natural. Pero gran parte de mi fuerza proviene de que la gente me menosprecie. Incluso mis hermanas lo hacen, a veces se olvidan de que estoy jugando el mismo juego que ellas. Si les dijera que voy a enfrentarme mano a mano con Afrodita, estarían muertas de miedo por mí.

Eros cree que yo puedo defenderme. No hay vacilación, no hay duda. Su confianza es más embriagadora que cualquier alcohol. Me hace sentir atrevida, temeraria y decir que un poco salvaje sería poco.

Y por eso mismo necesito restringir el sexo.

—Eros, por favor —susurro. Si es capaz de enloqucerme en solo un día, ya me imagino cómo estaré después de unas semanas durmiendo juntos, acostándonos, creo que estaré metida en un gran problema.

—Tú eres la que quiere negociar. —No deja de tocarme suavemente como si lo hiciera con una pluma, dibuja trazos en mis muñecas—. Aunque, para serte sincero, me tienes contra la pared. Te deseo demasiado como para no aceptar tu oferta.

Es una idea terrible darle luz verde a lo de intentar seducirme, sobre todo ahora que ya se había echado para atrás. Si fuera lista, me aprovecharía, aceptaría el placer solo por esta noche y volvería a guardar una distancia cautelosa entre nosotros al día siguiente.

«No sé lo que quiero.»

«Mentirosa.»

Ignoro la voz de mi conciencia. El mañana es un problema de la futura yo. Ahora mismo, estoy que no quepo en mí, dividida en mil direcciones y emociones distintas. Solo quiero sentir, olvidar, dejar de existir durante un rato. Todos mis problemas, los planes y las intrigas seguirán allí mañana. Lo miro a los ojos.

—Pues tenemos un trato. Mientras estemos casados, puedes intentar seducirme.

Suelta aire poco a poco, como si me estuviera dando la oportunidad de cambiar de idea. Cuando me quedo quita mirándolo, gruñe:

—Menos mal, carajo. —Me toma de la mano y me jala por el pasillo hasta el cuarto principal—. Me encanta el vestido. Pero, si no me dices cómo quitártelo en los próximos treinta segundos, lo voy a hacer pedazos.

La sorpresa y el placer me hacen soltar una carcajada.

—Tiene cintas en la parte de atrás. Por favor, no rompas mi vestido de novia.

Emite otro de esos deliciosos gruñidos y me voltea hasta que quedo frente a la cómoda que hay delante de la cama. Me topo con el enorme espejo dorado que cuelga sobre ella. Lo contemplo sin apartar la mirada, apenas reconozco a la mujer que se refleja en él. Parece una desconocida, vestida con su traje de novia carmesí y las mejillas sonrojadas por el deseo. Contemplo a Eros mientras se mueve para colocarse detrás de mí, su expresión es una máscara de concentración e impaciencia mientras jala con cuidado las cintas para deshacerlas hasta que el vestido se me desliza por el cuerpo. Debería ayudarlo, pero no puedo dejar de admirar lo bien que nos vemos juntos.

—Me lleva el carajo, parece una de esas muñecas rusas.

Eros me pasa las manos por el corpiño y me desliza el vestido por las caderas hasta que cae al suelo. De nuevo, se concentra en las cintas, aunque estas requieren un poco más de destreza porque Perséfone es una sádica y me las ha apretado mucho.

—Podrías dejármelo puesto —jadeo. Los tironcitos que me da a medida que va sacando las cintas son una especie de preliminares que me sorprenden y no anticipaba, pero también es cierto que ninguna pareja mía me ha quitado nunca un corpiño.

—Ni de broma. Quiero tener acceso a todo tu cuerpo.

La última fila de cintas por fin cede y él me quita el corpiño con urgencia. Lo oigo caer en el suelo detrás de nosotros.

Me quedo quieta mientras agarro la cómoda con tanta fuerza que me hago daño. Me ha visto desnuda hace unas pocas horas, pero no puedo evitar la punzada de inseguridad que siento. Los corpiños pueden verse espectaculares, pero dejan marcas rojas por toda la piel del estómago. La verdad es que no es la imagen sensual que habría elegido para esta noche.

Eros me sostiene la mirada en el espejo. El hambre salvaje que veo en su rostro me quita las pocas dudas que me quedaban. Este hombre no tiene motivos para mentirme, no en esto. Lo que significa que me desea con tanta desesperación como yo a él.

«Quiere seducirme como los dioses mandan.»

—Mírate —murmura acortando la distancia entre nosotros para presionar su cuerpo contra mi espalda—. Eres una puta preciosidad.

Espero que se vuelva casi salvaje, tal como ha hecho antes. Pero parece ser que mi nuevo marido no está interesado en darse prisa a pesar de su empeño en quitarme el vestido de novia. Me hunde las manos en el pelo y va quitando los ganchos que me ha puesto Perséfone uno a uno. Parece que hay miles de ellos, pero él se encarga de cada uno con esmero y después los va dejando en la cómoda que hay a nuestro lado. Apenas me toca, mueve los dedos con delicadeza por mi pelo y a veces masajea los nudos que tengo en la nuca, pero parece que me ha bañado con gasolina y ha tirado un cerillo.

No puedo dejar de temblar. Quiero tocarlo, pero, al mismo tiempo, no quiero que acabe esta seducción a fuego lento. Y vaya que es una seducción, aunque dudo que él la considere como tal. Abro los ojos, no estoy muy segura de cuándo los he cerrado, y me encuentro con una expresión de total concentración en su cara. Hasta la última pizca de la formidable atención de Eros está centrada en mí. Nunca he sentido nada más intenso que lo que me provoca ser consciente de ello.

Este hombre es mío.

Puede que no de verdad, puede que no para siempre, pero en este momento sí.

En cuanto me libera el pelo y este cae en ondas abiertas, Eros la aparta y me da un beso en el cuello. Arrastra la boca por la curva de mis hombros mientras me mira en el espejo. No sé cómo, pero esto parece más íntimo que cuando me ha recorrido todo el cuerpo con la boca antes. Puedo verlo todo. Mi cuerpo. Mi anhelo. Su evidente deseo, que arde tanto que podría quemarnos a ambos.

Me roza con los dientes la piel sensible, pero tiene todo el cuidado del mundo para no dejarme marca. Me doy cuenta, a pesar de estar abrumada por esta experiencia. Y ese cuidado, esa amabilidad, solo hace que este momento sea más embriagador.

—Quítate los pantalones —jadeo.

—Aún no.

La frustración añade leña a mi deseo.

—Por favor, Eros. Te necesito.

—Aún no —repite. Acuna mis pechos con un movimiento rudo y, si no lo conociera, diría que le tiemblan las manos. Sin duda es imposible. Sin duda, Eros Ambrosia no está tan afectado por mí, que se ha quedado sin control. No importa que la expresión de su rostro sea de completa reverencia. Pero, entonces, dinamita mis suposiciones de un golpazo con sus siguientes palabras—: Si me quito los pantalones, querré estar dentro de ti y, en cuanto lo esté, esto acabará en un abrir y cerrar de ojos. No me apresures.

Mi cuerpo se enciende por la necesidad. Arqueo la espalda y presiono los pechos con más firmeza contra su tacto. No puedo dudar de sus palabras. No cuando me ha dicho las verdades que me duelen y las que no. No tiene razón para mentirme ahora. Al fin y al cabo, le estoy dando justo lo que quiere. Lo que ambos queremos.

Me aventuro a recorrerle los brazos con las manos, deteniéndome en las líneas marcadas de sus músculos. La verdad es que quedamos muy bien juntos. Yo, desnuda y suave. Él, vestido y todo fuerza apenas contenida.

—Tócame.

—Ya te estoy tocando. —Su voz suena más grave de lo que he oído hasta ahora, cortante y tensa—. ¿O te refieres a que te toque así?

Se mueve, me agarra de la garganta con una mano y desliza la otra hacia abajo para colocarla sobre mi vagina. Nadie me había reclamado así en mi vida. Nunca me había visto en tal estado de sumisión.

No, no es que me reclame. Me posee.

Me inclino un poco hacia delante para sentir la fuerza de la palma de su mano contra el cuello, solo para que cierre los dedos contra mi piel sensible.

Eros me sostiene la mirada mientras me separa los labios y me mete dos dedos sin rodeos, una penetración lenta y minuciosa. Empiezo a cerrar los ojos, soy incapaz de soportar sentirme tan expuesta, pero él emite un sonido brusco.

—No. No te escondas de mí. Esta noche no. No así.

No puedo soportar el fuego puro que veo en sus ojos, así que me centro en la mano que tengo entre los muslos. Lo que veo es igual que lo que siento: increíble. Me masturba con los dedos de forma distraída, aviva cada vez más la llama de mi deseo.

—Mírate —susurra—. Eres perfecta, carajo.

Si cualquier otra persona con la que he estado hubiera dicho esas palabras (y las han dicho) lo atribuiría a que estuviera cegada por la intensidad del momento. Sé que soy atractiva, pero mi belleza no inspira la reverencia que esta clase de cumplidos llevan implícita.

Solo que...

Suena a que Eros lo dice de verdad. Parece que lo dice de verdad. Sigue centrado en acariciar mi vagina lentamente mientras mueve la mano que tiene libre por mi cuerpo, como si no pudiera tocarme lo suficiente. Me acuna primero un pecho y luego el otro, se desliza hacia abajo por mi estómago; después, se desvía para agarrarme la cadera mientras suelta un gruñido.

—La puta perfección. —Saca los dedos de mi interior y los sube para dibujarme círculos en el clítoris—. Eres tan inteligente y ambiciosa, y lo escondes todo detrás de esta cara bonita. ¿Alguna vez dejas caer tus barreras, preciosa?

—Eros, por favor. —No sé qué le estoy pidiendo. Que pare, que no pare nunca, que me haga llegar al orgasmo sin decir esas palabras que siento que me están hiriendo el alma.

—Esa es respuesta suficiente. —Me muerde el hombro, me sobresalto y vuelve a meterme los dos dedos—. Suelta las riendas, Psique. Quiero sentir tu vagina cerrarse sobre mis dedos mientras te vienes.

Presiona la palma de la mano contra mi clítoris, con cada caricia me frota donde más lo necesito.

No duro ni sesenta segundos más.

Me vengo con fuerza, el grito apenas atraviesa mis labios antes de que su boca esté sobre la mía y devore el sonido mientras aviva mi placer cada vez más. Oleada tras oleada. Dioses, es demasiado y a la vez no es suficiente. Si pudiera pensar con claridad, me daría muchísimo miedo que nunca fuera suficiente. Se me debilitan las rodillas, pero él no pierde ni un segundo. Me lleva hasta la cama y me coloca lo suficientemente arriba del colchón como para poder arrodillarse entre mis piernas abiertas.

La forma en la que me mira este hombre...

Si fuera más lista, encontraría la manera de huir de él. El fuego en los ojos de Eros parece obsesión, y ser lo único en lo que este hombre se centre resulta peligroso de un modo para la que no estoy preparada. Soy fuerte, lo he tenido que ser para sobrevivir todo este tiempo y salir casi ilesa.

Pero no soy, ni tantito, lo bastante fuerte para ganarle la batalla a Eros si algún día decide que quiere romperme en mil pedazos.

EROS

Me tiemblan las manos. Me tiembla todo el puto cuerpo. Ver a Psique deshaciéndose por mí, sentir cómo se contrae alrededor de mis dedos con el orgasmo, saber que confía lo suficiente en mí para dejarme llevar la batuta... Me entran ganas de echarme sobre ella como un animal hambriento. De hundirme en ella hasta que lo único que exista seamos nosotros dos, cogiendo duro y con brusquedad.

Se merece más que eso.

No creo mucho en el matrimonio y en todo lo que conlleva, pero Psique es de esas personas que sí. Aunque no la hubiera obligado a participar en todo esto, es posible que la chica no hubiera tenido una boda por amor. Es algo muy poco habitual en Olimpo, sobre todo en el caso de los Trece y sus parientes. Es muchísimo más normal casarse por dinero, poder o prestigio. El amor no entra en la ecuación.

Aun así, la realidad es que soy la razón por la que ha perdido cualquier mínima oportunidad de disfrutar del amor. Lo menos que puedo hacer es asegurarme de que tenga una noche de bodas memorable.

Le recorro las piernas y la redondez del estómago con las manos. Tenerla desnuda y abierta de piernas ante mí es tan excitante ahora como lo ha sido esta tarde. Es por lo sexy que es, sí, pero no dejo de pensar en la confianza que está depositando en mí. No me la merezco..., pero por extraño que parezca quiero merecérmela.

—Eros. —Psique se medio incorpora y estira el brazo hacia mí—. Ven aquí.

—Todavía no. —Ni siquiera me he quitado los pantalones. No puedo correr ese riesgo. A juzgar por el deseo que me recorre todo el cuerpo, concentrado en el pene y los huevos, me vendré en cuanto entre en ella. Quiero que vuelva a venirse un par de veces más antes de hacerlo, quiero sentir cómo se quiebra entre mis manos, mi lengua.

Quiero pegarla a mí tanto como pueda, quiero que suplique por lo que puedo darle tanto como yo quiero dárselo. La única forma de conseguirlo es proporcionándole tanto placer esta noche que regrese a mí cuando vuelva a sentir esa necesidad.

Si me salgo con la mía, sentirá esa necesidad eternamente.

Dejo que me jale hacia arriba para volver a besarla. No me cuesta nada besarla. No acepta pasivamente todo lo que le ofrezco. Me corresponde de todas las maneras posibles, y ataca con la lengua como lo hace con las palabras. Es un juego de dar y recibir, y puro placer. Me gustan los besos. Siempre me han gustado. Pero besar a esta mujer hasta podría llegar a ser el plato principal del menú.

O lo sería si no la tuviese desnuda retorciéndose debajo de mí.

Me deslizo por su cuerpo, y le aprieto los abundantes pechos para poder juguetear con un pezón y luego con el otro, pasando de uno a otro hasta que la tengo gimiendo y arqueándose, ofreciéndose a mí para algo más que para probar su sabor. Solo en ese momento bajo un poco más, lamiendo y mordisqueando las curvas de su pecho hasta el estómago. Psique se pone un poco tensa, pero no lo pienso permitir. Le doy a esa parte de su cuerpo el mismo trato exhaustivo que les he dado a sus pechos. Cada curva, cada hoyuelo, cada llantita. No he mentido en nada de lo que he dicho; es perfecta y no me voy a privar de ningún centímetro de su cuerpo.

Cuando por fin llego a su vagina, los muslos se abren. Ya no está tratando de guiarme ni de apresurar ni un solo segundo. Me está dejando hacer lo que me plazca, y me encanta, carajo. Su confianza es tan excitante como su sabor. Psique está empapada, casi chorreando, y no pierdo ni un segundo en arrastrar la lengua por toda su vagina hasta llegar al clítoris.

Por los dioses, qué mujer.

Con el segundo lengüetazo, sus manos encuentran mi pelo, y me jala hacia arriba para que me concentre en el clítoris. Estoy encantado de aceptar la guía silenciosa, sobre todo cuando levanta las caderas para acercarse más a mi lengua. No para de gemir y se remueve contra mi boca; tengo que obligarme a no mover las caderas para evitar cogerme el colchón hasta venirme con los pantalones puestos.

Y es la segunda vez en el día de hoy.

Si pudiera respirar mucho mas que para satisfacer la necesidad de enviar sangre a mi cuerpo, me echaría a reír. Psique me ha arrebatado toda mi técnica, mi delicadeza. Lo único que me importa es darle placer hasta que no pueda más. Ni siquiera mi propio placer es más importante.

Cuando se viene, es el sonido más dulce que he oído en mi puta vida. Dobla la espalda, separa los labios y...

—Eros.

«Puta madre.»

El monstruo que habita mi interior arremete contra su jaula, y me remueve por dentro. Ha gritado mi nombre, mi nombre, mientras se venía. No debería afectarme tantísimo, pero es innegable la ola de posesividad que acalla todo pensamiento de mi mente salvo la necesidad de adentrarme en ella, y de hacerlo ahora. Por un segundo, tengo que apoyar la frente en su estómago y concentrarme en mi respiración.

Ha llegado el momento.

Me obligo a soltarla y me alejo de la cama. Me observa con la mirada turbada por el placer; su deseo aumenta mientras me quito los pantalones y tomo un condón del cajón de la mesita de noche. Me arrastro hasta la cama y vuelvo a mi posición entre sus muslos. Me cuesta trabajo ignorar el deseo primario de marcar mi presencia en cada centímetro de su piel, pero lo consigo. Por poco.

—Psique, déjame hacerte mía.

Ha sido un error pronunciar esas palabras; significan demasiado, y revelan demasiado.

Por suerte, no parece darse cuenta de ello. Está asintiendo.

—No quiero esperar más.

—Bien.

Rasgo el envoltorio del condón y lo coloco sobre mi erección. Despacio, muy muy despacio, me coloco sobre ella y llevo mi pene hasta su vagina. Psique levanta las caderas y me recibe mientras intento recordar por qué tengo que actuar con mucho cuidado.

«A la mierda.»

Me adentro en ella con embestidas cortas y continuas. Tengo la respiración tan agitada como ella. Creo que estoy gimiendo, pero, carajo, es difícil saberlo con la sangre en los oídos mientras por fin, por fin, hundo toda mi erección en su cuerpo. La sensación de estar dentro de ella es mejor de lo que podría haber soñado. Como si estuviera hecha para mí. Estoy demasiado involucrado para preocuparme de lo peligrosos que son esos pensamientos. No puedo evitar acelerar un poco los movimientos, sin dejar de observar su rostro en el proceso.

Se muerde el labio inferior. La invitación más clara que he visto en mi vida. Estoy más que encantado de aceptarla, inclinándome y reclamando su boca tal como reclamo su cuerpo. Puede que ella no lo vea así, pero no puedo evitar sentir lo que siento. Es mi problema, y ya lo solucionaré más tarde.

Mi intención es ir despacio, pero me clava las uñas en las nalgas, animándome, y acaba con el poco autocontrol que me quedaba. Deslizo los brazos por debajo de su cuerpo para tomarla de los hombros, para tener más estabilidad, y la cojo con penetraciones largas e intensas. Ya me he involucrado demasiado. No puedo parar, no quiero frenar. Aunque quisiera, Psique me está animando con tal ferocidad que no puedo parar.

—Carajo, Psique, me vuelves loco. —La penetro con fuerza, y adoro la forma en la que gime como respuesta—. Tan estrecha, empapada, y hecha para mí.

—Eros... —Jadea y resuella, sin dejar de intentar incitarme—. Más. Cógeme más duro.

Me concentro en hacer justo lo que me pide. La cojo tan fuerte que en la habitación resuena el choque entre nuestros cuerpos, interrumpido por unas palabras que no consigo contenerme:

—Otra vez, preciosa. Quiero sentir cómo te vienes sobre mi pene. Te gusta, ¿verdad?

—Muchísimo. —Gime y, un segundo después, tengo las uñas de Psique en la espalda; me las clava tanto que mañana tendré toda la espalda marcada. Me azota una intensa satisfacción. No habrá forma de arrepentirse, como tampoco habrá forma de quitar mi anillo de su dedo, ni el suyo del mío. Pase lo que pase, mañana no podremos fingir que esto no ha sido más que un sueño. Estamos demasiado conectados con la realidad.

Me reacomodo, moviéndome para ejercer sobre el clítoris la fricción que necesita para venirse antes que yo. Está más que encantada de ayudarme, y apoya los talones en el colchón para retorcerse contra mi pelvis. Psique empieza a desesperarse.

—Por favor, Eros. Por favor, por favor.

—Te tengo. —Arrastro la boca por encima de su hombro—. No pienso parar.

Y no paro. Mantengo esa posición con cuidado, la intensidad de los movimientos, hasta que se viene conmigo dentro. Quiero aguantar. De verdad. Pero la sensación es demasiado placentera. Noto cómo me envuelve el pene, y ya es demasiado tarde. Una última embestida mientras me vengo y lleno el condón hasta arriba.

Bajo la mirada para observar a esta mujer, a mi mujer. Siempre está preciosa, pero ahora mismo parece una diosa, con el pelo desparramado a su alrededor, los ojos entrecerrados por el placer, y los labios hinchados por los besos que le he dado. No soy buen fotógrafo, nada comparado con Psique, pero daría el brazo derecho por hacerle una foto en este instante y guardármela para siempre.

—Eros.

Si le cuento lo que estoy pensando, alucinaría. Bastante inquieta está ya en mi compañía, carajo, y razones no le faltan. La chica fue amable conmigo una vez y básicamente la seguí hasta su casa como un gato callejero y la obligué a casarse conmigo.

—No te muevas —consigo decir.

—No creo que pueda.

Ese comentario me arranca una risa ronca. Siento las piernas bastante débiles cuando consigo quitarme de encima de Psique y camino tambaleándome hasta el baño para tirar el condón. Cuando vuelvo, la encuentro en la misma postura que antes. De nuevo, me abruma la intensidad del deseo que siento por conservarla así para siempre. Quiero más que una foto para recordar esta noche. Quiero mucho más.

Quiero que dure más que una sola noche.

Con esa idea en mente, agarro un montón de condones y los tiro sobre la cama, a su lado. Psique los mira, y luego me mira a mí con las cejas enarcadas.

—Qué pretencioso.

—Todavía no ha amanecido.

Me brinda una sonrisa compleja.

—No, todavía no ha amanecido. —Se estira en la cama—. Pero me gustaría poder darme una ducha para quitarme lo peor de la boda antes de continuar.

Le ofrezco la mano, y una parte salvaje de mí se jacta cuando me la agarra. Qué nimiedad, permitirme que la ayude a levantarse, pero parece mucho más significativo. Como si hubiésemos empezado algo serio. Es una tremenda estupidez permitirme pensar así. Puede que a Psique le guste cómo la cojo, pero no le gusto yo.

Aunque tampoco es que me odie. Es muy buena persona como para dejar que la tocara así si me odiase de verdad. Es una teoría sin sustento, y me gustaría tener algo más en firme, pero he vivido situaciones más imposibles y he salido victorioso.

No le suelto la mano y la llevo hasta el baño. No se queja cuando abro la llave de la regadera ni cuando me meto debajo del chorro con ella. Por un instante, veo un poco de recelo en sus ojos.

—Si vieras la forma en la que me miras... No lo entiendo.

—¿Qué hay que entender? —Ahora no puedo esconder mi gesto. Es una capacidad que he tenido desde siempre, encerrarme y no demostrar nada que no quisiera demostrar. Pero, ahora, aquí en la ducha, soy un libro abierto si ella quiere leerme.

Psique levanta la cabeza y se me queda mirando un buen rato, se sonroja y se mete debajo de la ducha. La prórroga que me da me decepciona y me alivia al mismo tiempo. Hay cosas que es mejor no decir, sobre todo cuando todavía no tengo claro lo que siento, cuando estoy tan al límite del descontrol.

Pero está aquí, en mi regadera, y soy humano.

Le quito el champú de las manos.

—Permíteme.

—Eros, no es necesario.

—No es necesario, pero quiero hacerlo.

Acabamos de acostarnos. Debería estar satisfecho, aunque sea por un rato. Pero, en cambio, mis ansias por ella parecen aumentar. Me echo el champú en las manos; le masajeo su abundante pelo. Por un segundo se tensa, pero en cuanto se da cuenta de que no tengo intención alguna de correr, Psique suspira y se relaja contra mí.

Puede que no se percate de la importancia de todo esto, pero para mí es imposible no hacerlo. En algún momento ha dejado de luchar contra mí. Esta mujer jamás se someterá, siempre analizará cualquier situación desde mil perspectivas diferentes pero, por ahora, se conforma con dejarme cuidarla.

Psique... confía en mí.

No debería. No tiene motivos para hacerlo. Y, sin embargo, aquí estamos. Parece un regalo, un obsequio que no me merezco pero que, aun así, acepto.

Nos bañamos rápido, y Psique me hace esperar mientras se seca el pelo, pero al final acabamos de nuevo juntos en el dormitorio. Se queda mirando la cama.

—No tenemos que...

—Psique. —Antes de continuar, espero que me mire—. Te deseo. El sol todavía no ha salido. ¿Tú quieres más?

Creo que se sonroja, aunque es difícil saberlo en la penumbra de la habitación.

—No debería.

—No te he preguntado qué crees que deberías hacer. Te he preguntado qué quieres hacer.

Exhala despacio.

—Sí, Eros. Quiero más de ti.

«Gracias, carajo.» La abrazo y le aparto el pelo de la cara.

—Ves, ¿no ha sido tan difícil? Hagámoslo.

La beso antes de darle la oportunidad de contraatacar con una respuesta arrogante.

Esta noche. Tenemos esta noche. Ya nos preocuparemos del futuro por la mañana.

PSIQUE

Me despierto con distintas oleadas de sensaciones. El aroma terroso de Eros contra mi piel. Su calidez a mis espaldas, su brazo, un peso reconfortante sobre mi cintura, y las lujosas sábanas y el edredón arropándonos para protegernos del frío. El dulce dolor placentero causado por todo lo que hicimos anoche.

No quiero abrir los ojos. Si los abro, se habrá acabado, y no estoy lista para volver a entrar en el campo de batalla. Después me preocupará más el haber flaqueado, seguramente me maldeciré siete veces por el momento de debilidad que tuve después de la ceremonia. Otra cosa que añadir a la lista de la futura yo. Un hábito terrible al que me estoy acostumbrando.

Eros me rodea con más fuerza y abre la mano para presionar justo debajo de mis pechos.

—Buenos días.

Ya no puedo fingir más. Ambos estamos despiertos. Es hora de levantarse y planear nuestros siguientes pasos.

Solo que no lo hago.

En vez de eso, me arqueo un poco hacia atrás y presiono las nalgas contra su erección.

—Buenos días.

Su fuerte suspiro me hace cosquillas en los pelitos de la nuca.

—Ya ha amanecido.

Espero que no le dé por insistir en abrir las cortinas y arrojar luz sobre esta situación. ¿Tan complicado sería ignorar la pequeña franja de sol que se ve desde la ventana? Suspiro.

—Entonces supongo que deberíamos levantarnos.

—Ya empezamos otra vez con esa palabra. *Deberíamos.* —Me desliza la mano por el estómago hasta llegar a la cadera. No es que sea una invitación, pero tampoco es que no lo sea—. Pareces cansada, Psique.

Frunzo el ceño hacia la pared gris que hay enfrente de la cama.

—Gracias. Eso es lo que quiere oír toda recién casada el día después de su boda.

Su risita grave hace que tenga que esforzarme para no volver a arquearme hacia atrás y pegarme a él. Eros me da un beso suave en el hombro.

—Me parece una pena que tengamos que salir de la cama antes de tiempo.

Estoy en terreno pantanoso con este hombre. Primero, di el brazo a torcer antes de la ceremonia con el mejor sexo oral que he recibido en toda mi vida. Más tarde, cogimos como conejos después de la ceremonia. Si volvemos a sobrepasar los límites, no estoy segura de tener la fuerza de voluntad para rechazarlo la próxima vez que decida seducirme.

El calor que poco a poco me va invadiendo las venas significa que no tendrá que esforzarse mucho para tenerme a punto de suplicarle. Si ni siquiera está haciendo algo en estos momentos... Me aclaro la garganta.

—Es una mala idea.

—¿Ah, sí? —Eros no mueve la mano, no se acerca a mí para nada. Su tono es tan seco que bien podría estar preguntándome la hora—. Psique, estoy hambriento. Déjame probarte un poco. Nada más.

¿Pensaba que este hombre era peligroso cuando solo veía mi muerte en sus fríos ojos azules? Pues me equivocaba. Es mil veces más letal cuando me susurra obscenidades al oído. Me muerdo el labio inferior.

—No dejas de decir eso, pero ambos sabemos que no es la verdad.

Se aparta y apenas tengo oportunidad de llorar la pérdida de su contacto antes de que me dé un empujón en el hombro y me ponga de espaldas. Parpadeo y lo miro. Parece... ¿preocupado? Me analiza la cara.

—¿De qué estás hablando? Pensé que ayer los dos estábamos de acuerdo. Me dejaste bien claro lo que querías —titubea—. ¿Me estás diciendo que no es lo que querías?

A pesar de mis esfuerzos por mantener la calma, no puedo evitar responder ante su aparente angustia:

—Claro que no es eso lo que estoy diciendo. ¿Cuántas veces me vine anoche? Estoy segura de que tienes el cuero cabelludo irritado de lo fuerte que te jalaba el pelo mientras me sentaba sobre tu boca. Yo quería, Eros. No es eso lo que estoy intentando decir.

Parpadea al mismo tiempo que me mira como si le hubiera pegado con un periódico en la nariz.

—Entonces ¿qué problema hay?

Mi frustración estalla como una burbuja de jabón. Desaparece al instante.

—El problema es que se suponía que lo de anoche debía ser una excepción.

Se recupera deprisa, aunque todavía queda algo de sorpresa pendiente en su rostro.

—Ya lo hemos hablado. Lo de *deber* es...

—No me vengas con tus jueguitos de palabras, Eros. —Puede que no esté enfadada con él, pero la frustración me clava las garras y las hunde en lo más profundo de mi ser. Por supuesto que él no ve el problema en tergiversar nuestras palabras para quedarse en la cama tanto como pueda. Para él, esto no es más que algo placentero con alguien a quien desea. Ojalá tuviera yo la misma forma de pensar—. Lo de anoche fue una excepción —consigo decir al final—. Ambos estábamos soportando una cantidad de estrés extrema y lo natural es que quisiéramos relajarnos un poco.

—Psique. —Pronuncia mi nombre poco a poco y entrecierra los ojos—. Puedes intentar usar toda la lógica que quieras con ese gran cerebro que tienes, pero no intentes incluirme en tus malabares mentales. Anoche te cogí por la misma razón que te hice sexo oral durante casi una puta hora por la tarde: porque te deseaba. Lo del estrés, las feromonas o cualquier excusa que estés a punto de escupirme no tiene nada que ver conmigo.

Ahora me toca a mí parpadear.

—Pues claro que tiene que ver, y también la proximidad. Es biología. Si no, nos hubiéramos sentido atraídos el uno por el otro antes.

Eros baja la cabeza hasta que nuestras narices casi se tocan.

—¿Puedes asegurar que no te has sentido atraída por mí antes de lo de ayer? Sé sincera. —No espera ni a que balbucee una respuesta—. ¿Ni una vez en estos diez años que hemos frecuentado las mismas fiestas? ¿Ni siquiera cuando salíamos del baño y yo te rodeé con los brazos la noche que nos tomaron la foto?

Es muy difícil discutir con él cuando está tan cerca. Y cuando tiene tanta razón.

—Mmm...

—Porque yo sí me he sentido atraído por ti.

Así que no me había imaginado la breve llamarada en sus ojos. No sé si eso me reconforta o me aterra. La barrera que he constuido cuidadosamente con mi lógica se desmorona a mi alrededor.

—Decía en serio lo de antes, no puedo separar los sentimientos del sexo. Tal vez si fuera cosa de una vez sí podría, pero, conforme sigamos haciéndolo, vas a acabar haciéndome daño, por mucho que no sea tu intención.

—Y ¿si no te hago daño?

Carajo, ¿por qué sigue discutiendo? Ya me ha demostrado que, aunque no sea un dechado de virtudes, tiene lo que se podría llamar conciencia. Eros no es cruel. Puede que yo no le importe, pero no puede pretender protegerme de su madre y después darse la vuelta y blandir un cuchillo emocional en mi contra.

—Este matrimonio es por conveniencia. Tú mismo lo dijiste.

Eros suspira al final.

—Tienes razón.

Sé que tengo razón. Pero, entonces, ¿por qué siento que se me cae el alma a los pies cuando lo confirma?

—Sé que la tengo. Pero es que...

Está de acuerdo conmigo. ¿Por qué sigo con la discusión?

Eros no se mueve, no trata de aprovecharse de su ventaja. Sin duda sabe que con solo un beso me derretiré en sus manos. Es un hombre inteligente, debe de saberlo. Pero se limita a mirarme, a esperarme de la misma forma que me esperó anoche.

Anoche me podría haber dicho a mí misma las mismas cosas que le acabo de decir a él. Que fue una decisión tomada por el estrés. Que teníamos que liberar tensiones. Sin importar qué le prometí, no tenía intención de seguir acostándome con Eros.

Y esa es la cuestión. La intención. Si sobrepasamos los límites hoy por la mañana, ¿qué nos va a impedir que sigamos haciéndolo en el futuro? Ambos somos mentirosos expertos; añade el sexo a la ecuación y puede que empiece a creerme el teatro que hemos puesto en marcha para el resto de Olimpo.

Restringir el sexo a nuestra noche de bodas es la única forma inteligente de mantener mi corazón intacto.

—Es una mala idea —susurro.

—¿Lo es? Yo no estoy seguro. —Me aparta un mechón de pelo de la cara—. Ya sé lo que dije anoche sobre querer seducirte como los dioses mandan, pero la verdad es que no tengo intención de presionarte. Te quiero a ti, Psique. Si estuvieras de acuerdo con la idea, no me importaría pasar los tres próximos días metidos en esta cama.

Suelto un suspiro entrecortado.

—Eso es mucho sexo.

—Y apenas y me dejaría satisfecho. —Su sonrisa es un poco amarga—. Soy consciente de que no soy un partidazo. No hay razón por la que una mujer como tú quiera estar atada a mí más de lo que ya lo estás y lo respeto.

Vuelve la horrible sensación abrasadora que sentí anoche en el pecho, esta vez con creces. Estoy tan ocupada protegiendo mi corazón que no se me había ocurrido pensar que pudiera hacerle daño a Eros. Ni aunque fuera un poco. Analizo su cara, pero, por primera vez, parece que no lleva puesta la máscara. Dibuja esa sonrisa torcida, a pesar de todo, aún trata de tranquilizarme.

—No puedo prometerte que mi racha de virtud vaya a durar. Sobre todo si me sigues mirando de esa forma tan sexy, carajo. Pero esta mañana estás a salvo de cualquier intento de seducción.

Empieza a sentarse.

Lo agarro del brazo, mi mano se mueve casi por voluntad propia. Miro fijamente la zona en la que cierro los dedos sobre su bíceps.

—Espera.

—Me estás matando, preciosa. —Exhala un suspiro entrecortado—. Estoy intentando hacer lo correcto.

—Lo sé. —Aun así, no consigo obligarme a soltarlo. Mi sentido de la supervivencia libra una batalla con el deseo y algo parecido a la empatía. Lo deseo. Me desea. Si continuamos con esto puede que no sea capaz de seguir manteniendo la fina línea que nos separa, pero mis razones para negarme desaparecen como si se las hubiera llevado la marea—. Eros.

Parece que no respira.

—¿Sí?

—¿Me tacharías de ser una caprichosa si cambio de opinión?

La lenta sonrisa que dibuja es un preliminar nuevo.

—Diría que me encanta cuando eres caprichosa.

No entiendo a este hombre. Antes de esta boda, podría haber tenido a casi cualquier persona que se le antojara de Olimpo. ¿Por qué me mira como si le hubiera dado su regalo favorito el día de Navidad? Me motiva tanto creer que me anhela con desesperación... pero permitírmelo es un error. El deseo y el amor no son lo mismo, y quizá mi cerebro confunda ambas cosas, sobre todo si es de este hombre de quien hablamos.

Aunque no tengo tiempo de pensarlo, no cuando se coloca sobre mi cuerpo y nos quita las sábanas de encima. Empiezo a cerrar los ojos, desesperada por reclamar algo de la distancia que va desapareciendo entre nosotros, pero me da una mordida en el muslo mientras me abre las piernas.

—No me apartes, Psique.

—Me pides demasiado.

—Lo sé.

No suena para nada arrepentido. Al contemplar mi cuerpo, la mirada de Eros se torna ardiente. La forma en la que me come con los ojos es algo a lo que creo que no me acostumbraré nunca. Normalmente siempre es cuidadoso, pero es desnudarme y parece como si fuera una bestia quien me observa con esos ojos azules.

Baja la cabeza y coloca la boca en mi vagina. Es diferente a lo de ayer por la tarde, cuando era un hombre con una misión que cumplir, totalmente dedicado a mi placer y sin tiempo que perder para hacer que me viniera con tal intensidad que viera las estrellas.

Ahora no existe ese furor.

Me lame casi con pereza. Es como un *brunch* en su versión sexual; como si su único plan fuera pasar el rato y disfrutar, y yo no sé qué sentir al respecto. He tenido diversas parejas con sus diversas opiniones acerca del sexo oral; variaban de una tarea que llevar a cabo para conseguir llegar a lo bueno a una especie de competencia extravagante para demostrar cuántas veces podían hacer que me viniera. No sé si he estado alguna vez con alguien que parezca disfrutarlo por lo que es, por el placer que le proporciona.

Nunca se me habría ocurrido lo sensual que podría resultar la experiencia de esta forma.

Eros recorre cada centímetro de mi vagina, parece disfrutar de la exploración. Me excita poco a poco, juega con mi placer con pereza y lo va incrementando con cada movimiento de su lengua. El deleite se aviva cada vez que suelta ese gruñido sexy contra mi cuerpo, que me aprieta los muslos con las manos como si lo abrumara la necesidad. Por fin va subiendo hacia mi clítoris y lo lame con toda la lengua dándole pequeñas caricias.

Grito, se me arquea la espalda.

—Más. Por favor, Eros. Más.

Su risa ronca casi me hace venirme al instante. Puede que sea capaz de enfrentarme a este hombre como su igual en cualquier otra situación, pero en la cama me supera con creces. No me parece que estemos compitiendo cuando juguetea con la lengua sobre mi clítoris. Solo siento placer, siento que somos dos personas que buscan el mismo objetivo con la misma intensidad. ¿Cómo se supone que voy a recordar que es el enemigo cuando tengo que esforzarme al máximo para no agarrarlo y sentarme en su cara hasta que me venga encima de él?

«No es el enemigo.»

Esa idea debería tranquilizarme. Pero, al contrario, consigue que Eros me parezca todavía más peligroso. Pese a ello, no me siento culpable por haber dicho que sí. Puede que más tarde lo haga, pero ahora el placer es tan inmenso que no puedo parar.

—No te reprimas.

Abro los ojos, no estoy segura de cuándo los he cerrado, y levanto la cabeza para mirar la parte inferior de mi cuerpo, donde está él.

—¿Qué?

Eros hace un gesto con la cabeza a la parte de la sábana que aprieto con los puños y dibuja una sonrisita a la que no estoy acostumbrada.

—Sabes que quieres hacer eso con mi pelo.

Pues sí. La verdad es que sí. Razón por la cual no debería, porque debería intentar preservar alguna parte de mi ser.

Pero no es una batalla que vaya a ganar. Ni siquiera es una que quiera ganar. Me entrego a él con un gemido, me vuelvo a dejar caer sobre el colchón y entierro las manos en sus rizos. El pelo de este hombre tendría que ser ilegal. Es lo más suave que he tocado y tiene la longitud perfecta para que me pueda agarrar bien. Abro más las piernas sin tener intención alguna de hacerlo y el gruñido grave que emite Eros me sirve de recompensa casi tanto como la lengua que desliza en mi interior.

¿De verdad está pasando esto?

¿Estoy desnuda en la cama con Eros Ambrosia bajo la suave luz matutina y restregándole la vagina por la boca mientras me lame?

No hay lugar a dudas, ni a recriminaciones. Más tarde, me preocuparé por cómo han cambiado las cosas entre nosotros, por lo mucho que se han borrado los límites que tan desesperadamente tenían que estar claros. Ahora, estoy bailando al borde del precipicio, mi cuerpo vibra con el orgasmo que estoy a punto de tener. Estoy tan cerca...

Eros se mueve y presiona los dedos en mi entrada. La sorpresa de la penetración, combinada con la forma en la que se centra en mi clítoris, me lanza al precipicio. Grito, me dan espasmos mientras le agarro el pelo, pero el placer no se detiene. Continúa, va creando otra oleada con la boca y las manos, incluso antes de que la anterior se disipe.

«Ay, dioses.»

—Eros. —Lo jalo del pelo, pero lo mismo sería intentar bajar la luna del cielo—. Eros, espera.

Apenas levanta la boca el tiempo suficiente para decir:

—Una vez más.

—No puedo.

«No debo.»

Se ralentiza, pero no aparta los dedos. Toda la parte inferior de su cara está húmeda por mi deseo y, mientras lo contemplo, se relame los labios.

—Eso es sólo el principio. No he acabado. —Se mueve repetidamente en mi interior, me penetra, me posee—. Déjame comerte hasta que esté satisfecho, Psique. Después puedes volver a odiarme.

«No te odio. Aunque deba.»

—Está bien —musito. No sueno a mí misma. No parezco yo misma. Sin duda otra persona ha poseído mi cuerpo, una criatura lasciva e imprudente a la que solo le importa el placer y las consecuencias la tienen sin cuidado.

Incluso aunque sea yo quien vaya a pagar el precio al final.

Pierdo la noción del tiempo. De mis miedos. De todo excepto de nosotros dos en la cama, Eros comiéndome como si no necesitara respirar, provocándome un orgasmo detrás de otro.

Al final se ralentiza. O yo. No estoy segura. Solo sé que estoy temblando con todas mis fuerzas, como si acabase de aguantar uno de los entrenamientos militares de Calisto. Tampoco es que Eros esté muy tranquilo. Va recorriendo mi cuerpo hacia arriba a besos hasta llegar a mi boca, me vuelvo a acelerar a pesar de la intensa oleada de cansancio que me ha dejado el último orgasmo.

Puede que después de todo no esté tan cansada.

Le empujo los hombros, y por un segundo creo que va a ignorar la petición implícita. Al final se levanta un poco y me mira.

—¿Qué?

«¿Qué?»

¿Me acaba de hacer pedazos mil veces y eso es lo primero que me dice?

Casi me echo a reír. Lo haría si pudiera respirar.

—Me toca.

Vuelvo a empujarle los hombros.

—No. —Frunce el ceño. Si no tuviera la respiración tan entrecortada como la mía, pensaría que no le afecta. Pero no hay forma de ignorar la erección que presiona contra mi cuerpo, aunque no muestre señales de querer hacer algo con ella. Eros niega con la cabeza como si intentara aclarar sus ideas—. No tienes que hacerlo.

Mi corazón da un vuelco casi doloroso. Eros siempre es el que arregla las cosas, el que se pone al mando y se encarga de todo. Es un papel que está claro que ha asumido en todos los ámbitos de su vida. Pero ahora me mira con esa extraña expresión vulnerable en los ojos azules, casi confundido ante la idea de que yo también quiera darle placer.

Me humedezco los labios.

—Es que quiero. Deja de ser tan testarudo y deja que te la chupe. —Vuelvo a empujarle el hombro y, esta vez, me permite tumbarlo de espaldas.

—Con una oferta tan dulce, ¿cómo voy a resistirme? —Acierta con esas palabras. Con el tonito no tanto. Pero la forma en la que me observa mientras me muevo para arrodillarme entre sus muslos...

Ahora no hay distancia entre nosotros. Ha dejado de existir.

Si no voy con cuidado, lo que tanto temo acabará pasando. Empezaré a creerme la bonita mentira que tenemos entre nosotros en vez de la cruda realidad.

«Ya te preocuparás luego.»

Me tiro el pelo hacia atrás y cierro el puño alrededor de su pene. Es enorme y tiene una curva deliciosa que disfruté muchísimo anoche. También está duro, casi palpita.

—Pobrecita —murmuro—. Parece que duele.

—Podría decirse que sí. —No se mueve, pero se le marcan los tendones en el cuello.

—No te preocupes. Yo me ocuparé de ti.

La primera vez que lo pruebo siento vértigo. No, me siento ebria. ¿Es esto lo que siente él cuando me lame la vagina? No es de extrañar que estuviera hambriento esta mañana.

Lamo el pene de Eros hasta llegar a la base, saboreando cada centímetro. Disfrutando todavía más de su reacción. Cada músculo de su cuerpo parece estar tallado en piedra, como si estuviera esforzándose por quedarse quieto como una estatua, por someterse a mi boca y no tomar el control de esta interacción. Me resulta tan incitante sentirme así de poderosa que casi me quedo sin aliento.

Pero no quiero que se controle. Tal vez más tarde, cuando volvamos a la realidad y esta traiga el arrepentimiento y el afán de proteger mi delicado núcleo emocional. Pero ahora no. ¿Me dejará ponerlo a prueba hasta que pierda las riendas?

Solo hay una forma de saberlo.

EROS

Esta mujer va a acabar conmigo. Me estoy esforzando cabronamente por respetar los límites que ha establecido, por ir despacio hasta que pueda seducirla como ella se merece, por demostrarle que no tiene nada que temer a mi lado, y la tengo aquí, pasándome la lengua por el pene, con los ojos de color avellana en llamas, en un desafío que me cuesta la vida no aceptar.

Para ser una mujer que afirma que si nos sentimos atraídos el uno por el otro es solo por consecuencia del estrés, me mira como si quisiera que la jalara hacia arriba y la cogiera hasta que ninguno de los dos pudiera caminar.

Otra vez.

No la agarro del pelo como me gustaría. No me atrevo a arriesgarme.

—Te estás metiendo en un juego peligroso.

—Eso ya lo hemos comprobado de varias formas. —Dibuja una sonrisa despacio y se pasa la punta del pene por esos labios carnosos. La más leve de las caricias que me tiene luchando por no venirme aquí mismo.

—Psique... —No puedo atenuar el tono de advertencia de mi voz. Ni tampoco contener el gruñido.

Su única respuesta es abrir los labios y engullirme entero. Por los dioses, puede que mi destino final sea el Tártaro, pero el puro placer que estoy sintiendo ahora mismo hace que casi valga la pena. ¿Qué más dará lo que haya tras la muerte si ahora estoy disfrutando de este pedazo de perfección?

Psique no me deja regodearme. Me libera y le da varios lengüetazos al punto sensible de la punta de mi pene. Me observa con tanto detenimiento que no puedo quitarme de encima la sensación de que está intentando provocarme.

Y quiero que lo haga. Carajo, estoy disfrutando de mi tiempo con ella más de lo que podría haber soñado. Me desafía a cada instante, y no me había imaginado lo mucho que llegaría a ansiarlo.

Pero lo prometí.

—O te la comes como se debe, o voy a hacer algo que ambos lamentaremos.

—Qué pena. —Me sostiene la mirada y pasa la lengua por toda mi erección como si se estuviera comiendo un helado—. Sería una pena que perdieras el control.

No sabe lo que me pide.

Y no sé si, aun así, podré contenerme las ganas de dárselo.

Me muevo despacio, para concederle todo el tiempo del mundo para reaccionar, y le agarro la larga melena con el puño.

—Última oportunidad.

Me pasa la lengua por los huevos, y yo pierdo el control. La jalo hacia arriba. Demasiado brusco. Carajo, demasiado brusco. Aunque no parece que a Psique le importe. Prácticamente se lanza contra mi boca, y cuando me besa lo hace sin rastro de las provocaciones que ha tenido durante la mamada.

Ruedo sobre la cama, la hago caer de espaldas al colchón y me pego a ella. Una parte oscura de mi ser quiere aceptar la invitación de sus caderas levantadas, de las piernas abiertas para recibirme. Hundirme dentro de ella sería el acto más natural del mundo ahora mismo, cogerla sin ninguna barrera entre nosotros.

«Para.»

Consigo someter el deseo, pero apenas.

—No te muevas.

—Pues será mejor que te des prisa. —Mete la mano entre nuestros cuerpos y me agarra el pene—. Estoy excitada.

El asombro me deja petrificado. Me quedo inmóvil mientras ella frota su vagina contra mi erección. Esta mujer está viendo quién puede más, si ella o mi autocontrol.

—Psique.

—Me encanta, me fascina cuando pronuncias mi nombre así —me dice estremeciéndose.

—No te encantaría si supieras lo que significa. —Me acerco a ella, y dejo que mi peso la inmovilice contra el colchón y así evitar que hagamos una auténtica temeridad para la que no tendríamos excusa. Por los dioses, qué bien me siento con ella. Arqueándose, retorciéndose y tensándose contra mi cuerpo. Tengo que cerrar los ojos para centrarme—. Si supieras en qué estaba pensando...

—Dímelo. —La transparente necesidad que destila su voz hace añicos mi control. Noto cómo se parte, hebra a hebra. Y lo que me dice a continuación no hace más que empeorarlo todo—: Dime que estás tan descontrolado como yo. Dime que no estoy sola en las profundidades.

No puedo pasar por alto el tono de temor que noto en su voz, y no puedo evitar querer tranquilizarla a pesar de que eso implique asustarla de otra forma. Me lleva el carajo.

—Quiero cogerte sin condón. —Carajo, pero ¿qué estoy diciendo? Esto es demasiado, demasiado intenso. Poco importa. Maldición, no puedo parar—. Quiero atarte a mi cama y disfrutar de cada centímetro de ti a mi antojo. Provocarte, cogerte y hacer que te vengas hasta que tengas claro de quién eres.

—Soy mía —contesta inspirando con dificultad.

Y lo sé. Es una de las razones por las que me resulta tan injustificadamente atractiva. Una de las muchas piezas que se unen para dar vida a esta mujer de la que nunca me sacio.

—No me has preguntado la verdad. Me has preguntado qué quiero.

Voltea la cabeza hasta mi cuello y me da un beso.

—Eros, ve por un condón.

Un condón. Sí. Porque no puedo, ni de broma, cogerla sin protección. Así no, no sin haber tenido antes una plática clara. Una plática que no he tenido nunca, ni he necesitado tener.

¿Qué carajos me está pasando?

«Estoy tan descontrolado como ella. Estamos juntos en las profundidades.»

Me cuesta más de lo que debería alejarme lo suficiente para agarrar los condones del primer cajón de la mesita. Dejar de tocarla el tiempo necesario para abrir el condón y ponérmelo.

Psique no me espera. Me agarra el pene y lo lleva hasta ella. Yo lucho por quedarme quieto, por dejar que sea ella la que me guíe, y estoy temblando por el esfuerzo. Y la cabrona de Psique lo sabe. Me tiene bien agarrado, y se mete la punta del pene una y otra vez, pero no me deja adentrarme en ella más que un centímetro o dos.

—Qué mala eres —gruño.

Le cuesta respirar tanto como a mí, está temblando tanto como yo. Y en sus ojos avellana veo un reto que me da de lleno en el alma.

—¿No piensas hacer nada?

Y mi autocontrol estalla.

Me pongo de rodillas y la sujeto por las muñecas; las agarro con una sola mano y se las llevo por encima de la cabeza. Psique se pega a mí como si no pudiese evitarlo, y abre los labios para soltar un gemido.

—Sí, así.

Estoy librando una batalla que voy a perder. La ansío demasiado como para actuar bien. Todavía no he conseguido reunir el suficiente autocontrol para seducirla como se merece. Solo quiero cogerla, cogerla y cogerla hasta dejar tatuado mi ser en cada milímetro de su cuerpo. Me coloco entre sus piernas.

—¿Quieres que me ponga rudo contigo, Psique? ¿Quieres que te coja como un puto monstruo?

—¡Sí! —contesta temblando cada vez más.

Le acerco el pene a la vagina. Está empapada, lista para recibirme, pero, aun así, tengo que desacelerar lo justo para poder metérselo todo. Solo consigo volver a hablar cuando por fin estoy acomodado en su interior.

—Creo que eres una mentirosa.

—¿Qué? —Intenta liberar sus manos, pero no pienso tolerarlo. Si me agarra las nalgas como hizo anoche, clavándome las uñas, acabaremos demasiado pronto.

Le muerdo el lóbulo.

—Puede que seas tuya, pero creo que tienes una parte sucia que quiere que te coja bien duro y también quiere que te reclame como mía. —Despacio, la saco y vuelvo a metérsela, provocándola—. Creo que quieres que le recuerde a tu vagina de quién es.

—Solo es temporal. —Puede que se esfuerce por sonar segura, pero casi lo expresa como si fuera una pregunta.

—Temporal o no, eres mía, Psique. —Aprovecho que la tengo sujetada de las muñecas para incorporarme un poco estampándolas contra el colchón—. ¿Quieres ver cómo me cojo a alguien que es mío?

—Sí —gime.

No vuelvo a preguntárselo. Le paso un brazo por debajo del muslo y se los separo un poco más. Y, después, la retengo contra la cama y la cojo. Nada de delicadeza. Ni seducción. Es el más puro instinto animal, el deseo de reclamación, la necesidad de hacerla mía como nunca he hecho a nadie mío.

Jamás.

Le suelto una de las muñecas y le ordeno:

—Tócate. Vente sola.

—Estoy cerca ya. —Pero obedece mis órdenes, baja una de las manos por la suavidad de su estómago y se empieza a tocar.

Desacelero lo justo y necesario para poder observar cómo me deslizo dentro y fuera de ella, para presenciar esta reivindicación de la forma más arcaica que hay. Puede que después me arrepienta de esto y que quiera borrarlo todo. Pero, ahora mismo, lo único que deseo es sentir cómo Psique se tensa alrededor de mi pene mientras se viene.

Y no me hace esperar mucho.

Se le encorva la espalda y casi se suelta de mis manos durante el orgasmo. No bajo el ritmo. Me dejo caer sobre su cuerpo, cogiéndola mientras se escapan de mi interior palabras imperdonables. Mientras siento la necesidad de apaciguarla con mi cuerpo de una forma que jamás me permitiría solo con las palabras.

—¿Lo notas, Psique? Soy yo quien te hace sentir así. Y lo volveré a hacer, siempre que me necesites. Otra vez, y otra, y otra.

«Siempre.»

Al menos consigo guardarme eso último. Por poco.

Me vengo con fuerza, y me retuerzo contra ella mientras echo hasta la última gota de placer. Es demasiado bueno. Carajo, con esta mujer es demasiado bueno. Nunca había sido así con nadie, ni con hombres, mujeres o personas no binarias. He tenido parejas sexuales en abundancia, y siempre ha sido una experiencia divertida y satisfactoria para todo el mundo. Nunca he tenido problemas para mantener el control.

El sexo es genial. Siempre lo ha sido. Pero, con Psique, es como si se me hubiera trastocado el eje de mi mundo. No me gusta. Si fuera más listo, le daría carpetazo a la situación y la mandaría fuera de Olimpo. Tritón sabría cómo conseguirlo. Me debe un par de favores, y tendría que cobrármelos todos para conseguir un boleto. No sería fácil, pero es la mejor forma de conseguir la seguridad de Psique y alejarla de mí tanto como sea posible.

Si se queda aquí, conmigo, no me quito la sensación de encima de que ahogaré ese corazón tan amable que tiene de tal modo que jamás podrá recuperarse.

Pero cuando se estira a mi lado y emite un sonidito de satisfacción, me queda claro que nunca voy a enviarla lejos. Carajo, soy demasiado egoísta.

Psique es mía.

Solo que ella todavía no lo sabe.

Consigo alejarme de ella lo justo para deshacerme del condón. Me doy prisa porque no pienso salir de la cama hasta que no nos quede más remedio que hacerlo. Por suerte, la he cogido hasta dejarla casi en un estado de coma. Rueda despacio para mirarme a la cara mientras me subo al colchón.

—Tengo una pregunta.

Muy bien, no está en coma. Apenas contengo el impulso de besarla y de desviar la pregunta que tiene, sea cual sea. La verdad es que tengo algo de curiosidad.

—Dime.

Desvía la mirada hacia mi pecho antes de volver a centrarla en mi cara.

—¿Esto siempre es así contigo?

Me tumbo a su lado.

—¿El qué? —Sé a qué se refiere con su pregunta, pero quiero oírla decirlo, oír cómo pronuncia algo que casi no estoy listo ni para reconocerme a mí mismo.

«Los dos estamos descontrolados y en las profundidades, juntos.»

—No te hagas el tonto, Eros. No se te da. —Se le crispan los labios, y eso solo me recuerda lo que estábamos haciendo hace un momento—. Esto. El sexo. ¿Es siempre así contigo?

—Necesito que seas un poco más específica.

—No, claro que no. Solo quieres que te halague. —Estira el brazo como si no pudiese evitarlo y me tira de uno de los rizos. Por fin, pregunta—: ¿Es siempre tan intenso? ¿Tan... abrumador?

«No. Nunca ha sido así.»

—¿Me estás diciendo que el sexo nunca ha sido así para ti?

Desvía la mirada, y le dejo. De pronto yo también me siento bastante vulnerable, carajo. Psique niega con la cabeza.

—Pues no, nunca había sido así con nadie. No es que fuera malo ni nada, solo diferente.

Una parte de mí se niega a tener que admitir que me pasa lo mismo, pero la mayor parte de mí quiere aprovechar este momento para unirnos más aún. Apoyo uno de los dedos en su barbilla, y le volteo la cabeza para que me mire a la cara.

—Para mí nunca ha sido así tampoco.

—No me mientas.

—Es verdad, te lo juro. Le mentimos al resto del mundo, pero no nos mentimos entre nosotros. No a partir de ahora. —Dudo, pero la vulnerabilidad que se refleja en su mirada me sonsaca la verdad—. Yo soy de los que seduce, Psique. Y la verdad es que se me da muy bien cuando se me antoja mucho.

Pero jamás pierdo tanto el control como para que resulte abrumador. Con nadie, salvo contigo.

—Ah.

—¿Ah? —pregunto imitándola con el ceño fruncido—. ¿Eso es lo único que me vas a decir?

Pasea los dedos por mi brazo, de arriba abajo.

—Eros...

—Dime.

—Todavía no hemos salido de la cama.

Sonrío y la aprisiono de espaldas al colchón.

—No, vaya que no.

PSIQUE

Nunca he sido una mujer imprudente. He hecho hasta lo imposible para asegurarme de que podría anticipar cualquier resultado, que podría ir varios pasos por delante de mis oponentes. Como hija de Deméter, la imprudencia tiene consecuencias y, por tanto, la evitaba.

Hasta ahora.

Pasarme el día en la cama con Eros es un error. Sé que es un error, pero, cada vez que pienso en levantarme y enfrentarme al resto del mundo, él me besa, me toca o, carajo, solo me mira. Y volvemos a empezar, abocándonos el uno al otro en un frenesí de lujuria y deseo. Si solo fuera eso, quizá intentaría convencerme de que no me he desviado del camino hasta un punto de no retorno, que no he mandado el plan al diablo. Sin embargo, nos pasamos varias horas dormitando, enredados el uno en el otro como si fuéramos una pareja de recién casados de verdad en vez de estar fingiendo para cumplir con un propósito.

A media tarde ya no puedo ignorar los gruñidos de mi estómago. Lo empujo para apartarlo de mí y prácticamente salto de la cama.

—Tengo que comer. Y, sobre todo, tengo que bañarme.

—Voy contigo.

—¡No! —Doy un paso atrás, me inunda el pánico al pensar que en realidad me muero de ganas de que me acompañe. Necesito poner distancia y lo necesito ya—. Dame unos minutos, ¿sale?

Eros me contempla a conciencia y me duele ser testigo de cómo vuelve a levantar sus barreras. No me había dado cuenta de que, en algún momento del día, las había dejado caer un poco. Antes de que pueda cambiar de opinión, vuelve a convertirse en el hombre frío y calculador que he conocido hasta ahora.

—Tómate tu tiempo. Voy a preparar algo de comer.

—Está bien.

Apenas me espero a que se ponga un par de pantalones y se marche de la habitación para agarrar el celular y meterme al baño a toda prisa. Parece una tontería que le ponga el seguro, pero necesito aprovechar cualquier cosa que me ayude a concentrarme. Abro la llave y me miro en el espejo.

Tengo un aspecto increíble.

Tengo rozaduras debidas a la naciente barba de Eros en el cuello, el pecho... En realidad, en todo el cuerpo. Marcas rojas causadas por sus dedos hundiéndose en mis caderas y muslos que lo más seguro es que después se conviertan en moretones. El recuerdo de las sensaciones amenaza con arrasarme y me pongo a temblar. Precisamente por eso no debí acostarme con él. En vez de pensar en qué vamos a hacer ahora y cómo contraatacar las mentiras que Afrodita decida inventar, estoy pensando en lo mucho que disfruté cuando deslizó la mano entre mis piernas y...

«Mierda.»

Agarro el celular con fuerza, pero ¿a quién se supone que debo llamar? ¿A Calisto? Me va a partir la cara en cuanto tenga la primera oportunidad. ¿A Perséfone? Ya ha dejado clara su opinión acerca de este matrimonio, no va a mostrar ninguna compasión si ve que de repente estoy replanteándomelo todo. Sin hablar de que, con que llegue a descubrir cuál era la otra opción...

No, no puedo llamarla. No puedo llamar a nadie.

Respiro profundamente y dejo el celular sobre el lavabo. Esta no es la primera vez que la vida en Olimpo me ha abrumado. Ya cuento con las herramientas necesarias para estabilizar el suelo bajo mis pies. O eso espero.

Aunque he prometido darme prisa y además es relativamente tarde, me doy un regaderazo muy largo y después me arreglo, parte por parte. Me seco el pelo y me lo plancho. Me maquillo de forma discreta pero impecable. Me meto a la habitación de invitados, me pongo un par de mallas, calcetines y mi suéter ancho favorito. Informal pero preparada para las fotos. Suficiente. Tiene que serlo.

Me obligo a tomarme mi tiempo para tomarme una foto bajo la luz del sol que está en su ocaso y que se filtra por las enormes ventanas de Eros. No está a la altura de lo que suelen ser mis expectativas y me lleva diez intentos lograr la sonrisa dulce que busco, pero tendrá que bastar hasta que pueda crear más contenido por la mañana. Escribo una frase tonta en la publicación mientras me dirijo al pasillo.

Me encuentro a Eros en la cocina, está bebiendo una copa de vino mientras mira por la ventana. Me echa una mirada cuando entro en la estancia, pero su expresión vacía no cambia.

—Mañana vamos a salir. Entre más tiempo nos pasemos encerrados en el ático, más oportunidades le damos a mi madre de crear una narrativa que no nos conviene.

Me recorren el alivio y algo parecido a la decepción. Este es un territorio con el que estoy familiarizada, manipular a los reporteros es lo mío. Si nos centramos en eso, no tendré que pensar en que me muero de ganas de reducir la distancia entre nosotros y besarlo con todas mis ansias.

Me coloco un mechón de pelo detrás de la oreja. Puedo volverme loca intentando anticipar con qué nos va a salir su madre, pero, al final, nuestra mejor defensa será seguir con nuestro plan original.

—¿Quieres la experiencia de recién casados embobados o mejor la de serenos y perfectos?

—¿En qué se diferencian?

—Embobados significa que visitamos los jardines en el distrito universitario y nos hacemos arrumacos mientras paseamos; después vamos a uno de los bares pequeños a emborracharnos un poco y fingimos que no hay nadie más en el lugar, solo nosotros. Serenos y perfectos es que vamos a cenar a la Dríade.

Enarca las cejas.

—Hasta a mí me cuesta conseguir mesa en la Dríade sin reservación.

—Lo que me sorprende es que te dejen entrar. Pan odia a Afrodita, y estoy segura de que eso te incluye a ti también.

La sonrisa lenta de Eros me afecta incluso más que las primeras veces que la vi. Ahora sé que pone la misma cara cuando está pensando en las delicias que quiere hacerle a mi cuerpo. Resisto los escalofríos. Él se da cuenta (cómo no) y ensancha la sonrisa.

—Pan y yo nos entendemos bien.

Eso me saca una carcajada por la sorpresa.

—No me digas que también lo has seducido.

—Psique. —Dioses, es que cada vez que dice mi nombre parece una invitación a hacer algo de lo que seguro me arrepentiré—. Me ofende que insistas en que voy por Olimpo dejando un rastro de ligues a mi paso.

—Y ¿me equivoco?

Suelta una risita y agacha un poco la cabeza. Es extraordinariamente encantador.

—Depende de a quién le preguntes.

Voy por mal camino. Tengo que centrarme en el plan en vez de en lo atractivo que está Eros cuando intenta ser modesto.

—Y ¿si le pregunto a Pan?

—Te dirá que fue él quien me sedujo a mí.

No me extraña. Pan es aún más famoso que Eros por hacer uso de sus encantos a lo largo y ancho de la ciudad. Niego con la cabeza, me hace gracia por mucho que me pese.

—Volviendo a mi primera pregunta: ¿embobados o serenos?

—Embobados. —Deja de sonreír, pero la diversión todavía se asoma a sus ojos—. Es una historia de amor, si damos la imagen de llevarlo todo ensayado la gente empezará a dudar de si es verdad y mi madre tendrá la oportunidad de aprovecharse de ello. El hecho de que ninguno de nosotros sea la clase de persona que se deja ver por ahí acaramelada y atontada nos ayudará a que resulte más convincente.

—Estoy de acuerdo.

Se cruza de brazos por encima del pecho.

—Entonces ¿para qué me das opciones? ¿Por qué no me informas del plan y ya?

No puedo sostenerle la mirada.

—Porque tú también formas parte de esto. Es importante que estemos de acuerdo.

—Está bien. —Se encoge de hombros—. Pero ya hemos dejado claro que este es tu terreno y no el mío.

—Aun así.

Eros baja los brazos y se acerca a mí. No puedo más que quedarme ahí parada y no huir de él. O al menos es lo que me digo a mí misma mientras lo observo acercarse. No es que esté aguantando la respiración mientras espero a ver qué va a hacer ahora. Se inclina hasta que nuestras caras están a la misma altura.

—Qué tonto soy. Pensaba que igual era porque estabas dudando de tus instintos, pero nunca serías así de ridícula.

Se me calienta la piel de una forma que poco tiene que ver con el deseo.

—¿Disculpa?

—Estás dudando de ti misma. Deja de hacerlo.

Me enderezo y le lanzo una mirada asesina.

—No sabes de qué estás hablando. No estoy dudando de mí misma.

—Mentirosa —dice casi con cariño. Eros se voltea antes de que pueda contestarle—. La comida ya está lista.

Lo observo mientras saca una cazuela que huele de maravilla del horno, no me queda muy claro si quiere cambiar de tema o no.

—No me conoces.

—No dejas de decir eso. —Sirve dos raciones enormes en sendos platos y me pasa uno—. Creo que ya hemos quedado en que te conozco lo suficiente.

Lo sigo hasta doblar la esquina y dar a parar a un comedor pequeño y formal. Es tan minimalista como el resto de la casa: ventanas enormes, una mesa cuadrada de acero y mármol, y una pared desprovista de decoración, excepto por un espejo con un marco geométrico blanco y negro. Deja el plato en la mesa y sale de la estancia, vuelve a aparecer unos segundos después con su copa de vino y otra más que coloca frente a mí. Se me hace muy incómodo estar comiendo en esta habitación frente a Eros. Parece como si estuviéramos en un museo o algo.

—¿Estás seguro de que vives aquí?

Me lanza una mirada.

—No todo el mundo deja un reguero de trastos a sus espaldas como prueba de que la casa está habitada.

Me tenso, pero no me está juzgando con esa frase. No es más que una simple afirmación.

—No soy una persona desordenada.

—He dicho trastos, no desorden. Son cosas distintas. —Contempla su plato—. Además, vivo aquí solo. No hay familia que deje huella en cada habitación como en la casa de tu madre.

—No dejas de mencionarlo. ¿Por qué? —Me preparo para defender a mi familia. Puede que no nos llevemos bien siempre, pero ni de broma pienso dejar que nadie nos desprecie. Ni siquiera Eros. En especial Eros.

Pero me sorprende.

—Parece un hogar. Es... nuevo.

—Nuevo —repito—. ¿Cómo va a ser nuevo? Si solo tienes, yo qué sé, ¿veintiocho años?

—Lo dices como si no lo supieras.

Me sonrojo un poco porque es evidente que sabía cuántos años tiene. Puede que no supiéramos mucho el uno del otro hasta ahora, pero al menos yo sí tengo una noción básica de todo aquel que pertenezca a los círculos cercanos de cada miembro de los Trece.

—No llevas tanto tiempo viviendo solo como para haber olvidado tu casa de la infancia.

Juguetea con el tenedor.

—Ya sabes quién es mi madre. ¿De verdad crees que la casa donde crecí fue más acogedora que la tuya?

—Bueno, es que no puede ser acogedora si está diseñada como esta.

—¿Qué le pasa a mi casa?

Señalo con el dedo al espejo que tengo a mis espaldas.

—¿A qué viene tanto espejo? En teoría, puedo llegar a entender que tengas uno en el vestíbulo como decoración e incluso en el dormitorio por razones pervertidas, pero es que están por todas partes.

—Ah. —Contempla su plato durante un buen rato—. Normalmente dejo que el diseñador de interiores decida. Es más sencillo y tampoco es como que sepa mucho al respecto.

Ese diseñador de interiores fue alguien que contrató Afrodita. Lo apuesto. Vacilo, intento explicar lo que pienso sin ser impertinente.

—Eros, esta es tu casa. Puedes impregnarle tu estilo.

—¿De veras? —Frunce los labios—. Supongo que eso dependerá de a quién le preguntes.

Abro la boca para reprochar, pero mi cerebro me detiene la lengua antes de que pueda dejarme en ridículo. No cabe duda de quién está hablando. Aun así...

—Sé que Afrodita no es una madre ejemplar, pero...

Me dirige una sonrisa desprovista del encanto al que estoy acostumbrada.

—No hay ningún «pero» en esa frase, Psique. Me alegro de que crecieras en una casa que se parece a un hogar, y que Deméter mantuviera esa calidez incluso después de que cambiaran las cosas y te mudaras aquí. Solo que no es lo que yo he vivido.

Vuelve a ponerse a comer como si hubiéramos concluido el tema.

Supongo que así es.

Me burlé de su ático la primera noche que pasé aquí. He seguido molestándolo por sus elecciones de diseño sin parar porque suponía que, por lo menos en esto, es tan predecible como finge ser. El millonario mujeriego con más dinero que gusto que confunde el minimalismo con lo más elegante del mundo. Cuanto más desalmado, mejor.

Solo que, cada vez que habla de la casa de mi madre, se nota en su tono algo parecido a... la añoranza.

Vuelvo a inspeccionar el comedor con la cabeza echando humo.

—¿Te molestaría si hiciera algunos cambios? —Levanto una mano cuando enarca las cejas—. Nada intenso. Solo alguna que otra cosita para dejar un poco de mi huella en tu espacio.

En realidad, tampoco me disgusta la gran cantidad de espejos, pero necesitan más decoración para contrarrestar.

La sonrisa que me brinda Eros hace que el corazón se me acelere.

—Me encantaría.

—Bien —balbuceo. Es un detalle insignificante, pero parece gigante. Tan gigante que no puedo ni mirarlo. En vez de eso, me concentro en mi plato.

Como despacio. La comida está buena, pero es el silencio lo que me reconforta. No es incómodo. Tengo la sensación de que, si no tuviera nada que aportar, a Eros no le importaría en absoluto que estuviéramos juntos en el mismo cuarto durante horas sin hablar. Puede que finja ser un mujeriego despampanante, pero no habla por los codos con el único propósito de escucharse hablar.

Siempre me ha gustado el silencio. Creo que se debe a que he vivido con tres hermanas y una madre que no callan nunca. Hablan cuando están felices, tristes, enfadadas o incluso aburridas. Nadie en mi familia se sentiría cómoda comiendo sin llenar la estancia con su verborrea. A veces es reconfortante, pero llegado a cierto nivel de estrés, se convierte en un agobio. Me gusta que Eros no sienta la misma necesidad. Hace que este espacio casi me parezca seguro.

Desde luego, esa es una sensación que no me puedo permitir.

Me apresuro a darle un sorbo al vino. Como Eros está con ánimos de compartir sus sentimientos, hay algo que necesito saber desesperadamente. Ahora me parece tan buen momento como cualquier otro para preguntárselo.

—Me gustaría hacerte una pregunta.

—No te aseguro querer contestarte.

Es lo justo. Paso la saliva con dificultad.

—¿Por qué lo haces? Todo lo que tu madre te ordena. No es la primera vez que te ha pedido la cabeza de alguien.

—El corazón.

Parpadeo.

—¿Qué?

—Que no me pidió tu cabeza, sino tu corazón. —Se mete otro bocado en la boca sin mirarme.

No sé cómo, pero sé que no habla de forma metafórica. La idea casi me arranca una carcajada, pero consigo guardarme el sonido histérico.

—Tu madre es una desgraciada.

—Miren quién lo dice

Empiezo a discutir, pero la verdad es que Deméter es tan conspiradora y ambiciosa como Afrodita. No me cabe duda de que Afrodita dejaría que la mitad de Olimpo se muriera de hambre a cambio de un buen premio, y mi madre es responsable de que varios individuos desaparecieran de forma misteriosa. Puede que no haya cadáveres ni investigaciones por asesinato, pero estoy segura de que es cosa suya. Deméter solo dedica más mimo a asegurarse de que sus pecados no se le puedan atribuir tan fácilmente como a Afrodita. Alzo la copa de vino.

—Tines razón. Pero eso no es una respuesta.

Se encoge de hombros.

—Empezó de la noche a la mañana. Quería que le destruyera la vida al anterior Apolo. Por aquel entonces yo tenía diecisiete años.

Casi se me cae la copa de la sorpresa.

—¿Eso fue cosa tuya?

—Sí —contesta sin rastro de fanfarronería u orgullo. Solo está aclarando un hecho—. Tampoco es que manipulara las cosas, pero yo iba a clase con Dafne. —Se le oscurecen los ojos—. Estaba en una situación complicada y sabía que nadie creería su palabra antes que la de Apolo a no ser que hubiera pruebas.

Por aquel entonces yo no vivía en Olimpo, pero me conozco la historia de sobra. El antiguo Apolo hizo enojar a Afrodita por lo que fuera y lo siguiente que se supo de él fue que se filtraron de manera anónima unas fotos suyas con una chica menor de edad (Dafne) en todas las páginas de chismes. Ahora que sé esto, soy consciente del cuidado con el que escogieron las fotos. Eran lo bastante explícitas para que nadie pudiera negar lo que estaba ocurriendo, pero Dafne llevaba lencería.

—Y ¿esas fotos ya existían de antes?

¿O es que dos adolescentes se juntaron para ponerlas en escena?

—Sí. —No me mira—. Las consiguió del celular de Apolo en cuanto decidimos cómo íbamos a proceder. No fue lo ideal, pero no volvió a molestarla y a mi madre le alegró ver cómo castigaban a Apolo.

Olimpo no tiene muchos linajes, sobre todo si hablamos de los Trece, pero Dafne es la prima de Artemisa y eso provocó un infierno como nunca antes se había visto en esta ciudad. Artemisa exigió su cabeza y, cuando el antiguo Zeus no estuvo dispuesto a llegar tan lejos, esta consiguió el apoyo de Atenea, Hefesto, Poseidón y, por supuesto, Afrodita. Incluso Zeus se vio obligado a intervenir al ver a los cinco en su contra. No mató a Apolo, pero se unió al resto de los Trece y le arrebató su título.

Dos semanas después, encontraron su cuerpo en el río Estigia. Las malas lenguas dicen que Artemisa fue la responsable, pero cualquier prueba se la llevó la corriente y jamás encontraron a quien lo asesinó. Aunque hicieron muchos esfuerzos por buscar respuestas.

Miro fijamente a Eros.

—¿Fue a ti a quien se le ocurrió la idea de publicar las fotos? ¿A los diecisiete?

Otra vez se vuelve a encoger de hombros, cosa que significa todo y nada al mismo tiempo.

—Como ya te he dicho, era la única manera.

La única manera de efectuar el castigo de Afrodita.

La única manera de ayudar a Dafne a escapar de aquella situación.

—Pero...

Suspira.

—Pero ¿qué?

—¿Cómo pasaste de ayudar a gente como Dafne a matarla?

—De la misma forma en la que hierves viva a una rana. —Parpadeo y se explica—. Poco a poco. La primera persona a la que maté fue un hombre que amenazaba a mi madre. —Contempla su tenedor como si contuviera todos los misterios del universo—. En retrospectiva, era una amenaza de verdad. Creo que era un antiguo amante, pero acabó volviéndose un acosador y se le fue de las manos, hasta que llegó a un punto en el que ella estaba asustada de verdad. Mi madre y Ares no se llevan bien, por lo que él no iba a enviar a su gente a protegerla. Por eso me encargué yo.

No hago hincapié en que Afrodita es más que capaz de contratar a su propio equipo de seguridad. Eros es inteligente. Ya lo sabe.

—¿Cuántos años tenías?

—Diecinueve.

Se me rompe el corazón por él, tanto por su yo actual como por el chico que era.

—Lo siento.

—Da igual. —Se encoge de hombros, pero está demasiado rígido para resultar convincente—. Para cuando me di cuenta de que aquellos que «amenazaban» a mi madre no eran verdaderas amenazas, ya tenía el alma tan corrompida que no podía dar marcha atrás. Solo me quedaba seguir adelante. —No sé qué estoy haciendo con la cara, pero niega con la cabeza—. No te compadezcas de mí, Psique. Todo lo que he hecho jamás me ha quitado el sueño, ya fuera a gente inocente o culpable. Soy la misma clase de monstruo que ella.

Lo sé. De verdad que lo sé. Pero no puedo evitar odiarla todavía más por entrenarlo para que fuera el que arreglara todos sus desastres. Dice que empezó cuando tenía diecisiete años, pero yo sé que no es así. Para conseguir que llegara al punto en el que estuviera dispuesto a actuar en su nombre, debería de haber empezado desde que era más joven.

—Eres su hijo. Es horrible que te utilizara de esa forma.

—Esto es Olimpo. Hay más mal que bien. Así son las cosas.

Sé que tiene razón, pero eso no detiene la oleada de resentimiento que noto. Ninguno de los dos ha elegido su papel. Él ha hecho cosas imperdonables por petición de su madre. Puede que fuera un niño cuando todo empezó, pero ya no lo es. Podría haberse detenido cuando quisiera.

«Paró por mí.»

Pisoteo ese pensamiento antes de que me haga descarrilar. Es demasiado tentador, demasiado seductor. Eros ya ha admitido que tenía sus propias razones para proporcionarme la opción del matrimonio en vez de la de la muerte. Sí, me desea, pero eso no es suficiente para rebelarse contra su madre. No puede serlo.

Lo mejor será no darle más vueltas.

Jugueteo con la comida en el plato. Sigue empeñado en diferenciarnos, en recordarme que es un ser humano horrible y que yo soy... La verdad es que no estoy segura. ¿Buena persona? Me parece chistoso. Yo he tomado decisiones muy complicadas desde mi llegada a Olimpo, he hecho demasiadas cosas mezquinas, egoístas y malas.

Es más... No quiero que Eros se sienta como que está al margen. No he matado a nadie, pero eso no quiere decir que sea una santa.

—Puede que no me consideres un monstruo, pero tampoco creas que soy del todo inocente.

Sonríe como si me estuviera consintiendo.

—¿No me digas?

Me lanzo a hablar antes de cambiar de idea:

—¿Te acuerdas de cuando en *Las Musas de Hoy* publicaron la grabación de Ares criticando a los hijos de Zeus y diciendo que eran todos unos fracasados?

La perplejidad en la cara de Eros hace que la confesión haya valido la pena. Se reclina en la silla y sonríe de oreja a oreja, la admiración centellea en sus ojos azules.

—¿Esa fuiste tú? Siempre me había preguntado quién fue. Pensaba que habría sido Helena, tiene su toque, pero me juró y perjuró que ella no había tenido nada que ver. Ese audio fue el único responsable de abrir una brecha entre la alianza de Zeus y Ares de la que jamás consiguieron recuperarse.

Lo sé. Ojalá pudiera decir que fue uno de mis objetivos cuando lo planeé, pero la realidad es mucho menos ambiciosa.

—No dejaba en paz a Eurídice. La perseguía por las fiestas de Zeus y la acorralaba en cuanto se le presentaba la oportunidad. Nadie hacía nada por ayudarla, ni siquiera mi madre. No hacía más que hablar de lo útil que le resultaría a nuestra familia una alianza con Ares. —Las palabras me dejan un sabor amargo en la boca. Quiero a mi madre, pero a veces hace gala de un egoísmo imperdonable—. El matrimonio con Ares habría matado a Eurídice. Igual no de forma literal, pero ese toque que tiene tan suyo se hubiera marchitado y desaparecido. No es como mis otras hermanas, es dulce. Quería darle la oportunidad de preservar esa cualidad el mayor tiempo posible.

Su expresión se torna seria.

—Pues creo que no le has hecho ningún favor, la verdad.

La tristeza me arrolla.

—Nos estamos dando cuenta ahora. —Todos tenemos que crecer y enfrentarnos a la realidad de la vida en Olimpo tarde o temprano, y no puedo evitar preguntarme si deberíamos haberle quitado la venda de los ojos antes a mi hermana. Quizá no se hubiera enamorado de Orfeo y no le hubieran roto el corazón. Quizá lo hubiera visto por lo que es, un artista caprichoso en búsqueda constante de una musa. Puede que ella le sirviera durante un tiempo, pero jamás hubiera sido algo duradero—. Todos tenemos que aprender la lección con el tiempo.

—Unos antes que otros. —Eros inclina su copa de vino mientras contempla el líquido rojo agitarse en su interior—. Tú nunca has dado un paso en falso.

Casi me echo a reír.

—Muchas veces. A pesar de las advertencias de mi madre, estaba segura de que Olimpo no sería tan cruel como ella afirmaba. Me equivocaba.

Esas dos palabras abarcan demasiadas cosas. «Me equivocaba.»

Al principio, son las personas más amables que has conocido. Bueno, no, los otros hijos de los Trece no; ellos nos evitaban como a la peste. Hablo de aquellos que están un poco por debajo de los linajes poderosos. Tan amables... Tan empalagosos... Al menos hasta que oí a mis supuestos amigos hablar de lo mucho que les repugnaba mi cuerpo, mi aspecto, mi comportamiento de pueblerina. Pensaban que me parecería más a Helena, a Perseo o a cualquier otro hijo popular de los Trece. Yo era una pérdida de tiempo y un desecho.

Después de eso, dejé de intentar hacer amigos. Fue la primera vez que me di cuenta de que igual mi madre no se equivocaba con la manera en la que trataba a la gente que no era de la familia. No podías confiar en nadie. En vez de eso, se separaban en dos categorías: enemigos en potencia o aliados en potencia.

Las lecciones que aprendí en esta ciudad siempre me hicieron daño y, por mucho que hayan pasado los años, ese dolor no ha disminuido. Deseo con todas mis fuerzas que esta situación con Eros no sea otra lección complicada que esté destinada a aprender a base de sufrimiento.

EROS

Hace un frío que congela. Yo soy una criatura de verano. Prefiero los días calurosos y con calima en los que el sol brilla en lo alto del cielo hasta bien entrada la noche, la gente se pasea por la ciudad con poca ropa encima, y el viento no me hace daño en la cara. Si hubiera podido elegir, hubiera preferido cualquier otra actividad que salir a caminar al aire libre por los jardines del distrito universitario.

A pesar de eso...

No puedo evitar apreciar lo bien que le quedan a Psique las mallas forradas de borreguito, el holgado suéter de lana, las botas y un abrigo muy grueso. A eso hay que añadirle un gorro de lana que combina con el suéter; Psique está guapísima. Tan sólo con verla me dan ganas de llevarla a rastras a mi casa, a nuestra casa, y quitarle toda esa ropa, prenda por prenda.

Se recuesta sobre mi brazo y me sonríe como si fuera su persona favorita del mundo y, por un momento, se me olvida que esto es puro show.

Me lo recuerda el clic de una cámara que suena cerca de nosotros.

Le sonrío con calidez y me resulta demasiado sencillo convencerme de que el rubor de sus mejillas se debe a mí, y no al aire helado del día.

—¿No pudimos buscar un rincón más cálido en el que pudiéramos demostrar lo locamente enamorados que estamos?

La sonrisa no flaquea ni un solo nanosegundo. Se apoya sobre mí y me contesta bajando el tono también:

—Al aire libre es más fácil fingir que no vemos que nos están siguiendo. —Suelta una risita—. Además, me gusta pasear por los jardines en invierno.

Miro a nuestro alrededor. Alguna de las antiguas Atenea decidió que el distrito universitario necesitaba urgentemente un enorme parque para que el alumnado y los profesores pasaran el rato. En la otra punta del parque hay un invernadero gigante, pero al parecer Psique está empeñada en recorrer todos los caminos de los jardines salvo el que nos lleva hasta allí.

—No te entiendo. Si no hay nada que ver. Está todo muerto.

—¡Eros! —Me da un golpecito en el brazo con la mano que tiene libre—. Qué visión más pesimista. El parque no está muerto. Está dormido.

Miro lo que parecen ser unas ramas sin hojas tiradas en el lado izquierdo de un camino empedrado.

—Pues a mí me parece que está muerto.

—Para ser alguien que se topa de vez en cuando con la muerte, cualquiera pensaría que la reconocerías más fácil al verla. —Lo dice con indiferencia, como si no se percatara de los dardos que me lanza con cada palabra.

Soy un asesino, y tiene que tenerlo bien presente.

—Psique...

—Es una advertencia. —No me está mirando a mí. Está examinando las ramas como si guardaran los secretos del universo—. Nada es para siempre. Ni la hibernación durante el invierno, ni tampoco el hermoso florecer del verano. Hay temporadas para todo.

No hace falta ser muy listo para entender que no está hablando del parque. Está hablando de sí misma. Le rodeo la cintura con un brazo y la estrecho contra mí. Estaremos fingiendo para los casi visibles reporteros que nos siguen, pero la verdad es que me gusta tocarla. Aunque me encantaría quedarnos en la seguridad de nuestro ático y seguir trabajando para convencerla de que se desnude para mí, no pienso dejar pasar la oportunidad de profundizar en el misterio que es Psique.

—Da la impresión de que todas tus hermanas tienen una especie de meta en lo que a Olimpo se refiere.

—¿Ah, sí?

Casi volteamos al mismo tiempo y seguimos con nuestro paseo por el camino adentrándonos más en el jardín dormido.

—Si nadie la detuviera, Calisto incendiaría la ciudad. Eurídice busca el amor, con lecciones o sin ellas. Y yo pensaba que Perséfone saldría huyendo de Olimpo.

—Las circunstancias han cambiado.

Las circunstancias. Una extraña forma de decir que, en pocas palabras, Deméter vendió a Perséfone para que se casara con el anterior Zeus, y la envió a los brazos de Hades al otro lado del río Estigia. Pero la constricción que detecto en la voz de Psique me obliga a no decirlo en voz alta. Da igual. La verdad es que no quiero hablar de sus hermanas. Quiero hablar de ella.

—Eres la única a la que nunca he podido descifrar.

—¿En serio?

Le doy un ligero apretón.

—Sabes de sobra que sí. Si no te conociera, habría dicho que eras una versión mejorada de Deméter. No abordas las cosas como ella, pero sí comparten la astucia y la manipulación de las apariencias. —Psique se pone tensa, pero no la suelto—. No era una crítica. Solo un tonto pensaría que la sinceridad pueden evitar una puñalada en la espalda cuando tratas con los Trece y sus círculos más íntimos.

—A lo mejor soy justo lo que aparento ser. —Su voz suena con un toque de amargura—. Una *influencer* famosilla en busca de un marido rico y poderoso. Quizá te pusiste en bandeja de plata sin darte cuenta.

Me carcajeo. No puedo evitarlo.

—Si eso fuera verdad, eres mejor actriz de lo que pensaba.

—Gracias. —Se voltea entre mis brazos sonriéndome como si tuviese su corazón entre mis manos—. Es la hora de la operación foto, esposo mío.

«Esposo.»

Dioses, cómo me gusta. Me gusta muchísimo.

La agarro por las caderas y la acerco a mi cuerpo tanto como las capas de ropa que llevamos nos lo permiten. Nuestros alientos emergen de entre los labios en forma de vapor, pero no siento el frío por primera vez desde que nos bajamos del coche. ¿Cómo voy a sentirlo con Psique tan cerca de mí?

No fijo la avidez con la que tomo su boca. No finjo las ganas que tengo de ella. Puede que Psique sea una actriz estupenda, pero el ligero estremecimiento y la manera en la que se deshace entre mis brazos tampoco son fingidas. Ahora ya sé cómo suena, cómo luce y cómo se siente cuando se viene. Está fingiendo su anhelo tan poco como yo.

Me rodea el cuello con los brazos y desliza los dedos por la zona sensible de la nuca incluso mientras abre la boca y me deja entrar. Psique sabe al caramelo que se ha comido en el coche, a canela y especias, y se pasa de sexy. Me pierdo al notar el roce de su lengua contra la mía, al ver cómo encajamos a la perfección.

Es ella quien rompe el beso, y se aparta lo justo y necesario para dejar escapar una risita de felicidad sorprendente.

—Por los dioses, Eros. No puedes darme un beso así en público. Vas a meternos en problemas.

¿Real? ¿No?

Es imposible saberlo con seguridad. No cuando estoy a medio segundo de llevarla a rastras al invernadero y buscar un rincón privado donde hacer que se venga una vez, o tres. Pero no, no puedo hacer eso. Hay gente mirándonos, y los periodistas de Olimpo son implacables. Por muy enamorados que estemos ahora mismo, no pienso permitir que se publiquen unas fotos en las que salga con la mano dentro de las mallas de Psique.

Apoyo la frente en la suya, mientras intento recuperar el control de mi cuerpo.

—¿Soy yo el que nos va a meter en problemas?

—Sí. —Su sonrisa se suaviza un poco—. Es evidente que yo soy una transeúnte inocente.

Ese es el tema. No se equivoca del todo. Por lo general, no pierdo el tiempo pensando en la culpa, pero esa extraña sensación punzante que siento en mi interior debe de ser eso, la culpa; es como si alguien me clavara un puñal entre las costillas. Psique tenía sus propios planes antes de que mi madre decidiera castigarla, trastornada por un simple acto de bondad que Psique tuvo conmigo. Yo no formaba parte de esos planes. Que esté disfrutando de las ventajas de este matrimonio precipitado, que lo estoy, no cambia el hecho de que no era lo que ella había planeado.

—Lo siento. —No era mi intención pronunciar esas palabras, pero lo digo en serio. Seguramente por primera vez en mi vida—. Por todo.

—Mira, casi te creo. —Entrelaza un brazo con el mío y vamos por el camino—. Aunque ahora ya no importa. Vamos a sacarle el mayor provecho a la situación.

Caminamos un par de minutos en silencio. Es muy agradable, y al mirar el rostro de Psique deduzco que está perdida en sus pensamientos, muy lejos de aquí. Me da igual: dudo que se dé cuenta de la relevancia de la situación, pero yo sí.

Confía en mí.

Dejo que la información me arrolle, me mantenga a flote. No he hecho casi nada para ganarme la confianza de esta mujer. Bueno, sí, no la maté, pero eso es, literalmente, lo mínimo que haría cualquier ser humano; y ni siquiera puedo hacer como que tomé la decisión de no matarla por bondad. Fue un acto de egoísmo, como todo lo que he hecho en mi vida. La quería, y esta situación de mierda me ha proporcionado un modo de tomarla.

Y todo esto porque tuvo conmigo un pequeño detalle de amabilidad.

Me reiría si no sintiera esta puta opresión en el pecho. Es patético lo desesperado que estoy por cualquier muestra de cariño que, en cuanto alguien se me acerca y me ofrece una mano amiga en vez de comentarios mordaces, estoy dispuesto a ir al Inframundo y volver para conservar a esa persona en mi vida.

Si se hubiera quedado solo en lo de aquella primera noche, quizá podría haber reprimido mis más oscuros impulsos de atar a Psique y llevármela a mi casa como si fuera un dragón con su tesoro, pero, entonces, se presentó en esa reunión con la intención de volver a ayudarme. ¿Cómo iba a dejar que mi madre apagara una luz tan cautivadora?

No me merezco la confianza de Psique. Si fuera otra persona, esa confianza no hubiera sido más que un arma arrojadiza contra ella en el momento oportuno. Pero ¿siendo ella?

Quiero ganármela.

Puede que una buena forma de empezar a hacerlo sea ofrecerle un poco de mi confianza a cambio.

En cuanto el camino vuelve a bifurcarse, nos vamos de regreso al coche.

—Vamos a calentarnos un poco y a tomar algo.

—Se me había ocurrido...

Interrumpirla me resulta más complejo de lo que me esperaba.

—Me gustaría llevarte a un lugar.

—Ah, bueno —me contesta sorprendida.

No existe motivo que explique los nervios que siento en el estómago. No es que los lugares que frecuento sean un secreto, pero jamás se me había antojado compartirlos con otra persona. En Olimpo siempre se me conocerá como el arma más letal de Afrodita. Pero hay un par de sitios en los que me ven como a Eros. Eros... a secas.

Aunque sé que lo primero que Psique verá en mí será el peligro, hay una parte de mí que quiere que vea el resto de mi persona. Al hombre, por muy hecho mierda que esté. Psique me hace sentir... humano... de un modo que hacía mucho tiempo que no sentía. Que jamás he sentido.

Quiero que ella también me vea como a Eros a secas. Incluso aunque la idea me aterrorice a niveles que no estoy preparado para afrontar. ¿Cómo no va a apartarse de mí si ve más allá del personaje intocable que me he creado y conoce la dura realidad que esconde? Los trocitos rotos de mi persona que oculto, para que nadie los use en mi contra.

Cuando llegamos al coche, le abro la puerta y doy la vuelta hasta el asiento del conductor. Tres fotógrafos se están acercando a nosotros, y ya ni siquiera se esfuerzan por fingir que no son periodistas. Corren a toda prisa, y yo me comporto como un idiota, porque casi me llevo a dos por delante al dejar el estacionamiento.

—Sería estupendo no acabar en el calabozo detenidos —resopla Psique.

—Si fuera amable con ellos se darían cuenta de que aquí hay gato encerrado.

—Los dioses nos libren —contesta ella con una mirada traviesa iluminándole los ojos del color de las avellanas.

—Ya vas entendiendo.

Voy adelantando por las calles al resto de los coches, en dirección sur, a la zona de los teatros. Son un par de manzanas en las que hay tres teatros que ofrecen varias obras cada temporada. Puedo vivir perfectamente sin las actuaciones en vivo, pero los actores de Olimpo tienen una manera de ver la vida en la que todo les importa una puta mierda que no se encuentra con facilidad a esta orilla del río. Lo único que les preocupa es su jerarquía de poder, y mientras Atenea y Apolo les sigan pagando bien, no se preocupan por el resto de los Trece.

Mi madre en particular no le tiene mucho cariño a esta zona. Le gusta el teatro y a lo largo de los años me ha arrastrado a una infinidad de obras tratando de inculcarme algo de cultura, pero todo empezaba y terminaba con dichas obras. Mi madre nunca se queda después de que bajan el telón y, por ende, para mí esta zona de la ciudad siempre ha sido una especie de refugio. Estando aquí nunca he tenido que preocuparme por si me encuentro con ella. Me estaciono en el diminuto estacionamiento que hay detrás de Las Bacantes y apago el motor.

Psique mira a través de la ventana.

—Una elección interesante.

—¿Has estado aquí ya?

—Tengo bono de temporada para el teatro —contesta negando con la cabeza—, pero después casi siempre nos vamos a algún lugar más cerca de casa a tomar algo.

Las Dimitriou pasan su tiempo entre el barrio de su madre y las calles colindantes a la torre Dodona, así que tiene todo el sentido del mundo que elijan lugares más conocidos para ellas para tomar algo.

Me bajo del coche, pero esta vez Psique no se espera a que le abra la puerta y se baja conmigo. Todavía percibo una arruguita en la zona del entrecejo.

—No creo que los periodistas pasen mucho tiempo por aquí.

—Pues no. —La tomo de la mano—. Pero la gente del mundo del teatro son unos chismosos de primera, así que nos echarán una mano.

—Entiendo. Astuto —contesta, y se le iluminan los ojos.

—Vivo para complacer.

Rodeamos el edificio y relajo el paso a propósito, mientras observo cómo Psique admira el exterior de Las Bacantes. Aquí, en la zona de los teatros, no aprecian mucho el estilo inmaculado que tanta gente estima en la zona alta de la ciudad. Prefieren la personalidad, y de eso Las Bacantes tiene a montones. La fachada exterior erosionada da la sensación de que el edificio lleva en esta zona desde tiempos inmemoriales, pero en realidad solo tiene veinte años de antigüedad, y la pintura lleva tan descolorida desde que se construyó.

Le sostengo la puerta a Psique para que pase y la sigo hasta el bullicio del interior del bar. Se quita el abrigo al segundo de poner un pie dentro y, después de imitarla, le apoyo la mano en la parte baja de la espalda y la guío entre las mesas atiborradas de gente hasta el pequeño reservado de la esquina del fondo. Qué bien que esté libre, porque es el mejor lugar de todo el bar para observar todo lo que este puede ofrecer.

Deja que la haga pasar primero al reservado, mientras observa la pared con ojos enormes.

—¡Madre mía!

—Quien lleva el bar es todo un coleccionista. —Me acomodo en mi asiento y observo a Psique mientras repasa los objetos que atestan las paredes. Carteles nuevos bien brillantes de producciones en cartelera que comparten pared con otros ya deslucidos de hace décadas. Un estante estrecho rodea toda la habitación y está lleno de vitrinas que albergan toda clase de utilería y vestuario, todas y cada una de ellas con el nombre de la producción y el año del estreno etiquetados con mucho cuidado. De fondo suena la banda sonora de un musical que no reconozco.

Debería mantener la boca cerrada y dejar que procese todo lo que la rodea, pero no puedo contenerme:

—Hay mucha gente a esta hora, pero tendrías que verlo después de las funciones nocturnas. Vienen los actores, las actrices y el personal técnico; la mitad de la gente lleva todavía el maquillaje de la obra, y es un desmadre. Nunca he visto nada parecido a la energía que traen. Supongo que las funciones están bien, pero ver el después resulta un tanto mágico.

Por fin desvía la mirada de un vestido blanco con un diseño particularmente complejo y me mira.

—Me gustaría venir algún día y verlo.

—Vendremos. —Es una promesa pequeñita, fácil de cumplir, pero eso no cambia el hecho de que para mí sea algo grande.

—Este lugar es importante para ti.

Cómo no, se ha dado cuenta enseguida. Es demasiado lista como para no leer entre líneas, y he elegido venir a este sitio a propósito para poder compartirlo con ella. Le quito el gorro y lo dejo encima de la pila que hemos formado con nuestros abrigos al otro lado del reservado. Tiene el pelo un poco encrespado, pero me gusta.

—Sí, es importante para mí.

—Gracias por traerme. —Esboza una ligera sonrisa y se alisa el pelo—. Gracias por compartirlo conmigo.

Siento una opresión enorme en el pecho, pero no puedo quitar la mirada de esa sonrisa de felicidad.

—Tú has compartido los jardines conmigo. Y tienen un significado especial para ti, ¿no? Como una especie de refugio.

—No sé si yo usaría la palabra *refugio*... —Suspira—. Está bien, te estoy mintiendo. Perdona, es la costumbre. —Psique sacude la cabeza y parece arrepentida—. Sí, los jardines son especiales para mí. No es ningún secreto que voy allí de vez en cuando, pero lo hago porque me recuerda un poco a la vida que teníamos antes de mudarnos a la ciudad. No se parece en nada a la granja, claro, pero me tranquiliza ver las cosas crecer.

La opresión del pecho se intensifica hasta que casi me impide respirar.

—Para mí este lugar es igual. Aquí a nadie le importa una mierda quién soy o quién es mi madre. Puedo relajarme todo lo que una persona puede relajarse en Olimpo.

Psique abre la boca para decir algo, pero la interrumpe la mesera, una latina alta con el pelo oscuro lleno de canas, que se acerca a nosotros con una sonrisa.

—¿Qué les gustaría tomar?

Yo pido mi vino tinto favorito y Psique una copa de bourbon. Me atrapa con las cejas levantadas ante su petición, y se sonroja.

—Es la bebida perfecta para el invierno.

—No seré yo quien lo discuta. —No soy tan tonto como para hacer conjeturas basándome en lo que pide la gente para beber, pero no puedo evitar sorprenderme. Por lo que he visto, Psique no parece de las que salen mucho de fiesta, pero, cuando bebe, pide una clase especial de cóctel—. Normalmente no bebes bourbon.

—Corrección: normalmente no bebo bourbon en público. —Me brinda una sonrisa algo agridulce—. Forma parte del rollo del personaje público. A la Psique pública le gustan las bebidas con frutas y el vino, según el momento del día.

—Es asombroso lo mucho que has trabajado tu imagen pública —contesto sacudiendo la cabeza—. Es un cumplido.

—Gracias —me dice encogiéndose de hombros—. Era necesario hacerlo. Tú mejor que nadie debes entender lo mucho que te puede ayudar la coraza de un buen personaje público.

—Sí. —Contemplo la sala. El instinto me dice que deje el tema, pero lo ignoro. No la he traído hasta aquí para ahora no profundizar la plática—. Cuando te odian, es más fácil fingir que no te odian a ti, sino a tu versión pública.

—Justo, sí.

—¿Estás dispuesta a hacer un poco a un lado al personaje público conmigo? —pregunto mirándola.

—Es una ocasión especial. —Esboza una lenta sonrisa—. Y además me gano un buen dinero con el patrocinio de varias empresas vinícolas. No me vendrá mal sumar un par de patrocinios de marcas de bourbon a mi haber si nos toman alguna foto aquí.

Nos está llevando a un terreno más seguro a propósito. Y se lo agradezco. En este preciso momento tengo la sensación de que estoy caminando por putas arenas movedizas. Pienso en cualquier comentario que no nos lleve de nuevo a las profundidades.

—No solo cuentas con el patrocinio de empresas vinícolas.

—No, la verdad es que no —contesta y sonríe ampliamente.

Es probable que esa sea otra de las razones por las que mi madre la tomó como objetivo. Es muy buena en lo que hace, incluso mejor que Afrodita. Y Psique no tiene detrás un grupo de personas a las que paga única y exclusivamente para hacerla quedar bien.

La mesera regresa con nuestras bebidas y nos deja la carta de aperitivos antes de irse a recorrer el montón de mesas que hay ocupadas. En el bar hay dos grupos de personas, y se están esforzando un muchísimo en fingir que no nos están vigilando de cerca, pero no dejan de juntarse y susurrar mientras nos lanzan miradas discretas. No tengo la menor duda de que varias fotos nuestras adornarán sus redes sociales tarde o temprano.

Miro cómo Psique le da un sorbo a su copa y se estremece, mientras el rubor de sus mejillas se intensifica. Un calor automático me embarga.

—El bourbon te sienta bien.

—Eros... —Se inclina hacia mí con un gesto de felicidad a pesar de lo cortantes que son sus palabras—. No es necesario que hagas esa clase de comentarios. Nadie puede oírte.

Bajo la cabeza hasta que casi le rozo la oreja con los labios.

—No los hago porque me importe quién nos está escuchando. Los hago porque es la verdad.

—Sí, cómo no, Eros.

Me echo hacia atrás lo suficiente como para mirarla a los ojos. En mi mente se reproduce la conversación que hemos tenido esta mañana. Los dos estábamos más que un poco fuera de control, más que solo un poco nerviosos por lo rápido que las cosas se han puesto intensas. La decisión más inteligente sería poner el freno, darnos espacio el uno al otro para fortalecer nuestros muros de defensa.

A la mierda con todo.

—Psique, ¿alguna vez te han seducido? Pero de verdad.

Se humedece los labios con la lengua.

—Depende de lo que entiendas por *seducir*.

—Eso es un no.

—De acuerdo, no —contesta poniéndome mala cara.

Le lanzo una sonrisa lenta y disfruto cómo se estremece a modo de respuesta.

—Estás a punto de vivirlo.

PSIQUE

Eros es peligroso de mil maneras distintas, pero sobre todo lo es cuando me sonríe como está haciendo ahora mismo. Como si estuviéramos compartiendo un secreto, como si entre nosotros existiera intimidad. Me cuesta recordar que todo esto es falso. Sí, el deseo que hay entre nosotros es real, pero no es más que otra herramienta para convencer a la gente de nuestra historia. Es un efecto secundario, no el objetivo principal.

¿Que si alguna vez me han seducido?

Me quiero reír en su cara. En Olimpo habrían estado encantados de hundirme si me hubiera dejado seducir de alguna forma que no fuera en secreto. Puede que el resto del mundo haya dejado atrás la opinión arcaica de que el valor de una mujer está ligada a la virginidad, pero en esta ciudad no. Por lo menos, no en la zona alta. Después de mi primera experiencia romántica desastrosa, he llevado las demás en secreto. Una destrucción mutua asegurada, al menos con mis parejas femeninas. Cuando pasas tanto tiempo citándote a escondidas no hay mucho tiempo para la seducción.

Que Eros me seduzca creo que sería como saltar de un avión. Podría acabar con un aterrizaje perfecto... o con el abrazo devastador de la gravedad. No puedo arriesgarme.

Doy un sorbo demasiado largo al bourbon y tengo que darle la espalda a Eros cuando me pongo a toser por el fuego que me quema la garganta y los pulmones.

—Ay, dioses.

—Ellos no tienen nada que ver con esto. —Su voz mantiene ese tono grave, el mismo que usa cuando lo tengo dentro—. Psique, mírame.

Un sentimiento que por desgracia se parece mucho a la desesperación me golpea como un látigo. Me aferro al primer tema de conversación que se me ocurre, uno que vaya a distraerme del hechizo que este hombre está tejiendo a mi alrededor con nada más que su presencia.

—Me sorprende que tu madre no haya dado ya el primer paso.

Su sonrisa no se ensombrece, pero el fuego desaparece de sus ojos. Juguetea con un mechón de mi melena sin apartar la cabeza de la mía.

—Veré qué puedo averiguar sobre ella esta noche cuando volvamos a casa. Es imposible que no haya empezado ya a planear algo, es solo que aún no hemos visto nada que lo demuestre.

«A casa.»

Vaya, eso sí me aterroriza. La casa de mi madre ha sido lo que siempre he considerado mi casa. Cuando acepté este matrimonio, jamás se me ocurrió que empezaría a pensar en el ático de Eros como mi hogar también. Y mucho menos que ocurriría así de rápido.

«Céntrate en lo que sea menos en eso.»

—Debes de tener alguna teoría acerca de sus planes. No es la primera vez que la ayudas con algo parecido.

Tengo que recordarme que no debo enamorarme de este hombre bajo ninguna circunstancia. Sin importar lo mucho que disfrute de lo que hacemos en la cama. Sin importar lo mucho que esté empezando a apreciar su sentido del humor sarcástico y su agudeza. Sin importar lo mucho que me atraiga cuando deja entrever su vulnerabilidad en los momentos más inesperados. De hecho, todas estas características lo convierten en una amenaza mayor, porque corro el peligro de olvidar cuál es el camino que nos ha llevado a este punto.

Suspira.

—Sospecho que intentará apartarte de mi vida antes. Hará correr algún tipo de rumor para socavar la historia de amor que estamos construyendo, para sugerir que te has involucrado conmigo con segundas intenciones. Cosa que, por supuesto, me dejará a mí fatal, pero supongo que está tan furiosa que le da igual. —No sé qué cara he puesto, pero suspira y se explica—: Puede que sea un monstruo temperamental, pero es lista. Sabe que yo no habría llegado tan lejos si no lo quisiera... A no ser que te quisiera a ti. Intentará envenenar nuestra relación primero para que te deje por voluntad propia. No es que mi madre tenga un gran corazón, pero, en el pedacito que aún le queda, se preocupa por mí.

«¿Estás seguro?»

No lo pregunto en voz alta. No es necesario ser cruel y él ya ha sufrido mucho por comportamientos así, no hace falta que yo eche más leña al fuego. Una madre que se preocupa por su hijo no lo usa como arma. Eros no se ha convertido en lo que es por arte de magia, alguien ha tenido que enseñarle. Y apuesto lo que sea a que Afrodita se lo ha facilitado. No sé cuándo empezó todo, pero, si ya estaba arruinando vidas a los diecisiete, significa que empezó cuando era muy joven. Mientras seguía siendo impresionable y estaba bajo sus cuidados. ¿Qué clase de madre pone sus ambiciones por encima del bienestar mental y sentimental de su hijo?

Bueno, ya he obtenido mi respuesta, ¿no?

La clase de madre que es Afrodita.

Investigar la infancia de Eros para eliminar la poca fe que le sigue teniendo a su madre no es cosa mía. No cambiará nada en nuestra situación actual... y no puedo ignorar la sospecha de que le haría daño. En vez de eso, miro las cosas desde un ángulo distinto.

—Tengo mi propio dinero. ¿Qué otra razón iba a tener para seducir a alguien tan dulce e inocente como tú para que te cases conmigo?

—La venganza es la más creíble, sobre todo si se corre la voz de que tu madre fue quien te lo ordenó.

—La poderosa Deméter envía a su hija a meterse en la cama del hijo de su enemiga solo para darle a Afrodita donde más le duele. —Es muy retorcido, pero, si la historia tiene el gancho suficiente, puede que Afrodita se salga con la suya. En teoría. Enarco las cejas—. ¿Quién va a creer que tú, el mujeriego más adorado de Olimpo, te has enamorado tanto de mí que te has vuelto loco y me has puesto un anillo en el dedo?

Conozco mis puntos fuertes, pero a Olimpo lo único que le importa es lo superficial, lo brillante. Verán lo que quieran ver, sobre todo si eso refuerza el aspecto que consideran que deberían tener el poder y la belleza.

Me agarra de la barbilla con ternura y me inclina la cabeza hacia arriba para que lo mire a los ojos.

—No lo sé, Psique. Carajo, ahora mismo me siento muy enamorado.

«¿Es real?»

«¿Es falso?»

No lo sé y eso me asusta. Casi tanto como me asusta lo mucho que deseo que sea verdad.

—Se te da de maravilla vender nuestro romance —comento al final.

Me acaricia el pómulo con el pulgar.

—Te he dado mi palabra. Nadie te hará daño mientras seas mía. Ni siquiera a tu reputación.

Muy absurdo de su parte enfocarse en eso. ¿Es que no le he dicho esta mañana que no le pertenezco a nadie más que a mí misma?

—No soy tuya.

—Ese anillo que llevas en el dedo dice lo contrario.

Casi se me había olvidado el anillo. No, eso es mentira. Siento su presencia, como si pesara mucho más de lo que puedo soportar. Cada vez que me roza la piel, cada vez que el diamante refleja la luz, me recuerda lo que he hecho.

El anillo no tiene nada que envidiarle a la impresionante cara de Eros. No puedo apartar los ojos de él.

—Según esa lógica, el anillo que llevas tú en el dedo hace que seas mío.

—Sí. —Suena muy satisfecho con mi afirmación—. Soy tuyo, Psique. ¿Qué vas a hacer conmigo?

La respuesta más inteligente sería terminar esta conversación. Recordarle que de ninguna de las maneras vamos a volver a meternos juntos en la cama a la primera oportunidad que tengamos. Que la única razón de ser de este matrimonio es que mi vida corre peligro, ya está. Me cuesta recordarlo mientras estamos aquí, en la intimidad que nos da esta mesa dentro de un pequeño bar al que Eros me ha traído porque le gusta. Porque aquí se siente seguro.

—¿Traes aquí a todas tus conquistas? —Lanzo las palabras como una jabalina, desesperada por poner algo de espacio entre nosotros, aunque sea sentimental.

No se aparta.

—Aquí no traigo a nadie. No en ese sentido. Helena o Hermes han venido alguna vez a tomarse algo conmigo. Perseo también se apuntaba cuando éramos más jóvenes, pero, como te he dicho antes, esto es... —Por fin aparta la mirada, estudia el bar con una expresión inusual en el rostro—. Es un lugar seguro. Tan seguro como puede estar uno en Olimpo.

Sigo la dirección de su mirada, la culpa cierra sus húmedas garras alrededor de mi garganta. Descubro tres celulares distintos apuntando hacia nosotros.

—Lo siento.

—¿Por qué?

—Porque nunca he visto una foto tuya aquí y mira ahora. Es todo culpa mía.

Curva un poco los labios.

—Sabía lo que iba a pasar cuando escogí este lugar. No tienes que disculparte por nada.

En vez de disiparse, mi culpa se intensifica.

—Seguro que no tienes muchos sitios en los que te sientas a salvo en esta ciudad, no como para permitirte renunciar a este.

Su sonrisita desaparece. Me escudriña el rostro.

—¿Estás preocupada? ¿Por mí?

—Sí. —No puedo apartar la mirada, no puedo romper la intimidad creciente de este momento. Creía que sabía lo que estaba pasando, pero ya no estoy tan segura—. Sé lo agotador que puede llegar a ser no bajar nunca la guardia y este es un lugar especial que te permite hacerlo más allá de las paredes de tu casa. No deberías haberlo sacrificado. No por esto. No por mí.

Me acuna la mandíbula y me acaricia la mejilla con el pulgar.

—Estás preocupada por mí de verdad.

Lo que no entiendo es que él no lo esté. Puedo contar con los dedos de una mano los espacios públicos en los que me siento segura, donde puedo ser yo misma, y me seguirían sobrando casi todos los dedos. Perder uno me resultaría devastador en muchos sentidos.

—Lo siento. Si lo hubiera sabido...

—Psique —mueve la mano al lugar en el que se encuentran el cuello y el hombro. Me toca con ternura, pero sigue siendo posesivo—, que hayamos venido aquí no significa que no pueda volver nunca más. No tienes que sentirte culpable por nada.

¿Cómo es posible que no entienda lo que implica? Me humedezco los labios mientras intento pensar cómo explicárselo.

—En cuanto esas fotos salgan a la luz, le darás a la zona alta lo que más ansía por encima de todas las cosas: novedad. La gente vendrá en masa a este bar, la mayoría con la esperanza de poder interactuar contigo o tus amigos cercanos. Se convertirá en el nuevo local de moda y eso cambiará la naturaleza fundamental de este sitio.

He sido testigo de ello antes. He sido la causante.

Se encoge de hombros.

—No durará para siempre y le proporcionará un aumento de ingresos a Las Bacantes mientras dure. Dentro de unos meses, cuando se den cuenta de que no me siento aquí como un tigre en su jaula, pasarán al siguiente lugar que se ponga de moda. —Se inclina para acercarse más a mí, sigue mirándome como si se divirtiera—. Y ese periodo de tiempo será más corto si nos ven frecuentando otros lugares.

—Pero...

—La próxima vez que volvamos, cuando ya haya pasado todo, nadie nos prestará ninguna atención. —Anticipa mi respuesta—. No soy la única persona que considera este lugar su refugio. A los actores y a los miembros del equipo técnico no les gustará que haya gente turisteando, así que no volverán a compartirlo en sus fotos. Al final, solo conseguiremos que el lugar sea más seguro a largo plazo.

Dejo que su lógica me inunde, que me tranquilice. La verdad es que, explicado así, tiene mucho sentido. Poco a poco, muy lentamente, la culpa se va esfumando.

—Ya veo.

—Me gusta que te preocupes por mí.

Me he metido en un gran problema. Si este hombre no me importa, no me valdría que hubiéramos puesto en peligro uno de sus refugios. Se supone que es mi enemigo, así que esto tendría que ser algo positivo, no algo que me haga sentir culpable. Empiezo a separarme de él, pero me aferra con un poco más de fuerza. Trago saliva con dificultad, intento convencerme de que las mariposas que siento son por el miedo, pero sé la verdad. Es deseo. Carajo, parece que todo lo que hace solo sirve para avivar el ansia que siento por él. Esto no iba a ser diferente.

Me humedezco los labios, soy tan consciente de cómo sigue el movimiento que duele. Tengo que poner algo de distancia entre nosotros y tengo que hacerlo ya. Si no me deja hacerlo físicamente, tendré que usar las palabras.

—No estoy preocupada por ti. Me das absolutamente igual.

—Mentirosa. —Se inclina hasta que nuestros labios se rozan—. Anda, dale un beso como los dioses mandan a tu nuevo esposo. Como no te importo, no tendrás que preocuparte por perder el control.

«Serás cabrón...»

Acepto el reto, ahogo la vocecita que me susurra que esta idea es incluso más imprudente que haberme casado con Eros. Lo agarro de la camisa y lo jalo para reducir la distancia que nos separa y así juntar nuestros labios. No hay preliminares, ningún roce delicado. Este beso es una batalla campal. Él busca conquistar y yo me niego a doblegarme. Dar, recibir, recibir y recibir. El alboroto de la estancia pasa a un segundo plano, ahogado por el zumbido en mis oídos. De hecho, el bar mismo parece desvanecerse. Solo existe Eros, el sabor a vino en su lengua y la sensación de su cuerpo pegado al mío. No es suficiente. No es suficiente ni de broma.

Alguien se aclara la garganta y yo me aparto de un salto. Por el calor que siento en la cara, tengo que estar como un jitomate, pero el deseo y el aturdimiento se esfuman de golpe en cuanto me percato de quién está plantada delante de nuestra mesa.

Afrodita.

Está impecable como siempre, su melena rubia y brillante le cae en una onda perfecta sobre los hombros, el maquillaje es discreto pero experto. Los labios pintados de color carmesí se curvan en una sonrisa que no le llega a los ojos. Qué curioso que no me hubiera dado cuenta antes de lo mucho que se parecen los gélidos ojos de Eros a los suyos. La única diferencia es que los de Afrodita jamás muestran ternura.

¿Qué está haciendo aquí?

Y ¿por qué ha venido en persona? No puede hacerse la inocente si se va a plantar aquí y complicar las cosas.

Eros se aparta de mí y tengo la extraña sensación de que lo ha hecho para tener espacio para maniobrar si hiciera falta. Sin embargo, me da la mano y entrelaza los dedos con los míos por debajo de la mesa.

—Madre.

—Hijo. —Ensancha la sonrisa como un depredador que huele a su presa—. Has estado evitando mis llamadas.

—Me casé ayer. Creo que tengo excusa. Tú mejor que nadie deberías saber que una boda puede ser muy absorbente.

—Mmm. —Se inclina hacia delante y me analiza con ojos críticos—. La verdad es que no entiendo por qué la has elegido a ella. En serio, habría aceptado a cualquier otra de las hermanas Dimitriou, incluso a la salvaje. Esta es... —Suelta una carcajada grave y ronca—. Bueno, mírala.

El insulto se me resbala. Llevo lidiando con sus diferentes versiones desde que llegué a Olimpo. No encajo en su estrecha definición de lo que es una belleza aceptable, y dentro de los círculos cercanos de los Trece muchos van por el insulto fácil y me atacan por mi peso siempre que interactuamos. Puedo contar con los dedos de una mano las personas cuya opinión respeto, y desde luego la de la desgraciada Afrodita no se encuentra entre ellas.

No obstante, Eros se tensa y su tono se vuelve gélido.

—Será mejor que te marches, Madre.

—No hasta que diga lo que pienso. —Coge la copa de vino de su hijo y le da un sorbito.

Se me escapa una risa a pesar de mis intentos. Qué poca imaginación tiene, de verdad. Cuando me lanza una mirada asesina, me siento obligada a explicarme solo para ver la cara que pone.

—¿Por qué no te levantas la falda y le orinas el pie? Conseguirás lo mismo.

—Eres una ordinaria.

—Yo prefiero sincera.

—Sinceramente, no me importa lo que prefieras.

Deja en la mesa la copa con un tintineo y justo en ese momento soy consciente de que todo el lugar nos mira con atención. Maravilloso.

No borro la sonrisa de la cara, por mucho que me cueste. No quiero sonreírle a esta mujer. Quiero lanzarle el bourbon a la cara y encender un cerillo. La gran intensidad de mis pensamientos violentos casi hace que pierda la concentración. No soy la clase de persona que se deja llevar por los sentimientos, pero tampoco he estado nunca sentada en una mesa frente a una persona que quiere mi corazón en bandeja, y no de forma figurada.

«La sangre le iría a juego con el labial.»

Afrodita mira a Eros, que sigue muy tenso, como si lo hubieran tallado en piedra.

—Supongo que todo hijo debe de tener una fase de rebeldía. Tú solo la has tenido tardía.

—Basta.

Ella lo ignora.

—A veces, es el deber de una madre salvar a sus hijos de sí mismos. —Afrodita se alisa el vestido—. Llevo limpiando los desastres de Eros desde que era un niño. Esto no es diferente.

«Los desastres de Eros.» Como si hubiera decidido lanzarse al lodo por voluntad propia y no lo hubiera empujado la única persona en esta puta ciudad que debería haberlo protegido. Ahora va a volver a hacerlo y va a fingir que le está haciendo un favor en vez de encargarse ella de sus objetivos egoístas.

Me atraviesa una furia que no he sentido jamás.

—Afrodita. —No levanto la voz, no me hace falta. Se detiene y me vuelve a mirar. No la hago esperar mucho—. Te equivocas al ignorar la voluntad de tu hijo. Si intentas arruinar mi reputación, eso le salpicará a él también.

—No hagas amenazas que no puedes cumplir, niñita. Ahora estás nadando con los peces gordos. —Su sonrisa se ensancha—. Tienes más cosas de las que preocuparte que de la reputación de mi hijo. Un viudo inspira toda clase de simpatías, sobre todo si lo engatusó una puta arribista.

«Un viudo.»

Se me cae la máscara.

—Pero estamos casados.

—Y ¿qué tiene eso que ver? —Pasa la mirada de uno a otro y se echa a reír—. Ay, mis dulces e inocentes niños. ¿De verdad creían que esa farsa de ceremonia bastaría para cambiar su destino? Si apenas se puede considerar un bache. Disfruta de mi hijo mientras puedas, Psique. Pronto se corregirá ese error.

Se da la vuelta y sale del bar mientras le siguen todas las miradas.

«Mierda.»

Eros suelta aire poco a poco.

—Maldita sea. —Se pone tenso—. Tenemos que salir de aquí. Ahora.

No borro la sonrisa de la cara porque volvemos a ser el centro de todas las atenciones.

—No podemos marcharnos aún.

—Psique.

—Somos una pareja feliz —anuncio despacio, todavía sonriendo—. Puede que tu madre no apruebe nuestro matrimonio, pero no es a ella a la que intentamos convencer.

—¿Qué dices de convencer? ¿A quién carajos le importa convencer a alguien? Acaba de decir que... —Toma aire y luego lo vuelve a hacer. Después de una pequeña eternidad, cuando estoy segura de que lo he perdido, relaja los hombros y vuelve a acomodarse en el reservado a mi lado. No dejo escapar un suspiro de alivio, pero casi. Eros levanta nuestras manos entrelazadas para darme un beso en los nudillos—. Te voy a proteger —murmura contra mi piel.

Que me ayuden los dioses, pero casi le creo. Pensaba que sabía lo que era el miedo en ese bar de mala muerte, cuando Eros se sentó frente a mí y me amenazó como si nada. Pero no se parece en nada a lo que siento ahora. Afrodita no va a darse por vencida. Quizá sí soy la niña dulce y simplona que me ha acusado de ser, porque es cierto que me ha dejado perpleja. Estaba preparada para salir al frente de batalla y defender mi reputación.

No pensé que siguiera con su plan de matarme.

—Se suponía que el matrimonio iba a cambiar las cosas.

—Pensé que así sería. —Las palabras suenan graves y tensas—. Pensé que sería suficiente para disuadirla. Pero no importa. Encontraremos la forma de salir adelante. Ahora me tienes a mí y ni de broma tengo intención de dejar que nadie te ponga un dedo encima.

Quiero creerle. Lo quiero con tanta desesperación que me pongo a temblar. Y por esa desesperación me obligo a decir:

—Nunca me has contado lo que ganas tú con todo esto. —Cuando se limita a mirarme, hago un gesto con la mano libre—. La boda, el engaño.

—Pensé que era evidente. —Vuelve a rozarme los nudillos con los labios—. A ti.

23

EROS

Pedimos una ronda más, después pago la cuenta y me llevo a Psique a casa. No se quita la fachada del personaje público ni un instante, pero veo el esfuerzo que tiene que hacer. Y todo por culpa de mi madre. Sabía que a la larga intentaría hacerle algo, pero ni yo me esperaba algo así. Su intención todavía es consumar el plan original. No sé si lo que la ha llevado al extremo ha sido mi boda con Psique, pero no habrá manera de convencerla para que cambie de parecer. Está empeñada en lanzarse contra todo y a arrastrarnos con ella en el proceso.

Psique no dice ni pío hasta que entramos en el ático y cerramos la puerta detrás de nosotros.

—Pensé que lo de la boda funcionaría.

—Yo también.

—¿De verdad? —No parece ella—. ¿O todo esto formaba parte del plan? Me amenazas, humillas a mi madre casándote conmigo y ¿luego me matas?

Su teoría me deja helado.

—No puedes pensar eso.

—No sé qué pensar. —Psique se pasa las manos por el pelo—. Pero supongo que tienes razón. Si tu intención hubiera sido quedarte viudo, Afrodita no tendría motivos para acorralarnos de esa manera. —Me mira y suaviza la expresión de su rostro—. Lo siento. Estoy tan enfocada en mí que no te he preguntado cómo estás tu.

Noto un nudo en la garganta, pero consigo tragármelo.

—No te preocupes por mí. No es a mí a quien están amenazando.

—Tu madre te acaba de pisotear como si fueras un niño. No te habrá hecho sentir bien.

La verdad es que no. Carajo, y vaya que no. Pero, bueno, me queda claro cuál es el papel que interpreto en la vida de mi madre. Ayudarla siempre con sus ambiciones, sus necesidades y sus caprichos. Puede que, de vez en cuando, tolere mis ofensivas, pero para ella soy una simple herramienta que puede agarrar y usar a su antojo.

—Mi madre es una criatura simple en lo que respecta a este tema —contesto suspirando—. Me colma de atenciones y elogios cuando hago exactamente lo que ella quiere, y me castiga cuando me desvío del camino. Al casarme contigo, me opuse a ella y sus deseos, así que toca castigo.

De entrada, me imagino que casi todos los padres tratarán así a sus hijos. La verdad, no tengo ni idea. Pero en el caso de mi madre resulta insidioso, carajo.

—Eros, eso es horrible.

Dejo que me invada su preocupación por mí. Es una sensación agradable, mucho más de lo que me merezco.

—Psique, no te preocupes por mí. Encontraremos la forma de superarlo.

Por un segundo tengo la sensación de que seguirá discutiéndomelo, indagando, pero se limita a asentir.

—Tenemos que hablar de cuáles serán nuestros próximos planes.

—Todavía no. —Le agarro la mano. Disfruto muchísimo tocándola, y ni siquiera de esa manera que se limita al sexo. Todavía me desconcierta un poco poder hacerlo cuando me dé la gana. Quizá esta intimidad despreocupada no sea gran cosa, pero es algo que no había vivido nunca. Es más, tocarla me relaja de un modo que no soy capaz de analizar—. Quiero enseñarte una cosa.

—Eros... —Suelta un suspiro de exasperación—. No creo que enseñarme el pene sea la solución a nuestros problemas.

—Ja, ja, qué graciosa. —La guio hasta la puerta cerrada que da a mi habitación del pánico y jalo a Psique para que se coloque ante mí—. Presta muchísima atención y memorízalo. —Tecleo el código despacio—. Repítemelo.

Psique lo repite sin un solo fallo, y pregunta:

—¿Qué es esto?

En vez de contestarle con palabras, abro la puerta y la hago pasar delante de mí. No dejo que se adentre mucho en la sala y la volteo para que quede mirando a la puerta.

—Está blindada. No podría atravesarla ni una bala de metralleta, al menos el tiempo suficiente para que llegue la gente de Ares. Y las paredes igual.

—Eso es mucha protección —contesta abriendo mucho los ojos.

—Es una habitación del pánico. Si por algún motivo estás sola en casa y te asustas, te metes aquí. Hay varios teléfonos de prepago con batería, así que puedes llamar para pedir ayuda. —Señalo la caja que hay cerca de la puerta, de un rojo brillante—. Con eso llamas a las fuerzas de Ares.

—¿No llamas a la policía? —pregunta abriendo todavía más los ojos.

—La policía es para los civiles. —Aunque me parece lógico que, en una situación así, en lo primero que piense sea en llamar a la policía. Su madre y el Ares actual no se llevan bien, así que es evidente que Deméter no pondría la seguridad de su familia en manos de las fuerzas militares privadas de Ares, aunque esa sea su función oficial. La mayoría de los Trece contratan una especie de seguridad privada para ellos y sus familias, pero por razones obvias no podemos confiar en los hombres de Afrodita. No, tiene que ser Ares.

—Supongo que tiene lógica —responde removiéndose un poco. Después, se voltea y observa el trío de monitores que tengo instalados alrededor de la silla, y en los archivadores.

—Esto no es solo una habitación del pánico.

—No, no lo es.

—Al darme acceso a todo esto estás confiando demasiado en mí —comenta mirándome.

Me encojo de hombros con una despreocupación que no siento.

—Te prometí que te mantendría a salvo. Y esa promesa incluye los momentos en los que no estamos juntos. Es uno de los lugares más seguros a esta orilla del río Estigia. Ni siquiera Hermes puede entrar aquí.

Ahora observa la habitación desde una nueva perspectiva.

—Sí que es seguro, entonces. Te juro que creo que esa mujer es medio fantasma y que se cuela por los conductos de ventilación.

—No es tan fascinante. Solo es una ladrona y una *hacker* de primera.

Ya lo era mucho antes de convertirse en Hermes, pero eso no es algo que sepa la gente. De hecho, la gente no sabe casi nada de ella. Tal como Hermes lo desea.

—Lo dices como si fueran amigos.

—Lo... somos. O todo lo amigos que se puede ser en esta ciudad.

—Olimpo sigue determinando nuestra vida —contesta ella con una sonrisa agridulce.

—Es nuestro hogar.

—Sí, supongo que sí. —Aprieta los labios como si no supiese bien qué decir—. Gracias por enseñarme todo esto. Te prometo que intentaré no aprovecharme.

Y eso me arranca una carcajada.

—Te agradezco tus esfuerzos por contenerte.

Volvemos al pasillo y la obligo a meter el código una y otra vez hasta que confirmo que podría hacerlo bajo presión. Lo repetiremos durante un par de días para estar seguros, pero es lo menos que puedo hacer por el momento. No ayuda mucho a combatir lo nervioso que me pongo al pensar en que el puñal de mi madre tiene a Psique como objetivo. Le prometí que con la boda cambiarían las cosas y, al final, no ha cambiado nada. Afrodita me ha hecho quedar como un mentiroso.

Acabamos tomándonos un tiempo para ponernos ropa más cómoda antes de regresar al salón para hablar de cuál será nuestra estrategia. Por mucho que no quiera el concepto que tiene Psique de «organización» desparramado por todo el dormitorio principal, una parte de mí odia el hecho de que tengamos armarios diferentes. Y no entiendo por qué diablos me pasa. Como ella ha comentado antes, muchas parejas tienen un cuarto para cada uno, y nuestra relación dista mucho de ser una relación tradicional.

Aun así...

Psique se sienta en la otra punta del sofá, y le concedo el espacio, pero estiro los brazos y le agarro los pies; los levanto y me los apoyo en el muslo. El ceño fruncido que luce en el rostro se convierte en un gesto de sorpresa cuando le agarro uno de los pies y empiezo a darle un masaje.

—Madre mía, ¿qué estás haciendo?

—Esas botas de tacón son sexis, pero parecen incómodas.

—Son incómodas, pero así es la vida de una *influencer*. —Se deja caer contra el sofá hasta acabar casi tumbada bocabajo—. No puedo pensar si estás haciendo eso.

Hundo el pulgar en el puente del pie, y le despierto un gemido que raya en lo sexual.

—Claro que sí. Tenemos que idear un nuevo plan.

Suelta otro gemidito y se reanima.

—Tiempo muerto.

—¿Qué? —pregunto quedándome inmóvil—. ¿Cómo que tiempo muerto? ¿Qué dices?

—Que... tiempo muerto. —Saca el celular con un gesto de concentración pura en el rostro—. ¿Puedes inclinar la cabeza un poco a la izquierda para que te dé la luz? Eso, así.

Confuso, dejo que me maneje como si fuera un muñeco de tamaño natural y que me tomé una foto. Gira la pantalla del celular sin que tenga que pedirle que me la enseñe. Está... muy bien. Salgo relajado y feliz, tumbado en el sofá con los pies de mi mujer en el regazo.

—Estas cosas se te dan genial.

—Ya llevo un tiempo haciéndolo, más me vale.

Empieza a teclear en el celular. No tendré toda su atención hasta que publique la foto, así que me acomodo y espero. No tarda mucho. Psique suspira y deja el teléfono a un lado para dedicarme toda su atención.

—El plan...

—No me refería a todo ese rollo de ser *influencer*, aunque también se te da bien. Lo decía por las fotos. ¿Alguna vez has usado una cámara de verdad?

—Pues no —responde encogiéndose de hombros—. A ver, he hecho sesiones de fotos y todo eso, pero hoy en día se pueden hacer maravillas con la cámara de un celular. Además, es como un desafío divertido hacer las fotos que quiero solo con el celular.

—Considérame impresionado.

Y lo estoy. Tengo la sensación de que lo único que le ofrezco al mundo es fealdad. Muerte y dolor. Nunca me había molestado, la verdad. Puede que la ciudad de Olimpo parezca espléndida a simple vista, pero la belleza es superficial. Cuando rascas un poco, lo único que se encuentra es podredumbre...

Aunque esa norma no parece aplicarse a la dueña de los pies que tengo en mi regazo. Psique ofrece belleza y optimismo al espacio que ocupa. Todos los pies de fotos que sube son inspiradores, hasta aquellos en los que admite no estar pasándola bien. Cuando empezó a causar sensación en Olimpo me parecía que eran una sarta de tonterías, pero, cuanto más tiempo paso con ella, más cuenta me doy de que es muy genuina. Claro, tiene su máscara y miente tan bien como yo, pero ¿ese toque de amabilidad, ese deseo por ofrecer luz al mundo en vez de oscuridad? Eso es real.

—Eros... —pronuncia mi nombre con cariño, casi con indulgencia.

—Perdón, ¿qué me estabas diciendo?

—Por favor, concéntrate —contesta sacudiendo la cabeza—. Esto es importante.

Tiene razón. No puedo darme el lujo de distraerme, ni aunque la distracción sea ella. La verdad, concentrarme en cualquier otra cosa salvo en esta conversación es una táctica evasiva. Ahora que ha quedado claro que mi plan de mantener a Psique a salvo (de mantenerla a mi lado) ha sido todo un fracaso, solo nos queda una única solución.

—Puedo sacarte de Olimpo.

Psique se queda de piedra.

—Eso cs casi imposible.

—Eso depende de a quién conozcas. Poseidón es muy maniático con las normas, pero no todos los suyos son así. Por una jugosa cantidad, Tritón saca a gente de la ciudad a escondidas. Si te marchas de Olimpo, estarás a salvo de la venganza de mi madre.

Psique se me queda mirando un buen rato.

—Pero tú no. Si crees que debería irme de Olimpo, entonces tú también tendrás que irte.

—No es a mí a quien quiere matar mi madre. —Debería dejar el tema ahí, pero ya le he confiado a esta mujer varios detalles de mi vida. ¿Qué más da uno más?—. Desde hace unos años, el exilio ha sido el castigo preferido de Afrodita en más de una ocasión, y he sido yo quien se ha encargado. A esas personas les encantaría tener una oportunidad para vengarse. Si me voy de la ciudad contigo, lo único que conseguiremos es que cambie la amenaza que llevas en la espalda, y no tendré los recursos ni siquiera para intentar protegerte como hago aquí.

Aunque no ha sido suficiente. Por mucho que me esfuerce, carajo, jamás será suficiente. No puedo mantener a Psique a salvo si no la envío lejos de mí. Para empezar, yo soy la razón por la que está en esta situación de mierda.

—No.

—¿Qué? —pregunto atónito.

Me mira con una resolución que nunca he visto en ella.

—No, no voy a huir de Olimpo. Mi vida está aquí. Mi familia está aquí. No voy a dejar que esa zorra, aunque sea tu madre, me eche de la ciudad. No me voy a ningún lado.

—Carajo. —Respiro hondo—. Haré todo lo que pueda para protegerte, pero puede que no baste. Soy mejor matando que haciendo de guardaespaldas. —Eso último no he tenido que hacerlo nunca, y menos con tanto en juego—. El dinero no es problema. Podríamos mantenerte. No podrías ver a tu familia, pero al menos estarías viva.

—Eros... —pronuncia mi nombre con mucha dulzura—. Puede que todo eso que digas sea cierto, pero si huyo y dejo que gane ella es posible que la próxima persona contra la que la agarre no tenga la suerte de contar con los recursos con los que cuento yo. Afrodita seguirá castigando a gente menos poderosa que ella solo porque puede hacerlo. Y seguirá usándote a ti para hacerlo. —Se le endurece la mirada color avellana—. No permitiré que eso suceda. Te mereces algo mejor que ser su arma, y las personas de esta ciudad se merecen algo mejor que tener que ir por la vida con cuidado para evitar hacer enojar a Afrodita. Encontraremos la manera de detenerla. Juntos.

Me avergüenza el gran alivio que siento al oír sus palabras. No me va a dejar. Todavía no. Carajo, soy un verdadero estúpido.

—Tenemos que modificar el plan.

—Sí. Empezaremos este viernes, cuando vayamos a la fiesta de Helena.

Su respuesta me da que pensar.

—Creí que, después de lo que ha pasado esta noche, no querrías ir a la fiesta.

—No quisiera ir, pero no se trata de lo que yo quiera o no.

Cambia de postura en el sofá. Me impresiona pensar que esta podría ser nuestra vida si fuéramos otras personas, si estuviéramos viviendo otra situación. Yo relajado en el salón, ella tomando fotos espontáneas, contándonos cómo nos ha ido durante el día...

Lo deseo tanto que de pronto me quedo sin aliento. Cierro los ojos e intento concentrarme.

—Si vas a quedarte en Olimpo, sería la estupidez más grande del mundo salir del ático a menos que sea muy necesario.

Mi madre te quiere ver muerta; no es necesario facilitarle las cosas.

—¿Tú hubieras ido si no estuvieras conmigo?

Frunzo el ceño. Por muy tentador que me resulte recordarle a Psique lo peligroso que es elegir esa vía, le contesto con total sinceridad:

—Sí. Me cae bien Helena. Eris y ella juegan sus cartas a su manera, no como yo, pero ese es uno de los beneficios de pertenecer a la familia Kasios. En las fiestas que organizan nunca te aburres, sobre todo cuando una de ellas quiere demostrarles a Zeus o Perseo que tienen razón. —Salvo que ahora Perseo es Zeus. Carajo, algún día de estos por fin me entrará en la cabeza y no tendré que recordarlo una y otra vez.

—Justo por eso lo decía. Ahora tenemos dos frentes en los que luchar. —Menea el pie hasta que lo agarro y retomo el masaje—. Necesitamos tiempo para decidir cómo lidiar con la renovada amenaza de tu madre, y la única forma de conseguir ese tiempo es tener a todo Olimpo de nuestro lado. Así que el plan original se mantiene.

—Es arriesgado.

—No nos queda de otra.

Me concentro en pasarle el pulgar por la planta del pie hasta que suelta otra vez uno de esos gemiditos tan sexis. Por muy tentador que sea refugiarnos en este ático por ahora, se nos acabarían las oportunidades de representar la épica historia de amor que se supone que estamos intentando venderle al resto del mundo. Es más, ya he visto lo que pasó la última vez que alguien mantuvo a una de las hijas de Deméter alejada de su madre. La mujer no puede dejar morir a toda la zona alta de la ciudad como respuesta a esto, pero tiene un montón de armas en su arsenal.

Y eso solo en el mejor de los casos.

En el peor de los casos, Deméter se da cuenta de por qué decidimos lanzarnos a este matrimonio y se va directo contra Afrodita. Hace generaciones que no se da una guerra de verdad entre miembros de los Trece. Ni siquiera ocurrió con el último Zeus y el último Hades, a pesar de que su conflicto acabó con la muerte de Hades. Hace varias décadas fueron Ares y Hefesto quienes se enfrentaron, y en el proceso destruyeron varias manzanas de la zona alta de la ciudad. Fue una de las pocas veces en la historia de Olimpo que Zeus, Poseidón y Hades se unieron para acabar con el conflicto. Por supuesto, Zeus ejecutó a Ares y a Hefesto en público y de una forma especialmente espantosa.

Ese Zeus llevaba casi toda la vida con el título.

Este lleva apenas unos meses.

Por mucho poder que se consiga con el título, no sé si Perseo podría defender su posición en el caso de que un conflicto se descontrole entre Deméter y Afrodita.

No, Psique tiene razón. No nos queda de otra.

—Está bien, iremos a la fiesta.

—Tengo una pregunta.

—Dime.

Se retuerce un mechón de pelo con el dedo.

—Eres amigo de los hermanos Kasios, ¿no? ¿Por qué no vamos a ver a Zeus y le pedimos que intervenga? Por mucho poder que tenga Afrodita, no tiene tanto como el propio Zeus.

Me concentro en frotarle el pie de una manera que le despierta un gemido mientras yo le respondo:

—Perseo... digo, Zeus y yo no somos tan buenos amigos como cuando éramos niños, pero, aunque lo fuéramos, no creo que pudiera pasar por alto el hecho de que las pruebas que incriminan a mi madre también me incriminan a mí. No puede castigarla a ella y perdonarme a mí, porque entonces tendría que justificar cualquier decisión que tome contra otro de los Trece.

—Supongo que tiene sentido. —Ladea la cabeza—. Pues iremos a ver a Zeus solo como último recurso.

Espero no tener que llegar a hacerlo. Por mucho que nos hayamos distanciado con los años, Perseo ya tiene mucho con lo que lidiar sin tenerme a mí echando mis problemas a sus espaldas y esperando que se encargue de solucionarlos. Pero, bueno, encontraremos otra solución.

Hasta entonces...

—Yo también tengo una pregunta.

—Dime.

—¿Por qué tus hermanas y tú dedican tanto tiempo y esfuerzo a alejarse del resto de nosotros? O sea, entiendo que me eviten a mí o a un par más, pero Helena las hubiera protegido al instante.

—¿Eso crees? —Psique pone mala cara, pero al final resopla—. He de admitir que estoy un poco resentida con los hijos de los Trece y eso. No he tenido buenas experiencias.

Somos un grupo hermético. Por la naturaleza de los Trece, de vez en cuando el número de hijos varía cuando el título cambia de manos y esa nueva persona se trae a su familia, pero hay unos cuantos que hemos crecido juntos, en grupo. Aun así...

—¿Helena ha sido cruel contigo? —Lo creo de Eris, pero con Helena se me complica. No es que sea simpática, pero es mejor que la mayoría.

—No. —Psique me contesta de tan mala gana que me hace reír. Una risa que es de alivio solo a medias. No me gustaría nada tener que echarle bronca a mi amiga porque fue mala con mi esposa.

—Yo creo que, si le dieras una oportunidad, Helena te caería bien. —Le suelto el pie y le agarro el otro.

Psique cierra los ojos y parece que se deja llevar por el masaje de pies.

—Me caería bien Helena... ¿A mí o al personaje público de Psique?

—A ambas.

La chica exhala y abre los ojos.

—Esto es importante para ti.

Me sorprende ver que sí es importante para mí. Me gustaría decir que no es más que cosa de números, y que cuanta más gente tengamos de nuestro lado, mejor nos irá, pero esa no es estrictamente toda la verdad. Esta situación no tiene nada de simple y, cuanto más tiempo estamos juntos, más se complica todo. Sabía que Psique me atraía (ha sido así desde el principio), pero no me esperaba que me gustara ni sentirme tan posesivo como para que una parte de mí quisiera resguardarla y mantenerla alejada del resto del mundo, mientras el resto de mi ser quiere presumir de ella en cada oportunidad que se le presenta. Es algo más que el simple hecho de que sea guapa y tenga un buen fondo que ni siquiera Olimpo ha podido estropear. La admiro.

Y por eso mismo le cuento la verdad.

—Helena es lo más parecido a una hermana para mí. Es la persona en la que más confío de todo Olimpo, y ella en mí. Es que... —Vacilo un poco—. Me gustaría que le dieras una oportunidad.

—Y ¿no solo por lo bien que nos vendría políticamente?

Cómo no, me tiene bien medido. Le devuelvo una sonrisa triste.

—No, no solo por lo bien que nos vendría políticamente, aunque nunca cae mal tener a un miembro de la familia Kasios de nuestro lado.

Se queda un par de minutos en silencio.

—De acuerdo, le daré una oportunidad.

La trascendencia que tiene este momento es mayor de lo que debería, seguramente, pero no puedo ignorar el hecho de que me siento bien al ver cómo nuestras vidas empiezan a entremezclarse. O puede que solo sea esa parte egoísta de mí que quiere atar a esta mujer a mí de todas las maneras posibles.

—Empezaremos con una defensa por dos flancos —explica Psique después de carraspear—. Lo primero que necesitamos son más aliados. Sé que Zeus queda descartado por ahora, pero hay muchísimas más personas poderosas en Olimpo. Cuanta más gente tengamos de nuestro lado, más arriesgado será para Afrodita atacarnos.

—Puedo asegurarte que en la fiesta de Helena habrá muchas personas poderosas, aunque la gran mayoría sean los hijos de los Trece.

—Por algo se empieza —asiente Psique—. El segundo flanco será conseguir que el resto de los habitantes de Olimpo nos apoye y se alegren por nosotros. Ya les hemos dado pie con los señuelos que hemos subido a las redes sociales, pero una entrevista oficial nos ayudará a acelerar el proceso.

Me concentro un buen rato en el pie que tengo entre las manos.

—Eso suena a plan a corto plazo.

—El plan a largo plazo será adaptarnos a las circunstancias. —Cierra los ojos, y por su cara veo que está cada vez más relajada—. No creo que tu madre estuviera alardeando con lo de que todavía quiere verme muerta, ¿verdad?

Ojalá creyera que eso podría llegar a pasar, pero es imposible.

—No. Afrodita no estaba alardeando.

—Entonces tendremos que encontrar la forma de obligarla a que deje de atacar. Se escucha fácil, ¿no? —Se ríe, aunque es una risa amarga—. Por lo menos mi madre no ha perdido la cabeza esta vez.

—Pues sí. ¿Te he dicho últimamente que es aterradora?

—Mira quién lo dice.

Una sonrisita se adueña de mi rostro, pero desaparece enseguida.

—Algo se nos ocurrirá. Mi madre no es que sea una persona racional, pero su peligro solo radica en su gran poder. Si conseguimos más aliados y utilizamos la buena voluntad de la gente a nuestro favor, podría bastar.

Aunque sigue siendo remota, existe una mínima posibilidad de que, cuando mi madre se dé cuenta de que la hemos aventajado, cese en sus ataques. O, al menos, que se limite a atacar su reputación y no a ponerla en una situación de vida o muerte, literal.

—Pues seguimos este plan y nos adaptamos cuando sea necesario, según cómo actúe ella. —Psique me lanza una sonrisa cansada—. Nos las arreglaremos, Eros. Hacemos buena pareja en esto. Entre los dos encontraremos una solución.

Me asombra la forma en la que confía en mí, despreocupada. Siento una opresión en el pecho.

—Sí, la encontraremos, te lo prometo.

—Mmm.

Tardo un par de minutos en darme cuenta de que Psique se ha quedado dormida. Y pasan otros tantos minutos hasta que me obligo a apoyarle los pies en el sofá y a levantarme. Cuando duerme parece otra persona; se relaja algo en ella que no sabía que estaba tenso. No es que pueda decir que parece más joven, pero es como si se hubiera quitado una carga de encima que siempre lleva consigo.

Siento el extraño impulso de ofrecerle cargar ese peso en su lugar.

Todavía no es tan tarde como para irme a dormir, pero mejor. Aún tengo que hacer una llamada. Dejo a Psique en el sofá por el momento y me voy a la habitación del pánico. Mañana repasaremos el código de seguridad un par de veces más para asegurarme de que se lo ha aprendido bien. Mi idea es dejarla sola solo cuando sea estrictamente necesario, pero soy consciente de que tarde o temprano querrá algo de independencia. No tengo muy claro qué voy a hacer con la seguridad fuera del ático; un problema del futuro. Con cuidado, cierro la puerta y hago lo que menos me apetece en estos momentos.

Marcar el número de mi madre.

Pensé que no me iba a tomar la llamada. Su castigo favorito es imponerme la ley del hielo, privarme de cualquier contacto o atención. Cuando era un niño y me castigaba así, me dolía en el alma. Afrodita es muy imponente y, para un niño, en este caso su hijo, más todavía. Ver cómo me rechazaba...

Me tranquilizo. Sus tácticas ya no funcionan tanto como antes. No desde que me hice lo bastante mayor para darme cuenta de que utiliza su amor y sus atenciones tanto para atraer como para castigar. Pero hay cosas imposibles de olvidar, y casi no puedo respirar bien hasta que me responde.

No se hace esperar mucho.

—¿Así que ahora has decidido que ya estás libre para hablar conmigo? Tendría que bloquearte.

—No vas a hacer eso. —Me resulta todo un esfuerzo no alterar la voz—. De hacerlo, ¿cómo me harías saber lo decepcionada que estás conmigo?

—Niño insolente —contesta con un sonido que se parece mucho a un bufido.

—Tengo veintiocho años, Madre. —Le lanzo esa palabra como si fuera un arma—. Soy más que capaz de tomar mis propias decisiones, entre ellas, con quién me caso.

—No te habrías casado con ella si le hubieras arrancado el corazón del pecho tal como te pedí que hicieras. Eros, no sé por qué te resistes. Como si no le hubieras hecho eso ya a Polifonte, y cosas peores también. La mataste delante de sus padres. ¿Te has enterado de que su madre se ha suicidado esta semana? Toda una tragedia.

No estoy preparado para la culpa que me arrolla.

—No es lo mismo. —Pero al pronunciarlas, las palabras me parecen mentiras.

—Claro que lo es. ¿Te has convencido a ti mismo de que eres como esa dañada esposa tuya? —Una carcajada—. Si serás idiota... No te pareces en nada a ella. Eres como yo. Somos las dos únicas personas en este mundo que nos entendemos el uno al otro, y estás arriesgándolo por una zorrita con pelo bonito. En cuanto esa chica se dé cuenta de lo que de verdad eres capaz de hacer, renegará de ti. ¿No ves que solo quiero ayudarte?

En este mundo hay muy pocas cosas que me importan. Y la mayoría de las veces detesto que Afrodita esté entre esas cosas. Ya soy lo suficientemente mayor e independiente como para ver que se pasa la vida intentando manipularme emocionalmente. En gran parte es por eso por lo que me he deshecho metódicamente de las emociones más débiles de mi personalidad, he eliminado así toda posibilidad de tracción. Creí que las había perdido para siempre, pero la presencia de Psique me las ha devuelto como si se hubieran despertado de un largo periodo de letargo.

Ahora no me valen para nada. Lo único que conseguirán será darle a mi madre un punto de apoyo que, carajo, me he esforzado mucho en eliminar.

—Madre —digo despacio—, si en el futuro le haces daño a mi esposa, te arrepentirás.

—No tanto como tú te vas a arrepentir de haberte casado con ella. —Me habla con la misma frialdad con la que le hablo yo—. ¿En qué estabas pensando, Eros? Te mandé a que mataras a la chica, ¿y tú vas y te casas con ella? ¿Te has vuelto loco?

—Cambio de planes.

—Los míos no.

Lo sé. No sé por qué la he llamado; confiaba en que podría lograr un milagro y hacerla cambiar de opinión. Aun así... tengo que intentarlo. Si reacciono con miedo le estaré dando un objetivo mayor al que apuntar. Tengo que mostrarme frío, como nunca en mi vida.

—Nunca te he pedido nada. Ahora te estoy pidiendo esto. Deja a Psique en paz.

Se queda tanto rato en silencio que una parte estúpida de mí se atreve a confiar en que es el momento en el que las cosas por fin van a cambiar. Que, por una vez en su vida, mi madre antepondrá mis necesidades a sus deseos más egoístas.

Pero no tendría que ser tan iluso después de llevar toda la vida siendo su hijo. Al final, Afrodita me dice:

—Veo que te ha lavado el cerebro. Qué pena.

—Madre...

—No me digas «madre» en ese tono. A mí no me hables así.

Siento que algo similar al terror me oprime el pecho.

—Deja que me quede con ella, olvídate de todo este tema y no volveré a cuestionarte jamás. Eso es lo que quieres, ¿no? Un buen sicario que no te falte al respeto.

Mi madre respira despacio y, cuando vuelve a hablar, parece hasta tranquila.

—Eros, todo lo que hago lo hago porque te quiero.

Me cuelga antes de que pueda responderle. Me quedo mirando al teléfono.

—Carajo. Me lleva la fregada.

Sabía que no valdría de nada. Lo sabía, carajo, pero tenía que intentarlo. Cierro los ojos, pero tengo grabada en la mirada una imagen: el cuerpo de Psique retorcido y roto, la mirada color avellana vacía tras la muerte, aquello que la hacía ser como era perdido para siempre. Me llevo la mano al pecho, con fuerza, tratando de dejar atrás el dolor que me produce esa imagen. No permitiré que suceda. Conozco todas las tretas de mi madre. Solo tengo que frenarla hasta que se nos ocurra un plan para neutralizarla para siempre.

«Sé cómo neutralizarla. Ella misma me ha enseñado a hacerlo.»

Pero no puedo. Creí que no me quedaban más límites que cruzar, pero ni siquiera yo soy capaz de matar a mi propia madre. Por muy mala que sea. Ni siquiera para mantener a Psique a salvo.

Salgo de la habitación a paso lento, que se acelera cuanto más me acerco al salón. Solo le he quitado los ojos de encima a Psique unos diez minutos. Está bien. Sé que está bien. Pero no me quedo tranquilo hasta que entro en el salón y la encuentro justo donde la había dejado.

«¿Qué carajos me está pasando?»

La cargo en brazos, ignoro su insistencia soñolienta de que pesa mucho, y la llevo hasta nuestro cuarto. Acabamos en la cama, los dos de lado; ella, acurrucada contra mí, espalda con pecho, se sumerge de nuevo en el mundo de los sueños. Apoyo la mano en la parte alta de su pecho, contando cómo inhala y exhala hasta que por fin me tranquilizo lo suficiente para caer rendido ante el sueño.

PSIQUE

Helena Kasios vive en el mismo edificio que el resto de la familia de Zeus. Yo no he estado nunca ahí porque, normalmente, cuando el anterior Zeus daba fiestas, lo hacía en la torre Dodona. El nuevo Zeus ha organizado una gran cantidad de eventos desde que aceptó el título, pero no podía quedar más claro que solo lo hace por seguir con la tradición. No anhela ser el centro de atención tal como lo hacía su difunto padre. Incluso cuando todavía se le conocía como Perseo, parecía más centrado en el aspecto empresarial del título de lo que su antecesor lo estuvo jamás. El periodo de luto de cuarenta días ha pasado, y la gente ya anda susurrando acerca de lo reticente que parece a casarse con alguien y llenar por fin el hueco de Hera. Puede que el último Zeus fuera la encarnación de un monstruo, pero era encantador y carismático. Va a ser muy difícil superarlo.

De sus cuatro hijos, el más joven, Hércules, consiguió escapar para siempre de Olimpo. Perseo ahora es el nuevo Zeus. Y Helena y Eris son, tal como Eros dice, un caso aparte. Que yo recuerde, nunca se han metido conmigo, pero realmente no nos hemos tratado lo suficiente como para que se den fricciones.

Eso va a cambiar esta noche.

Esta noche, Eros quiere que les dé una oportunidad.

¿Acaso sabe lo que me está pidiendo? Lo miró; está a mi lado en el elevador, va muy elegante con un traje gris paloma y una camisa de color crema que hace juego con su piel dorada. Se da cuenta de que lo estoy mirando y me da un apretón en la mano. Sí, sospecho que sabe de sobra lo que me está pidiendo.

He sobrevivido en Olimpo, incluso diría que prosperado, porque he guardado las distancias y no he confiado en nadie que no fuera de mi familia. Aprendí la lección el primer año que me mudé aquí y no he vuelto a mirar atrás.

Ahora estoy nadando en aguas más profundas de lo que me gustaría. Cuando se abren las puertas del elevador y dejan ver un pasillo elegante, con una suave alfombra gris y paredes de un relajante color azul, no me queda otra que admitir que no soy ningún tiburón. Soy una don nadie jugando a los disfraces.

Espero poder salir ilesa esta noche y que no me coma nadie.

—Respira —murmura Eros.

«Cierto. Respira. Relájate. Sonríe con dulzura. No dejes que huelan tu miedo.»

Estoy segura de que no es lo que pretendía decirme, pero yo me lo tomo a pecho de todas formas. Entre un paso y el siguiente, meto en una caja todos mis miedos e inseguridades, y las escondo. Seguirán esperándome cuando acabe la noche. Puedo ignorarlos hasta que volvamos al ático, dentro de esos fuertes muros que se interponen entre la ciudad y yo.

El pasillo contiene cuatro puertas y Eros me conduce a la más lejana. Apenas toca con los nudillos antes de que la abra de par en par una reluciente Helena. Y lo digo de forma literal, reluce. La diamantina dorada le recubre la piel que tiene al descubierto (y hay mucha piel al descubierto alrededor de su diminuto vestido del mismo color dorado) e incluso por la larga melena de color castaño claro. Hace que su belleza parezca de otro mundo, como si una verdadera diosa hubiera decidido bendecirnos con su presencia. Sin embargo, el gritito que da cuando nos ve hace añicos la ilusión.

—¡Han llegado!

Se pone de puntitas para darle a Eros un beso en la mejilla y apenas tengo tiempo de procesar la punzada ardiente de celos que siento antes de que me tome de la mano y me jale para saludarme de la misma forma.

—Me alegra muchísimo de verlos.

Después me arrastra al interior del piso y deja a Eros atrás para que nos siga.

No me da tiempo de ver mucho de la casa. En el salón alcanzo a ver gente elegante con trajes de noche drapeados sobre sofás de igual elegancia. Hay una paleta de colores que me hace pensar en una tempestad en el océano: parquet gris, paredes de un color azul fuerte y muchos muebles de color arena. No concuerda con la mujer reluciente que me agarra de la mano.

Me mete en una cocina impecable con una barra sobre la que tienen todo un bar montado.

—Elige tu veneno.

Casi me inclino por el vino tinto o vuelvo a recurrir a una bebida dulce que haga que me duelan los dientes. Pero le he prometido a Eros que le daría una oportunidad, así que me lanzo sin red.

—Bourbon.

La sonrisa que esboza Helena es tan resplandeciente como su cuerpo adornado con diamantina.

—Esa es mi chica. Ya decía yo que me caías bien.

—Corrección, Helena: es mi chica.

Casi dejo escapar un suspiro de alivio al ver que Eros se ha unido a nosotras. Luce una sonrisa extrañamente indulgente en el rostro, no sé si fingida o no. Al igual que no sé qué porcentaje del entusiasmo de Helena es real. Perséfone se convierte en un rayo de sol cuando está en público, y la verdad es que esto me recuerda a ella. Pero Helena es menos cálida, más bien como un relámpago atrapado dentro de una botella. Tengo la sensación de que en cualquier momento va a haber un estallido de energía frenética que promete ser tan entretenido como doloroso.

Helena gesticula para restarle importancia al comentario de Eros y saca una botella de bourbon que cuesta un ojo de la cara.

—Puede que lleve tu anillo en el dedo, que, por cierto, es precioso, pero para mí eres prácticamente un hermano, cosa que nos convierte a ambas en familia. —Me mira radiante de felicidad—. Siempre he querido tener una hermana.

Parpadeo.

—Tienes una hermana. Está ahí mismo.

Señalo a Eris, quien luce un vestido que parece hecho de tinta derramada y tiene la cabeza muy cerca de una mujer negra ataviada con un precioso (y diminuto) vestido rojo. Aunque tarde, al final también la reconozco. Hermes me atrapa mirándolas y me saluda con alegría.

Helena resopla.

—Eris no es una hermana. Es el caos hecho persona.

Se me escapa una carcajada por la sorpresa.

—Yo también tengo una de esas.

—Calisto —pronuncia el nombre como si lo estuviera saboreando—. Ojalá hubiera venido también. Parece interesante. De hecho, todas lo parecen. —Me pasa el bourbon y le sirve una copa de vino tinto a Eros sin preguntarle qué quiere. Helena se la da en la mano y rodea la isla para ponérsele prácticamente encima. Me lo tomaría a pecho, pero me da la sensación de que se comporta así con todo el mundo. Me inspecciona con la mirada de arriba abajo—. Estás estupenda. Bueno, siempre estás estupenda.

Bajo la mirada para observarme. Esta noche he seleccionado mi ropa con mucho cuidado. Es un vestido cruzado de color verde oscuro que resalta mis pechos y enfatiza mis curvas.

—Eh... gracias.

—De nada, claro que no te estoy diciendo algo que no sepas que, pero, aun así, está bien oírlo, ¿no crees? —Le resta importancia. Alguien llama a la puerta antes de que pueda continuar—. Ahora vuelvo. ¡Disfruten de la fiesta!

Y desaparece dejando un rastro de diamantina.

Me siento como si un tornado me hubiera zarandeado y me hubiera escupido en un lugar completamente distinto del que estaba en un principio. No ha sido una experiencia del todo desagradable, pero sí me ha dejado muy desorientada. Tomo un buen trago de bourbon porque los nervios están a punto de matarme.

—¿Siempre es así?

—No. —Eros se encoge de hombros—. Cuando recibe visitas se descontrola.

No me cuesta nada leer entre líneas. Tiene un personaje público, al igual que nosotros dos. Por lo que he podido observar, le gusta que la gente no la tome en serio, que vean a una chica alegre, guapa y tonta, y no indaguen en lo que hay bajo la superficie. Es solo que no me había dado cuenta de que sus niveles de energía fueran así de... intensos.

—Ya veo.

Eros se acerca y me envuelve entre sus brazos. Me asusta lo natural que se siente, como si lleváramos abrazándonos mucho más que un par de días. No me tenso y consigo sonreírle como si estuviera loca por él. La calidez en su rostro siempre me paraliza, pero consigo ocultar mi reacción. Se inclina hacia mí para hablarme al oído.

—Dentro de una hora o dos la gente empezará a marcharse a otras fiestas o lugares.

En realidad, no me cuesta nada interpretar este papel con él durante un par de horas. Puede que esta fiesta esté a rebosar de gente que me he pasado años evitando, pero el único miembro de los Trece a la vista es Hermes, así que ya es mejor que los eventos en la torre Dodona a los que mi madre insiste en llevarme a rastras.

Me volteo en los brazos de Eros. No me suelta, se limita a recostarme contra su pecho y descansa la barbilla sobre mi cabeza. No entiendo por qué siento que esto es un gesto tan íntimo como el abrazo, pero no voy a separarme de él solo porque mi corazón esté latiendo a mil por hora como si hubiera subido corriendo un tramo de escaleras.

De repente, mi atención recae en un hombre al otro lado de la estancia y me olvido por completo de Eros.

—Ese hijo de puta...

Tensa los brazos a mi alrededor, me hace retroceder un paso cuando lo único que quiero es liberarme.

—No sabía que iba a venir.

Orfeo.

El pendejo cuyo egoísmo no solo le rompió el corazón a Eurídice, sino que puso su vida en verdadero peligro. Antes de aquella noche, su relación iba en serio, y ella lo quería con toda su alma. La ruptura la ha dejado hecha pedazos, pero Orfeo no ha perdido el tiempo en los meses que han pasado. Cada vez que me despisto, sale en los titulares de *Las Musas de Hoy* por las fiestas en las que anda y por cogerse a una persona despampanante tras otra. En la actualidad se especula que está destrozado y solo busca amainar el dolor de su corazón roto, pero eso es una estupidez.

Si de verdad quisiera a Eurídice tanto como lo ha hecho ver, no le habría tendido una trampa. Como mínimo se habría disculpado por todo el dolor que le ha causado.

En vez de eso, está aquí, ataviado con un traje de marca y apoyado en la pared junto a una mujer a la que reconozco: Casandra. Por la sonrisa que luce él en su cara bonita, diría que está haciendo uso de su encanto a la enésima potencia. Puede que lo odie, pero hasta yo he de admitir que el tipo sabe cómo engatusar. Su madre es una modelo coreana que dejaría hasta a Afrodita en ridículo, y su padre es un hombre de negocios sueco.

Por su parte, Casandra parece harta de toda la situación. Es más o menos de mi talla, con una melena roja brillante y una boca generosa con las comisuras caídas por naturaleza. También tiene la reputación de no aguantarle estupideces a nadie.

—Déjame —digo en voz baja.

—Psique...

Me tomo de un trago lo que me queda de bebida y me doy la vuelta para enfrentarme a Eros. Sé que estoy cometiendo un error, pero me da igual. Parece que últimamente soy propensa a esta actitud. El alcohol ya me nubla los pensamientos, aviva la furia que llevo demasiado tiempo alimentando.

—Eurídice casi se muere. No estabas allí esa noche. Perséfone sí. El hombre que la perseguía llevaba un cuchillo. La única razón por la que acabó así fue porque Orfeo la vendió a Zeus. —Eros se ha colocado la máscara impasible. Lo odio. Odio que pueda mantener la vista en el objetivo final mientras que yo estoy a punto de hacer lo que Calisto y buscar un cuchillo para apuñalar a Orfeo—. Déjame —repito.

Por un instante creo que no lo hará, pero al final me suelta el tiempo suficiente para envolverme los hombros con un brazo. En un parpadeo, vuelve a lucir su sonrisa de mujeriego.

—Platiquemos un rato con él.

Dudo.

—¿Conoces a Orfeo?

A medida que voy formulando la pregunta, me doy cuenta de lo absurda que es. No es que se muevan por los mismos círculos, pero es imposible que no hayan interactuado antes. Apolo lleva años en su puesto, por lo que su hermano pequeño, Orfeo, ha estado asistiendo a las mismas fiestas que Eros y yo. Así se conocieron Eurídice y él.

—Lo suficiente.

No sé a qué está jugando, pero casi me hace olvidar la rabia que siento. Casi. Dejo que Eros nos guíe hasta Orfeo. Está tan absorto en Casandra que ni siquiera levanta la vista hasta que estamos a su lado.

La forma en la que palidece cuando me ve me da ganas de soltar una carcajada. O eso haría si no estuviera tan ocupada intentando no ponerme a gritar. Eros me da un apretoncito en el hombro, su expresión completamente relajada.

—Orfeo, conoces a mi mujer, ¿verdad? —Me echa una mirada totalmente metido en el papel de mujeriego encantador—. ¿No salía con tu hermana pequeña?

—¿Tu mujer? —Parece que al tipo le va a dar algo—. No sabía que estuvieran saliendo.

—Saliendo no. Estamos casados. —Eros cambia el tono y se me eriza el vello de la nuca—. Supongo que eso convierte a Eurídice en mi hermana, ¿no?

Orfeo se tambalea un poco. No sé si es porque está borracho o porque le aterra Eros. Quizá si fuera mejor persona me sentiría mal por disfrutar tanto de verlo a punto de orinarse en los pantalones, pero quiero que sufra. Me volteo hacia Eros y le pongo una mano en el pecho.

—Sí, así es. —Sonrío, pero dejo que un poco de maldad se

asome a mi rostro—. Sé lo mucho que proteges a tu familia, cariño.

—Pues sí. Me encanta, la verdad. —Se inclina un poco, y aunque no se pone cara a cara con Orfeo, la amenaza sigue estando latente—. Me encabronaría muchísimo que alguien le hiciera daño a nuestra dulce Eurídice. Lo entiendes, ¿verdad?

Casandra toma vida. Entrecierra los ojos oscuros, enfatizados con un delineado negro tan afilado que podría cortar.

—¿Estás amenazando al hermano pequeño de Apolo?

—¿Qué pasa si lo hago?

Curva los labios.

—Por mí no te detengas. —Se separa de la pared y le dice adiós con la mano de forma perezosa a Orfeo—. Que te vaya bien.

—Espera...

Sacudo la cabeza, la ira todavía me controla.

—A ver si entiendes las indirectas. Nadie te quiere aquí. Vete.

—Helena me ha invitado. —Incluso su cara de desprecio es atractiva. Resulta que eso me encabrona todavía más.

Eros mira por encima del hombro.

—Helena.

Aparece a nuestro lado como por arte de magia. Casi espero que una nube de diamantina brote de su cuerpo y vestido, pero todo sigue en su lugar. Luce una expresión neutral muy estudiada.

—¿Hay algún problema?

—Ya va siendo hora de que Orfeo se largue.

—Ah, cierto. —Se ríe, un sonido alegre y cantarín—. Márchate ya, Orfeo.

Él se endereza, pero si se cree que puede intimidar a estos dos es más tonto de lo que pensaba.

—Mi hermano se va a enterar de esto.

—¿No me digas? —Helena ladea la cabeza—. Y ¿también va a enterarse de que estabas persiguiendo a Casandra como un pervertido que no sabe lo que significa la palabra *no*? Porque, la verdad, creo que a Apolo le interesaría muchísimo saberlo.

Ah. Así que los rumores sobre Apolo y Casandra son ciertos, al menos en lo que respecta al interés que él siente por ella. Por lo que he visto, ella le presta la misma atención que le estaba prestando a Orfeo... Es decir, la suficiente para dejarlo plantado en cuanto aparece. El hecho de que trabajen juntos solo parece complicar el asunto.

Orfeo parece darse cuenta de que no es rival para nosotros y nos mira con desdén.

—No pueden tratarme así.

—Cielo. —La dulzura que emana de la voz de Helena esconde una daga asesina—. Mira a tu alrededor. Todos estamos relacionados con los Trece de una forma u otra. Aquí no eres especial. Vete a jugar con tus *groupies* y no te molestes en volver a presentarte en una de mis fiestas. Sería muy vergonzoso tener que llamar a seguridad para que te saquen.

Lanza una maldición, pero se da la vuelta y se va mientras todos los invitados lo siguen con la mirada. Cuando cierra la puerta a sus espaldas, Helena se aparta el pelo del hombro ce manera exagerada.

—Carajo, maldito idiota. ¿Por qué lo he invitado?

—Porque dices que es un idiota pero te encantaría sentarte en su cara —revela Eros tranquilamente.

—Ah. Cierto. —Helena truena los dedos—. Tienes razón, se me había olvidado. —Me lanza una mirada arrepentida que parece genuina—. Por supuesto, no lo habría tocado mientras estaba con tu hermana, pero tengo un gusto terrible con los hombres y mi gusto por las mujeres es más que cuestionablc. Qué le voy a hacer.

—Ah... vaya. —No la culpo. ¿Por qué le iba a importar la salud mental de Eurídice? No se conocen y en esta ciudad cada uno mira por sí mismo. Sobre todo esta gente. Dibujo una sonrisa falsa—. Sin rencores.

—Qué linda eres cuando mientes. —Su sonrisa se torna afilada—. Lo decía en serio. Para mí está muerto. Nada de fiestas, ni nada de sentarme en su cara. Ahora mismo eres prácticamente de la familia, y la familia permanece unida, para bien o para mal.

No puedo confiar en ella. No puedo confiar en nadie en esta sala, ni siquiera en Eros. Pero mientras dejo que Helena me arrastre hasta la mesa del salón para empezar un juego de beber, me doy cuenta de que me gustaría poder confiar.

EROS

Mi esposa está borracha. Borracha como una cuba. Se apoya en mí mientras yo intento colocarle el abrigo. Psique se ve bonita hasta cuando está borracha, y la irritación que sentiría si fuera otra persona no me da con ella.

—Me cae bien.

Psique apoya la cara en mi pecho y le brinda una sonrisa a Helena.

—Tú también me caes bien.

Helena se relaja por primera vez desde que hemos llegado. Todo el mundo se ha ido, hasta Eris, y Helena ha hecho desaparecer su frenético *alter ego*.

—Pueden quedarse a dormir si quieren.

Sería más seguro quedarse, pero, por desgracia tengo que contraponer el pequeño peligro que supone volver al ático a los grandes perjuicios que podríamos sufrir si nos quedamos. Con mala cara, le explico:

—Y mañana por la mañana, cuando nos vayamos, nos tomarán mil fotos y van inventar que hemos hecho un trío sórdido porque ya se ha apagado la chispa de nuestro matrimonio tan solo una semana después de la boda.

—Bueno, lo dudaría si tú no fueras tú y si ella no estuviese en la mierda —contesta encogiéndose de hombros.

—Tus cumplidos dejan bastante que desear. —Me río entre dientes unos segundos mientras Psique se aparta de mí dando tumbos, y me veo obligado a agarrarla de la cintura con el brazo para mantenerla derecha—. Aunque no tendrías que haberte puesto a jugar con mi esposa.

—Pues ella parecía estar pasándola bien.

—¡Superbién! —Psique se tambalea y me toca dar dos pasos para compensarlo y no acabar ambos en el suelo.

Helena se inclina hacia delante y le toma la mano a mi mujer.

—Ahora somos hermanas, grábatelo. No hay marcha atrás.

Justo en ese instante me doy cuenta de que Helena no está muy sobria que digamos. «Me lleva el carajo.»

—Cierra con llave cuando nos vayamos.

—Sí, Eros. —Una sonrisa burlona se adueña de su rostro—. El matrimonio te sienta bien. Pareces feliz. Cuídala bien, que se quede contigo.

«Esa es mi idea.»

Pero no puedo decirlo en voz alta. Aquí no. Ahora no. Y así no, desde luego.

—Adiós, Helena. —Arrastro a Psique por la puerta, me espero a que Helena ponga el seguro, y después vamos al elevador. Cuando entramos, le echo un ojo a Psique—. ¿Tienes ganas de vomitar?

—No. —Parece que se le está complicando abrir del todo los ojos—. Pero me siento torpe.

A ver si me dice lo mismo cuando nos subamos al coche, pero, bueno, siempre puedo bajar un poco el cristal y, con suerte, el frío viento nocturno le aliviará los mareos. Con cuidado, la agarro con fuerza al ver que se tambalea.

—¿Te la pasaste bien?

—¿Sí...? —Sacude la cabeza—. Madre mía, estoy borracha. Llevo sin ponerme así desde que celebré mis veintiuno. Y solo me emborraché porque Perséfone y Calisto me engañaron. —Frunce el ceño y añade—: Lo siento. Estaba muy nerviosa, y Helena parecía superdivertida, y me pasé de copas.

—Suele pasar en las fiestas de Helena.

Psique me cuenta todo eso de forma caótica, y una parte de mí quiere presionarla para que me cuente más, para que comparta más información conmigo. No, información no. No puedo fingir que no me interesa saber lo que de verdad piensa de mí. Descubrir si cada vez se va acercando más a enamorarse de mí tal como yo me he lanzado de lleno con ella sin darme cuenta, hasta el punto de que no hay marcha atrás. Consigo contener las ganas de interrogarla, pero con trabajo.

Me siento bien con ella entre mis brazos, dulce y suave. Está hasta más guapa. Analizo nuestro reflejo en los espejos de las puertas del elevador. Quedamos... bien juntos. No en plan como cuando se colocan dos personas atractivas una al lado de la otra. La cabeza de Psique descansa sobre mi hombro y tiene los ojos cerrados. Como si fuéramos una pareja de verdad. Siento una punzada en el pecho ante la intimidad espontánea que veo reflejada, un anhelo tan intenso que apenas me deja respirar.

Si encontramos la forma de evadir la amenaza de mi madre, si aprendemos a vivir juntos... esos podríamos ser nosotros. Todo el tiempo.

Una pareja de verdad.

La punzada del pecho se intensifica. Lo quiero, lo ansío tanto que no puedo evitar estrechar a Psique más contra mi cuerpo. Entre los dos, juntos, encontraremos la solución. Ya hemos demostrado que somos un equipo estupendo cuando intercambiamos ideas.

Mi madre está acabada.

Entonces, se abren las puertas del elevador que dan al estacionamiento y pierdo la reciente esperanza que había albergado.

La seguridad del edificio de Helena se parece mucho a la del mío. Hay vigilantes ubicados tanto en las puertas del elevador como en la entrada al estacionamiento. Cuando llegamos, había una mujer en la caseta que hay cerca del elevador.

Ahora no hay nadie.

Debe de haber una explicación lógica, pero no estoy dispuesto a arriesgar la vida de Psique. Me coloco delante de ella, mientras pienso rápido qué hacer. Mi coche está a tres filas de aquí. No llego a verlo. Ni de broma puedo ir hasta el coche, confirmar que no hay ningún peligro y salir de aquí sin perder de vista a Psique. Quizá podría hacerlo si estuviera sobria, pero no es el caso.

Podríamos volver al departamento de Helena, pero sería correr demasiados riesgos. Estaría llevándole los problemas a domicilio, o bien ya ha de estar tirada en la cama y ni cuenta se dará si tiro la puta puerta. Ninguna de las opciones es buena idea.

Solo puedo hacer una cosa.

Empujo a Psique dentro de la caseta de la vigilante. La puerta está entreabierta, otro indicio más de que ha ocurrido una desgracia. La empujo dentro y le rodeo el rostro con las manos.

—Psique, necesito que se te pase la borrachera y lo necesito ya.

—Lo intentaré —me dice parpadeando y asintiendo.

Es una causa perdida, pero, si consigo que se concentre un par de minutos, todo saldrá bien. Agarro el celular y se lo pongo en las manos.

—Tienes que llamar a los de seguridad y decirles que ha habido un problema. No sabemos dónde está la vigilante. ¿Crees poder hacerlo?

—¿Sí...?

Carajo, las cosas no están a mi favor, pero no puedo hacer otra cosa. La suelto y me dirijo a la puerta.

—No le abras la puerta a nadie, salvo a mí. ¿Me has entendido? Ni a un vigilante, ni al jefe de seguridad, ni siquiera al propio Zeus.

—No le abriría la puerta a Zeus. Me parece un poco hijo de la fregada.

—Es un hijo de la fregada —contesto asintiendo. No puedo hacer más que dejarla aquí y cruzar los dedos.

Salgo de la caseta y cierro la puerta, que se bloquea al instante. Un pequeño alivio. Además, el cristal es a prueba de balas y la base es de un buen concreto, por lo que, aunque se diese el caso de que alguien la chocara con el coche, sufriría más el vehículo que la cabina. En este momento es imposible que esté más a salvo.

Sabía que tenía que traerme una pistola... Pocas veces salgo de casa sin una, pero los anfitriones suelen ponerme mala cara. Sin contar un par de excepciones, en las fiestas de Olimpo se prefiere limitar la violencia a las palabras y a los jueguitos de poder. A los Trece y sus círculos más cercanos les gusta fingir que son lo más top de la elegancia; dejan el trabajo sucio para las sombras de los momentos más oscuros de la noche.

Pero sí llevo una pistola en el coche.

Despacio, recorro la mitad del pasillo del estacionamiento, esforzándome por no perder de vista a Psique. Está hablando por teléfono, con el rostro oculto tras una máscara de ebria concentración, así que confío en que los refuerzos no tarden en llegar. No es que pueda confiar del todo en la seguridad del edificio, no con el bienestar de Psique en juego, pero sí confío en que Helena los despellejará vivos si me pasa algo. Lo saben, y no se arriesgarían a ir contra mí y mis allegados de forma evidente.

Pero, si mi madre los ha convencido, podrían tomarse su tiempo en venir.

El estacionamiento está tan iluminado como lo está cualquier estacionamiento, es decir, hay miles de sombras. Cada coche que dejo atrás cuesta una auténtica fortuna y reluce bajo la tenue luz del lugar. Lo único que se oye es el ruido de las suelas de mis zapatos en el concreto.

Me siento muy tentado a suponer que es todo paranoia mía. Es posible que la vigilante de seguridad se haya ido al baño o algo así, pero, en los años que llevo visitando a Helena, jamás he visto la caseta vacía. No puedo arriesgarme a poner en peligro la vida de Psique.

Llego a mi coche. No parece que le hayan hecho nada, pero lo reviso por si acaso y, después, me agacho y enciendo la linterna del celular para comprobar el chasis. La verdad, no creo que mi madre esté tan enojada como para hacerme daño a mí, pero es tan inestable que no puedo dar nada por hecho. Pasan cinco minutos y me quedo tranquilo de que nadie le ha hecho nada a mi coche.

Y es justo entonces cuando oigo el primer disparo. Se oye apenas un susurro, el silbido leve de una bala atravesando el silenciador. El cristal agrietándose. Los gritos de Psique.

En un segundo me levanto y me pongo en movimiento. Maldición, me siento muy tentado de echar a correr, pero eso sería convertirme en el blanco. Si fuera el agresor, me dispararía al hombro para obligar a Psique a salir de la caseta. Puede que mi madre no quiera verme muerto, pero dudo que le molestara una herida superficial si así elimina a mi esposa de la ecuación.

Me agacho entre los coches, moviéndome todo lo rápido que puedo y sin levantarme para que el agresor no me vea. Otro disparo. Y uno más. Psique no ha parado de gritar, pero el cristal no se ha roto. Todavía está a salvo.

Por fin veo al agresor cuando llego a la última fila de coches. Es un hombre blanco, bajito, con unos pantalones de mezclilla negros simples, y una camiseta y una gorra del mismo color. Mira a su alrededor, consciente de que estoy por la zona, y vuelvo a esconderme entre las sombras, entre dos coches. Despacio, el hombre traza un círculo mientras recarga el arma y, después, vuelve a apuntar a la cabina. Aprieta el gatillo y aumenta la telaraña de cristal justo a la altura de la cara de Psique.

Sufro un cortocircuito provocado por la rabia y el miedo. Dejo de pensar, dejo de plantearme qué debo hacer a continuación. Me lanzo sobre él. El hombre empieza a voltear, pero soy demasiado rápido. Lo derribo con un buen tacleo que nos hace saltar a los dos por los aires, y el arma cae al suelo. Da igual. No la necesito.

No le doy tiempo para que intente darse la vuelta. Me limito a reventarle la cara contra el suelo una vez, dos, tres, y una vez más solo por si acaso. Parece un muñeco de trapo. Me tiemblan las manos. ¿Por qué carajos me tiemblan las manos? Me arrodillo sobre su espalda, dividido entre las ganas que tengo de asegurarme de que jamás vuelva a levantarse y lo poco que quiero demostrar el monstruo que soy al sentir cómo Psique me está observando. Que ella sepa de lo que soy capaz es una cosa, pero que lo vea es otra muy diferente.

—¡Eros! —El cristal amortigua su voz, pero el miedo que destila es evidente. No quiero mirar, no quiero volver a vivir nunca más que me mire con miedo. Por mucho que me lo merezca... que me lo merezco. Soy un puto desastre.

El ruido que hace la puerta de la caseta al abrirse consigue que haga lo que nada podría haber logrado: que me mueva. Me aparto del hombre y me coloco entre Psique y él.

Pero Psique no lo está mirando a él. Se acerca tropezando hasta mis brazos y se aferra a mí con una fuerza que me deja sin respiración.

—Qué imbécil eres... ¿En qué estabas pensando? ¡Podría haberte matado!

El asombro me hace volver a poner los pies en el suelo.

—Te estaba disparando a ti.

Me agarra de la pechera de la camisa y me mira con los ojos brillantes.

—No vuelvas a hacer algo así. Si te hubiese dado, yo...

Se abren las puertas del elevador e interrumpen lo que fuera que Psique estaba a punto de decir. El personal de seguridad se precipita por la zona en avalancha. Después, todo ocurre muy deprisa. Cuando se dan cuenta de que se trata de un incidente entre miembros de los Trece, detienen al asesino y esperan la llegada de las fuerzas de Ares para que solucionen lo ocurrido. Les dejo mis datos y apuro a Psique para que se suba al coche.

Se hunde en el asiento del copiloto, acurrucada con mi abrigo. Se le ha pasado la borrachera muy rápido, y detesto ver lo asustada que está, pero no intento tocarla por miedo a que se aleje de mí. Doy vuelta para salir a la calle y manejo rumbo a mi casa.

—Jamás dejaré que te pase nada.

—¿Te has perdido la parte en la que me preocupaba por tu vida? —pregunta, y veo que los nudillos con los que se aferra a mi abrigo están blancos.

—Tenía las cosas bajo control. —Al ver que no parece convencida, intento explicarme un poco más—. Y, aunque no fuera el caso, mi madre no quiere verme muerto a mí.

—Para eso solo hace falta una bala, y poco importa lo que quiera Afrodita. —Cierra los ojos, pero los vuelve a abrir al instante y baja un poco la ventanilla—. No estoy lo suficientemente lúcida para tener esta conversación ahora. Lo siento.

—No lo sientas. —Soy yo el que lo siente, pero solo siento que mi madre haya conseguido echar a perder una noche muy buena. Antes de que pasara esto nos la estábamos pasando genial, habíamos abierto una pequeña vía de escape en lo que se suponía que era un lugar seguro. Psique se ha relacionado con algunos de mis conocidos, ha bajado un poco la guardia, y lo único que ha conseguido a cambio por sus molestias ha sido un intento de asesinato contra ella—. Esta ciudad es tóxica, carajo.

—Lo de esta noche traerá consecuencias. —Se le están cerrando los ojos otra vez, pero no los vuelve a abrir.

—Lo sé —respondo en un susurro.

El asesinato no es legal en Olimpo. Eso no impide que los Trece contraten a gente como yo para hacerles el trabajo sucio entre las sombras, pero eso es algo que no se dice en voz alta. Al atacar a Psique en el edificio donde vive Helena después de una fiesta, mi madre ha sacado a la luz pública nuestros problemas; o lo hará si la pueden llegar a relacionar con el atentado. Zeus se involucrará en el caso porque su hermana está parcialmente implicada. Ares abrirá una investigación. No me cabe la menor duda de que Deméter y Perséfone se presentarán ante mi puerta en cuanto se enteren, así que Hades también estará mezclado en este asunto.

La situación ya era complicada, y ahora solo va a empeorar.

Debería alegrarme, pero no puedo quitarme de encima la sensación de que, de una forma u otra, se volverá en mi contra. Mi madre puede ser demasiado impulsiva, pero no es tonta. Se habrá asegurado de que nada la relacione con ella directamente; o, al menos, no solo con ella.

No, otra persona pagará las consecuencias por lo que ha pasado esta noche. Me queda claro.

Da igual lo bien que luchara Psique por asistir a la fiesta con sus argumentos. Yo sabía cuáles eran los riesgos, sabía que mi madre no iba a parar. Pensé que podría protegerla, como un tonto. No conté con que Afrodita se atreviera a atacarnos en el estacionamiento de la residencia de la hermana de Zeus, y Psique podría haber acabado malherida por mi arrogancia.

Lo he echado a perder.

PSIQUE

Me despierto en la cama con la cabeza taladrándome. Lo último que recuerdo de anoche fue perder la batalla por mantener los ojos abiertos en el coche de Eros. Eso significa que me llevó en brazos hasta la cama. Otra vez. Gruño y ruedo en la cama para encontrarme con una botella de una bebida isotónica y unas pastillas de ibuprofeno en la mesita de noche. No hay nota, pero ¿por qué iba a haberla? Eros es demasiado práctico como para intentar convertir esto en un gesto romántico.

Pero de todas formas... me parece romántico.

Me está cuidando. Sin elegancia, sin acciones ostentosas. Solo un acto sencillo para satisfacer mis necesidades. Es sorprendente y un poco desconcertante, y me gusta más de lo que debería.

Consigo incorporarme y tomarme las pastillas, después me meto al baño para lavarme los dientes, quitarme el horrible sabor que tengo en la boca y darme un regaderazo. Cuando me visto y salgo en busca de Eros, ya me siento medio humana.

Lo encuentro en la habitación del pánico, metiendo datos en la computadora que tiene delante. Me mira cuando entro y su sonrisa leve no ayuda a empañar las marcadas ojeras que hay bajo sus ojos azules. Me detengo.

—¿Has dormido algo?

—No he tenido tiempo. —Se voltea hacia los monitores—. Ya hemos recibido un citatorio por parte de Perseo, Zeus, para última hora de la mañana. Sé que queríamos dejarlo como última opción, pero ya no será posible y, si te soy sincero, si no me hubiera citado lo habría llamado yo mismo y habría organizado una reunión.

Porque Afrodita ha pasado al ataque. Creo que, hasta ahora, una parte de mí aún creía que sólo estaba fanfarroneando. Pero no, y eso significa que necesitamos armas más poderosas que las que Eros o yo podemos aportar a la batalla. Inhalo poco a poco.

—¿Cuál es el plan?

—Ya no hay esperanzas de mantenerlo en secreto. Aunque la asesina no esté dispuesta a confesar, tenemos que contar la verdad o nos arriesgamos a que todos los Trece se nos echen encima, cosa que sacaría nuestros trapos sucios al sol. Al menos Zeus tiene motivos para encontrar una solución discreta.

La opresión que siento en el pecho se ve reflejada en su cara.

—No se va a poner de nuestra parte para enfrentarse a Afrodita. Ella es una de los Trece.

—Hay leyes específicas entre los Trece que les prohíben sublevarse ante el resto de ellos y sus familias. Se va a escudar en eso. —Eros suspira—. Si estuviéramos hablando del antiguo Zeus, estaría de acuerdo contigo en que nos estaríamos arriesgando mucho. Pero, aunque ya no se puede considerar que seamos amigos, conozco a Perseo desde que éramos pequeños. No va a dejar que mi madre se salga con la suya.

—Tal vez. O tal vez decidirá que la estabilidad de Olimpo vale más que nuestras vidas.

—No permitirá que te mate. Da igual lo que digan de él, Perseo no es su padre. Confía en mí, aunque no confíes en él. Veamos qué tiene que decir y después ya veremos qué hacer. —Eros mira su reloj—. Tenemos que salir dentro de dos horas.

No sé cómo puede estar tan tranquilo mientras en mi interior se cuece algo verdaderamente desastroso. Tengo que poner cierta distancia entre nosotros, moverme y expulsar parte de este horrible sentimiento que albergo dentro. Cuanto más tiempo me quedo aquí, más recuerdos de la noche anterior me llegan como oleadas. El miedo que sentí cuando ese hombre levantó la pistola y me apuntó a la cara, lo agobiante que fue saber que el cristal no aguantaría para siempre... Pero todo eso no fue nada comparado con lo que sentí cuando apareció Eros y lo tacleó.

Por naturaleza, siempre me enfrento a la verdad, por dura que sea. Puede que le mienta a la mayor parte de los habitantes de esta ciudad, pero no puedo sobrevivir si me miento a mí misma. Sé lo que quiere decir ese pavor, aunque no estoy preparada para admitirlo.

—Tengo que salir.

Se sobresalta como si le hubiera dado un golpe.

—¿Qué? No puedes salir a la calle.

—No, salir a la calle no. Marcharme. —Lo que digo no tiene sentido. Sé que no tiene sentido, pero no puedo evitarlo. Las garras del pánico me van subiendo por la garganta. Camino hacia atrás y atravieso el umbral de la puerta—. Es que... no puedo.

—Psique, espera. —Eros, mi monstruo aterrador, parece preocupado por mí de verdad, y eso hace que el pánico empeore. ¿Cuándo he empezado a verlo como hombre y no como oponente? Es demasiado para mí. Y, sobre todo, es demasiado pronto.

No dejo de retroceder, y él no para de seguirme, todavía confuso y preocupado. Al menos mantiene las distancias, pero no es suficiente para el estado en el que me encuentro.

—Dime qué pasa.

Niego con la cabeza.

—No puedo hacerlo.

Me sigue como una sombra por el pasillo, deja una distancia precavida entre nosotros, aunque sigue alargando las manos hacia mí.

—Encontraremos la forma de salir de esta. Su gente no te va a tocar.

Pero no tendrán por qué hacerlo, ¿verdad? Una risa histérica sale de mi interior. Afrodita no tendrá que conseguir mi corazón, porque Eros ya amenaza con completar esa misión. No necesita tener mi corazón como tal en las manos para poder destruirme sin remedio. Ya está demasiado cerca, ya es demasiado abrumador; es demasiado en general. Retrocedo hasta el vestíbulo, la sala de los espejos, y me paro sobresaltada al verme rodeada por decenas de nuestros reflejos en todas las superficies habidas y por haber.

—Eros, yo... —Se mueve más rápido de lo que anticipo y me toma de las manos. Con suavidad, pero ya sé que, si intento jalar y quitármelo de encima, no podré liberarme—. Por favor —susurro.

—Dime qué pasa —repite—. No puedo enfrentarme a lo que no veo.

Dioses, estoy enamorándome de verdad de él. Cierro los ojos y de ellos cae una única lágrima. No puedo controlar mis sentimientos, ya lo he demostrado con creces, pero al menos no tengo que confesárselo. No sé cómo reaccionará, y la verdad es que no puedo soportar la idea de que la frialdad vuelva a asomar a sus ojos como respuesta.

En vez de eso, elijo una verdad diferente.

—Tengo miedo.

Parece realmente dolido.

—Lo siento —se disculpa por fin—. Debería haber anticipado que reaccionaría de esta forma, pero no lo hice. No volverá a pasar. Soy consciente de que no tienes razones para confiar de mí por lo que soy, pero...

—Por lo que eres —repito. Mi miedo se transforma en una furia salvaje, un sentimiento tan intenso que me tiembla todo el cuerpo—. ¿Qué es lo que eres?

Me suelta la muñeca y da un paso atrás. Los espejos que nos rodean proyectan imágenes desde todas las direcciones, muy oportuno para esta situación, pero yo estoy demasiado concentrada en el hombre que está delante de mí como para darle más vueltas a ese pensamiento. Aparta la mirada, pero centra la atención en el reflejo que le devuelve el espejo más cercano y dibuja una mueca.

—Ya sabes lo que soy.

—Sorpréndeme.

Curva los labios, pero sus ojos no muestran alegría alguna. Hace un gesto con la mano hacia el espejo que tiene a la derecha.

—Un fracaso. —Al espejo de la izquierda—. Un asesino. —Al espejo a sus espaldas—. Un monstruo.

—Eros —susurro. Ya ha mencionado muchas veces que se considera un monstruo y, aunque admito que sus acciones pasadas han sido monstruosas, odio que se eche toda la culpa e ignore las condiciones que lo condujeron a ese punto. No puedo hacerlo cambiar de idea. Ni siquiera estoy segura de si debería hacerlo.

Pero, después de lo que pasó en el estacionamiento, lo único que quiero es intentarlo.

—No puedes irte —susurra él también—. Sé que en estos momentos no quieres verme ni en pintura, pero este es el único lugar de Olimpo en el que sé que estás a salvo de mi madre. Así que... por favor. Por favor, no te vayas.

—Eros —repito—. ¿Quieres saber lo que veo cuando te miro?

Se estremece. Este hombre frío y arrogante se estremece ante mi pregunta.

—Supongo que es lo mínimo que puedo hacer después de todo lo que te he hecho pasar.

«Ay, Eros.»

Deslizo la mano por la suya. Está tan tenso que sé que está esforzándose por no apartarse de mí, para no retroceder a una distancia que le parezca más segura. Nos doy la vuelta para encararnos al espejo que hay junto a la entrada. Eros intenta no mostrar sus sentimientos, pero, aun así, parece dolido mientras yo tomo aire.

—Veo a alguien leal.

Noto cómo le da un espasmo en la mano que sostengo.

—Psique...

—No he acabado. —Nos hago girar hacia el espejo de la derecha—. Veo a alguien ambicioso.

—No sé si eso se puede considerar una virtud —balbucea.

Aun así, me permite movernos hasta que estamos frente al siguiente espejo.

—Veo a alguien tan listo como inteligente.

—Son lo mismo.

—No, en realidad no.

Me mira con tormento.

—¿Por qué estás haciendo esto?

«Porque te quiero.» Trago saliva.

—Porque durante mucho tiempo solo te han dicho cosas negativas sobre ti mismo, así que te las has creído. Todas las personas contienen un equilibrio entre el bien y el mal en su interior. Incluso tú. Sobre todo tú.

—Psique... —Baja la mirada hacia mí como si nunca me hubiera visto antes—. No te merezco.

El sentimiento salvaje de mi interior se vuelve más intenso.

—Creo que ya hemos dejado claro que soy un ser humano con sus defectos, igual que tú.

—No. No somos iguales. —Me voltea para que estemos de cara a los espejos y se coloca a mis espaldas. Hacemos muy buena pareja, incluso aunque él aún muestre una mirada frenética en los ojos y yo esté temblando como una gelatina. Jamás pensé que haríamos buena pareja, pero el tiempo que hemos pasado juntos me ha demostrado lo contrario.

Eros enreda mi melena en el puño sin apartar los ojos de los míos.

—¿Sabes lo que veo yo cuando te miro?

Abro la boca para soltar algún chiste, pero las palabras mueren antes de llegarme a la lengua. Me humedezco los labios.

—Esto no se trata de mí.

—Te equivocas, preciosa. Siempre ha ido sobre ti. —Inhala poco a poco, siento cómo tiembla su cuerpo levemente cuando se me pega a la espalda. Habla en voz tan baja que casi no le oigo—. Veo una mujer que no merezco, pero que hace que quiera ser mejor persona para poder merecerla algún día. Veo a una diosa.

Me volteo en sus brazos. Las palabras que me había prometido no decir intentan escapar, y hago lo único que se me ocurre para evitarlo. Lo beso. En cuanto mis labios se encuentran con los de Eros, parece que algo estalla entre nosotros. Me tira del pelo para echarme la cabeza hacia atrás y profundizar el beso. Jamás en toda mi vida podré besarlo lo suficiente. Lo convierte en un arte, en una conexión embriagadora que se me sube a la cabeza.

Rompe el beso el tiempo necesario para decir:

—Te necesito, esposa.

—Sí. —Le agarro de la parte inferior de la camisa y la jalo hacia arriba para quitársela por sobre la cabeza—. Yo también te necesito.

—Soy tuyo. —Pero me agarra de las manos y evita que le desabroche los pantalones—. Espera. El condón.

Sería inteligente y lógico considerarlo, pero en este momento no quiero ser ni inteligente ni lógica.

—Ya sé que dije que no deberíamos tomar decisiones apresuradas, pero es que no quiero usar condón. —Vacilo—. A no ser que tú quieras.

Vuelvo a notar ese leve temblor en sus manos, donde me agarra por las muñecas.

—Tienes que estar segura.

Me da igual ser una irresponsable, ya estoy asintiendo.

—No quiero que nada se interponga entre nosotros. Te quiero a ti, sin más.

Me toma la palabra. Vuelve a reclamar mi boca mientras se apresura a quitarme los calzones y el brasier. Sus pantalones caen al suelo un instante después y, enseguida, se acerca desnudo hacia mí, el delicioso roce de su piel contra la mía se me sube a la cabeza. Le hundo las manos en los rizos y lo jalo para hacer que baje hasta el suelo y se tumbe por completo encima de mí.

Solo consigo disfrutar de la sensación de su peso aplastándome contra el frío suelo de mármol durante un momento antes de que se incorpore para arrodillarse entre mis piernas abiertas. La expresión que veo en su cara... No dudo ni por un instante de que me perciba como la diosa que asegura ver. Tengo suficiente buena autoestima, pero cuando Eros me contempla con tal intensidad, siento como si pudiera caminar sobre el agua.

Quiero que sienta lo mismo. Empiezo a alargar la mano hacia él, pero niega con la cabeza de forma brusca.

—Todavía no. Si me tocas ahora mismo, me tendrás dentro en un abrir y cerrar de ojos.

—No me parece mal.

Vuelve a negar con la cabeza.

—Todavía no —repite. Me recorre los muslos con las manos, presiona para que me abra más de piernas y sigue su camino hasta llegar a mi vagina. Me penetra con dos dedos y suelta una maldición—. Estás mojadísima, carajo.

—Es culpa tuya —jadeo mientras arqueo la espalda al mismo tiempo que él gira la muñeca y acaricia con las yemas de los dedos mi punto G—. ¡Más!

—Te voy a dar más, esposa mía. Te voy a dar todo lo que necesitas.

Aun así, no acelera el ritmo, y cuando intento clavar los talones en el suelo para elevar las caderas, me planta una mano en el vientre para que me quede justo donde él me quiere. Dios mío, qué placer, y el hecho de que me admire sin perderse detalle solo hace que me excite más.

Eros voltea la cara.

—Mira.

Sigo sus ojos para toparme con nuestros reflejos. Es muy sexy tenerlo arrodillado sobre mí, avivando mi placer cada vez más, y verlo todo desde la perspectiva de otra persona. Casi me prendo al instante. Entonces Eros empieza a trazar círculos en mi clítoris con el pulgar y ahí sí me caliento de verdad.

Apenas si deja que me venga cuando me pone bocabajo y me insta a que me ponga a cuatro patas.

—Veo que en el fondo eres un poco exhibicionista. —Me acaricia la columna con una mano y yo gimo como respuesta—. ¿O más bien sería de *voyeur*?

—Ambas. —Levanto la cabeza para mirar cómo se mueve a mis espaldas, encuentra la cadera con las manos y me obliga a ponerme en la posición en la que me necesita. No consigo recuperar el aliento, pero me da igual—. Pero solo contigo. Solo así.

Un espectáculo en el que él y yo somos los protagonistas y los únicos entre el público.

—Bien —contesta casi gruñendo—. Porque no quiero compartirte, preciosa.

—Yo tampoco quiero compartirte. —No quiero compartir nada de esto. No quiero compartir a Eros con nadie.

Cierra los ojos durante un instante.

—Última oportunidad, Psique. ¿Estás segura?

No tengo que preguntar a qué se refiere.

—Sin condón —confirmo.

Eros no vuelve a preguntar. Se lanza hacia delante, coloca el pene en mi entrada. Me quedo quieta como una estatua, contemplo fijamente la expresión atormentada que luce en el rostro mientras se hunde dentro de mí, centímetro a centímetro.

—Eres guapísimo —susurro.

Se ríe un poco, un sonido ahogado.

—Solo... —Respira con dificultad—. Siento que es verdad cuando me miras así.

—Porque es la verdad.

Reclama mis caderas y empieza a moverse; entra y sale de mi interior con embestidas largas y suaves. Siento tanto placer que apenas puedo mantener los ojos abiertos; de hecho, no lo conseguiría si no fuera por el espectáculo que estamos dando para esta audiencia de dos. Eros hace uso de todos y cada uno de los músculos de su impresionante cuerpo con la intención de proporcionarme el mayor placer posible. Antes de que pueda dejarme llevar totalmente por el ritmo de sus embestidas, se inclina para colocar una mano en el suelo, al lado de la mía y desliza la otra por mi estómago para estimularme el clítoris.

—Chica mala —murmura contra mi piel—. Te quejas de todos los espejos como si no te excitara tanto verme cogiéndote delante de ellos.

Gimo y arqueo la espalda, busco un ángulo con la cadera para que pueda penetrarme más profundamente.

—Supongo que... —Acelera el ritmo y me quedo sin aliento—. Podrías convencerme... sobre los espejos... para que me gusten.

—Eres un regalo, Psique Dimitriou. Un puto regalo. —Me da un beso en el hombro, en el cuello, en ese lugar sensible detrás de la oreja. Todo mientras sigue dibujando esos circulitos devastadores sobre mi clítoris y sigue con las embestidas igual de devastadoras en lo más profundo de mi ser.

Intento aguantar. Lo prometo. No quiero que esto acabe, no quiero que este momento perfecto dé paso a la realidad y a todos los problemas que nos esperan.

Pero mi cuerpo tiene otras ideas.

Grito mientras me vengo con fuerza y me tenso a su alrededor. Eros maldice, como si lo hubiera sorprendido, y acelera todavía más el ritmo para encontrarse conmigo, hasta que sus embestidas se tornan irregulares y me sigue por el borde del precipicio.

Deja caer la mitad de su cuerpo sobre el mío. Pesa, pero me gusta. Siento que me mantiene anclada al presente mientras intentamos recordar cómo se respira.

Me aparta el pelo de la cara.

—¿Te he hecho daño?

Ya noto el dolor en las rodillas, a juego con los latidos frenéticos de mi corazón. Es perfecto. Me incorporo lo suficiente para darle un beso.

—Gracias.

Algo en él se relaja y mi cerebro drogado por el placer se da cuenta de que, en realidad, estaba preocupado porque todo esto hubiera sido demasiado. Lo busco antes de poder encontrar una razón para no hacerlo. Encuentro su pelo con los dedos y la sonrisa que me regala hace que el corazón me dé un vuelco. Me humedezco los labios.

—Lo de los espejos iba en serio. Me has convencido, son toda una inversión.

—Sabía que al final cambiarías de opinión. —Voltea la cabeza y me da un beso en la muñeca. Nos quedamos ahí tumbados durante un buen rato hasta que por fin mira el reloj y hace una mueca—. ¿Puedes sentir ya las piernas? Tenemos que irnos o llegaremos tarde.

Eso me saca una risa.

—Qué arrogante eres.

—¿Es arrogancia si digo la verdad?

Sigo sonriendo mientras él se para y me jala para que yo haga lo mismo.

—Sí. Pero no dejes de hacerlo. Me gusta.

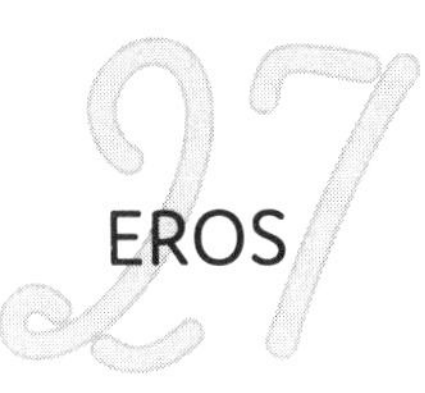

EROS

Nos reunimos con Zeus en la torre Dodona.

Es una especie de viaje mental. La última vez que estuve aquí para asistir a una reunión fue con el anterior Zeus, su padre. Soy lo suficientemente mayor para haber presenciado el cambio de manos de algunos de los títulos de los Trece, pero una parte de mí pensaba que ese viejo cabrón nunca se iba a morir. Y sé que Perseo pensaba lo mismo; estaba convencido de que pasarían otros diez años más, al menos, hasta que Zeus por fin nos hiciera un favor a todos y estirara la pata.

Unos meses atrás, nadie se esperaba que se marchara por la ventana de su despacho.

Por suerte, el despacho en el que nos reunimos con Perse... Zeus es otro. Es el mismo en el que lleva trabajando varios años, desde que se hizo cargo de las tareas diarias que conlleva dirigir la empresa de su padre. La que ahora es su empresa.

Miro a Psique. Por muy poco convencional que fuera la experiencia, acostarnos delante de todos esos espejos parece haberle dado más aplomo. En sus ojos ya no percibo esa mirada salvaje y ha vuelto a ponerse la máscara de su personaje público. Tranquila, con calma y sosegada. El tono blanco de los nudillos de la mano que tiene entrelazada con la mía es la única prueba que delata lo nerviosa que está.

No soy como ella. Reconfortar a la gente se me da del nabo. Nunca he tenido que hacerlo, jamás he tenido que buscar las palabras adecuadas. Carajo, no he querido hacerlo tampoco. Pero el obsequio que me ha dado antes ha sido tal que no puedo sino intentarlo.

—Todo saldrá bien.

—Eso ya lo veremos.

—Perseo no es Zeus.

Se me queda mirando, y me dice:

—Eros, esa es la cuestión. Perseo sí que es Zeus. Puede que hasta ahora hayan sido amigos, pero en estos momentos casi ostenta el título de rey de Olimpo. Eso cambia a cualquiera.

Ya lo sé. Cómo no iba a saberlo. Pero, aun así, una parte de mí se rebela contra ese pensamiento. Mi relación con Perseo nunca fue tan cercana como la que tengo con Helena, e incluso con Eris. Pero, pese a ello, lo conozco bien.

—Entremos.

Le abro la puerta y se la sujeto, y ella entra en el despacho conmigo detrás. De aspecto es casi igual que el resto de los despachos y las oficinas del edificio. Acero, mármol, cristal y poco más. Perseo está sentado tras el enorme escritorio, con las manos unidas por las yemas de los dedos a la altura de la boca. Siempre ha sido guapo el cabrón, y no le gustará que lo diga, pero la verdad es que se parece a su padre. Un cuerpo atlético, la mandíbula cuadrada, el pelo dorado y los mismos fríos ojos azules.

Señala las sillas que hay al otro lado del escritorio, y espero a que Psique tome asiento para sentarme en la que queda libre. Perseo nos mira, primero a uno y luego al otro, antes de dirigirse a mí.

—Han pasado dos meses desde el fallecimiento de mi padre. ¿No pudiste haber esperado un poco más para empezar con tus mierdas?

—Ya me conoces. Me gusta molestar a todo el mundo. —Me relajo contra la silla y le regalo una sonrisa arrogante—. Pero, en esta ocasión, si quieres empezar a señalar culpables, puedes empezar con Afrodita.

—Pero heme aquí, hablando contigo. —Le lanza una mirada a Psique—. Imagino que no eras consciente de que tu madre y yo estábamos en plenas negociaciones de concertar tu boda conmigo, ¿no?

El asombro me arrolla, y enseguida llega una rabia tan intensa que podría echar abajo todo el edificio. Algo me había comentado Psique durante una conversación que tuvimos, pero no me lo había tomado en serio. Teniendo en cuenta todas las candidatas que intentaban ligar con Perseo, ¿de verdad tenía pensado tomar la polémica decisión de casarse con una de las hijas de Deméter?

—Estás bromeando, ¿no?

Perseo me ignora, y es evidente que quiere una respuesta. Psique se endereza antes de contestar:

—Me imaginaba que el tema estaba sobre la mesa, pero mi madre no vio oportuno contarme que habían llegado a entablar negociaciones.

—Lo suponía, pero estoy al tanto de que un matrimonio en trámites no evitó que tu hermana saliera huyendo a los brazos de otro hombre.

—Yo no soy mi hermana —contesta ella con frialdad—, y poco importaría que mi madre estuviese negociando mi boda o no, porque estaría muerta. ¿O no te has enterado de que anoche atentaron contra mi vida?

—Cuidadito con cómo me hablas, Psique. —Perseo se reclina en su silla—. Se los voy a dejar claro. No tengo pruebas que confirmen que Afrodita está detrás de este intento de asesinato. —Levanta una mano antes de que pueda interrumpir su discurso—. Si estás a punto de contarme que te envió para que mataras a Psique, recuerda que, si lo admites delante de mí, compartirás el castigo.

Me pongo tenso, con cuidado de no mirar a mi esposa. Perseo no se anda con rodeos. No es que pensara que fuera a hacerlo, pero... carajo. Psique solo tiene que decir que la amenacé con matarla y se librará de Afrodita y de mí de una vez. Después se casará con Perseo, perdón, con Zeus, y se convertirá en Hera.

Daría tal giro a la situación que ni mi madre ni yo podríamos hacer nada al respecto. Y entendería perfectamente que Psique se inclinara por esa opción. No quiero que lo haga, ni de broma, pero, aun así, lo entendería.

—¿Nos has pedido que viniéramos para decirnos que no puedes hacer nada? —La frialdad de su voz no se ha atenuado ni un poco—. ¿O de verdad piensas ayudarnos?

—Les he pedido que vinieran para explicarles la situación. Deméter quizá tenga ganas de pedir a gritos la cabeza de Afrodita, pero no es Afrodita quien ha insultado y ofendido a mi familia, y al título de Zeus, en varias ocasiones. La única razón por la que no he intervenido hasta hoy es porque las negociaciones maritales fueron privadas.

Me le quedo mirando. Aun teniendo en cuenta todo el tema político que rodea Olimpo, de verdad pensaba que se pondría de nuestro lado.

—Así que nos las tenemos que arreglar solos.

Podría ser peor, pero no es que estemos ante el mejor de los casos tampoco.

—Hasta que me traigan pruebas que demuestren que Afrodita ha infringido la ley y ha atacado a algún miembro de los

Trece o a sus familiares, tengo las manos atadas. —Me sostiene la mirada—. Y más te vale que te asegures de que esas pruebas no te incriminen a ti.

—Si tienes las manos atadas es porque quieres —resopla Psique.

El gesto de Zeus permanece impasible.

—Cada vez que uno de los títulos de los Trece cambia de manos, existe el riesgo de que haya cierta inquietud mientras la persona recién llegada se adapta. No solo yo he heredado el título de Zeus, sino que Hades está presente por primera vez en más de treinta años. En este preciso momento, lo que Olimpo necesita es estabilidad, y no la vamos a conseguir reemplazando a Afrodita.

Sin mencionar que hay varios títulos que podrían cambiar de dueño en los próximos años. Sobre todo en el caso de Ares, que tiene que estar rondando los ochenta y pico. Se aferra al título como a un clavo ardiendo. En los próximos años, o estira la pata o se verá obligado a hacerse a un lado; y la sustitución de Ares es un puto espectáculo, una tarea que no se puede completar ni rápido ni fácilmente. No cuando el ganador se decide durante un torneo.

Perseo tiene razón. Y detesto que tenga razón. Por desgracia, también se está arriesgandoen una situación con unas posibilidades de mierda.

—Quizá no te quede otra alternativa mas que involucrarte. Mi madre no se detendrá ante nada.

—Hablaré con ella.

Me echo a reír, aunque el sonido me sabe amargo.

—A ver qué tal te va.

Psique tiene una expresión rara en el rostro.

—Si las negociaciones de matrimonio no se hubieran quedado en nada, ¿qué habrías hecho?

Perseo no titubea al contestar:

—Los habría protegido a ti y a tu familia con todo mi poder. Pero esa ya no es una opción. Aunque se divorciaran mañana mismo, toda la ciudad cree que son una pareja enamorada. Si te casaras conmigo, yo quedaría como el malo de la película, y no es un papel que me interese interpretar en esta situación.

No puede permitirse ese lujo. Puede que Perseo sea listo y astuto, pero no posee ese carisma que le permitía a su padre embaucar a la ciudad de Olimpo. Para él, todo será mucho más complicado, hasta lidiar con los miembros más veteranos de los Trece. Habrá artimañas para conseguir poder e influencias, y lo pondrán a prueba para ver hasta dónde pueden llegar. No lo envidio en lo más mínimo. Pero eso no hace que me sienta más inclinado a perdonarlo por haber tomado el camino fácil en esto.

Entonces comprendo todo el significado de sus palabras. Habría protegido a Psique y a toda su familia. Lo que significa que, si se casa con una de sus hermanas, la protegerá. Le lanzo una mirada a mi esposa; visto lo apretados que tiene los labios, ha entendido lo que implicaba su comentario. En un movimiento lento, Psique se pone en pie.

—No te acerques a mis hermanas.

—Eso háblalo con tu madre.

En cuanto Psique aprieta los puños, yo ya estoy en movimiento, y me levanto de la silla para interponerme entre Perseo y ella.

—Tranquila. Tenemos cosas más importantes de las que preocuparnos.

—Eros, en mi vida no hay nada más importante que mi familia. —Se inclina hacia un lado para fulminar a Perseo con la mirada—. Volveremos, y te traeremos las pruebas que confirman que Afrodita está detrás de todo esto. Sin incriminar a nadie más.

—Me muero por verlo.

—Espérame fuera —le pido a Psique con un ligero apretón en la mano.

Que no se moleste en discutírmelo es una prueba más de su enfado. Sale airada del despacho, y cierra la puerta sin hacer ruido. Yo, en cambio, me volteo para hablar con Perseo.

—Acabarías con Eurídice y convertir a Calisto Dimitriou en miembro de los Trece sería un error, lo veas por donde lo veas.

—Si quisiera tu opinión, te la habría pedido —contesta sin inmutarse.

—Perseo...

—Eros. —Tal es la amenaza que destila al pronunciar mi nombre que me callo al instante—. Me llamo Zeus. Por mucho cariño que te tuviera antes, ahora soy Zeus. Todas las decisiones que tome a partir de ahora no tendrán nada que ver con lo que quiera Perseo, sino con lo que necesite Zeus. Que no se te olvide.

Es un aviso que no puedo ignorar. Inhalo hondo, despacio.

—Lo tomaré en cuenta.

—Bien. —Se le endurece la mirada antes de añadir—: Si vuelves a atraer el peligro a la casa de mi hermana, te mataré yo mismo, con la ley de mi parte o sin ella.

—Eso también lo tendré en cuenta. —No tengo nada más que añadir—. Ya nos veremos, Zeus.

Me doy la vuelta y salgo del despacho.

Psique acompasa sus pasos a los míos de camino al elevador. Ninguno de los dos dice nada hasta que estamos en el coche, saliendo del estacionamiento. Mi esposa exhala despacio.

—Podría haber ido peor.

—¿Estabas al tanto de las negociaciones de matrimonio? —No quería hacerle esa pregunta. Y ni de broma quería que mi tono de voz reflejara nada similar a los celos.

—No como tal. Sabía que mi madre tenía en mente un matrimonio político entre nosotros, pero la verdad es que antes estaba alardeando. No tenía ni idea de que Zeus lo estaba considerando seriamente. —Se hunde en el asiento y voltea a mirarme—. Si hubiera sabido que Zeus veía con buenos ojos las ambiciones de mi madre, me habría casado con él en vez de contigo y me hubiera librado de todos mis problemas.

—Y te hubieras convertido en Hera.

—Y hubiera evitado que mis hermanas se convirtieran en Hera —me corrige con dulzura—. Ya sabemos cómo funcionan las cosas aquí, Eros. Tú lo vives a diario. No te puedes enfadar conmigo después de lo sucedido.

Tiene razón. Sé que tiene razón. Pero eso no me impide que quiera parar el coche, meterle la mano bajo la falda y hacer que se venga hasta que se olvide de que tenía la más remota posibilidad de casarse con Zeus. Es irracional y, carajo, resulta casi imperdonable con la situación que estamos viviendo. Tengo que concentrarme en el futuro, en lidiar con el próximo ataque de mi madre, y no en lo que podría haber pasado si los celos y la rabia de Afrodita no la hubiesen sobrepasado. No tengo que imaginarme la boda entre mi esposa y Zeus. Y ni de broma me conviene estar pensando en la noche de bodas. Estará decidido a asegurarse un heredero y un par de hijos más. El de Zeus (junto al de Poseidón y Hades) es uno de los títulos que heredan los primogénitos de sus padres.

De solo pensar en el vientre de Psique creciendo por un embarazo...

No, ahora mismo no puedo darme el lujo de pensar en esas pendejadas.

Me esfuerzo por no agarrar el volante con tanta fuerza. Psique es mía, al menos por ahora. Tengo que mantener mi promesa y asegurarme de que esté a salvo, y para eso tengo que concentrarme en nuestros próximos movimientos y no en lo que podría haber pasado.

—¿Adónde vamos ahora?

—Tenemos una entrevista —contesta mirando el celular—. Y después vamos a ir a hablar con mi madre.

Deméter.

Otra mujer peligrosa y poderosa a la que le encanta usar a sus hijas como peones en los juegos de poder de la ciudad. Sí, tengo un par de cosas que decirle a esa mujer.

—Está bien.

—Eros. —Psique estira el brazo vacilante y roza el mío—. Te necesito concentrado al cien por ciento. ¿Estás conmigo en esto?

—Sí.

Y estoy diciendo la verdad. Llevo manejando y separando mis emociones desde que era un niño. Nada nuevo. Mi objetivo no ha cambiado, pero ahora también incluye asegurarme de que Zeus no le ponga un dedo encima a Psique, nunca. Pero eso no se lo puedo decir. Me contestará que estoy siendo irracional, que carece de importancia porque es algo que ya he conseguido con nuestra boda.

Me da igual. No tengo derecho a sentir estos celos, mucho menos teniendo en cuenta que Psique es mía en todos los sentidos, pero eso no impide que quiera marcar mi presencia en su piel. Cuanto más tiempo paso con ella, más complicado me resulta controlar mis impulsos más bajos. Es como si llevara un monstruo dentro sacudiendo la jaula de mi autocontrol. Al final se abrirá, y eso acarreará consecuencias.

—Eros. —Se queda callada varias calles más antes de respirar como si estuviera reunido fuerzas—. No importa qué hubiera hecho yo si mi madre hubiera conseguido sus objetivos.

No pasó. Me casé contigo, no con Zeus. Soy tu esposa, no la suya. Estoy decidida a sacar esto adelante, así que, por favor, olvídate ya de lo que sea que tienes en la cabeza. Necesitamos el apoyo de Zeus, y dadas las circunstancias ya sabemos que conseguirlo va a ser casi imposible.

«Estoy decidida a sacar esto adelante.»

Sé que se refiere a la farsa que hemos inventado. Nuestro matrimonio durará el tiempo que haga falta para garantizar su seguridad y la de su familia. No lo dice como si fuera para siempre.

Aunque, por un instante, me gustaría que sí lo dijese en ese sentido.

No soy de los que sueñan. Me gustan los hechos y la realidad más que la versión fantasiosa de lo que podría ser. Los hechos son que Psique solo me aceptó como su esposo porque yo la obligué. No me hubiera elegido de haber tenido la libertad de elección.

No importa. No dejaré que importe. Ya he decidido que me voy a quedar con ella, y ahora lo único que tengo que hacer es preparar el terreno para ese futuro compartido. Quiero a Psique en mi cama para siempre. Quiero tener la posibilidad de que los años pasen entre nosotros, de nuevas maniobras, y de jugar con la población de Olimpo a nuestro antojo.

Quiero... hijos.

Me quedo anonadado ante ese pensamiento. No es algo que me haya planteado mucho. Mi padre no está en mi vida (Afrodita no se permite ningún tipo de competencia, ni en la crianza de su hijo), y no es que mi madre sea el ejemplo perfecto de la buena crianza. Hasta este momento, siempre había dado por hecho que nuestro linaje acabaría conmigo.

Pero ya no.

Apoyo la mano sobre la de Psique y le doy un suave apretón.

—Tengo la mente donde debe estar. Podremos con esto.

¿Y después?

Después la convenceré de que la eternidad es nuestra.

PSIQUE

La entrevista es una distracción que agradezco. Es algo que me resulta muy normal en medio de una situación que tiene de todo menos de normal. Eros consigue concentrarse y ser encantador, pero lo conozco lo suficiente para darme cuenta de que algo falla. Me resulta desconcertante que lo que pasó con Zeus haya bastado para desconcertarlo y también que yo sea capaz de captar las señales.

Como habíamos acordado, Clío se ciñe a los temas que ya habíamos dejado pactados cuando organizamos la entrevista. Sobre todo hace preguntas típicas acerca de la forma en la que nos conocimos y la boda en sí. Un intercambio justo, pues será la primera con la exclusiva de la entrevista. En general, a Olimpo no le importa la historia real, solo quieren darle cualquier giro que a ellos les convenga; pero, como reportera, Clío tampoco está tan mal. La conozco desde antes de que le dieran el último ascenso, y ambas nos hemos ayudado mutuamente una infinidad de veces a lo largo de estos años.

Es una mujer negra con curvas y un estilo impecable. Hoy luce unos pantalones holgados y plisados de color gris acompañado de una blusa sin mangas de color crema que le queda de maravilla a su silueta. Si no me equivoco, reconozco el trabajo de Juliette. Parece que ha hecho caso a mi consejo de probar sus diseños. Bien.

Puede que ahora Clío esté en el mundillo de los chismes, pero aspira a escribir historias más trascendentes de las que puede aportar a su columna. También es lo suficientemente lista para saber que no puede ir tras esas pistas sin que los Trece se pongan en su contra. Por lo menos todavía no.

Eso no la detiene a la hora de recolectar cualquier información que se cruce en su camino, de buscar pepitas de oro en medio de una gran cantidad de lodo. Hoy espero poder regalarle una.

Acabamos con la entrevista en un abrir y cerrar de ojos, le doy un beso a Eros.

—¿Te importa esperar afuera un momento?

Vacila, pero no hay nada que debatir. Estamos en el edificio de mi madre y no hay ventanas en esta sala de juntas. No se puede considerar a Clío una asesina, pues apenas tendría historias que contar si matara a sus fuentes, y su ambición no le permitirá que tire su futuro por la borda para ganarse la protección de Afrodita. Eros parece darse cuenta y al final asiente.

—No tardes, amor.

—Ni se me ocurriría.

Lo contemplamos salir de la estancia y Clío silba en cuanto se cierra la puerta.

—Vaya elección, Psique.

—Si yo te contara... —Consigo no sonrojarme, pero casi. Clío no es amiga mía y seguramente nunca lo sea, pero somos parecidas en muchos aspectos—. Te traigo información.

Ella inclina la cabeza, se le deslizan por el hombro las largas trenzas negras.

—¿Tiene algo que ver con la verdadera razón por la que has pasado de evitar a Eros como si tuviera la peste a llevar ese pedazo de diamante en el dedo?

—No. —No voy a echar abajo nuestra coartada, ni siquiera por Clío. En especial no por Clío—. Tiene que ver con una enemistad entre Afrodita y Deméter.

—Nada nuevo. —Hace un gesto con la mano para restarle importancia—. Llevan años como el perro y el gato. No voy a sacar nada que valga la pena.

—Te sorprendería.

Enarca las cejas.

—Está bien, has despertado mi curiosidad. Sorpréndeme.

—Afrodita está tan furiosa porque su hijo se casó con la hija de Deméter que ha ordenado la muerte de su esposa.

Clío parpadea.

—Esa es una acusación muy fuerte. ¿Tienes pruebas?

No que esté dispuesta a compartir. No las suficientes. Dibujó una sonrisa irónica.

—¿Desde cuándo necesitan las columnas de la prensa rosa pruebas?

—Me atrapaste. —Su mirada se torna distante y casi puedo ver cómo su brillante cerebro está maquinando la forma de darle la vuelta a la situación—. Voy a necesitar algo más para poder publicarlo. Afrodita es una zorra por excelencia y no dudará en pedir que me despidan y amenazarme con un juicio por difamación. Un rumor no es suficiente para arriesgarme, ni siquiera viniendo de ti.

Ya me lo imaginaba. Miro a la puerta.

—Anoche hubo un altercado en el edificio de Helena Kasios. La gente de Ares tuvo que venir para arrestar al asesino. Todavía lo tienen en custodia.

Clío suelta una risita.

—Bueno, con eso sí me las puedo arreglar. No te puedo prometer que vaya a ser rápido, porque tengo que verificarlo todo, pero iré a ver qué averiguo. —Empieza a recoger el bolso—. Supongo que me llegará una llamada si sucediera algún «altercado» más relacionado con ella.

—Sí, siempre y cuando me prometas avisarme antes de publicar la historia.

—Trato hecho.

Nos damos la mano para cerrarlo. Eros me espera en el pasillo y nos dirigimos al elevador mientras Clío sale a toda prisa hacia la salida con intensidad en el rostro. Eros me mira.

—¿Quiero saber de qué hablaron?

—Zeus quiere acallar el problema, pero no va a creernos ni a involucrarse a no ser que lo obliguemos a hacerlo. Utilizar a Clío es una forma de conseguirlo.

—No bastará. Las páginas de chismes publican historias escandalosas a todas horas, la gente ya ni se sorprende. Lo descartará diciendo que es ficción.

—Lo hará... si fuera lo único que tenemos planeado. —Me obligo a sonreir, aunque es lo que menos se me antoja hacer ahora mismo—. Ahí es cuando entra en juego la segunda fase.

Niega con la cabeza despacio.

—Das tanto miedo, esposa.

«Esposa.»

No hay razón para estremecerme cuando me llama así. Ninguna. Puede que el matrimonio sea real, pero en realidad no lo es. No importa que yo me haya enamorado de Eros, no puedo olvidar eso. Espero a que se cierren las puertas del elevador para alejarme de él, necesito un poco de distancia.

—Solo espero ser lo bastante aterradora como para salirme con la mía. No le llego ni a la suela de los zapatos a mi madre.

Aunque, en este momento, siento tanta ira que no temo a la conversación que estamos a punto de tener.

Ha intentado venderme a Zeus.

Pero no es el posible matrimonio lo que me parece un problema. Lo que me encabrone es que ni siquiera intentara hablarlo conmigo, que no confiara en mí para reconocer lo que nos beneficiaría ese movimiento. Se limitó a pasar por encima de mí.

—Tú mandas.

Eros me contempla en el reflejo del elevador, pero no intenta reducir la distancia que nos separa. ¿Sentirá él también la atracción? Porque yo sí.

—Está bien.

Tomo aire, me pongo derecha y entro con confianza al ático de mi madre en cuanto se abren las puertas del elevador. He decidido no mandarle ningún mensaje para avisarle de que íbamos a venir, pero Madre siempre pasa las tardes del sábado en casa, normalmente para prepararse para alguno que otro evento. Ya he comprobado su calendario y no va a salir hasta dentro de una hora.

Levanto la voz.

—¡Madre!

Tarda dos minutos exactos en aparecer. Va elegante, como siempre, con el pelo oscuro recogido, maquillaje inmaculado y un elegante vestido verde oscuro. Está representando el papel de madre tierra que ha creado con tanto cuidado para el público. Mira a Eros y niega con la cabeza.

—Si quieres hablar, que espere abajo.

—No eres quién para ordenarle nada, Madre. —Doy un paso adelante. Alcanzo a ver a Calisto en el pasillo de camino a nuestros cuartos, pero no intenta unirse a la conversación. Pues, mira, que escuche lo que voy a decir también; al fin y al cabo, le incumbe—. ¿Cuándo pensabas contarme que pretendías casarme con el nuevo Zeus? ¿Cuando me llevaras a rastras al altar?

Mi madre es demasiado orgullosa para mostrarse perpleja, pero su silencio lo dice todo.

—Te lo ha contado.

—He ido a verlo, sí.

Agudiza la mirada.

—¿Por qué?

—Ya llegaremos a eso en un momento. Contesta a mi pregunta.

—De hecho, iba a hablarlo contigo cuando pasara esta semana. Las negociaciones ya habían alcanzado la última fase, y mi intención era sentarme contigo y explicarte con todo detalle las razones por las que sería una unión excelente. —Me sostiene la mirada—. Perseo no es como su padre. Dudo que hubieras necesitado deshacerte de él. Es tan soporífero que podrías manejarlo a tu antojo. —Le lanza una mirada desdeñosa a Eros—. O así habría sido si no te hubieras casado con este.

Eros tiene el mismo aspecto severo que tenía cuando Zeus nos ha revelado los planes de matrimonio. Un aspecto que no puedo descifrar. Como si se hubiera convertido en un témpano de hielo. Le he contado la verdad en el coche de camino aquí; he admitido que, si mi madre me hubiera contado sus planes, los habría llevado a cabo. Su opinión de Perseo, de Zeus, es la misma que la mía. Puede que sea extremadamente implacable, pero parece preocuparse de verdad por sus hermanas, y eso ya es más de lo que se puede decir del antiguo Zeus. No le importaba nadie más que él mismo. Perseo tampoco tiene antecedentes de violencia. Lo sé porque lo he investigado.

Pero eso no quiere decir que vaya a permitir que una de mis hermanas solteras se case con él.

—Pues ya puedes cancelar las negociaciones.

—Te creía más lista. —Madre niega con la cabeza—. Me has acorralado con tus acciones.

Carajo, eso es lo que me aterra. Miro por encima de su hombro, pero Calisto ha desaparecido. No importa. Lo último que necesitamos es que se le meta entre ceja y ceja la idea de tirar a Zeus por la ventana o algo parecido e igual de definitivo. Llegados a ese punto, la línea de sucesión pasaría a Helena y, aunque me parece una chica estupenda, también parece demasiado joven e inexperta en muchos sentidos. Podría conducir a Olimpo al desastre.

Por mucho que odie o adore la ciudad, es un hecho que los Trece ayudan a que funcione como un reloj. Todo el mundo tiene su papel, su pedacito del pastel. Si fueran gente normal, ese pedazo bastaría, pero la gente normal no aspira a contarse entre las filas de los Trece. No, cada miembro sin excepción es ambicioso, despiadado y está dispuesto a aplastar a otros para impulsarse hacia arriba. Si les dieran rienda suelta, en menos de un año se habrían declarado la guerra los unos a los otros. Da igual cuál sea mi opinión personal acerca del título de Zeus, la realidad es que una personalidad formidable es esencial para mantener a los demás a raya.

Dentro de diez años, puede que Helena sea lo bastante fuerte. En este momento no.

Hay días en los que me gustaría ver esta ciudad en cenizas, pero, al final, es mi hogar. Si quiero que la gente de Olimpo siga estando relativamente a salvo, como lo están ahora, eso quiere decir que Perseo tiene que seguir siendo Zeus. Nada de accidentes convenientes. Nada de planear abiertamente un asesinato. Aunque no es que estuviera considerando matarlo...

Mientras no se le ocurra acercarse ni un puto pelo a Eurídice. Calisto puede cuidarse solita.

Ahora no puedo preocuparme por eso. Primero tengo que concentrarme en sobrevivir a la ira de Afrodita. Para ello, necesito a mi madre.

—Ya discutiremos los posibles planes nupciales más tarde. En este momento tenemos problemas más urgentes.

—Entiendo. —Suspira—. Pasen. Tener esta conversación en el vestíbulo es *déclassé*.

La seguimos hasta el salón, Eros es una nube de tormenta a punto de estallar a mis espaldas. Su energía ha cambiado en los pocos minutos que llevamos aquí. Si no me equivoco, ha pasado de impasible a sucumbir de lleno a una ira gélida. Y la dirige toda contra mi madre.

Con eso en mente, le doy la mano y jaló para que se siente a mi lado en el sofá. Dudo que le haga daño, pero es evidente que es capaz. A veces odio a mi madre, pero sigue siendo familia y no quiero que le hagan daño.

Sospecho que estos sentimientos encontrados son los mismos que tiene él por Afrodita.

Madre se coloca en uno de los sillones que tenemos enfrente y extiende la falda de su vestido a su alrededor, la viva imagen de una reina a la espera.

—Dime en qué problema te has metido.

—Se podría decir que has sido tú quien la ha metido en el problema. —La voz de Eros es mordaz.

Le coloco la mano en el muslo y pongo al día a mi madre. Se lo confieso todo. Bueno, me ahorro lo del sexo porque eso no es asunto suyo, pero le relato con todo detalle la serie de eventos que han tenido lugar en los últimos días y que nos han llevado hasta este momento. Cuando termino, está un poco pálida y hecha una furia.

Parece costarle la vida soltar los reposabrazos del sillón que agarra con una fuerza asesina.

—Voy a matarla.

—No, no lo harás —replicó antes de que pueda intervenir Eros—. No la queremos muerta.

—Y tú... —Clava en él la mirada de color avellana que tanto se parece a la mía—. ¿Creías que mis amenazas eran infundadas? Has amenazado a mi hija. Si serás...

—Madre. —Hago que se note el acero en mi voz—. Ya basta. Eros no me ha hecho daño.

—Discrepo. Te ha hecho daño con este matrimonio.

La ignoro porque esa no es una discusión que vaya a ganar.

—Aun así, lo hecho, hecho está. Si intentas deshacerte de Afrodita, le facilitaré a la prensa todo lo que sé de ti, y no es para tomárselo a broma. Los tratos turbios y las decisiones cuestionables. Las artimañas que utilizaste para que Perséfone volviera a la zona alta. Cuando encubriste la muerte de Zeus. Todo.

Por fin aparta la mirada asesina de Eros y me presta toda su atención.

—¿Me estás amenazando para mantener a salvo a la mujer que te quiere ver muerta?

—Si es así como quieres verlo...

—¿Por qué?

Porque quiero a Eros y no quiero verlo sufrir, por mucho que yo corra peligro. Matar a Afrodita le haría daño a mi marido. Él no tiene que ponerlo en palabras para que yo sea consciente.

No lo digo. Aunque me creyeran, ambos me considerarían una estúpida por variadas y distintas razones. Madre jamás dejaría que algo tan mundano como los sentimientos se interpusiera en sus planes y sus ambiciones. ¿Y Eros? Lo único que me ha ofrecido ha sido protección y sexo. Nada de ternura, nada más.

—Porque voy a escoger yo el método con el que me voy a vengar.

Por lo menos con esto será comprensiva.

Por fin asiente.

—No me parece bien, pero respetaré tus deseos. —Señala a Eros—. Con la condición de que si mi hija sufre algún daño, haré cenizas todo tu linaje.

—Entendido.

—Quiero que me consigas una reunión con Poseidón. —Lo haría yo misma, pero puedo contar con los dedos de una mano las veces que lo he visto en algún evento durante este último año e, incluso antes, tampoco es que participara en las fiestas de Zeus. Si me presento en el puerto sin invitación, dudo que consiga acceder a él.

Y eso sin olvidar que es bien sabido que Poseidón detesta a Eros, así que ya podríamos olvidarnos de su ayuda.

Frunce el ceño.

—¿Poseidón? Mejor emplea tu tiempo en convencer a Hades o Zeus. Poseidón odia los juegos de poder.

Lo sé. Cuento con ello. Normalmente, no se inmiscuye en las intrigas tan inherentes a los Trece, pero se trata de un título original y él carga con la gran influencia que eso conlleva. Mi madre tiene acceso único a él porque se ocupa de la alimentación de Olimpo. Aunque la mayoría de la comida proviene de los campos que rodean la ciudad, hay ciertas cosas que, por desgracia, no se pueden cultivar de forma local. Poseidón está a cargo de las importaciones y las exportaciones, y es uno de los pocos que pueden entrar y salir de Olimpo cuando se les pega la gana. Eso ha resultado en una relación laboral favorable entre él y mi madre.

Necesitamos tanto a Poseidón como a Hades en nuestro bando antes de poder volver a considerar a Zeus.

—Por favor, Madre.

Por fin asiente.

—Yo me encargo, aunque no puedo prometerte que vaya a ser rápido. A ese hombre le encanta ignorar mis llamadas siempre que puede.

—Estoy segura de que eres más que capaz de llegar a él.

—Pues claro que sí. —Se levanta—. Bueno, tengo que acabar de prepararme para un evento. Ya saben dónde está la puerta. —Vacila—. Gracias por contármelo, Psique.

—Puedes agradecérmelo poniéndoles fin a las negociaciones con Zeus.

Me brinda una sonrisa tensa y se va por el pasillo que conduce al dormitorio principal. No es que suelte un suspiro de alivio cuando desaparece de nuestra vista, pero una parte de las ganas de pelear se desvanece de mi cuerpo. Volteo hacia Eros.

—Yo...

—Hablaremos en el coche. —Señala con la barbilla por encima de mi hombro y me doy la vuelta para encontrarme con Calisto ahí plantada.

Me tenso, no me extrañaría que amenazara a Eros, tal como parece hacer toda la gente que me importa. Pero me mira con crudeza.

—¿Es cierto? ¿Madre sigue empeñada en convertirnos a alguna en Hera?

Trago con dificultad.

—Sí, pero...

—No me digas que se va a echar para atrás. Ambas sabemos que no lo hará. Si la situación con Perséfone no bastó para disuadirla, nada de lo que digas o hagas servirá. —Señala con el dedo a Eros—. Él es un monstruo, pero no es Hades.

—Gracias —balbucea él.

—Calisto, encontraremos el modo de solucionarlo.

Curva los labios en una sonrisa pero sus ojos se mantienen fríos como un témpano. Camina hasta mí y me sujeta por los hombros.

—Perséfone y tú ya han cuidado suficiente de nosotras. Yo me encargo.

El verdadero terror me atraviesa.

—No puedes matarlo.

—Lo sé. —Me da un apretón en los hombros y deja caer las manos.

—Pero...

—Preocúpate por ti misma, Psique. Si Afrodita te pone un dedo encima, haré que lo que le pasó al último Zeus parezca una muerte agradable.

Se da la vuelta y se marcha.

Mierda. Mierda. Mierda.

—¡Qué desastre!

—Psique. —Eros espera hasta que lo miro—. No puedes librar todas las batallas a la vez. Tenemos que priorizar, y en estos momentos tenemos cosas más urgentes de las que preocuparnos que de los posibles planes de matrimonio que tiene tu madre para tus hermanas. Podrás solucionarlo cuando nos encarguemos de Afrodita.

Tiene razón. Sé que la tiene. Pero no es tan fácil como parece dejar de lado años de responsabilidad y preocupación. Siempre he trabajado mano a mano con Perséfone para apaciguar la ira de Calisto y proteger a Eurídice de todos los horrores que existen en Olimpo. Darle la espalda a esa responsabilidad me resulta aterrador de una forma que nada tiene que ver con enfrentarse a Afrodita.

Aun así, le permito a Eros que me guíe hasta el elevador y después hasta el vestíbulo del edificio para salir a la calle. He de confiar en que mi hermana sabe lo que se hace y que no está a punto de hundirnos en la mierda aún más.

Espero con todas mis fuerzas que Calisto demuestre que puedo depositar esa confianza en ella. Si no, tendremos problemas mucho más grandes.

EROS

Llevo a Psique a casa. Esta noche ya no podemos hacer nada más, y parece tan inquieta como yo. De verdad confiaba en que Zeus intervendría. Zeus es, bueno, era mi amigo. Tendría que haber sabido que en esta maldita ciudad la amistad carece de valor.

Pero por algo tenemos leyes, y todo el mundo sabe qué pasó la última vez que uno de los miembros de los Trece se puso en contra de otro. El anterior Hades y su esposa fueron asesinados, y ese fue el inicio de treinta años especulando todo Olimpo que el título se había esfumado con ellos. Sus muertes motivaron la creación de la ley que prohíbe que los miembros de los Trece se maten entre ellos. Se supone que es para proteger tanto a quienes ostentan los títulos como a sus familias.

Con la ley se supone que, si alguien la quebranta, todo el peso del resto de los miembros de los Trece caerá sobre esa persona.

Reconozco que, de ser así, yo pagaría las consecuencias por mi participación en los planes de mi madre, pero sería un castigo insignificante a cambio de la seguridad de Psique.

Resulta extraño lo mucho que han cambiado mis prioridades en tan poco tiempo.

Observo a mi esposa, que mira por la ventanilla del coche con gesto contemplativo. Bueno, de extraño no tiene nada. Soy un puto egoísta. Me importa mucho, así que claro que no quiero que le hagan daño. Es así de simple y complejo a la vez.

Cuando llegamos al ático, Psique se demora en la entrada y se queda observando la estatua un buen rato.

—Es posible que mi plan no salga bien. Si Zeus y el resto admiten que Afrodita es la culpable, tendrán que apechugar, y es mucho más fácil hacerse de la vista gorda.

Me acerco por detrás y le rodeo la cintura con los brazos; jalo hacia atrás con cariño, para que apoye la espalda en mi pecho.

—Hades te ayudará.

—Sí, mi hermana se asegurará de que lo haga —suspira—. Pero, en el fondo, Hades no es más que una persona. Incluso con mi madre metida en todo esto, son dos de trece. Las cifras no son alentadoras, las veas por donde las veas.

Tiene razón. Cierro los ojos e inhalo el aroma a galletas que desprende. Tenemos que conseguirlo. Mi madre es lista y astuta y ambiciosa, pero, cuando se le mete alguien entre ceja y ceja, se obsesiona tanto que no ve más allá. Se echará para atrás si conseguimos poner de nuestro lado a suficientes miembros de los Trece. Yo lo creo. He de creerlo. Pero...

—Si nuestro plan falla, yo lo solucionaré.

Y usaré todos los medios que sean necesarios. No quiero. Carajo, no quiero llegar a ese extremo, pero no permitiré que le haga daño a Psique. Ese es mi límite, el que no pienso traspasar, sea quien sea quien pague las consecuencias. Ni aunque sea yo quien pague las consecuencias.

Psique se da la vuelta y se aferra con fuerza a mi camisa.

—No, Eros. No te pienso dejar. Ni aunque me cueste la vida.

Va en serio. La sinceridad de sus palabras se refleja en su

precioso rostro. Por los dioses, esta mujer va a acabar conmigo. La acerco más a mí, como si el peso de su cuerpo contra el mío bastara para disipar mis pensamientos lúgubres. No funciona. Claro que no. Suelto una risa amarga.

—Perdería de todas formas.

—¿A qué te refieres?

—Psique, ¿todavía no te has dado cuenta? Me importas. Sufriré si te pierdo.

—Lo dices por decir —contesta negando con la cabeza.

—No, no es verdad. —Inhalo despacio y apoyo la frente en la suya—. Cuando estoy contigo, me siento humano. Carajo, siento. ¿Sabes lo que eso significa para alguien como yo? Pensaba que esas partes de mí estaban muertas y enterradas tan profundamente que jamás volverían a ver la luz del día. Tuve que aplastarlas para seguir haciendo lo que se me exigía.

—Eros...

Pero yo todavía tengo mucho que decir.

—Y, aun así, no sé si de verdad soy capaz de amar, no como lo hace una persona normal. Aunque da igual. Me importas, y ni todos los razonamientos del mundo podrían cambiar eso. Así que ni te molestes.

Se le escapa un ruidito que bien podría ser una risita... o igual un sollozo.

—Somos un desastre.

—Dime algo que no sepa. —Subo la mano por su espalda—. Te prometí que te mantendría a salvo, y es lo que pienso hacer.

—Y ¿a ti?

—¿A qué te refieres? A mí ¿qué? —pregunto sorprendido.

—¿Quién te mantiene a ti a salvo, Eros?

—No entiendo la pregunta.

Y vuelve a hacer ese extraño ruidito. Ahora que puedo verle la cara, me doy cuenta de que se está riendo.

—Sí, no la entiendes, ¿no? Estás tan dispuesto a arrancarte el corazón por mi seguridad que nunca se te ha pasado por la cabeza que yo haría lo mismo. —Me tira de la camisa y añade—: No pienso permitir que cargues con el peso de hacerle daño a tu madre. Encontraremos otra solución.

—Puede que no haya otra solución. —Me duele admitirlo. Todo sería mucho más fácil si de verdad no tuviera corazón que arrancarme del pecho, si fuera una persona fría, sin sentimientos, tal como mi madre quería conseguir que fuera—. No quiero discutir. Solo estoy exponiendo los hechos.

Los labios se le curvan hacia arriba en forma de sonrisa, pero todavía me observa con preocupación en la mirada.

—Y yo. No permitiré que cargues con ese peso. Ni por mí, ni por nadie. Ya se nos ocurrirá otra alternativa.

Podríamos seguir dándole vueltas al asunto mil veces más, y la realidad sería la misma. Le doy un apretoncito a Psique, y le digo:

—Deberías comer algo.

Antes de contestar me pone mala cara.

—Vaya manera tan poco sutil de cambiar de tema.

—No decidiremos nada hasta mañana a lo mucho, y hoy ya te has saltado, mínimo, una comida. —Algo a lo que tendría que haber estado atento, pero hemos vivido tanto que estoy empezando a cometer errores. Errores incluso que no me puedo permitir, como no asegurarme del bienestar de Psique. Ya me ha demostrado que, cuando quiere conseguir algo, es implacable y enérgica. Es una buena cualidad, pero también implica que pasa por alto lo que para ella son necesidades menos importantes mientras pone toda su atención en las más urgentes—. Vamos.

Le tomo la mano, y disfruto al ver cómo me lo permite. Me es mucho más fácil concentrarme en ese punto de contacto, en contar los pasos que debemos dar para llegar a la cocina, que darle vueltas a lo que ha dicho antes.

Se preocupa por mí.

Le preocupa que sufra, aunque sea por las decisiones que yo mismo he tomado.

No sé qué hacer con eso. Una parte de mí quiere gritar mi victoria a los cielos, mientras que el resto está confundida pensando en a qué diablos se refiere. No soy de esas personas que necesitan protección. Soy el puñal en la oscuridad, la amenaza lista para caer sobre cualquier enemigo que se alce. ¿Para qué carajos voy a necesitar un escudo?

Pero es justo eso lo que Psique, a su manera, me está ofreciendo. Bueno, igual no es un escudo: sería mejor describir lo que me ofrece como un lugar seguro en el que aterrizar. Las dos cosas me resultan tan impensables, como si ahora mismo me salieran alas y me echara a volar.

—¿Un sándwich?

—Está bien.

Nos preparo un sándwich para cada uno mientras ella me observa. De nuevo, me abruma el hecho de lo fácil que es estar con Psique. Hasta cuando nos estamos molestando el uno al otro, o cogiendo hasta que pierdo el sentido; nos hemos metido en la vida del otro casi sin esfuerzo. Es un regalo que jamás me esperé. Me hace querer... ciertas cosas. Cosas que estaba seguro de que no eran para mí.

Como tener hijos.

—Psique, cuando me dijiste que querías tener hijos, ¿lo decías en serio?

—¿Cómo? —pregunta sobresaltándose.

Corto su sándwich por la mitad y le paso el plato deslizándolo por la barra hasta ella.

—Es una pregunta muy sencilla.

—Pues... —Baja la mirada al plato, y luego me mira a mí—. Sí, era en serio. No era un truco para que empatizaras conmigo. Quiero formar una familia.

Un mes atrás, me habría carcajeado si alguien hubiese sugerido que yo también quiero formar una familia. Pero desde que nos reunimos con Zeus, no he podido quitarme de la cabeza la imagen de ese futuro con Psique. Quiero el paquete completo. Me da igual si se merece a alguien mejor que yo. No hay persona que esté tan dispuesta como yo a incendiar el mundo por ella. No sé si sería buen padre (no es que haya tenido nada parecido a un modelo que seguir en ese tema), pero creo que podríamos arreglárnosla con la paternidad. Juntos.

No soy tan tonto como para contarle lo que se me está pasando por la cabeza. Antes de poder hablar sobre algo remotamente parecido a un futuro juntos, tenemos un obstáculo enorme que superar. Y, aun después, si conseguimos eliminar la amenaza que supone mi madre, con ello también estaríamos eliminando la única razón que tenemos para estar casados. No seré capaz de conseguir que se quede a mi lado; ni siquiera yo soy tan cruel como para obligarla a quedarse conmigo para siempre si lo que ella ansía es su libertad.

Pensamientos desesperados, molestos.

¿Qué diablos voy a hacer?

Terminamos de comer en silencio. ¿Qué más queda por decir? Tengo ganas de atarla a mí para siempre y, al mismo tiempo, de cerrar la boca para no decir algo de lo que podamos arrepentirnos. Admitir que nos preocupamos es una cosa. Pero contarle la verdad que retumba en mi interior está fuera de discusión. No puedo ni reconocerlo.

«La quiero.»

Compruebo esas palabras mientras nos lavamos los dientes, una muestra de cotidianidad que para las parejas normales debe de ser algo muy trivial, pero que yo quiero guardar en mis recuerdos para siempre porque esto también es irreemplazable. Todos estos pequeños momentos con ella son una novedad para mí, y si algo le pasara a Psique o si al final me saliera el tiro por la culata, tendría que vender el puto ático y mudarme a otro lugar, porque ha conseguido dejar su presencia en cada rincón de la casa en el poco tiempo que llevamos juntos.

No podré volver a dormir ni una sola noche en mi cama con el recuerdo de todo el placer que nos hemos dado el uno al otro. Ni volver a cocinar en mi cocina sin recordar cada palabra de cada conversación que hemos tenido allí. ¿Y el vestíbulo? Ni de broma.

Ni siquiera ha tenido la oportunidad de añadir objetos al salón, como tiene pensado. No podré vivir aquí sin preguntarme qué cambios habría hecho de haber tenido tiempo. Me mataría.

—Eros.

Me doy cuenta de que llevo demasiado rato mirándome en el espejo, y sacudo la cabeza.

—No pasa nada. Estoy bien.

—¿Seguro?

No. Ni un poquito. Volteo hacia ella. Sería muy fácil darle un beso y ahorrarnos la necesidad de usar más palabras esta noche. Sé que su cuerpo me ofrece la salvación que no encontraré en otro lugar. Pero ya hemos dejado atrás el sexo sin más, y creo que los dos lo sabemos.

—Psique.

Se enrosca un mechón de pelo en el dedo, y sus cejas se encuentran cuando frunce el ceño.

—Dime.

—Pues... —Carajo, ¿por qué me cuesta tanto? Carraspeo para aclararme la garganta y vuelvo a intentarlo—: Esta noche te necesito.

—Está bien —contesta, y su gesto se suaviza.

Casi me hace reír; me reiría si hubiese algo de oxígeno en el cuarto con el que pudiera llenarme los pulmones.

—¿No me vas a preguntar qué es lo que necesito de ti antes de aceptar?

—No. —Me mira con una sonrisita—. ¿Por? ¿Debería tener miedo?

Si supiese lo que ocupa mis pensamientos, cómo ansío atarla a mí en todos los sentidos posibles, igual tendría miedo. Me froto el pecho con el dorso de la mano.

—Yo... quiero que durmamos abrazados esta noche.

Mi petición parece sorprenderla.

—¿Dormir abrazados? Pensé que me ibas a proponer alguna práctica sexual extraña.

—Igual luego.

Debería. Ya me admitió que no sabe separar el sexo del vínculo sentimental, así que seducirla es la manera infalible para conseguir que se enamore tanto de mí como yo me he enamorado de ella.

Pero no es eso lo que necesito esta noche. Necesito su cuerpo junto al mío, pegado al mío, tumbado en la cama y controlando su respiración constante. Carajo, necesito abrazarla y dormir así. Desvío la mirada, y me sonrojo por mucho que me esfuerzo en no hacerlo.

—Da igual, déjalo.

—No. —Entonces baja la voz—: No, perdona. Ha sido una respuesta de mierda. —Da un paso hacia mí y me rodea con los brazos. Es un crimen cómo Psique encaja a la perfección conmigo. ¿Cómo se supone que voy a seguir con mi vida después de saber que hay una persona que es mi otra mitad? Maldición, ahora mismo estoy hecho un desastre. Psique me estrecha entre sus brazos—. ¿Con o sin ropa?

—Sin.

A Psique se le escapa una risita.

—Está bien, vamos. —Me suelta y sale del baño, y yo voy tras ella. Lo hago sin titubear y, por ello, tengo el gusto de disfrutar de las vistas de mi esposa desnudándose mientras se dirige a nuestra cama. Me mira por encima del hombro—. Me estabas mirando el trasero, ¿no?

—¿Qué esperabas? Tienes un trasero buenísimo.

Grande y apetecible.

—Ya lo sé.

Se mete entre las sábanas y se hace a un lado para dejarme sitio.

Me desnudo y me meto con ella en la cama. Las sábanas están frías, y Psique no tarda ni un segundo en pegarse a mí y apoyar la nariz en mi cuello.

—En esta casa hace demasiado frío.

Me acomodo de espaldas con Psique tapada hasta arriba y apoyada sobre mi pecho. Esto. Esto es justo lo que necesito. Siento los latidos de su corazón en mis costillas, y sus lentas respiraciones en la piel. Un recuerdo de que está aquí, a salvo, y que seguirá estándolo toda la noche.

Entrelaza las piernas con las mías y se acurruca más cerca.

—Eros...

—Dime. —Le paso los dedos por el pelo disfrutando de su peso sobre la palma de mi mano.

—Antes hablaba totalmente en serio. No pienso permitir que llegues al extremo de tener que tomar esa decisión; de tener que elegir entre tu madre y yo. Sé que hay otra solución. Solo necesito tiempo para encontrarla.

Cierro los ojos, y dejo que el suave peso de su cuerpo me calme del todo la mente, que va a mil por hora.

—Si hay alguien que puede conseguirlo, esa eres tú.

—Tú... confía en mí, ¿está bien?

—Confío en ti. —Es la verdad. No tenemos tanto tiempo para pensar en un plan mejor del que tenemos, pero todo depende de que Deméter nos consiga una reunión con Poseidón—. Ahora, a dormir.

—Ya voy. —Me estrecha más contra ella—. Lo resolveremos juntos, te lo prometo.

Cuando el sueño se va adueñando de mí, casi me lo creo.

30 PSIQUE

Para cuando amanece, ya tengo algo parecido a un plan alternativo. Aunque no es que sea bueno y, si se lo contara a Eros, seguramente me encerraría en la habitación del pánico y se desharía de la llave. De todas las cosas que nunca habría esperado de este matrimonio, lo que más me sorprende es su instinto protector. Y no solo en lo que se refiere a la situación actual con su madre. Me cuida... a todas horas.

Y tampoco está actuando.

Eros puede tener lo que quiera de mí, cualquier cosa que se le antoje. Estamos casados. Nos acostamos. A juzgar por la manera en que la historia de Clío ha aparecido en varias páginas de chismes esta mañana, sí hemos convencido a Olimpo de que la nuestra es una historia de amor para la posteridad. No tiene ninguna razón para mentirme, ni con sus palabras ni con sus acciones.

Eso significa que lo que dijo anoche era cierto. Le importo. No soy tan tonta como para creer que eso se traduce en amor, pero es más de lo que podría haber soñado. Es casi suficiente para concederme esperanzas.

Primero, tenemos que sobrevivir a la próxima confrontación con Afrodita.

Mi celular brilla en la mesita de noche y me inclino lo bastante para agarrarlo sin mover a Eros, quien me envuelve con su cuerpo. Ha estado así toda la noche, bien pegado a mí, como si creyera que me deslizaré entre las sábanas al amparo de la oscuridad para no volver nunca más.

Teniendo en cuenta que eso es lo que mi hermana le hizo a Hades cuando se marchó para salvarlo del anterior Zeus, no es que Eros ande muy desencaminado. Podría asegurarle que no tiene nada de qué preocuparse en lo que a eso respecta, que intentar lidiar con Afrodita en secreto solo nos traería el triple de problemas. Para empezar, ser prudentes es lo que nos ha metido en este lío. Ya es hora de sacar todo a la luz.

Veo el nombre de mi hermana aparecer en la pantalla y deslizo el dedo para contestar a la llamada.

—Qué madrugadora, Perséfone.

—Madrugadora o trasnochadora. —Suena como si le faltara un poco el aire—. ¿Por qué Hades ha recibido llamadas de Madre y de Zeus esta mañana?

Sí que son rápidos, cosa que no significa nada bueno. Había planeado llamar a Perséfone esta mañana para ponerla al día, pero parece ser que debería haberlo hecho anoche si quería adelantarme a los acontecimientos. No me gusta que mi madre ya esté despierta y con sus maquinaciones. Eso quiere decir que la llamada con Poseidón ha sido un fracaso.

—Digamos que se ha torcido el asunto.

—¿Más que cuando te casaste con Eros sin previo aviso?

—Perséfone, creí que ya habíamos dejado eso atrás.

—Ha pasado menos de una semana. No lo hemos dejado atrás.

Pongo los ojos en blanco, tan frustrada como reconfortada con su sobreprotección. Solo que en esta situación es algo normal y previsible.

—Si no hubiera sido Eros, habría sido Zeus.

Se queda callada un buen rato.

—Dime que no lo ha vuelto a hacer. No puede ser.

—Madre es obstinada. Ya lo sabes. Se ha empeñado en conseguirnos el título de Hera a una de nosotras.

Dice una maldición.

—Está bien, ya nos ocuparemos de eso luego. En este momento necesito saber qué te ha pasado, porque parece ser lo más urgente.

—Afrodita ha ordenado mi muerte.

Me siento tan bien al decirlo en voz alta que casi parece que he logrado la catarsis.

—Que ha hecho ¿qué?

—Como lo oyes. —Siento que Eros se tensa un poco, una señal implícita de que está despierto—. Zeus no va a involucrarse a menos que tengamos pruebas irrefutables, así que habíamos planeado ganarnos el apoyo de Hades y Poseidón, y así obligarlo a actuar. Ni siquiera Afrodita puede enfrentarse a ellos tres.

Se queda en silencio en lo que dura un suspiro.

—La verdad es que no es un mal plan, pero tampoco es que sea brillante.

—Ya lo sé.

Otra pausa.

—Se te ha ocurrido un plan B.

Mi hermana me conoce muy bien. Normalmente apreciaría su opinión acerca de lo que tengo planeado, pero soy plenamente consciente de que tengo a Eros encima y que lo está escuchando todo.

—Estamos decididos a probar esto antes —anuncio por fin. En realidad, no es mentira. No porque no crea que va a funcionar, significa que yo esté en lo cierto. Deseo con todas mis fuerzas equivocarme.

—Hades los apoyará.

Eso me arranca una sonrisa.

—¿No vas a hablarlo con él primero?

—No es necesario. Primero, porque lo tengo aquí sentado y poniendo la oreja como el marido metiche que es. Segundo, eres su cuñada y le caes bien, es evidente que hará cualquier cosa para asegurarse de que estés a salvo. ¿Verdad, Hades?

Oigo un murmullo grave de asentimiento de fondo. Bueno, pues una cosa menos de la que preocuparse. La verdad es que no esperaba nada diferente, pero durante la última semana me he llevado bastantes sorpresas y ya no puedo dar nada por seguro.

—Gracias.

—Avisará a Zeus, pero tienes que encargarte tú de Poseidón. A él no le gusta meterse en estas cosas y te hará falta un buen argumento para incitarlo a que decida involucrarse.

Soy plenamente consciente.

—Que se preocupe Madre de eso. —Ambas nos quedamos en silencio durante un instante mientras imaginamos qué trapos sucios podría tener nuestra madre para obtener la cooperación de ese hombre. Me estremezco—. Tengo que levantarme y hacer algunas llamadas.

—Ten cuidado. Estamos aquí si nos necesitas.

Noto una opresión en la garganta y tengo que tragar saliva para poder hablar.

—Te quiero.

—Y yo a ti.

Dejo a un lado el celular y me volteo en los brazos de Eros para mirarlo a la cara.

—Lo has oído.

—Lo he oído. —Se acurruca contra mí. Para ser un hombre hecho de hielo, le encanta tocarme. Casi tanto como me gusta a mí que me toque. Descansa la barbilla sobre mi cabeza—. Ya tenemos a uno en la bolsa, solo nos queda otro.

Le doy un beso en el pecho mientras disfruto de la cercanía. Parece que el plan sigue adelante. No sé qué nos depara el futuro si conseguimos salir victoriosos de este desastre, pero algo parecido a la esperanza se aloja en mi pecho. Lo quiero. A él le importo, lo que parece indicar que podría llegar a quererme si se le diera la oportunidad.

—¿Eros?

—¿Sí?

Me tienta guardarme los pensamientos para mí, pero nunca se me ha dado especialmente bien controlar lo que sale de mi boca con este hombre. Sobre todo si añadimos los sentimientos a la ecuación.

—Anoche me dijiste que no eres capaz de amar.

Se tensa.

—Y no lo soy.

—Te equivocas.

Eros resopla y suelta una risa mordaz.

—Creo que ambos estaremos de acuerdo en que he salido defectuoso.

—Basta. —Me incorporo—. Deja de hablar de ti mismo de esa forma. No dejaría que nadie hablara de ti con esa crueldad y ni de broma pienso permitir que tú también lo hagas.

Su cara de estupefacción me duele en el alma.

—Es la verdad.

—Eros, quieres a Helena.

Esboza una mueca.

—Es como una hermana para mí.

—Lo sé. —Le coloco una mano en el centro del pecho—.

Y la quieres como a una hermana. Ese amor también cuenta. De hecho, cualquiera te diría que cuenta más que el amor romántico porque no hay sexo de por medio para complicar las cosas.

Abre la boca, duda y por fin cubre mi mano con la suya.

—Cuesta discutírtelo.

—Porque tengo razón. —Respiro hondo—. Da igual si lo que tenemos llega a convertirse en amor o no, no es algo que ninguno de los dos podamos controlar. —Aunque para mí ya sea demasiado tarde—. Pero nunca dudes de que eres capaz de amar.

Eros analiza mi cara durante un largo rato y después relaja su expresión para dibujar una sonrisa.

—De verdad que no te merezco.

—La verdad es que no. —Suelto una risita—. Pero no por las razones que has dado antes. Es que soy una joyita.

—Lo sé.

El momento pende entre nosotros, y esas dos palabras imperdonables me danzan en la punta de la lengua. «Te quiero.» No puedo decirlas. Ahora no, no después de esta conversación. Parecerá que estoy intentando manipularlo o, lo que es peor, que estoy esperando que él me corresponda.

Desesperada por encontrar una distracción, me aclaro la garganta.

—Me muero de hambre.

Eso lo activa, tal como sospechaba que haría.

—Pues vamos a darte de comer.

Una hora más tarde, hemos desayunado y nos hemos bañado. Estamos organizando lo que queda del día cuando me suena el celular. Aguanto la respiración cuando leo el nombre de mi madre.

—¿Diga?

—Poseidón no participará. Lo siento, Psique. He intentado hacer uso de hasta la mínima influencia que pudiera ejercer sobre él, pero se niega a ser cómplice de este problema.

La decepción hace que me fallen las piernas. Apenas consigo caer sobre la silla en vez de en el suelo.

—Ya veo.

—Es un necio y un principiante si cree que puede jugar a este juego según sus normas en vez de hundirse en las profundidades en las que el resto de nosotros muramos. Si me das un poco de tiempo...

—Gracias, pero no será necesario. —Tiempo es lo único que no tenemos. Incluso ahora, estoy segura de que Afrodita estará poniendo en marcha su siguiente ataque. No es de las que se toman las decepciones a la ligera y, desde su punto de vista, ya la he derrotado dos veces. No dejará que ocurra una tercera vez—. Yo me encargaré.

—Psique... —Por primera vez desde que tengo memoria, mi madre suena insegura—. Deja que te ayude.

Una verborrea envenenada amenaza con salir de mi boca. «No estaría en esta situación si Afrodita no te odiara tanto. Ni siquiera estaría en Olimpo si no fueras así de ambiciosa.» No digo nada. Al fin y al cabo, yo tengo tanta responsabilidad en esta situación como el resto de los involucrados. Podría haber sido como Perséfone y haber buscado la forma de salir de Olimpo. Ese nunca fue mi objetivo. Yo también he participado en el juego, y ahora tengo que jugar mis cartas con más maña de lo que lo he hecho nunca.

Fracasar supondría la muerte.

Inhalo poco a poco.

—Lo tengo todo bajo control. Te llamo luego. —Cuelgo y levanto la vista para encontrarme con los ojos inquisitivos de Eros—. Poseidón no va a apoyarnos.

—Era una apuesta arriesgada, pero esperaba equivocarme. —Se ha quedado quieto, parece estar pensando frenéticamente y la apatía vuelve a asomar a sus facciones—. Yo me encargo.

—Eros, no. —Me regresan las fuerzas al cuerpo a causa del pánico absoluto. Camino hasta él para agarrarle las manos—. No. No puedes hacerle daño a tu madre.

—No quiero hacerlo. —Suena como si estuviera sufriendo—. Pero ambos sabemos que no se detendrá. —Niega despacio con la cabeza—. No hay otra salida. Nos quedamos sin tiempo.

Ya lo sé. Soy plenamente consciente de cada segundo que pasa.

—Eros, por favor. —Le deslizo las manos por el pecho hasta acunarle la cara. Carajo, creo que me voy a echar a llorar—. Te quiero.

Es una táctica cruel decírselo ahora, una táctica deshonesta y tan manipuladora como temía que quedara. Me da igual. Estoy dispuesta a decir cosas peores para evitar que lo haga. Y después de todo, no le estoy mintiendo.

Si pensaba que estaba quieto antes, tendría que haberlo visto ahora que está prácticamente congelado.

—Vuélvelo a decir.

—Eros, te quiero. —Me resulta muy sencillo pronunciar estas palabras. Le hundo las manos en los rizos dorados—. Te quiero.

Casi parece que está agonizando.

—Lo que he dicho antes iba en serio. No lo merezco.

—Al amor no le importa si te lo mereces o no. No es que sea un sentimiento que dependa de las circunstancias, o al menos no debería.

Me cubre las caderas con las manos.

—Yo, en particular, no me merezco que me quieras. —Suelta un suspiro entrecortado—. Pero me importa una mierda. Lo has dicho y ya no puedes retirarlo.

Me descubro sonriendo, aunque parece que mi corazón se esté rompiendo en pedazos.

—Por favor, no te vayas. Por favor, dame tiempo para que encuentre otra solución.

Para poner en marcha otro plan que pueda salvarlo.

Me cubre las manos con las suyas y se las aparta del pelo. Me besa una palma y después la otra.

—He prometido mantenerte a salvo y eso es justo lo que voy a hacer. —Me suelta y retrocede—. Métete en la habitación del pánico y quédate ahí hasta que vuelva. No le abras a nadie que no sea yo.

Lo estoy perdiendo. Quizá ya lo había perdido en cuanto Poseidón se ha desentendido. No lo sé, pero siento que Eros se me escapa entre los dedos aunque lo tengo justo enfrente. Puede que se considere un verdadero monstruo, pero, si eso fuera cierto, no sería capaz de preocuparse por mí como lo hace.

Si le hace daño a su madre, perderá la poca alma que le queda.

No puedo permitir que lo haga, no por mí.

—Eros, por favor.

Me da un beso dulce. Siento que es un adiós.

—La habitación del pánico, Psique. Prométemelo.

—Te lo prometo —susurro. Es la primera vez que le he mentido desde que nos casamos.

Asiente y me suelta.

—No tardaré.

Me quedo ahí plantada con el alma en los pies mientras veo cómo se pone el abrigo y los zapatos. El sonido de la puerta al abrirse resulta ensordecedor en el silencio del ático. Me pongo a contar en voz baja sin darme cuenta.

—Uno... dos... tres... —Cuando llego a veinte, me obligo a ponerme en marcha.

El primer paso es el más complicado. Soy consciente de riesgo que corro. Y no solo en lo que concierne a mi vida, sino que corro el peligro de que Eros no me perdone nunca por lo que estoy a punto de hacer.

Da igual. Pagaré el precio con mucho gusto si eso quiere decir que impediré que cargue con el peso de haber herido a una de las pocas personas que le importan en este mundo.

Busco mi celular y casi se me cae por las prisas. Solo hay una persona a la que puedo llamar para salirme con la mía, y aquí sí que me estaré apostando todo lo que tengo. Respiro hondo y marco el número.

Cuando contesta, parece que Helena estaba durmiendo.

—¿Diga?

—Helena, necesito el número de Afrodita.

—Hola, Psique. Yo también me alegro de hablar contigo. Estoy estupendamente, gracias por preguntar.

Me aguanto las ganas de ponerme a gritar.

—Helena —digo despacio—. Eros está en peligro y necesito el número de Afrodita. No tengo tiempo de explicártelo.

Se queda en silencio un instante.

—Me caes bien, Psique, pero Afrodita me despellejará viva si se entera de que te he dado su número. Pídeselo a Eros.

—¡Helena! —grito a pesar de mis esfuerzos por mantener la calma—. Eros va a matar a Afrodita.

—¿Qué? Imposible. Tienen una relación tóxica del carajo, pero es su madre.

—Lo sé, y por eso necesito su número ahora mismo.

Otra pausa, esta vez más corta. Por fin contesta:

—Si esto es una artimaña y vas a acabar haciéndole daño, te juro que te hago picadillo. Cuando termine contigo no te va a reconocer ni tu madre.

—Si fracaso en el plan que estoy a punto de poner en marcha, te animo a intentarlo. El número, Helena. Por favor.

Suelta una maldición y me dice el número. Cuelgo antes de despedirme. El tiempo es oro, pero me permito tomarme unos segundos para respirar y aclararme las ideas. Solo tengo una oportunidad, no puedo darme el lujo de echarlo a perder.

El corazón me late a mil por hora cuando marco el número de Afrodita. Bueno, da igual. No me creerá si sueno demasiado tranquila. Es lo bastante lista para percatarse de que la realidad esconde más de lo que parece, así que mi trabajo consiste en asegurarme de que esté demasiado obsesionada con la posibilidad de acabar conmigo como para preocuparse de que vaya a tenderle una trampa. O al menos que sea lo bastante arrogante como para pensar que no caerá en ninguna trampa que yo le tienda.

Cuando contesta, suena tan fría como el hielo.

—¿Dígame?

—He cambiado de idea. —No tengo que fingir que me tiembla la voz—. No sabía en lo que me metía y quiero escapar. Tú puedes sacarme de Olimpo, ¿verdad?

Apenas vacila.

—¿Psique? Qué alegría saber de ti. La verdad es que me sorprende que te hayas puesto en contacto conmigo.

Carajo, tengo que conseguir que esto vaya más rápido. Respiro hondo.

—Quiero desaparecer. Tú quieres que desaparezca. Ambas salimos ganando.

—Y yo que pensaba que estabas enamoradísima de mi hijo... —Sus palabras destilan ácido.

—Ahora ya sabes que no.

Afrodita se ríe.

—Sí, lo sé. Has abarcado más de lo que podías manejar con Eros, pero eso no viene al caso. ¿Qué me propones?

—Nos vemos... No sé, ¿en los jardines del distrito universitario? Si puedes meterme de contrabando en el siguiente barco que salga del puerto, no volverás a saber de mí. —El temblor de mi voz se intensifica—. Yo no he pedido nada de esto. No quiero morir.

—Pues claro que no, querida. Nadie quiere morir. —Se queda en silencio mientras parece analizar sus últimas palabras—. Tenía la sensación de que abandonar la ciudad no entraba en tus planes.

—Abandonar Olimpo no es muy fácil que digamos —le respondo de golpe.

—Ajá, en eso tienes razón. —Otra pausa—. Te sacaré de aquí. Nos vemos en los jardines por la noche.

—¡No! —Me doy cuenta de que he gritado demasiado y me maldigo mentalmente—. Eros ha salido a arreglar unos asuntos. Tiene que ser ahora. Si no me marcho antes de que vuelva, me obligará a quedarme.

Afrodita suspira.

—Sí, mi hijo puede ser bastante tenaz cuando se le mete algo entre ceja y ceja. Supongo que puedo cambiar los planes que tenía para hoy. Nos vemos en los jardines dentro de una hora.

Apenas me da tiempo para llegar sin prisas. Ya estoy caminando hacia la puerta y agarrando el abrigo.

—Muy bien. Gracias, Afrodita.

Puedo oír la sonrisa malévola en su voz.

—No hay de qué, cariño. Después de todo, una madre siempre sabe más.

EROS

No tengo claro qué se supone que siente una persona cuando está yendo a amenazar, y seguramente a matar, a su propia madre. Yo no siento nada. Al contrario, no dejan de venirme a la cabeza destellos de recuerdos que creía haber enterrado hace mucho en las profundidades de mi mente.

Con ocho años, me encontré a mi madre llorando en el sofá. Recuerdo cómo, entre sollozos, me dijo que toda la ciudad estaba en su contra. Le prometí que yo siempre la protegería.

Con trece, ya era capaz de enumerar sin equivocarme a todos los enemigos de mi madre, a aquellas personas que, según ella, querían verla muerta. Le repetía los datos personales de cada una de ellas, y sus pecados, mientras ella me observaba sonriendo, como si fuera su persona favorita del mundo entero.

Con diecisiete, mi madre me pidió que le hiciera un favor, una tontería. Carajo, fue sumamente sencillo hacer las preguntas adecuadas para descubrir qué pasaba entre Apolo y Dafne. Luego mi madre me colmó de atenciones.

Con dieciocho, fue la primera vez que le dije que no haría lo que me pedía. Qué rápido me retiró las atenciones, su mera presencia, cuán despiadado fue su castigo, cómo estuvo días, semanas, alejada de mí hasta que al final claudiqué e hice lo que me había pedido. Puede que mi madre sea un monstruo, pero es la única familia que tengo. Yo no era tan fuerte como para soportar cómo me ignoraba. No tenía a nadie más.

Con veintiuno, aprendí lo que tendría que haber aprendido antes: no me quiere de verdad. Dudo que sea capaz de amar a alguien, la verdad. Para ella, no soy más que una herramienta práctica que utiliza o abandona según lo requiera la situación. Todos los momentos de debilidad, las lágrimas, las penas, no eran más que armas que blandía contra mí. Comprenderlo mató algo en mi interior, algo que pensé que jamás recuperaría... hasta que conocí a Psique.

Entonces Afrodita recurrió a medidas más duras para meterme en cintura cada vez que me rebelaba contra ella.

Pero, a pesar de todos los años de amor y de rencor que acabaron convirtiéndose en odio, la verdad es que mi madre siempre ha sido la única constante en mi vida. Siempre ha estado presente, ya fuera como antagonista o como referente. Nunca se me pasó por la cabeza que un día ya no lo estaría.

Que, algún día, sería yo quien pusiera punto final a su vida.

Tardo cuarenta minutos en llegar a su casa. Aunque mi madre se pasa casi todo el día por los alrededores de la torre Dodona, en realidad vive a las afueras de la zona de los teatros. No he llegado a saber nunca si de verdad le gusta el teatro o si solo le gusta ser musa y mecenas de los artistas. Como sea que haya sido, si llegué a encontrar Las Bacantes fue porque ella me sacaba a rastras de casa para ir al teatro.

En vez de residir en uno de los muchos rascacielos que hay repartidos por Olimpo, mi madre vive en una casa con un jardincito vallado por el que me adentro en la propiedad; paso por la reja que limita el jardín trasero. Debería toparme con los vigilantes que custodian la zona (ante mi insistencia), pero parece que los ha vuelto a despedir. Mi madre detesta estar rodeada de personas armadas, así que las echa en cuanto tiene oportunidad. Cosa que a mí me frustraba a niveles indescriptibles.

Pero que ahora me queda de maravilla.

Me paro en el jardín. En primavera, el lugar es una explosión de flores y colores, cuidado al más mínimo detalle y de forma impecable. Algo que no llegué a entender nunca. A Afrodita le encanta ser la anfitriona, pero pocas veces lo es en su propia casa. Casi nunca publica fotos de esta zona de su hogar. Es como si quisiera ser la única que disfruta de toda esta belleza, pero no puedo pensar en esto ahora.

Con mi llave, abro la puerta de atrás y paso sin avisar de mi presencia. Es domingo, así que tendría que estar en casa. Afrodita no es feligresa de ninguna iglesia, y le gustan los domingos de tranquilidad en los que no debe exponerse al ojo público.

Pero me da la sensación de que la casa está vacía.

Recorro habitación por habitación, mientras aborrezco la cascada de recuerdos que me sobreviene con cada una de ellas. He crecido en esta casa y, si bien mi infancia carecía en muchos momentos de ternura y seguridad, no todo fue tan malo. Me detengo en el umbral del que era mi cuarto. Es una reliquia del pasado: está tal como lo dejé cuando me mudé a los dieciocho años, desesperado por poner algo de espacio entre mi madre y yo. Una cama matrimonial extragrande, sábanas con una ridícula cantidad de hilos, y solo una almohada ocupando toda la amplitud del colchón.

Aunque no quiero, entro en mi cuarto y echo una mirada. No hay pósteres en las paredes, pero sí dos cuadros enmarcados que mi madre me regaló durante una fase particularmente angustiosa. El artista de las obras firma como Muerte, cosa que en aquella época me resultó bastante acertada, y los cuadros representan un primer plano de unas manos magulladas a todo color, imitando un acto de violencia reciente.

En el escritorio hay un montón de papeles y fotos esparcidas, y toda clase de mierdas que un adolescente puede acumular. Notas de Helena. Viejos trabajos del instituto que no llegué a tirar. Libretas llenas de comentarios y datos que recopilé durante mis primeros intentos de novato en la vigilancia.

Abro el closet y observo la caja de seguridad en la que guardo las pistolas. Sin duda eso no es algo que tenga la mayoría de los adolescentes en sus cuartos. Me pongo en cuclillas, e introduzco la combinación por mera costumbre. Aunque guardo varias armas y venenos en mi ático, en esta ocasión es mejor utilizar los recursos que tiene Afrodita bajo su techo. Mi madre no sentirá nada; le entrará un poco de sueño y después todo habrá acabado.

No puedo dejar de pensar que es el mismo veneno que iba a darle a Psique.

En este preciso momento, no puedo darle vuelta a tantas ideas.

Abro la caja de seguridad y frunzo el ceño.

—¿Qué diablos...?

Falta una de las pistolas. Meto la mano en el hueco que hay vacío. Hace dos semanas, cuando Afrodita me exigió que fuera a cenar, estaba aquí. ¿Dónde diablos estará ahora?

Noto cómo se me erizan los vellos. Algo va mal. He dejado que mis emociones se apoderaran de mí, y han opacado lo único en lo que debería estar pensando. O, mejor dicho, la pregunta que debería estar haciéndome.

¿Dónde diablos está Afrodita?

El celular me vibra en el bolsillo y me pongo de pie. Lo tomo, veo el nombre de Helena en la pantalla y rechazo la llamada. Ya hablaré con ella más tarde. Pero el celular vuelve a vibrar antes de que pueda guardármelo de nuevo en el bolsillo. Es Helena, otra vez. Con el ceño fruncido, tomo la llamada.

—Estoy en problemas.

—Eros, creo que Psique está en un problema. O igual tu madre. Mira, la verdad es que no lo tengo claro, pero aquí está pasando algo, y creo que tienes que saberlo.

El agobiante temor que siento se intensifica.

—Tranquilízate un poco y explícame qué está pasando.

Helena inhala hondo, como si hubiese estado corriendo antes de llamarme.

—Psique me llamó hace como una hora y me dijo que necesitaba el número de Afrodita para evitar que hicieras algo que no podrías reparar. Es que... yo pensaba que ella iba a... Madre mía, no sé ni en qué estaba pensando, pero acabo de ver en una publicación de *Las Musas de Hoy* que han visto a Psique en los jardines de la universidad y que han visto a Afrodita en el coche en dirección al distrito universitario, muy bien arreglada. Perdóname por haber tardado tanto en atar cabos, pero creo que han quedado de verse ahora mismo.

«No sería capaz.»

Pero, mientras me imagino el gesto de determinación en el rostro de mi esposa, comprendo que sería más que capaz.

—Le has dado el número de celular de mi madre a Psique.

—No sabía qué hacer. Tu madre es una zorra, pero es tu madre. No puedes... No puedo quedarme sentada y dejar que le pase nada. Te arrepentirías toda la vida. —Porque la madre de Helena está muerta, y no hay nada que se pueda hacer—. Pensé que Psique tendría un plan, pero no se me ocurrió que el plan sería hacerle frente a Afrodita.

—¿Cómo ibas a saberlo?

—¿Puedo hacer algo para ayudarte?

Me trago la réplica mordaz de que ya ha hecho suficiente. Psique y yo no estamos metidos en este problema por culpa de

Helena. Ella solo ha actuado como mejor ha considerado, y no puedo culparla por eso.

—Pon atención, a ver si en *Las Musas de Hoy* publican algo más y avísame de cualquier novedad.

—Hecho. —Vacila antes de añadir—: Eros, lo siento muchísimo, de verdad.

—Lo sé. —Cuelgo rompiéndome la cabeza en busca de una solución.

Si han visto a Psique por los jardines de la universidad y a mi madre camino a ese mismo lugar, ese será el punto de encuentro. Tengo una oportunidad para controlar la situación, e involucrar a más personas es añadir demasiados elementos incontrolables. Analizo mis opciones. Si agarro el coche, son más minutos perdidos intentando buscar sitio donde estacionado, y es un tiempo que no tengo.

Respiro hondo. Mi madre ha usado el coche, seguro. Jamás iría hasta allí desde su casa a pie. Eso me da algo de tiempo.

Echo a correr.

Mientras recorro las calles que me separan de los jardines a grandes zancadas, mi mente no puede evitar darles vueltas a las cosas con frenesí. ¿Por qué haría Psique algo así? ¿Por qué se arriesgaría así?

Aunque... ya sé por qué, ¿no?

El amor nos lleva a hacer tonterías, a todos. Jamás sospeché que podría llegar a tales extremos. Los dos estamos tan empeñados en ahorrarle al otro dolor y sufrimiento que nos arrojamos justo a eso sin pensarlo dos veces. Psique es astuta, y tan inteligente que me saca de quicio, pero mi madre es harina de otro costal. Y tiene un arma. Nunca pensé que llegaría tan lejos como para ensuciarse las manos, pero Psique la ha superado una y otra vez. Cuando se ve acorralada, Afrodita no duda en atacar.

En atacar a Psique.

No puedo perderla. Tengo que encontrarla, carajo.

Llego a los jardines jadeando y sudando. ¿Dónde habrá ido Psique? Trato de recordar rápidamente la vez que paseamos por aquí juntos. Apenas han pasado... ¿unos días? Parece que fue hace una eternidad. Nos adentramos tanto en los caminos que nadie podía vernos desde la calle, y me confió que esa era su parte favorita del parque. Seguramente está ahí.

Al retomar el ritmo de la carrera, me duele el cuerpo. Los zapatos que llevo no están diseñados para correr, pero apenas siento el dolor. Sobre todo cuando doblo la esquina y me encuentro con Psique frente a mi madre. Afrodita sujeta mi arma con ambas manos; su postura es una mierda, pero a esa distancia no va a errar el tiro. Psique, muerta de miedo, está encogida contra las putas ramitas que me dijo que eran flores.

Me obligo a parar, a frenar el paso para evitar que mi madre apriete el gatillo por la sorpresa de verme allí, y levanto las manos.

—Ya basta, Madre.

No me mira cuando me contesta:

—Vete a casa, Eros. Tengo la situación perfectamente bajo control —dice con la voz tan sumamente contenida que bien podría haber estado hablando del clima que hace hoy.

—No puedo permitir que lo hagas. —Soy incapaz de pensar, no sé cómo actuar para conseguir que baje el arma sin apretar el gatillo. Solo tengo miedo, y el miedo hará que Psique acabe muerta. Me acerco a ella despacio, poco a poco—. Psique, vete a casa. Yo me encargo.

—¡Está armada! —Le tiembla la voz y está medio agachada, con los brazos levantados, como si con eso bastara para detener una bala. También se está dejando llevar por el miedo, y no puedo hacer una puta mierda al respecto—. ¡Me va a matar!

—No te va a matar, no pienso permitírselo. —Deseo con todas mis fuerzas no estar mintiéndole ahora mismo.

Doy un paso más, despacio, pero Afrodita niega con la cabeza.

—No te acerques más o disparo.

Su comentario me para en seco, y se me sube el corazón a la garganta. Tengo que buscar las palabras adecuadas, pero tengo la mente en blanco. Sin embargo, no estoy lo bastante cerca como para abalanzarme sobre ella para quitarle el arma, así que debo intentarlo.

—¿Te arriesgarías a sufrir la furia de Zeus por esto?

—Y más. —No desvía la mirada de Psique—. Pero no seré yo quien mate a la hija de Deméter, Eros. Serás tú.

Mientras la observo, entiendo lo que me está diciendo. El viejo abrigo que hace años que no le veo puesto. Los guantes de piel que quitarán cualquier rastro de pólvora que haya si dispara... y que impiden que deje sus huellas en el arma. Por lo tanto, las únicas huellas que habrá en el arma registrada a mi nombre serán las mías.

Siento que el miedo más puro me congela el cuerpo. Lo va a hacer de verdad. No está alardeando.

—¿Por qué le dispararía a mi esposa? La amo.

—No me mientas. —El hermoso rostro de mi madre se retuerce en una mueca horrible—. No es posible que ames a esta zorra. No eres capaz de amar. Eros, tendría que estar muerta. Su corazón en una puta bandeja. ¿Qué carajos te pasó por la cabeza para casarte con esta?

Psique no está llorando, pero parece al borde de las lágrimas.

—¿Por qué quieres matarme? ¡No te he hecho nada, nunca! —Está temblando tantísimo que tiene que llevarse las manos al pecho.

Afrodita voltea un poco para no perderme de vista, y al mismo tiempo fulmina a mi esposa con la mirada.

—Bastante ha hecho ya tu madre. Necesita que le bajen un poco los humos. No es ella quien debe escoger a la próxima Hera. Soy yo.

Psique se sorbe la nariz.

—Pero yo no tengo nada que ver en eso.

—Claro que tienes que ver con esto, mocosa. —Mi madre se inclina hacia abajo mirándola con desdén—. Deméter está convencida de que tú eres lo bastante buena para casarte con Zeus. Pero mírate. No eres más que una gorda interpretando un papel.

—¡Yo no quería que pasara esto!

—Despierta de una vez, niña. Nadie pide que le pasen estas cosas en Olimpo. —Afrodita suelta una carcajada, una risa salvaje y trastornada—. No puedes pretender nadar entre tiburones y después llorar porque te comen. Has intentado jugar y has perdido. —Cambia de postura y levanta un poco el arma—. Y ahora pagarás las consecuencias.

—Basta ya. —Empiezo a moverme hacia ella, pero mi madre me detiene al poner el dedo en el gatillo. Si me estuviese apuntando a mí, no vacilaría. Me arriesgaría. Pero no voy a poner en peligro la vida de Psique—. No puedes hablarle así. No puedes atacarla solo porque sea mejor que tú, y más hermosa, tanto por dentro como por fuera. Baja la puta pistola, Madre.

—¡Basta de palabrerías!

Psique suspira y contesta:

—Sí, ya está bien. Ya he tenido más que suficiente. Y el resto de Olimpo también. —Todo rastro de temblor ha desaparecido de su voz, se ha guardado el miedo como si nunca lo hubiese sentido, y en su lugar solo queda una fría tranquilidad y una determinación de hierro. Psique mete una mano en la jardinera y saca un celular del hueco que tiene detrás. Se lo pone a la altura de la cara y, por un instante, la tranquilidad flaquea y esboza una sonrisa temblorosa—. Bueno, ya lo están viendo, esto no va nada bien. Afrodita quiere matarme e inculpar a mi marido.

A Afrodita casi se le desencaja la mandíbula de la sorpresa.

—Estás transmitiendo en tiempo real.

—Cien mil espectadores y subiendo. Antes de esta noche, todo Olimpo te habrá oído confesar tus intentos por matarme. —La sonrisa temblorosa de Psique se torna viperina—. Los tiburones no son los únicos depredadores de los mares, Afrodita.

Increíble. Impresionante. Lo que ha pasado no se podrá barrer debajo de la alfombra, nadie podrá fingir que nunca ha pasado. Psique acaba de facilitar el camino para un cambio de poder con respecto al título de Afrodita sin derramamiento de sangre; es imposible que mi madre conserve su puesto después de lo que ha pasado. Me mareo del alivio.

—Se acabó. Ya no hay marcha atrás. Por fin se acabó.

—¡No se ha acabado nada hasta que yo lo diga! —Afrodita se voltea por completo para quedar de cara a Psique, con un gesto desagradable y aborrecible en el rostro—. Si yo caigo, ¡tú vas a caer conmigo!

—¡No! —Echo a correr hacia ellas lo más rápido que puedo. Y, mientras me muevo, sé que no llegaré a tiempo. Hay demasiada distancia entre Afrodita y yo, y demasiado poca entre el gatillo y su dedo.

Pero no contaba con Psique.

Mi esposa se lanza hacia delante, agarra a Afrodita por las muñecas y se las apunta al cielo mientras se dispara el arma. Le da un pisotón en el pie a mi madre y le arranca la pistola de las manos; la lanza hacia el otro lado. Afrodita maldice, pero Psique le da un empujón que la tira al suelo. Y todo en cuestión de dos segundos.

Agarro a Psique y la estrecho entre mis brazos. Sé que no le ha dado, pero, aun así, no puedo evitar examinarle el cuerpo en busca de heridas.

—¿Estás bien?

—Estoy bien. Estoy a salvo. Los dos.

—Qué bien, carajo. —Me dirijo a mi madre, quien está intentando levantarse—: No te muevas.

A lo lejos se oyen unas sirenas. Psique apoya la frente en mi pecho un minuto entero y, después, se aleja.

—Ha llegado el momento de la actuación final.

32 PSIQUE

Después de eso, las cosas suceden demasiado rápido. La gente de Ares llega. La mitad del grupo se lleva a Afrodita en una camioneta negra, mientras que la otra mitad nos escolta hasta la torre Dodona para enfrentarnos a Zeus. Me parece estupendo. Tengo unas cuantas cosas que decirle.

Eros se sienta a mi lado en la parte trasera del coche. No ha pronunciado palabra desde que se ha presentado la gente de Ares. No se ha separado de mí, pero no puedo descifrar la expresión que luce en el rostro. Me está ignorando. Abro la boca, pero, antes de pronunciar palabra, decido que es mejor no hablar. No estamos solos y tenemos que dejar esto atrás antes de que podamos mantener algo parecido a una conversación sincera.

No sé si me perdonará por haberle mentido a la cara y haber actuado a sus espaldas.

Llegamos a la torre Dodona y nos acompañan al despacho de Zeus. Nos está esperando casi en la misma posición que en la última reunión que tuvimos. Levanta la mirada cuando atravesamos el umbral de las puertas de cristal y posa los ojos en los soldados que tenemos detrás.

—Déjennos solos.

Obedecen al instante. Nunca me ha llamado la atención tener poder por el simple hecho de tenerlo, pero la capacidad de Zeus de dar órdenes y que la gente las acate sin rechistar es algo que me resultaría muy útil. Sobre todo en estos momentos.

Zeus se frota las sienes. Durante un segundo, casi parece agotado, pero se recupera al instante y vuelve a ser el hombre implacable que siempre ha sido en mi presencia.

—Cuando he dicho que necesitaba pruebas, no me refería a que quisiera que le mostraras esas pruebas en directo a la mitad de Olimpo.

—Todo Olimpo lo habrá visto para cuando sea la hora de cenar. —Junto las manos delante de mí; confío en que no se percate de lo mucho que me tiemblan—. Sobre todo cuando en *Las Musas de Hoy* lo difundan, y ambos sabemos que lo harán. Una Afrodita homicida da para titulares muy jugosos.

—La exiliaré. —Se apoya en el respaldo de la silla, sus ojos azules muestran frialdad—. Porque, al fin y al cabo, es lo que querías, ¿no?

Es justo lo que quería. Si matan a Afrodita, por mucho que la ejecutaran para castigarla, Eros sufriría. Ya ha soportado dolor suficiente para toda una vida. Sé que no podré protegerlo para siempre, pero por lo menos puedo hacer esto.

—Sí, es lo que quería.

Zeus centra su atención en Eros.

—Y tú. Se te acusa de gran cantidad de crímenes. También debería exiliarte. No son solo los Trece los que pagan el precio por quebrantar una de nuestras leyes más sagradas, también afecta a cualquiera que participe de sus intrigas.

—¡No! —grito antes de poder contenerme.

Zeus sacude la cabeza lentamente.

—Te iba a castigar a ti también. Sin embargo, la situación ha cambiado.

Este giro es demasiado inesperado. Lo observo fijamente. ¿Qué podría haber cambiado para que Eros se libre de cumplir con su castigo?

—¿Es porque lo he emitido en directo?

—No. —Me mira durante un buen rato—. Es porque ahora eres familia y, por desgracia, eso te concede cierta clemencia, y a tu marido también. Como tal, no voy a presentar cargos contra ninguno de los dos. Pero que quede claro que este es el primer y último aviso. Si continúan con sus tramas e intrigas y me complican la vida, sentaré precedente con ustedes.

«¿Familia?» Frunzo el ceño.

—¿A qué te refieres?

Se inclina hacia delante y presiona un botón del teléfono.

—Que entre.

La puerta se abre a mis espaldas y se oyen unos pasos familiares. El horror no me deja moverme, pero eso no me salva de la realidad cuando mi hermana mayor nos rodea a Eros y a mí y se coloca junto a Zeus. Calisto luce un vestido negro de un corte tan sencillo que solo sirve para destacar su increíble belleza. No toca a Zeus, deja treinta centímetros de distancia entre ellos, pero no cabe duda de lo que ha pasado.

Lo lleva escrito en el gigantesco diamante que luce en el dedo anular.

—No —susurro.

Por su parte, Zeus no se muestra arrogante. Solo parece harto de esta plática.

—El compromiso se anunciará dentro de unos días. La boda se celebrará en primavera. No permitiré que intentes impedirlo bajo ninguna circunstancia. Si no, exiliaré a todos y cada uno de los miembros de tu familia. —Pasa la mirada a Eros—. Y también a tu marido.

—Pero... —Me trago mis protestas cuando veo que Calisto niega casi imperceptiblemente con la cabeza. Cuando me aseguró que ella se encargaría, me temía que intentaría asesinar a Zeus o tomaría otra medida igual de violenta. No pensé que aceptaría casarse con él. Las palabras que pronunció ayer me vienen a la mente: «Perséfone y tú ya han cuidado bastante de nosotras. Yo me encargo».

Tengo que respetar su decisión; aunque no la entienda, conozco muy bien a Calisto como para creer que alguien la ha obligado a acceder a esto. Si no lo quisiera, habría sido imposible.

Me aclaro la garganta.

—Bienvenido a la familia, Zeus.

—Así está mejor, pero confío en que haya sonrisas y felicitaciones cuando anunciemos el compromiso de forma oficial. No toleraré nada que no sea efusividad y apoyo. —Mira por la ventana durante un largo rato y después vuelve a prestarnos atención—. Bien, ya hemos acabado. No se les permite ponerse en contacto con Afrodita hasta que la saquemos de la ciudad. Mañana por la mañana habrá una rueda de prensa a la que no quiero que asistan.

—Vas a tergiversar la historia.

—Pues claro que voy a tergiversar la historia. —Niega con la cabeza—. Regresen a casa. Quédense allí. Sigan comiéndose con los ojos durante un mes por lo menos. No me importa lo que hagan después, pero desaparezcan durante ese tiempo para evitar que la gente haga preguntas incómodas. ¿Me han entendido?

—Sí —susurro.

Zeus dirige su mirada gélida a Eros.

—¿Y tú?

—Alto y claro.

—Bien. Pues ahora largo de mi despacho.

No sé si habría discutido más con él. Eros no me da la oportunidad. Se voltea hacia mí y, con una mano en las lumbares, me guía hacia la salida. Apenas me toca, pero no por ello resulta menos dominante. No hablamos mientras el elevador desciende a la planta baja. Solo entonces vacila.

—¿Te gustaría caminar hasta nuestra casa?

Nuestra casa.

Lo dice con toda libertad, sin dudar ni titubear. Como si el ático fuera de verdad de los dos en vez de solo suyo. Como si este matrimonio no fuera una farsa. Un mes. Solo nos queda un mes. Después de eso, no tendremos razón para seguir casados. No tendremos razón excepto el amor que amenaza con abrirme un agujero en el pecho.

Eros le ha dicho a su madre que me ama. Me ha dicho que le importo. Pero ambos hemos pasado tanto tiempo fingiendo delante de otras personas que ya no sé lo que es real y lo que no.

—Me gustaría.

—Bien. —Entrelaza su brazo con el mío y nos vamos hacia su edificio.

Media manzana después, mis sentimientos empiezan a abrumarme.

—Eros...

—Aquí no.

Cierto. No en plena calle, donde nos puede escuchar cualquiera. Debería estar sonriéndole como la recién casada que soy, pero no consigo hacerlo.

Mientras nos movemos estoy bien, pero, en cuanto ponemos un pie en el ático de Eros y la puerta se cierra a mis espaldas, las rodillas se me quedan sin fuerzas.

Me agarra antes de que me estampe contra el suelo. No podía ser de otra forma. Eros me toma en brazos y me lleva a ese cuarto que se ha convertido en nuestro. Entonces me sienta en la cama y se arrodilla delante de mí. El frío sigue presente en sus ojos, pero la manera en la que me toma de las manos es dulce y tierna.

—Respira, Psique.

—Estoy respirando. —Solo que mi voz suena demasiado aguda y débil. Y no puedo parar de temblar—. ¿Qué me pasa?

—El bajón de adrenalina. —Me masajea las manos con delicadeza—. Se te pasará.

Por supuesto, él sabe lo que es. Ha estado expuesto al peligro una y otra vez. Yo solo dos veces, y la sensación que borboteaba en mi interior después del intento de asesinato en el estacionamiento nada tiene que ver con esta.

Siento una opresión en la garganta, pero tengo que pronunciar las palabras como sea.

—Lo siento.

Frunce el ceño.

—¿De qué estás hablando?

—Lo siento. Me has dicho que me quedara aquí y no lo he hecho. No podía dejar que cargaras con la culpa de haberle hecho daño. Es tu madre.

—Es un monstruo.

—Eso no significa que no la quieras.

Suspira y se sube a la cama conmigo.

—No, no significa que no la quiera, si es que se puede decir así. Yo... —Lanza una maldición—. Maldición, estoy encabronadísimo contigo. Te has puesto en peligro. No me has contado nada. Pensé que iba a llegar allí para encontrarme con tu cadáver. No puedo... Psique, no me importa las cargas que tenga que soportar, valen la pena si tú estás a salvo.

Extiendo la mano con timidez y hundo los dedos en sus rizos.

—Lo tenía todo bajo control.

—Ahora que ya ha pasado me doy cuenta, pero todo dependía de demasiadas variables. —Sacude la cabeza, lo jalo un poco del pelo con el movimiento—. Estabas fingiendo, ¿verdad? El estar así de aterrorizada.

Me estremezco al recordar el momento en el que estaba arrodillada en el suelo, mirando al cañón de la pistola.

—Fingía en parte. —Trago saliva—. Tu madre tenía que pensar que había ganado. Es demasiado vanidosa para tragarse su veneno, y necesitaba grabarlo.

Eros me mira fijamente.

—Das miedo. ¿Lo sabías? Das un miedo cabrón.

—No sé si eso es un cumplido o no.

—Yo tampoco. —Se inclina hacia delante y apoya la frente contra la mía, un contacto que me pone los pies en la tierra y me alivia algo del peso que tengo en el pecho—. En fin. Nos queda un mes.

De repente, vuelve el peso.

—Eso es lo que ha dicho Zeus. Supongo que no quiere que nada empañe la narrativa que va a inventar y, en cuanto anuncie el compromiso con Calisto... —Me interrumpo—. No puedo creer que ella lo haya aceptado.

—¿En serio? Porque yo sí. —Me quita las manos de su pelo con cuidado y entrelaza los dedos con los míos—. Tu hermana va a ser Hera.

—Eso parece.

Apenas puedo pensar en cómo va a acabar eso. El último Zeus tuvo a tres Heras durante el tiempo que ostentó el título. Corre el rumor de que, al menos, mató a dos de ellas, pero jamás se presentaron cargos. Como resultado, el de Hera se ha convertido en una especie de título fantasma. En teoría, tiene deberes y un área de la que encargarse, como el resto de los Trece, pero puedo garantizar que no va a ser la esposa tranquila y sumisa que sin duda espera este Zeus.

Pero no quiero hablar de Calisto.

Inhalo lentamente mientras contemplo nuestras manos entrelazadas.

—Una gran parte de esto ha sido fingida. Desde el principio, le hemos estado mintiendo al mundo.

—Te daré el divorcio.

Eso me para en seco. Levanto la cabeza y parpadeo mientras lo miro.

—¿Qué?

—El divorcio. —La noche invernal al otro lado de la ventana es más cálida que la voz de Eros—. Te casaste conmigo para mantenerte a salvo de mi madre. Ya no es una amenaza, y sé que esto no es lo que habrías elegido para ti misma. Cuando se acabe el mes, pediré los papeles del divorcio. Te puedes quedar con lo que quieras. Te lo has ganado a pulso.

Tengo que arrancar las manos de las suyas para evitar hacer algo de lo que me arrepienta.

—Eros.

—¿Sí?

—¿Por qué no me dejas terminar antes de clavarte tu propia espada para salvarme de tu malvada persona?

Ahora le toca a él parpadear.

—Soy un monstruo, igual que mi madre. Está demostrado.

—¿De veras piensas lo que le has dicho a tu madre? ¿Me amas?

—No sé en qué nos afecta eso.

De verdad, este hombre... Le agarro la cara y la aproximo a la mía hasta estar casi tan cerca como para besarnos.

—Contéstame a la pregunta.

Resopla y su aliento me acaricia los labios.

—Sí, lo decía en serio. Te amo. Pero esa no es una razón de peso para mantenerte atada a mí. Soy un cabrón egoísta y pensaba que podría hacerlo, pero no soporto la idea de tenerte atrapada. Ni aunque sea conmigo.

Cierro los ojos. O eso o me pondré a llorar a mares y sé que lo malinterpretará.

—Puede que seas un monstruo, Eros, pero eres mi monstruo. Yo también te amo y no quiero saber nada de ese maldito divorcio. Te quiero a ti y punto.

Se queda callado durante tanto tiempo que abro los ojos para encontrarme con su mirada. Levanta una mano temblorosa y me busca la mandíbula.

—Lo dices en serio...

—Lo digo en serio.

—Tienes que estar segura, Psique. Si de verdad lo dices en serio, tienes que estar segura. No puedo... No tengo fuerzas para renunciar a ti una segunda vez.

Volteo la cara y le doy un beso en la palma de la mano.

—No tienes que renunciar a mí.

—Carajo, menos mal. —Me jala para envolverme entre sus brazos y me estrecha con fuerza. Los mismos temblores que le afectaban a la mano se le extienden por todo el cuerpo.

Le doy un beso en la garganta, en la mandíbula, en la comisura de la boca.

—Estoy aquí. Siempre estaré aquí.

Y entonces lo beso como los dioses mandan. Me estrecha con más fuerza, como si no pudiera estar lo bastante cerca de mí, un sentimiento que comparto. Hoy las cosas podrían haber salido muy mal. No ha sido así, pero eso no cambia la forma en la que deseo a este hombre. Ahora mismo. Esta noche. Para siempre. Rompo el beso el tiempo suficiente para decir:

—Eros.

Ya se está moviendo, se pone de pie y se arranca la ropa.

—Te necesito.

—Sí.

Dejo que me quite el vestido y lo lance por ahí. Y enseguida lo tengo encima, instándome a que me tumbe sobre el colchón y recorriéndome el cuerpo con las manos, como si quisiera asegurarse de que estoy entera, de que estoy aquí. Le doy un empujón en los hombros y me permite que lo tumbe de espaldas para subirme a horcajadas a su cintura.

Maldición, el modo en el que me mira este hombre.

Me agarra de las caderas mientras me devora con esos salvajes ojos azules.

—Haces que quiera aficionarme a la fotografía.

Eso me provoca una risa.

—Eros, no me estarás sugiriendo tomarme fotos obscenas.

—Es justo lo que estoy sugiriendo. —Me agarra los pechos y se incorpora para besarlas con lascivia—. Solo para nosotros. Siempre será para nosotros dos.

Me vuelve a dejar sin palabras el hecho de que dispongamos de tiempo. Podemos cumplir con todas nuestras fantasías, podemos explorar cada recoveco de este sentimiento que ha tomado vida entre nosotros. Muevo las caderas para frotarme contra su erección.

—Con una condición.

—Dime.

Le sonrío, estoy tan feliz que me siento en una nube.

—Que me cojas delante de cada espejo de esta casa, esposo. Démosles buen uso.

Me jala para darme un beso demoledor.

—Eso nos va a llevar años, esposa.

—Perfecto.

Sonríe contra mis labios.

—Esa es mi chica.

Eros mete la mano entre nosotros y levanto las caderas para que pueda colocar el pene en mi entrada. Sigo besándolo mientras me deslizo poco a poco sobre su erección y él me guía con las manos en mi pelvis.

Cuando por fin lo tengo todo dentro, me pongo recta y le coloco las manos en el pecho.

—Te quiero.

Sonríe de oreja a oreja, con alegría y sin ninguna sombra.

—Vuélvelo a decir.

Lo monto pausadamente para asegurarnos a ambos mediante el contacto y el placer que esto es real, que no me voy a ninguna parte.

—Te quiero.

Eros desliza una mano hacia abajo para presionarme el clítoris de manera que, con cada embestida, el placer se torna más severo, más ardiente.

—Otra vez, esposa.

—¿Otra vez? ¿En serio? —gimo mientras aumento el ritmo.

—No me voy a cansar nunca de oírte decirlo. —Me agarra las caderas con más fuerza, me obliga a moverme más rápido para buscar el orgasmo que ya siento crearse en mi interior—. Yo también te quiero, Psique. Muchísimo, carajo.

Entre sus palabras y la forma en que me toca estoy perdida. El orgasmo me atraviesa y me provoca un fuerte gemido de los labios.

—¡Te quiero!

Eros me empuja para tumbarme y me penetra con más intensidad, más rápido; en su rostro solo se percibe amor y deseo. Me envuelve con los brazos y me aprieta contra su cuerpo mientras me embiste para perseguir su placer. Le clavo las uñas en las nalgas y lo acerco más a mí, necesito este momento de conexión tanto como él. Cuando se viene, hunde el rostro en mi cuello.

Va a salir de mí, pero no pienso aceptarlo. Le envuelvo la cintura con las piernas y lo pego más a mi cuerpo.

—Aún no. No estoy preparada para soltarte.

—No tienes que soltarme nunca. —Me da un beso en el cuello y se incorpora para mirarme. Eros dibuja esa sonrisa torcida para mí—. Míranos. La Bella y su Bestia. Y vivieron felices por siempre y todo ese rollo. Quizá sí existen los cuentos de hadas.

—Tú eres mucho más guapo que la Bestia.

Suelta una risa ronca.

—Y, aun así, soy más bestia de lo que él podría llegar a ser.

—No me importa. Bestia, monstruo u hombre, me tiene sin cuidado. Eres mío, Eros Ambrosia. —Inclino la cabeza hacia delante para darle un besito en los labios—. Y yo soy tuya.

EROS

—¿Estás listo?

—Ya casi. —Termino de abotonarme la camisa y compruebo cómo me veo en el espejo. Estoy bien. Más que bien. Llevo un traje nuevo, diseño de Juliette, y me queda tan sumamente bien que entiendo por qué cobra lo que cobra. El morado oscuro debería quedar ridículo, pero me queda genial. Nadie diría a simple vista que tengo el estómago hecho un amasijo de nervios.

Psique se apoya en el marco de la puerta. Está perfecta, como siempre: lleva un top con flores de colores y una falda rosa intenso acampanada que le llega a la altura de las rodillas.

—Deja de entretenerte o llegaremos tarde.

—Bueno, siempre podríamos saltárnoslo. —Me acerco a ella acechándola—. Podría quitarte esa faldita tan bonita y perder la noción del tiempo.

—Eros... —Sonríe, pero en esos ojos color avellana percibo una mirada seria—. No tienes por qué estar nervioso. Solo es una cena en casa de mi madre.

—Es la cena de los domingos en casa de tu madre, con toda tu familia. —Además, es la primera a la que hemos conseguido asistir en el mes que ha pasado desde que exiliaron a Afrodita.

Tal como Zeus se temía, mi madre le dejó un buen problema al marcharse. Nombró a Eris, Eris Kasios, su sucesora, lo cual creó una marea infinita de rumores. Ni siquiera me había enterado de que Eris trabajaba bajo las órdenes de Afrodita, aunque al parecer llevaba ya varios años haciéndolo. Al nombrarla su sucesora, dos de los Trece son miembros de la familia Kasios, y todo el mundo está especulando ahora sobre cómo afectará eso al equilibrio de poder.

Cómo no, Eris no ha creído conveniente tranquilizar a nadie. Sospecho que está avivando el caos.

Deméter ha estado ocupada creando varios incendios políticos y vigilando con recelo a la nueva Afrodita, intentando establecer en qué punto está su relación. Y ahora encima Ares se pone enfermo, y no tiene pinta de que vaya a mejorar...

Sí, en Olimpo todo se ha ido un poco a la mierda.

Resulta irónico que haya sido el mes más feliz de mi vida.

Salgo de la habitación detrás de Psique y la sigo hasta la cocina para agarrar el vino que he comprado para llevar a la cena, y hay pruebas de dicha felicidad allá donde mire. El cuenco para las llaves que Psique compró en el mercado de invierno de la zona baja de la ciudad con esa alegre combinación de rosa, amarillo y verde azulado. Los vasos personalizados a juego (un vaso ancho para ella y una copa de vino para mí) descansan en el escurridor, y la estilizada caligrafía reza «Sr.» y «Sra.». Psique se la pasa muy bien tomándonos fotos para las redes sociales mientras los usamos.

Sobre la mesa del comedor siempre hay flores frescas, y siempre parecen combinar con el conjunto que lleve Psique al comprarlas. Aunque me río de ella por ser algo superficial, la verdad es que me encanta. Es como si dejara una parte de ella en el ático cada vez que sale.

En cada habitación hay nuevas adquisiciones. Un par de cojines más en nuestro dormitorio. Una manta de lana en el salón, junto a un buen montón de libros que, a juzgar por los lomos destrozados, ya ha releído muchas veces.

Me paro frente a mi adquisición favorita. Psique pone los ojos en blanco, pero luce una enorme sonrisa.

—¡Siempre igual!

—Salimos genial. Es una pena no apreciarlo.

En la pared del recibidor hay una copia a tamaño gigante de una foto de nuestra boda. Es mi foto favorita de todas, fue uno de nuestros primeros besos como recién casados. Hermes nos hizo un superfavor y se quitó de en medio, aunque en aquel momento no me diera ni cuenta.

—No hay duda de que eres bobo. —Me da un golpecito con el hombro—. Anda, maridito. No queremos llegar tarde.

Le rodeo la cintura con el brazo mientras bajamos en el elevador hasta el estacionamiento. Carajo, es tan fácil estar con Psique, escuchar su plan detallado de abogar por un nuevo diseñador que Juliette le ha recomendado y que se especializa en ropa de tallas grandes, que me olvido de los nervios hasta que nos estacionamos delante del edificio de su madre.

Siento una opresión en el pecho mientras observo la puerta de entrada.

—¿Qué probabilidad hay de que quiera envenenarme?

—Podemos hacer como que de verdad temes por tu vida si quieres —me dice enarcando las cejas. Estira el brazo por sobre el tablero del coche y me toma de la mano—. O podemos hablar del problema real.

—No me vengas con que Deméter es incapaz de envenenar a alguien.

—Ni se me ocurriría.

Le lanzo una mirada.

—Y ¿se supone que así me vas a tranquilizar? Estás disfrutando...

—Un poquito nada más —admite—. Es rarísimo verte nervioso.

—Psique...

—Eros. —Me da un apretón—. Te quiero. Puede que mi madre se haya resistido un poco a la idea al principio, pero ya lo ha aceptado. Durante la cena será igual de difícil tratar con ella como siempre, y el homicidio queda fuera de la lista de posibilidades.

A Psique le importa su familia. Es lo que más le importa en la vida. Me quiere, pero sus hermanas son su roca. Incluso su madre, por mucho que choquen, tiene un papel importantísimo en su vida. Si no puedo hacer las paces con ellas, pero de verdad, podría ser un problema en el futuro. Podría hacerle daño a ella.

—Vamos —le digo después de tragar saliva.

Me suelta el tiempo justo para salir del coche y luego reclama mi mano mientras entramos en el edificio. Puedo fingir que lo hace solo por el mero placer de tocarme, pero es evidente que me está ofreciendo su apoyo en silencio. Y se lo agradezco.

Me he enfrentado a infinidad de situaciones peligrosas. He matado a gente. He nadado con los peores depredadores que puede haber en Olimpo sin pestañear.

Claro que me pongo nerviosísimo con una cena familiar, estoy a punto de vomitar.

El departamento de Deméter está igual que la última vez que vinimos, uno de los muchos viajes que hicimos para llevarnos todo el guardarropa de Psique a nuestra casa. La habitación libre del ático ya es casi una réplica exacta de su cuarto de aquí, así que le he encargado a un contratista que remodele toda la habitación para convertirla en un vestidor. Es una sorpresa para Psique por su cumpleaños, que es el mes que viene. Cuando apruebe el diseño, empezarán las obras.

Me imagino que Psique me llevará hasta la cocina, desde donde emergen las voces de Deméter y Perséfone, pero cambia de rumbo y me lleva escaleras arriba. Se me escapa una maldición cuando me doy en el dedo del pie con un escalón.

—Si se te antojaba un rapidín, podríamos haberlo hecho en el coche, no en casa de tu madre.

—Ja, ja, qué gracioso. Quiero enseñarte una cosa.

—¿Vas a enseñarme el...?

—Eros —me sisea, pero es evidente que se está aguantando la risa—. Concéntrate.

—En mi opinión estoy muy concentrado ahora mismo. —La pequeña discusión me relaja un poco. Sea lo que sea que pase hoy, esto seguirá igual.

Dejo que Psique me arrastre como si fuera su juguete favorito hasta que se detiene delante de la pared de las fotos.

—Mira.

Esto no está igual que la primera vez que vine. Hay dos fotos nuevas en la pared. La primera es una foto de Hades y Perséfone con un marco negro. Ella lleva un vestido de novia blanco que me parece bastante tradicional. Hasta se ha puesto un velo que le cubre el pelo rubio. Él, cómo no, lleva un traje todo negro, pero no luce su habitual gesto arisco. En cambio, tiene la mirada clavada en la novia y una sonrisa indulgente en la cara. Ella le sonríe y su cuerpo casi irradia luz. Es tan dulce que me va a salir una caries.

Psique me tira del brazo.

—Sí, sí, mi hermana sale lindísima. Mira esta de aquí.

Señala la segunda foto nueva. Allí, junto a la de Hades y Perséfone, hay una en la que salimos Psique y yo. No es una de las fotos de la ceremonia, sino de las fotos para las que posamos después. Sostengo a Psique bien pegada a mí, y le rodeo la cintura con un brazo mientras que con el otro le estoy levantando la barbilla con la intención evidente de besarla. Ella parece tierna, feliz y perfecta.

¿Y yo?

Mi corazón se puede ver reflejado en mis ojos.

No ignoro la importancia de la presencia de esta fotografía entre el resto de las fotos alegres de las mujeres Dimitriou. Puede que Deméter no me haya recibido en la familia con los brazos abiertos y dulces palabras, pero al colgar esta foto aquí me está dando la bienvenida a la familia.

Me río, con la garganta algo constreñida.

—Carajo, vaya.

—¿Qué?

No sé expresar esta extraña sensación con palabras, la verdad. Nunca he tenido una familia, o al menos una familia en la que cada interacción no sea una transacción. Una bienvenida cálida, aunque sea tan pequeña, me hace sentir raro, como si no supiera qué hacer con las manos.

—Tu madre es muy directa a la hora de darle la bienvenida a alguien a la familia.

—¿Verdad que sí? —Psique se apoya en mi brazo—. Oye...

—¿Qué?

—Te quiero.

Poso un beso fugaz en esos labios pintados de rosa fuerte.

—Yo también te quiero. Ahora vamos abajo a saludar a tu madre como es debido.

Nos encontramos a todo el clan Dimitriou en la cocina. Y a Hades, cosa que me sorprende muchísimo. Al verme, enarca las cejas, pero aparte de eso parece contentarse con quedarse en un rincón lejos de las mujeres que se pasean por la cocina como una terrorífica máquina bien engrasada. Psique me da un último apretón en la mano y se une a ellas sin problemas.

Eurídice está revolviendo lo que parece salsa de jitomate mientras platica con Perséfone, quien está sacando unos panes recién hechos del horno. Deméter tira unos espaguetis humeantes en la coladera, los menea muy bien, y rodea a Perséfone para echarlos dentro de la salsa. Calisto está cortando verduras para una ensalada con una rapidez que me revuelve el estómago. Psique se lava las manos y empieza a echar las verduras cortadas a una ensaladera enorme llena de lechuga.

Poco a poco me alejo hasta llegar a donde está Hades, a salvo al otro lado de la isla de la cocina.

—¿Siempre son así? —susurro.

—Sí.

No se chocan ni una sola vez. Ni siquiera tropiezan. Y encima lo hacen sin dejar de hablar a la vez. Es de lo más abrumador. Y no me refiero solo a la eficacia, sino al hecho de que puedo notar el amor que se tienen en cada palabra, en cada movimiento.

—Así que esto es una familia de verdad. —No era mi intención decirlo en voz alta. Ni de broma era mi intención que Hades me oyera.

Suelta una risa sardónica con un bufido.

—Sí, a mí también me dejó muy confundido las primeras veces. Te acostumbras. —Duda un momento, y añade—: En ocasiones puede ser hasta agradable, sobre todo cuando te dejan ayudar.

Entonces me doy cuenta de que Hades es otra persona de Olimpo que tampoco es que haya experimentado mucho lo de tener una familia. Sus padres fallecieron cuando era pequeño. Lo miro, y le digo:

—Qué valiente de tu parte meterte en ese tornado.

—Pues espérate a estar en el ojo del huracán.

Por raro que suene, lo estoy deseando.

Unos diez minutos después, las mujeres nos hacen llevar la comida a la mesa. La cena en sí resulta tan arrolladora como la preparación. Psique y sus hermanas no paran de hablar unas por encima de las otras, y Deméter suelta un par de comentarios sarcásticos de vez en cuando. Es caótico y algo más que abrumador.

Pero Hades tiene razón. Es... agradable.

Puedo sentir el amor que se tienen entre ellas, incluso cuando Perséfone y Calisto empiezan a pelearse por un rencor del pasado con el que no están de acuerdo. Yo me doy por satisfecho con picar algo de comida y empaparme de la energía. Esto es una familia. Esto es un hogar.

Me gusta.

Cuando todo el mundo está satisfecho, Hades carraspea.

—Nosotros lavamos los platos.

—Chicos listos. —La sonrisa de Deméter es como un cuchillo bien afilado—. Nosotras los esperamos en el salón.

Hades se marcha a la cocina y las mujeres salen volando del comedor. Todas, menos Psique. Le echa un vistazo a su familia y me toma de la mano.

—¿La estás pasando bien? Sé que al principio podemos ser demasiado. Si nos tenemos que ir...

—Estoy bien. —El amor que siento por esta mujer me estalla en el pecho. Se ha tomado el tiempo de ver cómo estoy, claro, de proponerme que nos vayamos, aunque es evidente que se la está pasando genial. Le doy un suave apretón en la mano—. Mejor que bien. Ve a divertirte con tu madre y tus hermanas. Nos uniremos en cuanto acabemos de lavar los platos.

—Si estás seguro...

—Sí.

Al final asiente, y se le curvan los labios en una lenta sonrisa.

—Ah, por cierto, casi se me olvida. Tengo una sorpresita preparada para cuando lleguemos a casa. —Se acerca un poco más y baja la voz—. He comprado lencería nueva. Sé bueno y te dejaré que me la arranques con los dientes.

—Si serás canija... —contesto en voz baja. Tengo que arreglarme un poco el paquete, y ella dibuja una sonrisa de satisfacción al verlo. Hasta esa cabrona sonrisa es sexy—. Solo por eso, pienso arrancártela con los dientes, encaje a encaje.

—Ay no, eso no —me dice con burla.

Suelto una carcajada. Es grande y liberadora, y acaba con los últimos nervios que todavía me quedaban de la cena. Una esposa preciosa que es todo lo que jamás pensé que merecería. Una familia encantadora que parece lista para incorporarme en su círculo. De verdad que soy el cabrón con más suerte de toda la ciudad de Olimpo.

AGRADECIMIENTOS

Gracias infinitas a las personas que me leen. Esto sería imposible sin su apoyo, me siento honrada y les estaré eternamente agradecida por la respuesta que tienen las historias sexis que tanto me gusta escribir.

Muchas gracias a mi equipo editorial en Sourcebooks por ayudarme a convertir *Dioses eléctricos* en su mejor versión. Mary Altman y Christa Désir, ¡su opinión es justo lo que necesitaba! Gracias a Jessica Smith, Rachel Gilmer, Jocelyn Travis y Susie Benton.

Quiero agradecerle a Dawn Adams por el diseño que ha hecho que este libro me parezca tan especial. Un agradecimiento ENORME a Stefani Sloma y a Katie Stutz por su apoyo con el marketing y las relaciones públicas. ¡Han sido grandiosos! Gracias también a Liz Otte por hablar tanto de esta saga.

Como siempre, gracias a mi agente, Laura Bradford, por estar siempre a mi lado.

Gracias a mi equipo en el sentido extraoficial de la palabra. Piper J. Drake, me sugeriste que me marcara un «tráeme su corazón» de verdad y ha supuesto un antes y un después en el libro. Gracias a Asa Maria Bradley y a Jenny Nordback, por estar siempre a un mensaje de distancia cuando me quedo sin inspiración o cuando se me ocurre una locura. Mi más sincera gratitud a Andie J. Christopher y a Nisha Sharma por proporcionarme mi dosis de TikTok. Le estoy muy agradecida al grupo WordMakers por escribir conmigo, un día sí y otro también, y creerme siempre que digo que «todo saldrá BIEN» hasta cuando doy rienda suelta a mi caos y a mi dispersión.

Y, por último, pero nunca menos importante, gracias a mi familia por ayudarme a mantener los pies en la tierra o al menos intentarlo. Gracias a mis hijos por capear la tormenta en estos tiempos sin precedentes (en serio, me encantaría volver a algo que se pareciera un poco a los precedentes) en los que hemos estado todos metidos bajo el mismo techo durante trece meses (y los que quedan...). Todo mi cariño para Tim por ser la mejor pareja que una persona podría soñar. Tu apoyo y confianza en mí me han mantenido a flote durante los altibajos y los vaivenes de la vida. ¡De verdad que eres un héroe romántico perfecto!